UNA CHICA ANÓNIMA

UNA NOVELA

GREER HENDRICKS
Y
SARAH PEKKANEN

HarperCollins *Español*

UNA CHICA ANÓNIMA. Copyright © 2019 de Greer Hendricks y Sarah Pekkanen. Todos los derechos reservados. Impreso en los Estados Unidos de América. Ninguna sección de este libro podrá ser utilizada ni reproducida bajo ningún concepto sin la autorización previa y por escrito salvo citas breves para artículos y reseñas en revistas. Para más información, póngase en contacto con HarperCollins Publishers, 195 Broadway, New York, NY 10007. Los libros de HarperCollins Español pueden ser adquiridos para propósitos educativos, empresariales o promocionales. Para más información, envíe un correo electrónico a SPsales@harpercollins.com.

Publicado originalmente como *An Anonymous Girl* en Nueva York 2018 por St. Martin's Press.

PRIMERA EDICIÓN

JEFE DE EDICIÓN: EDWARD BENITEZ

TRADUCCIÓN: YVETTE TORRES

Se han solicitado los registros de catalogación y publicación de la Biblioteca del Congreso.

ISBN 978-0-06-296550-9

19 20 21 22 23 LSC 10 9 8 7 6 5 4 3 2 1

De Greer:
A mis padres, Elaine y Mark Kessel

De Sarah:
Para Roger

PRIMERA
PARTE

Se buscan mujeres de entre dieciocho y treinta y dos años para participar en una investigación sobre ética y moral dirigida por un prominente psiquiatra de Nueva York. Compensación generosa. Se garantiza el anonimato. Llame para más detalles.

Es fácil juzgar las decisiones de otros. La madre con el carrito del supermercado lleno de cereales azucarados y galletas que le grita a su bebé. El conductor de un convertible de lujo que le cruza al frente a un vehículo más lento. La mujer de la cafetería silenciosa que habla a todo volumen en el celular. El marido que engaña a su esposa.

Pero ¿y si supieras que la madre había perdido el trabajo ese día?

¿Y si el conductor le había prometido a su hijo que llegaría a tiempo a su obra de teatro escolar, pero su jefe insistió en que participara en una reunión de última hora?

¿Y si la mujer de la cafetería acababa de recibir una llamada del amor de su vida, del hombre que le había roto el corazón?

¿Y si la esposa del adúltero habitualmente le daba la espalda cuando él la tocaba?

Quizás juzgarías instantáneamente también a una mujer que decide revelar sus secretos más íntimos a un extraño a cambio de dinero. Pero, suspende las suposiciones, por lo menos por ahora.

Todos tenemos razones para justificar nuestros actos. Aunque las escondamos de quienes creen conocernos bien. Aunque estén tan profundamente sepultadas que nosotros mismos no las reconozcamos.

CAPÍTULO
UNO

Viernes, 16 de noviembre

MUCHAS MUJERES QUIEREN QUE el mundo las vea de una determinada manera. Mi trabajo es crear esas metamorfosis en sesiones de cuarenta y cinco minutos.

Mis clientas se ven distintas cuando termino de arreglarlas. Se sienten más confiadas, más radiantes. Hasta más contentas.

Pero solo puedo ofrecer una solución temporal. La gente vuelve a ser, invariablemente, como era antes.

El cambio verdadero requiere algo más que las herramientas que yo manejo.

Son las cinco y cuarenta de un viernes por la tarde. La hora pico. Con frecuencia, también es la hora en que alguien desea verse como la mejor versión posible de sí misma, de manera que acostumbro bloquear este periodo de tiempo en mi agenda personal.

Cuando las puertas del metro se abren en Astor Place, soy la primera en salir. El brazo derecho me duele por el peso del maletín de maquillaje, como siempre sucede al final de un día largo.

Lo arrastro detrás de mí para que quepa por el estrecho pasadizo —es la quinta vez que paso por el torniquete hoy, y mi rutina ya es automática— y subo con prisa por las escaleras.

Cuando llego a la calle, meto la mano en el bolsillo de la chaqueta de cuero para sacar el celular. Le doy un golpecito a la pantalla y se despliega mi calendario, que BeautyBuzz actualiza continuamente. Yo les informo las horas que tengo disponibles para trabajar y ellos me mandan las citas por mensaje de texto.

Mi último compromiso hoy es cerca de la calle Ocho y University Place. Son dos clientas, así que es una cita doble: noventa minutos. Tengo la dirección, los nombres y un número de teléfono de contacto, aunque no tengo idea de quién estará esperando al otro lado de la puerta.

Pero no les temo a los desconocidos. He aprendido que me pueden producir más sufrimiento los rostros familiares.

Me aprendo de memoria la localización exacta y luego avanzo por la calle, esquivando la basura regada de un contenedor volcado. Un comerciante tira de la cortina de seguridad de la tienda, que produce un estrépito metálico según va bajando. Un trío de estudiantes con mochilas colgadas del hombro se dan empujones en son de broma cuando paso por su lado.

Estoy a dos cuadras de mi destino cuando oigo sonar el celular. El identificador de llamadas muestra que es mi mamá.

Dejo que dé timbre una vez, mirando fijamente la pequeña foto circular de mi sonriente madre.

La veré dentro de cinco días, cuando vaya a casa para Acción de Gracias, me digo a mí misma.

Pero no puedo dejar de contestar.

La culpa siempre es mi carga más pesada.

—Hola, mamá. ¿Todo bien? —le pregunto.

—Todo está bien, hija. Solo quería saber si tú estás bien.

Me la imagino en la cocina de la casa suburbana de Filadelfia donde me crie. Revuelve la salsa para la carne en la estufa —ellos cenan temprano y el menú de los viernes es siempre carne asada con puré de papas— y luego destapa una botella de Zinfandel y se sirve la única copa que se permite tomar los fines de semana.

Unas cortinas amarillas adornan la ventana que está sobre el fregadero, y una toalla de cocina que cuelga del tirador de la estufa tiene las palabras *con las manos en la masa* superpuestas a la imagen de un rodillo de amasar. Los bordes del empapelado de flores se están despegando de la pared y una abolladura marca el lugar donde mi padre pateó la nevera cuando los Eagles perdieron en la eliminatoria.

La cena estará lista cuando mi padre entre por la puerta de regreso de su trabajo como vendedor de seguros. Mi madre lo recibirá con un beso rápido. Llamarán a mi hermana, Becky, para que venga a comer y la ayudarán a cortar la carne.

—Becky se cerró sola el abrigo esta mañana —dice mi madre—. Sin nada de ayuda.

Becky tiene veintidós años, seis menos que yo.

—¡Estupendo! —respondo.

A veces quisiera vivir más cerca para ayudar a mis padres. Otras veces, me avergüenzo de lo agradecida que estoy de que no sea así.

—Oye, mamá, ¿puedo llamarte después? Voy de prisa al trabajo.

—¿Te contrataron para otro *show*?

Titubeo. Mamá ahora se oye más animada.

No puedo contarle la verdad, así que digo sin pensar: —Sí, es una producción pequeña. Probablemente no reciba mucha publicidad. Pero el maquillaje es bien elaborado, muy poco convencional.

—Estoy realmente orgullosa de ti —asegura mi madre—. No puedo esperar a la semana próxima para que me cuentes.

Siento como que quiere añadir algo más, pero, aunque todavía no he llegado a mi destino —un complejo de viviendas estudiantiles de la Universidad de Nueva York— termino la llamada.

—Dale un beso a Becky de mi parte. Te quiero.

Pongo en práctica mis reglas de trabajo incluso antes de llegar.

Evalúo a mis clientas tan pronto las veo —me fijo en unas cejas que podrían verse mejor oscureciéndolas, o una nariz que habría que contornear para que se vea más perfilada— pero reconozco que mis clientas me están evaluando también.

La primera regla: mi uniforme extraoficial. Me visto toda de negro, lo que evita tener que coordinar un conjunto distinto todas las mañanas. También envía un mensaje sutil de autoridad. Selecciono piezas cómodas, lavables a máquina, que se vean tan frescas a las siete de la noche como a las siete de la mañana.

Como el espacio personal desaparece cuando estás maquillando a alguien, las uñas las llevo cortas y limadas, el aliento con olor a menta y los rizos recogidos en un moño en la nuca. Nunca me desvío de esta norma.

Me desinfecto las manos con Germ-X y me echo una menta a la boca antes de tocar el timbre del apartamento 6D. He llegado con cinco minutos de adelanto. Otra de mis reglas.

Tomo el ascensor al sexto piso y luego busco el origen de la música a todo volumen —es «Roar», de Katy Perry— hasta encontrar a mis clientas al fondo del pasillo. Una está en bata de baño y la otra lleva una camiseta y pantaloncitos bóxer. Huelo en el aire la evidencia de su último tratamiento de belleza; los químicos que usaron para hacerle mechas a la chica llamada Mandy, y el esmalte de uñas que Taylor se seca agitando las manos en el aire.

—¿A dónde van esta noche? —pregunto. En una fiesta la luz

probablemente sea más intensa que en un club; una cita para cenar requeriría un maquillaje más delicado.

—A Lit —responde Taylor.

Cuando se percata de mi mirada en blanco, añade: —Está en el Meatpacking District. Drake estuvo ahí anoche.

—¡Genial! —comento.

Zigzagueo por entre las cosas que están tiradas en el suelo —un paraguas, un suéter gris estrujado, una mochila— y empujo hacia un lado de la mesa de la sala las palomitas de maíz y las latas medio vacías de Red Bull para colocar mi maletín. Lo abro y los lados se separan como un acordeón, dejando ver bandejas superpuestas de maquillaje y brochas.

—¿Qué tipo de *look* desean?

Algunas maquilladoras empiezan a trabajar enseguida para atender la mayor cantidad posible de clientas en un solo día. Yo aprovecho el tiempo adicional que he separado en mi calendario para hacer algunas preguntas. El que una mujer quiera los ojos ahumados y nada en los labios no significa que otra no desee los labios rojos y solo un poco de máscara de pestañas. Invertir tiempo durante esos minutos iniciales me ahorra tiempo al final.

Pero también confío en mis instintos y observaciones. Cuando estas chicas dicen que quieren un *look* playero y seductor, en realidad sé que lo que quieren es parecerse a Gigi Hadid, la modelo que aparece en la portada de la revista que está tirada sobre el sofá.

—¿Y qué estudian? —les pregunto.

—Comunicaciones. Las dos queremos trabajar en relaciones públicas. —Mandy suena aburrida, como si yo fuese un adulto engorroso que le pregunta qué quiere ser cuando sea grande.

—Parece interesante —comento, arrastrando una silla de espaldar recto hasta el punto donde mejor luz hay, directamente bajo la lámpara del techo.

Comienzo con Taylor. Tengo cuarenta y cinco minutos para crear la imagen que ella quiere ver en el espejo.

—Tienes una piel maravillosa —afirmo. Otra regla: en todas las clientas, encontrar un rasgo que puedas elogiar. En el caso de Taylor, no es difícil encontrarlo.

—Gracias —contesta, sin levantar la mirada de su celular. Comienza a hacer comentarios en voz alta sobre lo que ve en Instagram: —¿Alguien quiere, realmente, ver más fotos de bizcochitos? Jules y Brian están tan enamorados que es asqueante. Puesta de sol inspiradora, bien... complacida de que estén disfrutando de una excitante noche de viernes en su balcón.

Al trabajar, la conversación de las chicas se convierte en ruido de fondo, como el zumbido de un secador de pelo o del tráfico de la ciudad. Estoy ensimismada en los diferentes tonos de base que le he aplicado a Taylor en la mejilla para poder dar con uno que tenga el tono exacto de su piel, y en la mezcla de tonalidades de cobre y arena que combino en mi mano para hacer resaltar los rayos dorados de sus ojos.

Le estoy aplicando bronceador en las mejillas cuando suena el timbre de su celular.

Taylor deja de marcar corazones en Instagram y alza el teléfono: —Número privado. ¿Contesto?

—¡Sí! —responde Mandy—. Podría ser Justin.

Taylor hace una mueca con la nariz. —Pero ¿quién contesta el teléfono un viernes por la noche? Que deje un mensaje.

Unos instantes más tarde, activa el altavoz y una voz masculina retumba en la habitación:

—Habla Ben Quick, el asistente de Shields. Confirmo sus citas este fin de semana; mañana y el domingo, de ocho a diez de la mañana. En Hunter Hall, Salón 214. La veré en el vestíbulo para acompañarla arriba.

Taylor pone los ojos en blanco y yo retiro el cepillo de la máscara de pestañas.

—¿Podrías mantener quieta la cara, por favor? —le pido.

—Perdona. ¿Estaba loca, Mandy? Voy a tener demasiada resaca para levantarme temprano mañana.

—Pues no vayas.

—Ajá. Pero son quinientos dólares. Eso da para un par de suéteres de rag & bone.

Esas palabras rompen mi concentración; quinientos es lo que gano por diez trabajos.

—Bah. Olvídalo. No voy a poner la alarma para ir a contestar un estúpido cuestionario —afirma Taylor.

Qué buena vida, pienso, mirando el suéter tirado en la esquina.

Entonces, se me escapa la pregunta: —¿Un cuestionario?

Taylor se encoge de hombros. —Alguien del departamento de Psicología necesita estudiantes para una investigación.

Me pregunto qué tipo de preguntas tendrá el estudio. Quizás es como un test de personalidad de Myers-Briggs.

Me retiro un poco y observo con detenimiento el rostro de Taylor. Es una belleza clásica, con una estructura ósea envidiable. No necesita el tratamiento completo de cuarenta y cinco minutos.

—Como vas a salir hasta tarde, voy a delinearte los labios antes de aplicar el brillo —le explico—. Así el color durará más.

Saco mi brillo labial favorito, que lleva el logotipo de BeautyBuzz en el tubo, y lo aplico a los labios carnosos de Taylor. Cuando acabo, ella se levanta para mirarse en el espejo del baño, seguida de Mandy. —*Guau* —oigo decir a Taylor—. Es buena de verdad. Vamos a tomarnos un selfi.

—¡Tengo que maquillarme primero!

Comienzo a guardar los cosméticos que usé para Taylor y a pensar en lo que voy a necesitar para Mandy cuando caigo en cuenta de que Taylor ha dejado su celular en la silla.

Mi excitante noche del viernes consistirá en sacar a caminar a mi terrier, Leo, y a lavar las brochas de maquillaje, después de haber tomado el autobús hasta el otro lado de la ciudad a mi pequeño monoambiente del Lower East Side. Estoy tan agotada que es probable que ya esté en la cama antes de que Taylor y Mandy ordenen sus primeros tragos en el club.

Miro el celular de nuevo.

Y miro hacia la puerta del baño. Está medio cerrada.

Apuesto a que Taylor no se va a ocupar de contestar la llamada para cancelar la cita.

—Tengo que comprar el iluminador que usó —dice Taylor.

Quinientos dólares ayudarían mucho al pago de mi alquiler este mes.

Ya conozco mi agenda para mañana. Mi primer trabajo es al mediodía.

—Voy a pedir que me haga un maquillaje dramático de los ojos —dice Mandy—. ¿Habrá traído pestañas postizas?

Hunter Hall, de ocho a diez de la mañana. Recuerdo esa parte. Pero ¿cómo se llamaban el doctor y su asistente?

No tomo la decisión expresa de hacerlo, sino que un instante me encuentro mirando el celular y un instante después, lo tengo en la mano. Ha pasado menos de un minuto; no se ha bloqueado todavía. Aun así, tengo que mirar hacia abajo para navegar hasta la pantalla de los mensajes de voz, pero eso significa despegar los ojos de la puerta del baño.

Toco la pantalla para escuchar el mensaje más reciente y llevo el celular a mi oreja.

La puerta del baño se mueve y veo a Mandy que empieza a salir. Me doy vuelta y el corazón se me quiere salir por la boca. No voy a poder colocar el celular de nuevo en su lugar sin que ella me vea.

Ben Quick.

Puedo fingir que se cayó de la silla, pienso desesperada. Le diré a Taylor que solo lo recogí del piso.

—¡Espera, Mandy!

El asistente de Shields... de ocho a diez a. m...

—¿Le pido que me ponga un color de labios más oscuro?

¡Dale!, pienso, tratando mentalmente de hacer que el mensaje vaya más rápido.

Hunter Hall, Salón 214.

—Quizás —responde Mandy.

La veré en el...

Cuelgo y dejo el celular en la silla justo cuando Taylor entra en la habitación.

¿Lo habrá dejado boca arriba o boca abajo? Pero antes de que me dé tiempo a recordar, ya Taylor está a mi lado.

Mira fijamente su celular y el estómago se me hace un nudo. He metido la pata. Ahora recuerdo que lo dejó sobre la silla con la pantalla hacia abajo. Lo coloqué mal.

Trago con dificultad, tratando de pensar en una excusa.

—Oye —me dice.

Levanto la mirada hasta encontrar la suya.

—¡Me encanta! ¿Pero podrías ponerme un brillo labial un poco más oscuro?

Se deja caer en la silla y exhalo lentamente.

Le maquillo los labios dos veces —la primera de color bellota y luego del color original, sosteniendo el codo derecho con la palma de la mano izquierda para que el temblor de mis dedos no estropee las líneas— y cuando termino, el pulso ya ha vuelto a la normalidad.

Cuando salgo del apartamento al son de un «Gracias» distraído de las chicas en lugar de una propina, ya tengo tomada la decisión.

Pongo la alarma de mi celular para las 7:15 a. m.

Sábado, 17 de noviembre

A la mañana siguiente, repaso mi plan con cuidado.

A veces una decisión impulsiva puede cambiarte la vida.

No quiero que eso me suceda de nuevo.

Espero delante de Hunter Hall, mirando de vez en cuando en dirección al apartamento de Taylor. Está nublado y el aire se siente espeso y gris, así que por un momento confundo a otra joven que corría hacia mí con ella. Pero es solo alguien que salió a trotar. Cuando dan las ocho y cinco y parece que Taylor todavía duerme, entro al vestíbulo, donde un tipo vestido con caquis y una camisa azul de botones mira su reloj.

—¡Lamento llegar tarde!

—¿Taylor? —responde—. Soy Ben Quick.

Había apostado a que Taylor no llamaría para cancelar, y tenía razón.

—Taylor está enferma y me pidió que viniera yo a hacer el cuestionario. Me llamo Jessica. Jessica Farris.

—Oh. —Ben pestañea. Me mira de arriba abajo, examinándome con más atención.

En vez de los botines del día anterior, llevo unas Converse y una mochila de nilón colgada de un hombro. Pensé que no vendría mal parecer una estudiante.

—¿Puedes esperar un momento? —dice finalmente—. Necesito consultar con Shields.

—Por supuesto. —Trato de imitar el tono de aburrimiento que usó Taylor anoche.

Me repito que lo peor que puede pasar es que me diga que no puedo participar. No hay problema; compraré un *bagel* y me llevaré a Leo a dar un buen paseo.

Ben se aparta un poco y saca su celular. Quiero escuchar su lado de la conversación, pero habla en voz muy baja.

Luego viene hasta mí. —¿Qué edad tienes?

Digo la verdad: —Veintiocho.

Miro furtivamente hacia la entrada para asegurarme de que Taylor no llegue a último minuto.

—¿Actualmente resides en Nueva York? —pregunta Ben.

Asiento con un movimiento de la cabeza.

Ben me hace otras dos preguntas: —¿En qué otros lugares has vivido? ¿Lugares fuera de Estados Unidos?

Hago un gesto de negación. —Solo en Pensilvania. Ahí fue que me crie.

—Bien —dice Ben, guardando el celular—. Shields dice que puedes participar en la investigación. Primero, necesito tu nombre completo y dirección. ¿Puedes mostrarme una identificación?

Meto la mano en la mochila y rebusco hasta que encuentro mi billetera, y le entrego mi licencia de conducir.

Él le toma una foto y luego apunta el resto de mis datos. —Puedo enviarte el pago mañana por Venmo cuando termines la sesión, si tienes cuenta.

—Sí, tengo —respondo. —Taylor me dijo que eran quinientos dólares, ¿cierto?

Él asiente con un gesto de la cabeza. —Voy a enviarle a Shields un mensaje de texto con todo esto y luego te acompaño hasta el salón.

¿Será posible que sea todo así de sencillo?

CAPÍTULO
DOS

Sábado, 17 de noviembre

TÚ NO ERES LA participante que esperábamos esta mañana.

Pero satisfaces los criterios demográficos de la investigación, y de otra forma el tiempo de la cita se perdería, así que mi asistente Ben te acompaña hasta el salón 214. El espacio donde se hará el test es grande y rectangular, con muchas ventanas a lo largo de la pared que da al este. Sobre el reluciente piso de linóleo se organizan tres filas de mesas y sillas. En la parte delantera del salón hay una pizarra inteligente con la pantalla en blanco. En la parte superior de la pared del fondo hay un reloj redondo de los de antes. Podría ser un salón cualquiera en un campus universitario cualquiera de una ciudad cualquiera.

Excepto por una cosa: aquí solo estás tú.

Este lugar fue seleccionado porque hay muy poco que te pueda distraer, lo que te ayudará a concentrarte en la tarea por delante.

Ben explica que tus instrucciones aparecerán en la computadora que se ha dispuesto para tu uso. Luego, cierra la puerta.

El salón está en silencio.

Una computadora portátil espera sobre una mesa de la primera fila. Ya está abierta. Se escucha el eco de tus pasos sobre el suelo cuando caminas hacia ella.

Te acomodas en la silla y la acercas a la mesa. La fricción de la pata de metal de la silla contra el linóleo rechina.

Hay un mensaje en la pantalla:

Participante 52: Gracias por ser parte de esta investigación sobre moral y ética. Al participar en esta investigación, usted acepta estar sujeto a las normas de confidencialidad. Se le prohíbe expresamente hablar sobre esta investigación o su contenido con nadie. No hay respuestas correctas ni incorrectas. Es esencial que sea honesta y dé su primera respuesta, su respuesta instintiva. Sus explicaciones deben ser completas. No se le permitirá adelantar a la siguiente pregunta hasta que la pregunta anterior esté completa. Se le avisará cuando queden cinco minutos para concluir las dos horas. Oprima la tecla de «Entrar» cuando esté lista para comenzar.

¿Tienes idea de qué esperar?

Acercas el dedo a la tecla de «Entrar» pero, en lugar de tocarla, dejas la mano en el aire cerca del teclado. No eres la única que ha titubeado. Algunas de las cincuenta y una participantes anteriores también mostraron distintos grados de inseguridad.

La posibilidad de llegar a conocer partes de ti misma que no te gusta admitir que existen puede ser aterradora.

Al fin, presionas la tecla.

Esperas, observando la intermitencia del cursor. Los ojos color miel los tienes bien abiertos.

Cuando aparece la primera pregunta en la pantalla, te estremeces.

Quizás se sienta extraño que alguien esté escudriñando las partes íntimas de tu psique en un entorno tan estéril, sin revelar por qué la información es tan valiosa. Es natural rehuir de los sentimientos de vulnerabilidad, pero tendrás que rendirte al proceso para que este tenga éxito.

Recuerda las reglas: sé abierta y franca y evita desviarte de cualquier sentido de vergüenza o dolor que estas preguntas puedan provocar.

Si esta pregunta inicial, que es relativamente benigna, te inquieta, entonces podrías ser una de las mujeres que abandona la investigación. Algunas participantes no regresan. Esta prueba no es para cualquiera.

Sigues mirando fijamente la pregunta.

Quizás tus instintos te estén diciendo que te marches antes de siquiera comenzar.

No serías la primera.

Pero llevas las manos al teclado y comienzas a escribir.

CAPÍTULO
TRES

Sábado, 17 de noviembre

MIRANDO LA COMPUTADORA EN el silencio poco natural del salón, me doy cuenta de que estoy ansiosa. Las instrucciones dicen que no hay respuestas incorrectas, pero las respuestas a un test de moral, ¿no revelarán mucho sobre mi carácter?

El salón está frío y me pregunto si se trata de algo deliberado, para mantenerme alerta. Casi puedo escuchar sonidos fantasmas: el roce de papeles, los golpes secos de los pies en el piso, las bromas y juegos de los estudiantes.

Toco la tecla de «Entrar» con el dedo índice y espero la primera pregunta.

¿Podría decir una mentira sin sentir remordimiento?

Doy un respingo.

Esto no es lo que esperaba cuando Taylor mencionó la investigación con un gesto desdeñoso de la mano. Supongo que no esperaba que me pidieran escribir sobre mí; por alguna razón, supuse que esto sería un test de selección múltiple o de cierto y falso.

Encontrarme con una pregunta que se siente tan personal, como si el Dr. Shields ya supiera demasiado sobre mí, como si supiera que mentí sobre Taylor... bueno, pues, eso me inquieta bastante.

Me doy una sacudida mental y llevo los dedos al teclado.

Hay muchos tipos de mentira. Podría escribir sobre mentiras de omisión o sobre mentiras enormes, de las que te cambian la vida —un tipo que conozco muy bien— pero decido tomar una vía más segura.

Por supuesto, escribo. *Soy maquilladora, pero no soy de las que usted ha oído hablar. No trabajo con modelos ni con estrellas de cine. Yo preparo a las adolescentes del Upper East Side para el baile de graduación y a las mamás para actividades benéficas elegantes. También hago bodas y bat mitzvás. De modo que sí, podría decirle a una madre sumamente nerviosa que se ve tan joven todavía que podrían pedirle identificación antes de venderle licor, o convencer a una quinceañera insegura que ni siquiera me había fijado en el granito que tiene en la cara. Especialmente porque es más probable que me den una propina generosa si las halago.*

Oprimo «Entrar», sin saber si es este el tipo de respuesta que quiere el profesor. Pero supongo que lo he hecho bien, porque la segunda pregunta aparece en seguida.

Describa un momento en que hizo trampa.

Vaya. Esto lo considero un atrevimiento.

Pero quizás todos han hecho trampa alguna vez, aunque fuese en un juego de Monopolio cuando eran chiquitos. Pienso un poco y luego escribo: *En cuarto grado, hice trampa en un examen. Sally Jenkins era quien mejor deletreaba en la clase y, cuando miré hacia arriba mientras masticaba el borrador rosita del lápiz, tratando de recordar cómo se escribía «tomorrow», pude mirar de reojo su papel.*

Resulta que eran dos erres. Escribí la palabra y le di las gracias a Sally mentalmente cuando saqué A.

Oprimo «Entrar».

Qué curioso recordar esos detalles, aunque no he pensado en Sally en años. Nos graduamos de secundaria juntas, pero no he asistido a las reuniones más recientes de la clase, así que no tengo idea de cómo le ha ido. Probablemente tenga dos o tres hijos, un trabajo a tiempo parcial, una casa cerca de sus papás. Eso fue lo que le sucedió a la mayoría de las chicas con las que me crie.

La siguiente pregunta no se ha materializado todavía. Oprimo la tecla de «Entrar» otra vez. Nada.

Me pregunto si habrá un error en la programación. Estoy a punto de sacar la cabeza por la puerta a ver si Ben está cerca, pero en ese momento comienzan a aparecer letras en la pantalla, una por una.

Como si alguien las estuviese escribiendo en tiempo real.

Participante 52, tiene que hurgar más hondo.

Las palabras me producen un sobresalto. No puedo evitar mirar alrededor. Las persianas plásticas de las ventanas están subidas, pero afuera no se ve a nadie en un día tan gris y triste. Las aceras y el césped están desiertos. Hay otro edificio del otro lado de la calle, pero no es posible decir si hay alguien allí.

Lógicamente, sé que estoy sola. Pero siento como si hubiese alguien cerca susurrando.

Vuelvo a mirar la computadora. Hay otro mensaje:

¿Fue esa en realidad su primera respuesta instintiva?

Casi se me escapa un grito. ¿Cómo sabe el Dr. Shields?

Empujo hacia atrás la silla con un movimiento abrupto y empiezo a ponerme de pie. Entonces entiendo cómo se dio cuenta; tiene que haber sido mi titubeo antes de comenzar a escribir. Shields se percató de que rechacé mi idea inicial y seleccioné una respuesta más segura. Vuelvo a acercar la silla a la computadora y exhalo lentamente.

Poco a poco aparece otra instrucción en la página:

Trascienda lo superficial.

Era una locura pensar que el Dr. Shields pudiese saber lo que pienso, me digo. Es evidente que estar en este salón me está afectando la mente. No se sentiría tan extraño si hubiese otra gente en el salón.

Después de una breve pausa, la segunda pregunta aparece en la pantalla.

Describa un momento de su vida en que hizo trampa.

Está bien, pienso. ¿Quieres saber la complicada verdad sobre mi vida? Puedo escarbar un poco más.

¿Se hace trampa si uno es solo un cómplice?, escribo.

Espero una respuesta. Pero lo único que se mueve en la pantalla es el cursor. Sigo escribiendo.

A veces me acuesto con tipos que no conozco muy bien. O quizás se trata de que no quiero conocerlos muy bien.

No sucede nada. Sigo.

Mi trabajo me ha enseñado a evaluar cuidadosamente a la gente cuando los conozco por primera vez. Pero en mi vida personal, en especial después de uno o dos tragos, deliberadamente relajo las exigencias.

Había un bajista que conocí hace unos meses. Fui con él a su apartamento. Era evidente que allí vivía una mujer, pero no le pregunté nada. Me dije que era solo una compañera de apartamento. ¿Está mal que no quiera ver?

Oprimo «Entrar» y me pregunto cómo caerá mi confesión. Mi mejor amiga, Lizzie, sabe sobre algunos de mis encuentros de sexo casual, pero nunca le conté que esa noche había visto botellas de perfume y una rasuradora rosa en el baño. Tampoco sabe sobre la frecuencia. Será que no quiero que me juzgue.

Letra por letra, en la pantalla de la computadora se va formando una palabra:

Mejor.

Por un segundo, me alegro de estar entendiendo cómo funciona el test.

Luego me percato de que un extraño está leyendo mis confesiones acerca de mi vida sexual. Ben parecía profesional, con su camisa *oxford* planchada y lentes con marco de carey, pero ¿qué sé yo en realidad sobre este psiquiatra y su investigación?

Quizás solo la *llaman* investigación sobre moral y ética. Podría ser cualquier cosa.

¿Cómo sé que el tipo siquiera es profesor en la Universidad de Nueva York? Taylor no parece el tipo de persona que corrobora detalles. Es una joven hermosa y quizás por eso la invitaron a participar.

Antes de decidir qué hacer, aparece la siguiente pregunta:

¿Cancelaría planes que ha hecho con una amiga si surge algo mejor?

Relajo los hombros. Esta pregunta parece completamente inocua, algo que Lizzie preguntaría si estuviese buscando un consejo.

Si el Dr. Shields estuviese planificando algo macabro, no habría organizado todo esto en un salón de clases de una universidad. Además —me recuerdo a mí misma— no me preguntó sobre mi vida sexual. Fui yo quien ofreció la información.

Contesto la pregunta: *Desde luego, porque mis trabajos no son regulares. Hay semanas en que estoy abrumada. A veces maquillo a siete u ocho clientas en un día, corriendo por todo Manhattan. Pero luego pueden venir días en que solo me llaman un par de veces. Rechazar trabajo no es posible para mí.*

Estoy por oprimir «Entrar» cuando caigo en cuenta de que el Dr. Shields no estará satisfecho con lo que he escrito. Sigo sus instrucciones y hurgo más a fondo.

Conseguí mi primer empleo en un negocio de venta de sándwiches cuando tenía quince años. Dejé la universidad después de dos años porque no podía con la carga. Aun con la ayuda económica, tenía que trabajar de mesera tres noches por semana y tomar préstamos estudiantiles. Detestaba tener deudas. La preocupación constante de que mi recibo del cajero automático mostrara un balance negativo, tener que robarme un sándwich para llevarme a casa al salir del trabajo...

Ahora estoy un poco mejor. Pero no tengo un fondo de reserva, como tiene mi mejor amiga, Lizzie. Sus padres le envían un cheque todos los meses. Los míos no tienen un peso, y mi hermana tiene necesidades especiales. Así que a veces sí, podría tener que cancelar los planes que había hecho con una amiga. Tengo que sostenerme económicamente. Porque, a fin de cuentas, solo puedo depender de mí.

Miro fijamente la última línea.

Me pregunto si sueno llorona. Espero que el Dr. Shields entienda lo que trato de decir: mi vida no es perfecta, pero ¿qué vida lo es? Podrían haberme tocado cartas peores.

No estoy acostumbrada a expresarme de esta manera. Escribir sobre pensamientos ocultos es como quitar el maquillaje y ver una cara desnuda.

Respondo unas cuantas preguntas más, entre ellas: ***¿Leería los mensajes de texto de su esposo o pareja?***

Si pensase que me estaba engañando, lo haría, escribo. *Pero nunca he estado casada ni he vivido con nadie. Solo he tenido un par de novios más o menos serios, y nunca tuve razón para dudar de ellos.*

Cuando termino de contestar la sexta pregunta, me siento distinta a como me he sentido en largo tiempo. Estoy agitada, como si hubiese tomado una taza extra de café, pero ya no estoy nerviosa ni ansiosa. Estoy súper enfocada. También he perdido por completo la noción del tiempo. Podría haber estado en este salón cuarenta y cinco minutos, o el doble de tiempo.

Acabo de escribir algo que nunca podré contarles a mis padres —que pago en secreto parte de los gastos médicos de Becky— cuando de nuevo comienzan a aparecer letras en la pantalla.

Eso debe ser difícil para usted.

Leo el mensaje una segunda vez, más despacio. Me sorprende el consuelo que las amables palabras del Dr. Shields me proporcionan.

Me reclino hacia atrás en la silla y trato de imaginar su aspecto mientras siento la dureza del metal incrustarse en el espacio entre las escápulas. Me lo imagino corpulento y con barba gris. Atento y compasivo. Probablemente ha oído de todo. No me está juzgando.

Sí, es difícil, pienso. Pestañeo rápidamente un par de veces y escribo, *Gracias*.

Nunca antes alguien ha querido saber tanto sobre mí; la mayor parte de la gente se siente satisfecha con el tipo de conversación banal que al Dr. Shields no le gusta.

Quizás los secretos que he estado guardando son más importantes de lo que pensaba, porque contárselos al Dr. Shields me hace sentir mejor.

Mi inclino un poco hacia delante y mientras espero la siguiente pregunta, juego con el trío de sortijas de plata que llevo en el dedo índice.

Parece que la última toma un poco más de tiempo en aparecer.

Y entonces aparece.

¿Alguna vez ha herido profundamente a una persona querida?

Casi dejo escapar un grito.

La leo dos veces. No puedo evitar mirar hacia la puerta, aunque sé que nadie mira por la ventanita de cristal de la parte superior.

Quinientos dólares, pienso. Ya no parece dinero fácil.

No quiero titubear demasiado. El Dr. Shields sabrá que estoy evadiendo algo.

Lamentablemente, sí, escribo, tratando de ganar tiempo. Me enredo un bucle en el dedo, y entonces escribo algo más. *Cuando llegué a Nueva York, conocí a este chico que me gustaba, y a una amiga mía le gustaba también. Él me invitó a salir...*

Me detengo. Contar esa historia no es gran cosa. No es lo que quiere el Dr. Shields.

Lentamente, voy borrando las letras.

He sido honesta, como quedé cuando acepté los términos al comienzo del estudio. Pero ahora pienso en inventarme algo.

El Dr. Shields podría darse cuenta si no digo la verdad.

Y me pregunto... ¿cómo me sentiría si lo hago?

A veces pienso que he herido a todas las personas que he amado.

Tengo tantos deseos de escribir esas palabras. Imagino al Dr. Shields asintiendo con empatía, alentándome a continuar. Si le digo lo que hice, quizás él escriba otra vez algo que me consuele.

La garganta se me cierra. Me paso la mano por los ojos.

Si fuese valiente, comenzaría por explicar al Dr. Shields que yo había cuidado a Becky todo el verano cuando mis padres estaban en el trabajo; que había sido responsable, aunque solo tenía trece años en aquel momento. Becky podía ser irritante —siempre se metía en mi habitación cuando yo tenía amigas en casa, tomaba mis cosas prestadas y trataba de seguirme a todas partes— pero yo la quería.

La quiero, pienso. Todavía la quiero.

Solo que duele estar con ella.

Todavía no he escrito ni una palabra cuando Ben toca la puerta y me dice que me quedan cinco minutos.

Levanto las manos y escribo lentamente, *Sí, y daría cualquier cosa con tal de deshacerlo.*

Antes de pensarlo dos veces, oprimo la tecla de «Entrar».

Miro fijamente la pantalla de la computadora, pero el Dr. Shields no responde nada.

El cursor parece pulsar como el latido del corazón; es hipnotizante. Los ojos me comienzan a arder.

Si el Dr. Shields me escribiera ahora, si me pidiese que continuara y dijera que no importa que me pase de tiempo, lo haría. Lo soltaría todo; le diría absolutamente todo.

Me empieza a faltar el aire.

Me siento al borde de un precipicio, esperando que alguien me diga que salte.

Sigo mirando la pantalla, a sabiendas de que solo queda un minuto o algo así.

La pantalla sigue en blanco excepto por el parpadeo del cursor. Pero de repente, comienzan a formarse palabras en mi mente, al compás del parpadeo del cursor: *Dime. Dime.*

Cuando Ben abre la puerta, apenas logro despegar los ojos de la pantalla para mirarlo.

Me doy vuelta y lentamente tomo el abrigo del espaldar de la silla y agarro la mochila. Miro la computadora una última vez, pero sigue en blanco.

Justo cuando me pongo de pie, me arropa un tremendo cansancio. Estoy completamente exhausta. Siento las extremidades pesadas y bruma en el cerebro. Quiero irme a casa y meterme bajo la manta con Leo.

Ben espera justo al otro lado de la puerta, mirando un iPad. Logro ver el nombre de Taylor en la parte superior, seguido de otros tres nombres de mujer. Todos tenemos secretos. Me pregunto si ellas revelarán los suyos.

—Te veré mañana a las ocho —dice Ben al bajar las escaleras hacia el vestíbulo. Tengo que esforzarme por mantenerme a la par con él.

—Muy bien —contesto. Agarro el pasamanos y me concentro en los escalones para no saltarme ninguno.

Cuando llegamos abajo, me detengo un momento. —Oye, tengo una pregunta. ¿Exactamente qué tipo de investigación es esta?

Ben parece irritarse un poco. Es algo quisquilloso, con sus mocasines relucientes y su lápiz táctil de lujo. —Es un estudio abarcador sobre la moral y la ética en el siglo XXI. Shields está evaluando a cientos de participantes en preparación para una importante monografía académica.

Entonces mira más allá de mí, hacia la siguiente mujer que espera en el vestíbulo: —¿Jeannine?

Me cierro la chaqueta de cuero al salir a la calle. Me detengo un instante en lo que me oriento, y entonces me doy la vuelta y me dirijo hacia mi apartamento. La gente a mi alrededor parece entretenida con actividades ordinarias. Unas pocas mujeres con tapetes de yoga de colores brillantes entran al estudio que está en la esquina. Dos tipos tomados de la mano me pasan por el lado.

Un chico corriendo patineta es perseguido por su padre, que grita, «Más despacio, niño!».

Hace dos horas, no me hubiese fijado en ninguno de ellos. Pero ahora me desorienta estar de vuelta en el ruidoso y bullicioso mundo.

Me dirijo a mi apartamento; el semáforo me detiene cuando llego a la esquina. Hace frío y busco los guantes en el bolsillo. Cuando me los pongo, me doy cuenta de que el esmalte translúcido con el que me pinté las uñas ayer está descascarado.

Debo haberme pelado las uñas mientras pensaba si debía contestar esa última pregunta.

Tiemblo de frío y cruzo los brazos delante del pecho. Me siento como si me estuviera enfermando. Hoy tengo cuatro clientas, y no tengo idea de dónde voy a sacar la energía para cargar con mi maletín por toda la ciudad y hablar de banalidades.

Me pregunto si la investigación continuará donde la dejé cuando regrese mañana al salón. O quizás Shields me permita saltar esa última pregunta y me dé una nueva.

Doblo en la esquina y mi edificio está a la vista. Abro la puerta principal y la halo con fuerza tras de mí hasta que oigo el clic del pestillo al cerrar. Me obligo a subir los cuatro pisos por las escaleras, abro la puerta del apartamento y caigo como un peso muerto en el futón. Leo salta y se acurruca junto a mí; a veces parece que sabe cuando necesito consuelo. Lo adopté por impulso hace un par de años cuando entré a un refugio de animales a mirar gatos. No ladraba ni lloraba. Estaba sentado en su jaula, mirándome, como si hubiese estado esperando a que yo apareciera.

Pongo la alarma del celular para que suene en una hora y descanso la mano en su cuerpito caliente.

Tirada allí, comienzo a preguntarme si valió la pena. No estaba preparada para lo intensa que sería la experiencia ni para las muchas emociones distintas que me abrumarían.

Me acuesto de lado y cierro los ojos, que siento pesados, y me digo que me sentiré mejor cuando haya descansado.

No sé qué podría suceder mañana, qué otras cosas preguntará el Dr. Shields. Nadie me obliga a hacer esto, me digo. Podría decir que me quedé dormida hasta tarde. O podría hacer como Taylor y sencillamente no aparecer.

No tengo que volver, pienso, justo antes de caer en un sueño profundo.

Pero sé que me estoy mintiendo a mí misma.

CAPÍTULO
CUATRO

Sábado, 17 de noviembre

Dijiste una mentira, lo que constituye una entrada irónica a un estudio sobre moral y ética. Una entrada muy empresarial, también.

No estabas sustituyendo a la cita de las ocho de la mañana.

La participante original llamó para cancelar a las 8:40 a. m., mucho después de que te escoltaran al salón; dijo que se había quedado dormida. Aun así, se te permitió continuar, porque para ese entonces te habías revelado como una participante enigmática.

Primeras impresiones: Eres joven; tu licencia de conducir confirma que tienes veintiocho años. Tus rizos castaños son largos y un tanto rebeldes y vas vestida con *jeans* y una chaqueta de cuero. No llevas anillo de matrimonio, sino un trío de anillos de plata en el dedo índice.

A pesar de tu aspecto despreocupado, hay un cierto profesionalismo en tu talante. No llegaste aquí con un café para llevar, ni bostezaste ni te frotaste los ojos, como algunas de las otras participantes con citas temprano en la mañana. Te sentaste derecha y no miraste el celular entre una pregunta y otra.

Lo que revelaste durante tu sesión inicial, y lo que no revelaste a propósito, es igualmente valioso.

Desde tu primera respuesta comenzó a surgir un tema sutil que te distinguió de las otras cincuenta y una mujeres evaluadas hasta el momento.

Primero describiste cómo mentirías para tranquilizar a una clienta y así conseguir una propina más alta.

Luego escribiste que cancelarías una salida con una amiga, pero no por boletos de última hora para un concierto ni una cita prometedora, como dijo la mayoría de las otras. En su lugar, tu mente volvió a la posibilidad de trabajo.

El dinero es sumamente importante para ti. Parece ser un puntal de tu código ético.

Cuando el dinero y la moral se cruzan, los resultados pueden iluminar verdades fascinantes sobre el carácter humano.

La gente rompe su compás moral motivada por una variedad de razones primigenias: odio, amor, envidia, pasión. Y dinero.

Más observaciones: Pones en primer lugar a tus seres amados, según lo demuestra la información que ocultaste a tus padres para protegerlos. Sin embargo, te describes como cómplice en un acto que podría destruir otra relación.

Fue la pregunta que no contestaste, sin embargo, la pregunta con la que batallabas mientras te raspabas las uñas, la que es más intrigante.

Este test puede liberarte, Participante 52.

Entrégate a él.

CAPÍTULO
CINCO

Sábado, 17 de noviembre

Mi BREVE SIESTA ALEJA los pensamientos sobre el Dr. Shields y su extraño test. Una taza de café cargado me ayuda a enfocarme en mis clientas y cuando regreso al apartamento después del trabajo ya casi me siento normal otra vez. La idea de otra sesión mañana no parece tan abrumadora.

Hasta tengo energías para recoger la casa, es decir, recoger la ropa que está amontonada en el respaldar de la silla y colgarla en el armario. Mi apartamento es tan pequeño que no hay una sola pared que no tenga delante algún mueble. Podría pagar un lugar más grande si tuviese una compañera de apartamento, pero hace años que tomé la decisión de vivir sola. Vale la pena el sacrificio para tener privacidad.

Cuando me siento en el futón, un rayo de luz mortecina se asoma por la única ventana. Busco la chequera, pensando en que no me sentiré tan intimidada como de costumbre al pagar mis cuentas con los quinientos dólares adicionales que me entrarán este mes.

Comienzo a escribir el cheque a nombre de Antonia Sullivan, y siento al Dr. Shields metido en la cabeza otra vez:

¿Le ha ocultado algo a una persona que ama para evitar que sufra?

El bolígrafo se detiene.

Antonia es una terapeuta ocupacional y del habla; una de las mejores de Filadelfia.

La especialista costeada por el estado que trabaja con Becky los martes y jueves logra un poco de progreso. Pero los días que viene Antonia, ocurren pequeños milagros. Trata de trenzarse el pelo o de escribir una oración. Hace una pregunta sobre el libro que Antonia le leyó. Recupera una memoria perdida.

Antonia cobra $125 la hora, pero mis padres piensan que ella les da una tarifa especial y ellos pagan una fracción de eso. Yo pago el resto.

Hoy, reconozco la verdad: si mis padres supiesen que yo pago la mayor parte de la cuenta, mi padre se sentiría avergonzado y mi madre se preocuparía. Podrían negarse a aceptar mi ayuda.

Es mejor si no tienen la oportunidad de decidir.

He estado pagando los servicios de Antonia durante los pasados dieciocho meses. Mi madre siempre llama para contarme de sus visitas.

No me había dado cuenta de lo difícil que se me hace participar en esa farsa hasta que escribí sobre eso en la sesión de esta mañana. Cuando el Dr. Shields respondió que debía ser difícil, fue como si me hubiese dado permiso para finalmente admitir mis verdaderos sentimientos.

Termino de escribir el cheque y lo meto dentro de un sobre, y luego me levanto y voy a la nevera a buscar una cerveza.

Ya no quiero analizar más mis decisiones; tendré que regresar a ese mundo muy pronto.

Agarro el celular para textear a Lizzie: ¿Podríamos encontrarnos un poco más temprano?

Entro al Lounge y miro a mi alrededor, pero Lizzie no ha llegado todavía. No me sorprende; me he adelantado diez minutos. Veo un par de taburetes vacíos y me apodero de ellos.

Sanjay, el barman, me mira y asiente a modo de saludo. Vengo aquí con frecuencia. Está a tres cuadras de mi apartamento y las cervezas solo cuestan tres dólares durante el *happy hour*.

—¿Sam Adams? —pregunta.

—Vodka con jugo de arándanos y soda, por favor —digo, negando con la cabeza. El *happy hour* terminó hace casi una hora.

Ya me he tomado la mitad de mi trago cuando llega Lizzie, quitándose la bufanda y la chaqueta según se va acercando. Quito mi bolso del taburete contiguo.

—Hoy me sucedió algo bien extraño —afirma Lizzie al sentarse, dándome un abrazo fuerte y rápido. Con sus mejillas sonrosadas y el pelo rubio largo, parece una campesina del Medio Oeste, que es exactamente lo que era antes de venir a Nueva York a tratar de conseguir empleo como diseñadora de vestuario teatral.

—¿A ti? No es posible —exclamo. La última vez que hablé con Lizzie me dijo que había tratado de comprar un sándwich de pavo para un vagabundo y que él se había irritado porque ella no sabía que él era vegano. Unas semanas antes, le había pedido a alguien que la ayudara a encontrar el pasillo de las toallas de baño en Target. La persona resultó ser Michelle Williams, la actriz nominada para un Oscar, no una empleada de la tienda. —Pero ella sabía dónde estaban —soltó Lizzie cuando contó la historia.

—Estaba en Washington Square Park... Espera, ¿estás tomando vodka con jugo de arándanos y soda? Yo también quiero uno, Sanjay y dime, ¿cómo está ese guapísimo novio tuyo? De todos modos, Jess, ¿por dónde andaba? Ah sí, el conejito. Estaba allí, en medio del camino, mirándome.

—¿Un conejito? ¿Como Tambor?

Lizzie asiente. —Es precioso. Tiene las orejas largas y la naricita rosada. Pienso que se le debe haber perdido a alguien. Es totalmente manso.

—Está en tu apartamento ahora, ¿no?

—Solo por el frío que hace afuera. Voy a llamar a todas las escuelas de la zona el lunes para ver si alguna lo quiere adoptar como mascota.

Sanjay desliza el trago de Lizzie hasta ella y ella toma un sorbo.

—¿Y tú? ¿Algo interesante que contar?

Por una vez en la vida, había tenido un día que rivalizaba con el de ella, pero cuando comienzo a hablar, delante de los ojos veo las palabras en la pantalla de la computadora: *Al participar en esta investigación, usted acepta estar sujeto a las normas de confidencialidad.*

—Lo usual —digo, mirando hacia el trago que estoy revolviendo. Luego busco en mi bolso unas monedas y me levanto.

—Voy a escoger unas canciones. ¿Alguna petición?

—Los Rolling Stones. —Escojo «Honky Tonk Women» para Lizzie, y me inclino sobre la rocola, considerando las opciones.

Lizzie y yo nos conocimos poco después de mudarme aquí, cuando ambas trabajábamos tras bastidores en el mismo teatrito de Broadway; yo como maquilladora y ella como parte del equipo de vestuario. La producción cerró después de la segunda noche, pero para entonces ya nos habíamos hecho amigas. La siento más cercana que casi cualquier otra persona. Fui a su casa con ella durante un fin de semana largo y conocí a su familia, y ella paseó con mis padres y con Becky cuando vinieron a Nueva York hace unos años. Siempre me da el pepinillo de su plato cuando comemos en nuestro *deli* favorito porque ella sabe lo mucho que me gustan, igual que yo sé que cuando se publica un libro nuevo de Karin Slaughter ella no saldrá de su apartamento hasta haberlo terminado.

Aunque ciertamente no lo sabe todo sobre mí, me siento rara de no poder contarle mis experiencias de hoy.

Un chico se acerca y se para al lado mío, y mira la lista de títulos de canciones.

Comienza a sonar la que escogí para Lizzie.

—¿Fanática de los Stones?

Me doy vuelta a mirarlo. Seguro que es egresado de una escuela de administración de empresas, pienso. Veo su tipo todos los días en el metro. Tiene esa vibra de Wall Street, con el abrigo de cuello alto y *jeans* que son demasiado nuevos. El pelo —oscuro— lo lleva corto, y la barba incipiente parece más una barba genuina de las cinco de la tarde que una expresión artística de vello facial. Su reloj también es revelador. Es un Rolex, pero no uno antiguo que delataría antepasados adinerados. Es un modelo más reciente que probablemente compró él mismo, quizás con el bono de fin de año.

Demasiado pijo para mí.

—Es la banda favorita de mi novio —le digo.

—Qué tipo afortunado.

Le sonrío para suavizar el rechazo: —Gracias.

Selecciono «Purple Rain» y camino de regreso a mi taburete.

—¿Tienes a Tambor en el baño? —pregunta Sanjay.

—Puse periódicos en el suelo —explica Lizzie—. Pero mi compañera de piso no está muy contenta.

Sanjay me hace un guiño. —¿Otra ronda?

Lizzie saca su celular y nos lo muestra a Sanjay y a mí. —¿Quieren ver una foto?

—Una monada —respondo.

—Oh, acabo de recibir un mensaje de texto —afirma Lizzie, mirando el celular con detenimiento—. ¿Te acuerdas de Katrina? Está invitando gente a su casa para unos tragos. ¿Quieres ir?

Katrina es una actriz que trabaja con Lizzie en la nueva producción. No he visto a Katrina en mucho tiempo, desde que ella y yo trabajamos juntas en una obra justo antes de que yo dejara el teatro. Ella me llamó durante el verano y dijo que quería que nos reuniéramos para hablar. Pero nunca respondí.

—¿Esta noche? —pregunto, dando largas al asunto.

—Sí —contesta Lizzie—. Creo que va Annabelle y quizás también Cathleen.

Me simpatizan Annabelle y Cathleen. Pero es probable que también esté invitada otra gente del teatro. Y hay uno que preferiría no ver nunca más.

—Gene no va a estar allí, no te preocupes —afirma Lizzie, como si pudiera leerme la mente.

Me doy cuenta de que Lizzie quiere ir. Después de todo, siguen siendo sus amigos. Además, le viene bien para su currículum. El teatro en Nueva York es una comunidad bien cerrada y la mejor forma de conseguir trabajo es mediante conexiones personales. Pero se va a sentir mal si va ella y yo no.

Es como si pudiera escuchar en la cabeza la voz profunda y tranquilizadora del Dr. Shields: *¿Podría decir una mentira sin sentir remordimiento?*

Sí, le respondo.

A Lizzie le digo: —No, no es por eso, es que estoy realmente cansada. Y me tengo que levantar temprano mañana.

Luego hago una señal a Sanjay. —Vamos a tomarnos otro rápido y después tengo que irme a dormir. Pero tú debes ir, Lizzie.

Veinte minutos más tarde, Lizzie y yo salimos por la puerta. Vamos en direcciones distintas, así que nos despedimos con un abrazo en la acera. Ella huele a flor de naranjo; recuerdo que la ayudé a escoger el perfume.

La observo doblar la esquina, en dirección a la fiesta.

Lizzie había dicho que Gene French no estaría allí, pero no es solo a él a quien estoy evadiendo. No me entusiasma la idea de volver a relacionarme con nadie de esa fase de mi vida, aunque me consumió durante los primeros siete años que estuve en Nueva York.

El teatro fue lo que me atrajo a esta ciudad. Mi sueño se apoderó de mí temprano, cuando era niña y mi madre me llevó a ver una producción local de *El mago de Oz*. Después de la función, los actores salieron al vestíbulo y caí en cuenta de que todos ellos —el hombre de hojalata, el león cobarde y la bruja mala— eran personas comunes. Habían sido transformadas por polvo blanco y pecas pintadas con lápiz de cejas y base verdosa.

Cuando abandoné la universidad y me mudé a Nueva York, comencé a trabajar en el mostrador de Bobbi Brown en Bloomingdale's a la vez que hacía audiciones como maquilladora en todas las obras que podía encontrar en Backstage.com. Ahí me di cuenta de que los profesionales llevan sus bases, pestañas postizas y delineadores en un maletín negro que se abre como un acordeón, en vez de bolsos cilíndricos. Al principio trabajaba esporádicamente en obras pequeñas en las que me pagaban con boletos de cortesía, pero después de un par de años empecé a tener trabajos en obras más grandes y pude dejar el trabajo de la tienda. Mis clientes comenzaron a recomendarme a nuevos clientes, y hasta contraté a un agente, si bien uno que también representaba a un mago que hacía sus trucos en ferias comerciales.

Ese período de mi vida fue pura euforia —la intensa camaradería con los actores y otros miembros del equipo, el triunfo cuando el público se ponía de pie y aplaudía nuestra creación— pero ahora gano mucho más trabajando por mi cuenta como maquilladora. Y también comprendí hace mucho que no todos los sueños de la gente se convierten en realidad.

Aun así, no puedo evitar pensar en esa época y preguntarme si Gene todavía es el mismo.

Cuando nos presentaron, tomó mi mano en la suya. Su voz era profunda y robusta, apropiada para alguien que trabaja en teatro. Ya estaba encaminado al éxito, aunque solo tenía treinta y tantos años. Lo alcanzó más rápido de lo que yo había anticipado.

Lo primero que me dijo, mientras yo trataba de no sonrojarme: *Tienes una sonrisa hermosa.*

Los recuerdos siempre llegan en este orden: Yo, trayéndole café para despertarlo de la siesta que está tomando en una butaca del oscuro auditorio. Él, mostrándome un programa, recién impreso, y señalando mi nombre en la lista de créditos. Nosotros dos solos en su oficina, él mirándome fijamente mientras se baja el zíper del pantalón.

Y lo último que me dijo, mientras yo trataba de aguantar las lágrimas: *Ten cuidado de camino a casa, ¿de acuerdo?* Entonces llamó un taxi y le dio un billete de veinte al conductor.

¿Pensará en mí alguna vez?, me pregunto.

Ya basta, me digo. Necesito superar esto.

Pero si me voy a casa, sé que no voy a poder dormir. Seguiré recordando escenas de la última noche que estuvimos juntos y qué pude haber hecho distinto, o pensando sobre la investigación del Dr. Shields.

Miro hacia atrás al bar. Entonces abro la puerta y entro. Veo al banquero de pelo oscuro jugando a los dardos con sus amigos.

Camino directamente hasta él. Es solo unos cuatro o cinco centímetros más alto que yo con mis botas bajitas. —Hola otra vez —digo.

—Hola. —Alarga la palabra, convirtiéndola en pregunta.

—En realidad no tengo novio. ¿Puedo comprarte una cerveza?

—Esa relación fue breve —afirma, y yo me río.

—Deja que pague yo la primera ronda —insiste, entregando los dardos a uno de sus amigos.

—¿Te parece bien un Fireball? —sugiero.

Cuando se acerca al bar, veo a Sanjay mirándome y aparto la mirada. Espero que no haya escuchado cuando le dije a Lizzie que me iba a casa.

Cuando el banquero regresa con los tragos, choca su vaso con el mío. —Me llamo Noah.

Tomo un sorbo y la canela me quema los labios. Sé que no me interesará volver a ver a Noah después de hoy. Así que digo el primer nombre que se me ocurre: —Yo soy Taylor.

Levanto la manta y poco a poco salgo de debajo, mirando a mi alrededor. Me toma un segundo recordar que estoy en el sofá del apartamento de Noah. Acabamos aquí después de varios tragos en otro bar. Cuando nos dimos cuenta de que ninguno de los dos había cenado y de que estábamos hambrientos, Noah salió al *deli* de la esquina.

—No te muevas —ordenó, y me sirvió una copa de vino—. Regresaré en dos minutos. Necesito huevos para hacer tostadas francesas.

Debo haberme quedado dormida casi de inmediato. Supongo que me quitó las botas y me cubrió con una manta en vez de despertarme. También me dejó una nota sobre la mesa de centro: *Oye, dormilona, voy a prepararte tostadas francesas por la mañana.*

Todavía estoy vestida con los *jeans* y la camisa; solo nos besamos. Agarro mis botas y abrigo y voy en puntitas de pie hasta la puerta, que chilla cuando la abro. Me estremezco, pero no oigo señales de que Noah esté moviéndose en su dormitorio. La cierro lentamente y luego me pongo las botas y me apresuro por el pasillo. Tomo el ascensor hasta el vestíbulo, arreglándome el pelo y frotándome debajo de los ojos para sacar cualquier mancha de máscara de pestañas mientras desciendo los diecinueve pisos.

El portero levanta la vista del celular. —Buenas noches, señorita.

Lo saludo y trato de orientarme una vez que estoy afuera. La estación más cercana del metro está a cuatro cuadras de distancia. Es casi medianoche y hay algunas personas dando vueltas. Me dirijo a la estación, buscando la tarjeta del metro en la billetera mientras camino.

La cara me arde por el aire frío y toco con la mano un punto sensible en la barbilla, donde la barba de Noah me raspó cuando nos besamos. La molestia, de alguna manera, me reconforta.

CAPÍTULO
SEIS

Domingo, 18 de noviembre

Tu siguiente sesión comienza igual que la primera: Ben te espera en el vestíbulo para acompañarte al salón 214. Al subir las escaleras, preguntas si el formato será igual al de ayer. Él responde que sí, pero no puede ofrecerte mucha más información. No se le permite divulgar lo poco que sabe; él también ha firmado un acuerdo de confidencialidad.

Igual que antes, la computadora portátil gris está esperando en la primera fila. Las instrucciones están en la pantalla, así como un saludo: **Bienvenida, Participante 52.**

Te quitas el abrigo y te acomodas en la silla. Muchas de las otras jóvenes que han ocupado esta silla son casi idénticas, de pelo largo y lacio, risas nerviosas y estructura ósea pequeña. Tú te destacas, y no solo por tu belleza inusual.

Tu postura es casi rígida. Permaneces inmóvil casi cinco segundos. Tienes las pupilas un poco dilatadas y los labios firmemente cerrados; síntomas clásicos de ansiedad. Respiras profundo al oprimir la tecla de «Entrar».

La primera pregunta aparece en la pantalla. La lees, y tu cuerpo se relaja y la boca se te suaviza. Levantas la mirada al cielo raso. Asientes con la cabeza, te inclinas sobre el teclado y comienzas a escribir rápidamente.

Te sientes aliviada de que la última pregunta de ayer, la pregunta con la que batallaste, no esté en la pantalla.

Al llegar a la tercera pregunta, cualquier tensión que quedara se ha evaporado de tu cuerpo. Tus defensas están bajas. Tus respuestas, igual que en la última sesión, no decepcionan. Son frescas, sin filtro.

Ni siquiera le dejé una nota cuando me escabullí, escribes en respuesta a la cuarta pregunta, que dice: ***¿Cuándo fue la última vez que fue injusta con alguien y por qué?***

Las preguntas del estudio son deliberadamente abiertas para que las participantes puedan decidir qué dirección darles. La mayoría de las participantes no tocan el tema del sexo, por lo menos no así de temprano en el proceso. Pero esta es la segunda vez que has explorado el tema que hace sentir cohibida a mucha gente. Tú elaboras: *Supuse que nos acostaríamos y que después yo me iría. Es lo que suele suceder en noches como esta. Pero de camino a su casa, pasamos junto a un vendedor de* pretzels *e iba a comprar uno porque no había comido desde el almuerzo. «De ninguna manera», dijo, alejándome del vendedor. «Yo preparo las mejores tostadas francesas de esta ciudad».*

Pero me quedé dormida en el sofá cuando salió a comprar huevos.

Ahora tienes la frente arrugada. ¿Estás arrepentida?

Continúas escribiendo: *Me desperté cerca de la medianoche. Pero no me iba a quedar, y no solo a causa de mi perro. Supongo que pude haber dejado mi número de teléfono, pero no ando en busca de una relación.*

No quieres que se te acerque mucho ningún hombre en estos

momentos. Será interesante que elabores esto y, por un momento, parece que lo harás.

Tienes los dedos sobre el teclado.

Entonces niegas con la cabeza y oprimes «Entrar».

¿Qué otra cosa estuviste tentada a escribir?

Cuando aparece la siguiente pregunta, tus dedos vuelven de inmediato a la computadora. Pero no respondes. En su lugar, formulas tú una pregunta a tu interrogador.

Espero que no haya problemas por romper las reglas, pero acabo de pensar en algo, escribes. *No me sentí culpable cuando me fui del apartamento de ese tipo. Me fui a casa, saqué a pasear a Leo y dormí en mi propia cama. Cuando me levanté esta mañana, casi me había olvidado de él. Pero ahora me pregunto si fui maleducada. ¿Será posible que este estudio sobre moral me esté haciendo más ética?*

Mientras más revelas sobre ti, Participante 52, más atractivo se hace tu retrato.

De todas las participantes de este estudio, solo una se ha dirigido antes directamente al interrogador: la Participante 5. Era distinta a las demás de muchas otras formas también.

La Participante 5 se hizo... especial. Y decepcionante. Y, en última instancia, desgarradora.

CAPÍTULO
SIETE

Miércoles, 21 de noviembre

Los problemas morales acechan por todas partes.

Al comprar una banana y agua para consumir en el autobús a casa, la cajera del quiosco, que se veía muy cansada, me da cambio de diez en lugar de cinco. Una mujer de piel picada de viruela y dientes virados sostiene un pedazo de cartón que dice: Necesito $$$ para pasaje a casa a ver a madre enferma. Dios lo bendiga. El autobús está lleno, como de costumbre justo antes de los días feriados, pero el hombre delgado de pelo largo que está sentado frente a mí pone su mochila en el asiento contiguo a él, reclamándolo como parte de su territorio.

Escojo un asiento y de inmediato me arrepiento de la selección. La mujer a mi lado abre los codos e invade mi espacio al leer en su Kindle. Hago como que me estiro, choco con su brazo y digo, «Perdóneme».

Cuando el conductor enciende el motor y sale de la terminal, pienso otra vez en mi sesión con Shields el domingo. La pregunta que temía nunca volvió a aparecer, pero aun así me metí en aguas profundas.

Escribí que muchas de mis amigas llaman a su papá cuando necesitan dinero prestado, o consejo sobre cómo tratar con un jefe difícil. Llaman a la mamá cuando se enferman con la gripe o para que las consuelen tras una ruptura. Si las cosas hubiesen sido distintas, es el tipo de relación que quizás habría tenido con mis padres.

Pero mis padres ya sufren suficiente estrés, no necesitan preocuparse por mí. Así que cargo el peso de tener que construir una buena vida no solo para una hija, sino para dos.

Ahora descanso la cabeza en el respaldar del asiento y pienso sobre la respuesta del Dr. Shields: *Eso es mucha presión.*

Saber que alguien más me entiende me hace sentir un poco menos sola.

Me pregunto si el Dr. Shields todavía está haciendo su estudio o si yo fui una de sus últimas participantes. Se dirigieron a mí como Participante 52, pero no tengo idea de cuántas otras chicas anónimas se sentaron otro día en la misma incómoda silla de metal, tecleando en la misma computadora. Quizás esté hablando con otra ahora mismo.

Mi compañera de asiento cambia de posición, invadiendo la frontera invisible de mi espacio otra vez. No vale la pena pelear por eso. Me desplazo más hacia el pasillo y agarro mi celular. Miro los mensajes de texto viejos buscando uno de un compañero de secundaria que estaba organizando una reunión informal en un bar local la noche siguiente a Acción de Gracias. Pero voy demasiado atrás y encuentro en su lugar el texto que me envió Katrina durante el verano, el que nunca contesté: Hola, Jess. ¿Podemos vernos para tomar un café o algo? Me gustaría que hablemos.

Creo saber sobre qué quiere hablar.

Paso el dedo por la pantalla para no tener que ver más el mensaje. Entonces busco los auriculares para ver *Juego de tronos.*

Mi papá espera en la estación de autobuses vestido con su chaqueta favorita de los Eagles y una gorra verde tejida que le oculta las orejas. Puedo ver que, al exhalar, se forman bocanadas blancas, como bolitas de algodón, en el aire frío.

Solo hace cuatro meses de mi última visita, pero mirándolo a través de la ventana, pienso de inmediato que se ve mayor. El pelo que se escapa de la gorra es más blanco que negro, y su postura encorvada lo hace ver cansado.

Él mira hacia arriba y me ve observándolo. Tira a un lado el cigarrillo que estaba ocultando. Oficialmente dejó de fumar hace doce años, lo que significa que ya no fuma en la casa.

Una sonrisa aflora en su cara cuando bajo del autobús.

—Jessie —dice al abrazarme. Es el único que me llama así. Mi padre es grande y robusto, y su abrazo es casi demasiado fuerte. Me suelta y se agacha a mirar el transportín que llevo. —Hola, pequeño —le dice a Leo.

El conductor está sacando las maletas del autobús. Alargo la mano para agarrar la mía, pero la de mi padre llega primero.

—¿Tienes hambre? —inquiere, como hace habitualmente.

—Estoy muerta de hambre —respondo, como hago habitualmente. Mi madre se decepcionaría si llegara a casa con el estómago lleno.

—Mañana juegan los Eagles con los Bears —afirma mi padre cuando caminamos al estacionamiento.

—Ese partido de la semana pasada fue algo de no creer. —Espero que mi comentario sea lo suficientemente ambiguo como para cubrir un triunfo o una pérdida. Se me olvidó corroborar las puntuaciones durante el trayecto a casa.

Cuando llegamos a su viejo Chevy Impala, él levanta mi maleta para colocarla en el maletero. Lo veo hacer un gesto de dolor; la rodilla le molesta más en los días fríos.

—¿Quieres que conduzca yo? —sugiero. Parece casi ofendido, así que añado en seguida—: Nunca lo hago en la ciudad y me preocupa estar perdiendo la práctica.

—Ah, por supuesto —responde. Me tira las llaves y las agarro en el aire con la mano derecha.

Conozco las rutinas de mis padres casi tan bien como las mías. Y no ha pasado una hora de estar en casa cuando me doy cuenta de que algo anda mal.

Tan pronto llegamos, mi padre saca a Leo del transportín y se ofrece para darle un paseo alrededor de la manzana. Como estoy deseosa de entrar y ver a mi mamá y a Becky, accedo. Cuando mi padre regresa, le da trabajo desenganchar la correa de Leo. Voy a ayudarleo. El olor a tabaco es tan penetrante que me doy cuenta de que se ha fumado otro cigarrillo.

Ni siquiera cuando oficialmente era fumador se fumaba dos cigarrillos en tan poco tiempo.

Luego, mientras Becky y yo preparamos la lechuga de la ensalada sentadas en los taburetes de la cocina, mi madre se sirve una copa de vino y me ofrece una.

—Sí, por supuesto —respondo.

Al principio, no le doy importancia. Es la víspera de Acción de Gracias y se siente como si fuera fin de semana.

Pero luego se sirve otra copa en lo que hierve la pasta.

La observo revolver la salsa de tomate. Solo tiene cincuenta y un años, no muchos más que las madres de los *bat mitzvá*, las que quieren verse suficientemente jóvenes como para que les pidan identificación antes de venderles licor. Se tiñe el pelo de color castaño y usa un Fitbit que cuenta los diez mil pasos que da cada día, pero se ve un poco desinflada, como los globos que han perdido un poco de helio.

Sentados a la mesa, mi madre me acribilla con preguntas sobre el trabajo mientras mi padre espolvorea la pasta con queso parmesano Kraft.

Por primera vez, no le miento. Digo que estoy tomando un descansito de las obras de teatro para trabajar por cuenta propia.

—¿Qué pasó con la obra de la que me hablaste la semana pasada, querida? —pregunta mi madre. De su segunda copa de vino no quedaba casi nada.

Apenas recuerdo lo que dije. Como un poco de *rigatoni* antes de contestar. —Cerró. Pero así es mejor. Puedo controlar mi tiempo. Además, conozco un montón de gente interesante.

—Ah, qué bien. —Las arrugas de la frente ya no se le ven tan pronunciadas.

Mamá se dirige a Becky. —Quizás algún día te mudes a Nueva York y vivas en un apartamento y puedas conocer gente interesante.

Ahora soy yo quien frunce el ceño. La lesión cerebral traumática que sufrió Becky cuando era niña no solo la afectó físicamente. Su memoria de corto plazo y la de largo plazo están tan afectadas que nunca podrá vivir sola.

Mi madre siempre se ha aferrado a una esperanza falsa, y la ha cultivado en Becky también.

En el pasado, eso me molestaba un poco. Pero hoy, me parece un tanto... inmoral.

Me imagino que el Dr. Shields formularía la pregunta así: *Alentar sueños poco realistas, ¿es injusto o un acto de generosidad?*

Pienso en cómo le explicaría a él lo que pasa por mi mente. Escribiría, *No es totalmente incorrecto. Y quizás la esperanza es más para mi mamá que para Becky.*

Tomo un sorbo de vino y luego cambio de tema deliberadamente.

—¿Están entusiasmados con el viaje a Florida?

Van todos los años, los tres; salen dos días después de Navidad y regresan el 2 de enero. Se quedan en el mismo motel económico, a una cuadra de la playa. El mar es el lugar favorito de Becky, a pesar de que no nada suficientemente bien como para dejar que el agua le suba más arriba de la cintura.

Mis padres se miran uno al otro.

—¿Qué pasa? —pregunto.

—El mar está demasiado frío este año —dice Becky.

Miro a mi padre, quien niega con la cabeza. —Hablaremos sobre esto más tarde.

Mi mamá se levanta de repente y recoge los platos.

—Deja que lo haga yo —le pido.

Hace un gesto con la mano. —¿Por qué no vas con tu padre a pasear a Leo? Yo ayudaré a Becky a prepararse para dormir.

La barra de metal que cruza el sofá-cama se me clava en la espalda. Me doy vuelta en el delgado colchón, buscando una posición que me permita dormir.

Es casi la una de la mañana y la casa está en silencio. Pero la mente me da vueltas como una lavadora de ropa, volteando un tumulto de imágenes y retazos de conversaciones.

Tan pronto salimos de la casa, mi papá sacó del bolsillo de su abrigo un paquete de Winston y un librito de fósforos. Frotó el fósforo en la tira, protegiendo la chispa con la mano. Le tomó tres intentos lograr encenderlo.

Me tomó casi el mismo tiempo procesar la noticia que acababa de darme.

Finalmente reaccioné: —¿Un retiro incentivado?

Él exhaló. —Nos exhortaron a aceptarlo. Eso decía el memorando.

Estaba oscuro y, aunque solo habíamos caminado hasta la esquina, sentía las manos entumecidas por el frío. No podía ver la expresión de mi padre.

—¿Vas a buscar otro empleo? —pregunté.

—He estado buscando, Jessie.

—Encontrarás algo pronto.

Las palabras se me habían escapado antes de darme cuenta de que hacía exactamente lo que mi mamá hace con Becky.

Doy otra vuelta en el colchón y abrazo a Leo.

Becky y yo solíamos compartir un dormitorio, pero, cuando me mudé, Becky ocupó el espacio adicional. Hay un minitrampolín con barra de seguridad y una mesa para manualidades donde antes estaba mi cama. Es el único hogar que ella ha conocido.

Mis padres han vivido en esta casa casi treinta años. Ya estaría saldada, pero tuvieron que refinanciarla para pagar los tratamientos médicos de Becky.

Sé cuánto gastan todos los meses; he revisado las cuentas que mi madre guarda en una gaveta del aparador.

Las preguntas me inundan la cabeza otra vez. Esta es la más importante: ¿Qué sucederá cuando se termine el dinero del retiro incentivado?

Jueves, 22 de noviembre

Todos los años, la tía Helen y el tío Jerry nos invitan a su casa a celebrar Acción de Gracias. Su casa es mucho más grande que la de mis padres y tiene una mesa de comedor donde podemos sentarnos los diez cómodamente. Mi madre siempre prepara una cazuela de habichuelas verdes con cebollas fritas y Becky y yo preparamos el relleno del pavo. Antes de salir, Becky me pide que la maquille.

—¡Me encantaría! —respondo. Fue con ella con quien practiqué primero, cuando éramos niñas.

No traje mi maletín, pero el color de Becky es tan parecido al mío —tez clara con unas pocas pecas, ojos color miel, cejas rectas— que saco mi bolso personal de maquillaje y me pongo a trabajar.

—¿Qué tipo de *look* querrías? —le pregunto.

—Selena Gomez —responde Becky. Ha sido fanática suya desde que apareció en el Canal de Disney.

—Te encanta desafiarme, ¿no es cierto? —respondo, y ella se ríe.

Le aplico un humectante matizado en el rostro, pensando en lo que mi madre había dicho durante la cena. Dejé de ir a Florida con ellos cuando me mudé a Nueva York, pero mi madre siempre me envía fotos de Becky recogiendo caracoles o riéndose cuando las olas rompen a la altura de su cintura. Le encantan los tragos sin alcohol, con sombrillita decorativa y abundantes cerezas marrasquino, que le sirven en el restaurante de mariscos favorito de mis padres. Mi papá lleva a Becky a jugar al minigolf mientras mi madre camina por la arena, y todos van a atrapar cangrejos en el muelle. Casi nunca atrapan nada y, cuando lo logran, siempre los vuelven a tirar al agua.

Es el único momento del año en que parece que se relajan de verdad.

—¿Por qué no vienes a visitarme en Nueva York después de Navidad? —sugiero—. Podría llevarte a ver el árbol gigante. Podríamos ver a las Rockettes bailar y cantar, y tomar chocolate caliente en Serendipity.

—Buena idea —dice Becky, pero me doy cuenta de que la sugerencia la hace sentir un poco nerviosa. Ha venido a visitarme a la ciudad en otras ocasiones, pero los ruidos y las multitudes la desconciertan.

Le aplico algo de rubor para destacarle los pómulos y luego un poco de brillo rosado en los labios. Le indico que mire hacia arriba para aplicar la máscara de pestañas.

—Cierra los ojos —le digo, y Becky se sonríe. Esta es la parte que más le gusta.

La tomo de la mano y la llevo hasta el espejo del baño.

—¡Me veo bonita! —dice.

La abrazo para que no vea las lágrimas que se me acumulan en los ojos. —Porque eres bonita —susurro.

Una vez que la tía Helen ha servido las tartas de calabaza y de pacanas, los hombres se dirigen a la sala a ver el partido y las mujeres a la cocina a limpiar. Es otro ritual.

—Uff, estoy tan llena que voy a vomitar —se lamenta mi prima Shelly, aflojándose la blusa.

—¡Shelly! —la regaña la tía Helen.

—Es culpa tuya, mami. La comida estaba buenísima —afirma Shelly, haciéndome un guiño.

Yo agarro una toalla de cocina y Becky trae los platos y los coloca con cuidado sobre la encimera, formando una fila. Cuando la tía Helen remodeló la cocina hace unos años, cambió la Formica por granito.

Mi mamá comienza a limpiar los platones de servir que la tía Helen trae del comedor. Mi prima Gail, la hermana de Shelly, tiene ocho meses de embarazo. Con un suspiro dramático, se deja caer en una de las sillas de la mesa de la cocina y luego arrima otra para poner los pies sobre ella. De alguna manera, Gail siempre logra evadir el lavado de platos, pero en esta ocasión tiene una excusa razonable.

—Pues... mañana en la noche se van a reunir todos en el Brewster —dice Shelly mientras echa el relleno que ha sobrado en un envase de Tupperware. Cuando dice *todos*, se refiere a nuestros compañeros de secundaria, que van a celebrar una reunión informal.

—¿Adivina quién va a venir? —hace una pausa.

¿En realidad espera que yo adivine?

Por fin pregunto: —¿Quién?

—Keith. Se separó.

Apenas recuerdo cuál de los jugadores de fútbol americano era él.

A ella no le interesa Keith; Shelly se casó hace año y medio. Apuesto veinte dólares a que el año que viene será ella la que tenga los pies trepados en la silla.

Shelly y Gail me miran con expectación. Gail se soba la panza.

Dentro del bolsillo de mi falda, el celular vibra.

—Suena divertido —digo—. Vas a ser nuestra conductora designada, ¿verdad, Gail?

—Ni lo sueñes —contesta ella—. Voy a estar en la bañera leyendo *Us Weekly*.

—¿Sales con alguien en Nueva York? —pregunta Shelly.

El celular vibra otra vez, lo que hace cuando no abro los mensajes de texto de inmediato.

—Nada serio —respondo.

Su tono es meloso: —Debe ser difícil competir con todas esas hermosas modelos.

Gail heredó el pelo rubio y el temperamento pasivo-agresivo de la tía Helen, quien interviene rápidamente.

—No dejes para muy tarde el tener hijos —me aconseja—. Apuesto a que alguien está ansiosa por tener nietos.

Por lo general mi madre no les hace caso a las indirectas de la tía Helen, pero en este caso casi la siento erizarse. Quizás se deba a que estaba bebiendo de nuevo durante la cena.

—Jess está tan atareada con todas esas obras de Broadway —afirma mi mamá—. Está disfrutando su carrera antes de casarse.

No está claro si con esta exageración mi madre me está defendiendo a mí o se está defendiendo a sí misma.

La conversación se interrumpe cuando Phil, el marido de Gail, entra a la cocina. —Solo voy a agarrar unas cervezas —explica, abriendo el refrigerador.

—¡Qué bien! —suelta Shelly—. Tienes la suerte de poder sentarte a ver el partido y beber mientras las mujeres limpiamos.

—¿Realmente quieres ver el partido de fútbol, Shel?
—contesta él.

Ella lo ahuyenta con la mano. —Tú, sal de aquí.

Finjo tener interés en la discusión en torno a si el color amarillo es el apropiado para la habitación del bebé de Gail cuando
me doy por vencida y pido que me excusen. Voy al baño y saco el
celular del bolsillo.

El aroma azucarado de la vela con olor a galleta de jengibre en-
cendida en el mueble del lavamanos casi me provoca arcadas. En la
pantalla hay un mensaje de texto nuevo de un número de teléfono
que no conozco:

> Perdóneme si interrumpo su fin de semana. ¿Está usted
> en la ciudad? Si es así, me gustaría coordinar otra sesión.
> Hágame saber si está disponible. Shields.

Leo el mensaje dos veces.

No puedo creer que el Dr. Shields se haya comunicado conmigo directamente.

Yo pensaba que el estudio era cuestión de dos partes, pero
quizás no entendí bien. Si Shields quiere más sesiones conmigo,
eso podría significar mucho más dinero.

Me pregunto si Shields me envió el mensaje de texto porque
Ben tiene el día libre. Después de todo, es día de Acción de Gracias. Quizás Shields está en su casa, en su estudio, trabajando un
poco mientras su esposa prepara el pavo y los nietos ponen la
mesa. Podría estar tan comprometido con su trabajo que le resulta
difícil desconectarse, algo parecido a lo que me sucede a mí, que
se me hace difícil dejar de pensar en problemas morales.

A muchas de las jóvenes que han participado en la investigación probablemente les encantaría hacer más sesiones. Me pregunto por qué el Dr. Shields me escogió a mí.

El boleto de regreso a la ciudad es para el domingo en la

mañana. Para mis padres sería una decepción que me fuera antes, aunque les dijera que es para un trabajo importante.

No respondo de inmediato. En cambio, meto el celular de nuevo en el bolsillo y abro la puerta del baño.

Phil está ahí parado.

—Con permiso —digo, y trato de pasarle por el lado en el estrecho pasillo. Huelo su aliento a cerveza cuando se me acerca. Phil también asistió a la secundaria con nosotros. Él y Gail han estado juntos desde que él estaba en duodécimo y ella en décimo.

—Me enteré de que Shelly quiere juntarte con Keith —me dice.

Suelto una pequeña carcajada, deseando que se eche a un lado y deje de bloquear el camino.

—En realidad Keith no me interesa —afirmo.

—¿Ah sí? —Se me acerca más—. Eres demasiado buena para él.

—Gracias —contesto.

—Sabes, siempre me gustaste.

Quedo de una pieza. Me mira fijamente a los ojos.

Su esposa tiene ocho meses de embarazo. ¿Qué hace?

—¡Phil! —llama Gail desde la cocina. Sus palabras quiebran el silencio—. Estoy cansada. Tenemos que irnos.

Finalmente se mueve y paso rápidamente por su lado, pegada a la pared.

—Te veré mañana, Jess —añade, justo antes de cerrar la puerta del baño.

Me detengo al final del pasillo.

De repente, la lana del suéter me causa picor y no logro que los pulmones se me llenen de aire. No sé si se debe al olor acre de la vela o al coqueteo de Phil. La sensación no es desconocida; a ello se debe que me fuera de casa hace años.

Camino hasta llegar al porche.

Afuera, de pie y respirando el aire frío, meto los dedos en el bolsillo y busco la cubierta lisa de mi celular.

A mis padres se les va a terminar el dinero a la larga. Debo acumular cuanto pueda ahora. Y si rechazo la oferta de Shields, quizás encuentre a otra participante más flexible.

Hasta yo reconozco que estoy buscando demasiadas racionalizaciones.

Saco el celular para responderle al Dr. Shields: A cualquier hora del sábado o el domingo me viene bien.

Casi de inmediato, veo los tres puntos que significan que está escribiendo una respuesta. Un instante más tarde, la leo: Espléndido. Confirmado para el sábado al mediodía. En el mismo lugar.

CAPÍTULO
OCHO

Sábado, 24 de noviembre

No SABES CON CUÁNTO entusiasmo se ha esperado tu tercera sesión, Participante 52.

Te ves tan linda como de costumbre, pero apagada. Después de que entras al salón 214, te quitas el abrigo lentamente y lo colocas en el respaldar de la silla. Cuelga más de un lado que de otro, pero no lo arreglas. Te desplomas en la silla y titubeas antes de tocar la tecla de «Entrar» para comenzar.

¿Tú también te sentiste sola en Acción de Gracias?

Una vez que aparece la primera pregunta y abres tus pensamientos, tu verdadera naturaleza se impone y te animas más.

Comienzas a disfrutar el proceso, ¿no es cierto?

Cuando aparece la cuarta pregunta, mueves los dedos rápidamente sobre el teclado. Tu postura es excelente. No te ves inquieta. Todo esto indica que tienes sentimientos muy fuertes y claros sobre este tema en particular.

Usted ve al novio de su amiga besar a otra mujer una semana antes de la boda. ¿Se lo cuenta a ella?

Lo que haría es esto, escribes. *Lo confrontaría y le diría que tiene 24 horas para confesar o se lo contaré yo. Una cosa sería que estuviese con sus amigos en una despedida de soltero en un club de strip tease y le pusiera un billete de 20 en la tanga. Muchos tipos hacen ese tipo de cosa, aunque es puro teatro. Pero fuera de una situación como esa, no hay excusa. No podría hacerme de la vista gorda y fingir que no lo vi. Porque si un tipo te engaña una vez, sabes que va a volverlo a hacer.*

Después de escribir esas palabras, te detienes y oprimes «Entrar», y esperas la siguiente pregunta.

No aparece de inmediato.

Pasa un minuto.

¿Está todo bien?, escribes.

Pasa otro minuto. Se prepara una respuesta: *Un momento, por favor.*

Pareces perpleja, pero asientes con la cabeza.

Tu respuesta es absoluta: parece que piensas que los humanos son incapaces de reformar su naturaleza innata, aunque sus deseos les provoquen dolor y destrucción.

El ceño fruncido y los ojos un poco cerrados ilustran cuán profundas son tus convicciones.

Porque si un tipo te engaña una vez, sabes que va a volverlo a hacer.

Esperas la siguiente pregunta. Pero no llega.

Tus respuestas han formado una conexión inesperada; al unirlas, crean una epifanía.

Se repasan las líneas vitales de tus respuestas previas:

No estoy buscando una relación seria. Escribiste esto en tu segunda sesión.

Te vuelves y miras el reloj de pared que está detrás, y después miras hacia la puerta. Desde cualquier ángulo, eres encantadora.

Espero que no haya problemas por romper las reglas. Escribiste esas palabras antes de revelar que este estudio está modificando tu relación con tu propia moral.

Juegas con los anillos de plata de tu dedo índice mientras miras la pantalla con el ceño fruncido. Es uno de tus hábitos cuando reflexionas o sientes ansiedad.

En tu primera sesión escribiste, *necesito dinero de verdad*.

Está sucediendo algo extraordinario.

Es como si estuvieses encaminando el estudio hacia otro ámbito. Tú, la joven que se suponía no debía ser parte de esto en absoluto.

Se te presentan otras dos preguntas. Están fuera de orden, pero no te vas a dar cuenta.

Las contestas ambas con seguridad. Impecablemente.

La última pregunta que vas a recibir hoy no la verá nunca ninguna otra participante.

Ha sido desarrollada expresamente para ti.

Cuando aparece, tus ojos, que vuelan por la pantalla, se ponen como platos.

Si la contestas de una manera, saldrás de este salón para no volver.

Pero si la contestas de otra, las posibilidades son infinitas; podrías convertirte en una pionera en el campo de la investigación psicológica.

Es arriesgado, plantear esta pregunta.

Por ti vale la pena correr el riesgo.

No respondes de inmediato. Empujas la silla hacia atrás y te pones de pie.

Entonces desapareces.

Tus pisadas golpean el piso de linóleo. Por un momento apareces y entonces desapareces otra vez.

Andas de un lado para otro del salón.

Ahora los roles se han invertido: eres tú la que causa un retraso. También eres tú la que decidirá si este estudio sufrirá una transformación.

Regresas a la silla y te inclinas hacia delante. Tus ojos vuelan por la pantalla leyendo nuevamente la pregunta.

¿Consideraría usted expandir su participación en esta investigación? La compensación sería significativamente más alta, pero se le pediría significativamente más.

Lentamente, levantas las manos y empiezas a escribir.

Lo haré.

CAPÍTULO
NUEVE

Sábado, 24 de noviembre

EN LA TERCERA SESIÓN, todo comenzó de la misma manera: Ben esperaba en el vestíbulo vestido con un suéter azul marino de cuello en V. El salón vacío. Una computadora portátil en una mesa de la primera fila, con las palabras «*Bienvenida, Participante 52*» en la pantalla.

Esa tarde, estaba casi deseosa de contestar las preguntas del Dr. Shields; quizás era la posibilidad de confesar la maraña de sentimientos que me embargaban después de la visita a casa.

Pero hacia el final de la sesión, las cosas se pusieron raras.

Justo después de contestar la pregunta sobre el tipo que engaña a su novia, hubo una pausa larga, y el tono de las preguntas cambió. No sé decir cómo exactamente, pero las dos siguientes las sentí distintas. Esperaba escribir sobre cosas con las que me pudiera relacionar, o sobre experiencias que hubiese tenido. Esas preguntas finales parecían el tipo de pregunta filosófica que encontrarías en un examen de la clase de Educación Cívica. Había que pensar un poco para contestarlas, pero no era necesario hurgar en recuerdos dolorosos, como el Dr. Shields con frecuencia quiere que haga.

¿Debe ser el castigo siempre proporcional a la ofensa?

Y luego:

¿Tienen las víctimas el derecho a impartir justicia por mano propia?

Justo antes de irme, tuve que decidir si llevar el estudio al siguiente nivel. *Se le pediría considerablemente más,* escribió el Dr. Shields. Sonó un poco amenazador.

¿Qué quería decir Shields? Traté de preguntarle. Su respuesta apareció en la pantalla de mi computadora, igual que sus preguntas. Sencillamente escribió que me explicaría el miércoles si nos veíamos en persona.

Finalmente decidí que el dinero adicional era demasiado tentador para rechazarlo.

Aun así, al encaminarme a casa, no puedo evitar preguntarme qué tiene planificado.

No voy a ser estúpida con esto, me digo, y le amarro la correa a Leo y me dirijo hacia el jardín botánico. Es uno de mis lugares favoritos para caminar y un buen lugar para pensar.

El Dr. Shields quiere conocerme en persona. Pero me dio una dirección distinta a la del salón de la Universidad de Nueva York. Me dijo que viniera a un lugar en la calle Sesenta y Dos Este.

No sé si es su oficina o su apartamento. O quizás otra cosa.

Leo le da un tirón a la correa y me hala hacia su árbol favorito. Caigo en cuenta de que llevo un rato de pie ahí.

Veo a una vecina acercarse con su caniche. Rápidamente acerco el celular a la oreja y finjo estar conversando cuando pasa. No puedo chacharear con ella ahora.

Siempre corren por la ciudad historias sobre mujeres jóvenes que son tentadas con artimañas y terminan en situaciones peligrosas. Veo sus caras en la portada del *New York Post* y recibo alertas en mi teléfono cuando sucede un crimen violento en mi vecindario.

No es que yo no tome riesgos calculados; por razones de trabajo, entro a lugares desconocidos todos los días, y me he acostado con tipos que acabo de conocer.

Pero esto se siente distinto.

No le he contado a nadie sobre este estudio; el Dr. Shields lo diseñó de esa forma. Él sabe muchísimo sobre mí, en cambio yo no sé prácticamente nada sobre él.

Sin embargo, podría haber una forma de averiguar.

Acabamos de llegar al jardín, pero tiro suavemente de la correa de Leo y nos dirigimos de vuelta al apartamento, a un paso más rápido que cuando comenzamos el paseo.

Llegó la hora de invertir los papeles. Ahora voy a hacer mi propia investigación.

Destapo una Sam Adams, agarro mi MacBook y me siento en el futón. Aunque no sé su nombre de pila, debe ser relativamente fácil delimitar la búsqueda de los varios Dr. Shields de la ciudad de Nueva York añadiendo «investigación» y «psiquiatría» a los términos de búsqueda de Google.

De inmediato, aparecen varias docenas de resultados. El primero es un artículo profesional sobre la ambigüedad ética en las relaciones de familia. Así que esa parte de la historia concuerda.

Muevo el ratón al enlace de las imágenes.

Necesito ver una foto del hombre que sabe desde dónde vivo hasta los detalles de mi último encuentro sexual.

Titubeo antes de hacer clic.

Me he imaginado al Dr. Shields como yo quisiera que fuese, un hombre sabio de edad avanzada y ojos amables. La imagen es tan concreta que resulta difícil concebirlo de otro modo.

Pero la realidad es que estaba proyectando sobre un lienzo en blanco.

Podría ser cualquiera.

Hago clic con el ratón.

Y entonces retrocedo y respiro hondo.

Lo primero que pienso es que he cometido un error.

En la pantalla florecen las imágenes, que van formando un mosaico.

Me detengo a mirar una y de inmediato otra foto me llama la atención, y después otra.

Leo los calces para corroborar, y entonces me quedo boquiabierta ante la imagen más grande de la pantalla.

El Dr. Shields no es para nada el rollizo profesor que me había imaginado.

La Dra. Lydia Shields, es una de las mujeres más impresionantemente bellas que jamás haya visto.

Me inclino hacia delante, absorbiendo su pelo rubio rojizo y piel de nácar. Debe de estar cerca de los cuarenta años. Sus rasgos cincelados le aportan una fría elegancia.

Es difícil apartar la mirada de sus ojos azul claro. Son fascinantes.

Aunque es una foto, siento como si me miraran.

No sé por qué supuse que era varón. Haciendo memoria, caigo en cuenta de que Ben se refirió a ella como «Shields». La manera como me la imaginé probablemente diga algo sobre mí.

Finalmente hago clic sobre una imagen, una de cuerpo entero. Está de pie en un escenario, con un micrófono en la mano izquierda. Parece llevar un anillo de matrimonio con brillantes. La blusa de seda va combinada con una falda estrecha y tacones tan altos que no me puedo imaginar caminando en ellos ni siquiera el tiempo que tomaría llegar hasta el escenario, mucho menos durante una ponencia. Su cuello es largo y elegante y ningún truco de maquillaje puede crear los pómulos que ella tiene.

Parece un tipo de mujer que vive en un mundo muy distinto al que yo habito, peleándome por un trabajo y adulando a las clientas para conseguir una propina más grande.

Pensé que conocía a la persona a quien le escribía: un hombre considerado y compasivo. Pero enterarme de que «el Dr.» Shields es una mujer me pone a repensar todas las preguntas.

Y todas mis respuestas.

¿Qué piensa esta mujer aparentemente perfecta sobre el desorden que es mi vida?

Siento que las mejillas se me enrojecen cuando recuerdo que le describí despreocupadamente las tangas y bailes privados en una despedida de soltero al contestar la pregunta sobre qué haría yo si viera al novio de una amiga besar a otra mujer. La gramática no siempre estuvo perfecta al escribir las respuestas y no tuve cuidado al frasear las cosas.

Sin embargo, fue buena conmigo. Me incitó a revelar asuntos de los que no hablo jamás, y me consoló.

No se sintió repelida por nada de lo que confesé; me invitó a volver. Quiere conocerme, me digo a mí misma.

Hago zum sobre la foto y me percato de que la Dra. Shields está levemente sonreída, con el micrófono cerca de los labios.

Todavía estoy un poco nerviosa con la cita del miércoles, pero por razones distintas. Supongo que no quiero decepcionarla cuando nos conozcamos.

Comienzo a cerrar la computadora. Entonces muevo el ratón para hacer clic en el enlace de noticias de la búsqueda de Google. Agarro el celular y empiezo a tomar apuntes. Escribo la dirección de la oficina, que concuerda con el lugar donde sugirió que nos encontráramos el miércoles; el título de un libro que escribió y su alma mater, la universidad de Yale.

No puedo permitir que el hecho de que Shields sea mujer cambie mi plan original. Me paga una gran cantidad de dinero y todavía no tengo idea de por qué o para qué.

Y en ocasiones las personas que parecen más exitosas y serenas son las que más te pueden herir.

Lunes, 26 de noviembre

Sus fotos no mienten, lo que resulta apropiado dadas las reglas del estudio sobre decir la verdad.

Fue fácil encontrar en línea el horario de clases de la Dra. Shields en la Universidad de Nueva York. Fue uno de los primeros resultados de mi búsqueda. Dicta un solo seminario por semana, los lunes de 5:00 a 7:00 p. m. Su salón de clases está en el mismo pasillo del salón 214. Hoy este lugar se siente distinto, con ruido y actividad en los pasillos.

La Dra. Shields se ajusta el chal gris alrededor de los hombros, sacándose el pelo de debajo de los pliegues mientras camina. Yo estoy vestida con *jeans* y una gorra de pelotero, como muchos de los estudiantes que hormiguean alrededor.

Contengo la respiración cuando se acerca. Me he colocado detrás de dos chicas que hablan animadamente, pero la Dra. Shields está a punto de pasarles por el lado. Justo antes de que lo haga, me meto en un baño.

Saco la cabeza por la puerta unos pocos segundos después. Ella continúa por el pasillo hacia las escaleras.

Dejo que se adelante como doce pasos y la sigo cuando sale por la puerta. Me llega un leve perfume a algo limpio y acre.

Se me hace imposible quitarle los ojos de encima. Es como si se desplazara por las calles en una burbuja protectora, donde los elementos no pueden despeinarla ni romperle las medias o ensuciarle los tacones. Algunos hombres se dan vuelta para mirarla repetidas veces, y un repartidor de correo que lleva un carrito que parece bastante pesado maniobra para sacarlo de su camino. La acera está repleta de gente de camino al trabajo o a las tiendas, pero ella nunca tiene que desacelerar su paso.

Dobla en la calle Prince y pasa frente a una fila de *boutiques* de diseñador que venden sudaderas de trescientos dólares y cosméticos dentro de estuches que parecen joyas.

No mira los escaparates. A diferencia de la gente que la rodea, no está al teléfono, ni oye música, ni se distrae con lo que la rodea.

Sigue hasta un restaurancito francés que está más adelante y abre la puerta, desapareciendo en el interior.

Me quedo ahí parada, sin saber qué hacer.

Quiero volver a verla, porque vi su cara muy de pasada. Pero sería demasiado aberrante esperar afuera en lo que ella termina de comer.

Estoy por irme cuando veo que el *maître d'* la ha acompañado hasta un asiento frente al ventanal. Está a unos cuatro metros de donde estoy yo. Si voltea y levanta la cabeza un poco, nuestras miradas se van a encontrar.

Rápidamente me muevo a la izquierda y finjo leer el menú expuesto detrás de un cristal al lado de la entrada.

Todavía puedo verla de refilón.

El mesero se acerca a la Dra. Shields y le entrega un menú. Yo vuelvo a mirar el que tengo delante. Si pudiese costearme este tipo de lugar, escogería el *filet mignon* con salsa *béarnaise* y papas fritas. Pero apuesto a que la Dra. Shields ordena el pez espada a la plancha con ensalada nizarda.

Ella conversa brevemente con el mesero y le devuelve el menú. Tiene la piel tan pálida que a la luz de las velas su perfil parece celestial. Recuerdo los artículos preciosos en los escaparates de las tiendas que acabamos de pasar. Parece correcto que ella también esté expuesta aquí para que otros la admiren.

Afuera está anocheciendo y los dedos se me empiezan a entumecer, pero no estoy lista para irme todavía.

Ella me ha hecho todas estas preguntas, pero ahora soy yo la que estoy repleta de preguntas para ella. La más urgente: ¿Por qué le importan tanto las decisiones que toma la gente como yo?

El mesero regresa con una copa de vino. La Dra. Shields toma un sorbo y me percato de que el color del vino es casi idéntico al del esmalte de uñas que adorna sus dedos largos y delgados.

Sonríe al mesero, pero, después que él se va, se lleva la punta de un dedo al rabo del ojo. Podría sentir picor, o podría estar sacándose una pelusa del chal. También es el gesto que hace alguien que se seca una lágrima.

Levanta su copa otra vez y esta vez toma un sorbo mucho más grande.

Definitivamente vi un anillo de matrimonio en la foto en que sostenía un micrófono. Pero la mano izquierda la tiene sobre la falda y no puedo ver si lo lleva.

Había pensado quedarme pendiente a ver si adivinaba lo que la Dra. Shields ordenó. Pero me coloco los audífonos y comienzo a caminar hacia el este, hacia mi apartamento.

Aunque he dado muchísima información íntima a la Dra. Shields, fue de manera voluntaria. Ella no tiene idea de que la he estado observando en un momento tan vulnerable. Siento como que he ido demasiado lejos, como si me hubiese pasado de la raya.

El asiento frente a ella permanecerá vacío esta noche; el mesero quitó los cubiertos y el plato justo después de que la Dra. Shields le entregara el menú.

En una mesa para dos de un romántico restaurante, la Dra. Shields va a cenar completamente sola.

CAPÍTULO
DIEZ

Miércoles, 28 de noviembre

ENTRAS AL EDIFICIO DE ladrillos blancos en la calle Sesenta y Dos Este y tomas el ascensor hasta el tercer piso, según se te indicó. Oprimes el timbre para que te admitan en la oficina y se te da la bienvenida.

Te presentas y ofreces la mano. Das un apretón firme y la palma de tu mano se siente fresca.

La mayoría de la gente se siente intrigada por alguien con quien se han comunicado pero que nunca han conocido. Se toman su tiempo en reconciliar la visión que han creado con la que tienen delante.

Sin embargo, tu contacto visual es breve y de inmediato echas un vistazo a la habitación. ¿Has investigado por tu parte?

¡Bien hecho, Participante 52!

Eres más alta de lo que pensaba, quizás un metro setenta, pero fuera de eso no hay sorpresa alguna. Te quitas la bufanda azul del cuello y te alisas el cabello abundante de rizos castaños. Entonces te quitas el abrigo, dejando ver un suéter gris de cuello en V y pantalones cargo verdes.

Has añadido algunos detalles sutiles a tu conjunto: los pantalones están enrollados hasta mitad de la pantorrilla, justo donde terminan las botas de cuero. En la parte delantera, el suéter metido dentro del pantalón deja ver un cinturón rojo. El conjunto debía ser un desastre, con esa mezcla de colores y telas incompatibles. Sin embargo, parece algo que podría aparecer en un blog de moda.

Se te invita a sentar.

Dónde escojas colocarte será revelador.

El área de asientos contiene dos butacas de cuero y un sofá de dos plazas.

La mayoría de la gente escoge el sofá.

Los que no lo hacen por lo general son hombres porque, subconscientemente, les permite sentirse en una posición de autoridad en un entorno de vulnerabilidad. La regla general es que los pacientes que escogen una de las butacas se sienten incómodos de estar aquí.

Pasas delante del sofá y te acomodas en una butaca, aunque no muestras incomodidad.

Esto es gratificante, y no totalmente inesperado.

La butaca te coloca enfrente de la psiquiatra, a la misma altura. De nuevo echas un vistazo alrededor, sin prisa, tomando un momento para orientarte. Los pacientes deben sentirse acogidos, protegidos y seguros en la oficina de un profesional. Si el entorno no es armonioso, al paciente podría hacérsele más difícil lograr sentirse cómodo y las metas terapéuticas resultarían más difíciles de alcanzar.

Tus ojos se desplazan desde el óleo de olas azul zafiro hasta las camelias frescas de tallo verde brillante colocadas en un florero ovalado. Tu mirada se detiene en las tablillas de libros detrás del escritorio. Eres avispada; captas los detalles.

Quizás te hayas dado cuenta, incluso, de la primera regla del proceso terapéutico: el médico debe ser una página en blanco. Los artículos que te han llamado la atención en la oficina no son artículos personales. No hay fotos de familia; nada controversial, como algo que identifique tendencias políticas o causas sociales; y nada ostentoso, como por ejemplo el logotipo de Hermès en un cojín del sofá.

La segunda regla del proceso terapéutico: no juzgar a los pacientes. El papel del médico es escuchar, guiar, excavar las verdades ocultas de la vida del paciente.

La tercera regla es permitir al paciente que dirija el rumbo inicial de la conversación, de manera que la sesión comienza, por lo general, con una variante de «¿Qué lo trae por aquí hoy?». Pero esto no es una sesión de terapia, así que se viola esta regla. En vez, se te agradece la participación.

—Dra. Shields —dices—, antes de comenzar, ¿puedo hacer unas preguntas?

Algunas personas titubean porque no saben qué tratamiento usar. Tú pareces comprender el protocolo instintivamente: a pesar de las intimidades que has revelado, es necesario que se mantengan algunos límites... por ahora. Llegado el momento, las otras dos reglas profesionales, así como muchas otras, serán violadas para ti.

Continúas: —Usted dijo que explicaría lo de expandir mi participación en su investigación. ¿Qué significa eso?

Se te informa que el proyecto en el que participas está por pasar de ser un ejercicio académico a ser una exploración sobre la moral y la ética en la vida real.

Abres los ojos como platos. ¿Será por recelo?

Se te garantiza que las situaciones serán completamente seguras. Tendrás control absoluto y podrás echarte atrás en cualquier momento.

Esto parece tranquilizarte.

Se te recuerda que la compensación es significativamente más alta.

Esto cumple el propósito de tentarte más.

—¿Cuánto más? —preguntas.

Estás tratando de ir muy rápido. Pero esta prueba no puede hacerse con prisa. Primero es necesario establecer la confianza.

Se te explica que el próximo paso es establecer un punto de referencia. Se te harán preguntas fundacionales.

Si aceptas continuar, comenzarán de inmediato.

—¡Por supuesto! —dices—. Adelante.

Tu tono es despreocupado, pero comienzas a retorcer las manos.

En respuesta a las preguntas, describes tu infancia en los suburbios de Filadelfia, a tu hermana menor y su lesión cerebral traumática con los problemas cognitivos y físicos resultantes y a tus diligentes padres. Continúas con tu mudanza a Nueva York. Tu mirada se enternece cuando mencionas al perrito que adoptaste en la perrera, y luego hablas de cuando vendías cosméticos en Bloomingdale's.

Desvías la mirada y titubeas.

—Me gusta su esmalte de uñas.

Evasión. Es una táctica que no has empleado antes.

—A mí no me quedaría bien el color vino, pero a usted le queda fantástico.

Adulación. Muy común en terapia cuando un paciente se muestra evasivo.

A los terapeutas se les enseña a no juzgar a sus pacientes. Sencillamente aguzan el oído para detectar indicios de lo que el paciente ya sabe, aunque sea inconscientemente.

Sin embargo, no estás en esta oficina para explorar tus sentimientos ni para ahondar en problemas no resueltos con tu madre.

No pagarás por esta sesión, aunque a otros que se sienten en esa butaca se les cobra $425 por hora. A ti, en cambio, se te compensará generosamente.

Todos tenemos un precio. El tuyo está aún por determinarse.

Miras fijamente a la terapeuta. La fachada, que ha sido elaborada con tanto cuidado, está funcionando. Es lo único que ves. Es lo único que verás.

Sin embargo, quedarás desnuda. En las semanas siguientes, tendrás que hacer acopio de talentos y fortalezas que quizás no sepas que posees.

Pero pareces dispuesta a aceptar el desafío.

Estás aquí a pesar de todo. Te metiste en el estudio sin invitación. No tenías el mismo perfil de las otras mujeres que estaban siendo evaluadas.

El estudio original ha sido suspendido indefinidamente.

Tú, Participante 52, eres ahora mí único foco.

CAPÍTULO
ONCE

Viernes, 30 de noviembre

LA VOZ CRISTALINA de la Dra. Lydia Shields corresponde a la perfección con su elegante apariencia.

Me siento en el sofá de su oficina durante mi segunda sesión en persona. Al igual que la primera hace unos días, lo único que he hecho es hablar sobre mí.

Me apoyo en el reposabrazos y continúo despejando el sustrato de mentiras que les he contado a mis padres: «Si supieran que renuncié a mi sueño de trabajar en teatro, ellos tendrían que renunciar al suyo».

Nunca he visitado a un psiquiatra, pero esto parece una sesión tradicional de terapia. Una parte de mí no puede evitar preguntarse: ¿Por qué me paga *ella* a *mí*?

Pero después de algunos minutos, no me percato de nada de lo que me rodea, excepto de la mujer que tengo delante y de los secretos que le estoy contando.

La Dra. Shields me mira con detenimiento cuando hablo. Espera unos instantes antes de responder, como si estuviese dando vueltas a mis palabras en su mente, absorbiéndolas cabalmente antes de decidir cómo responder. A su lado, en una mesita, está la libreta donde ocasionalmente toma apuntes. Usa la mano izquierda para escribir y no lleva anillo de matrimonio.

Me pregunto si es divorciada, o quizás viuda.

Trato de imaginarme lo que está escribiendo. Sobre el escritorio hay una carpeta manila con algo escrito a máquina en la pestaña. Estoy demasiado lejos para leer las palabras. Pero podría ser mi nombre.

A veces, después de contestar una de sus preguntas, me incita a que le cuente más; otras veces ofrece comentarios tan amables que casi me hacen llorar.

En un período tan breve, ya siento que ella me entiende como nadie me ha entendido antes.

—¿Piensa usted que me equivoco al engañar a mis padres? —pregunto ahora.

La Dra. Shields descruza las piernas y se levanta de su butaca color crema. Da dos pasos hacia mí y siento mi cuerpo tensarse.

Por un breve instante, me pregunto si piensa sentarse junto a mí, pero sencillamente sigue de largo. Volteo la cabeza y veo que se inclina para agarrar un tirador en la parte inferior de uno de sus libreros blancos de madera.

Lo hala y rebusca dentro de un minirefrigerador empotrado. Saca dos botellitas de Perrier y me ofrece una.

—Sí —digo—. Gracias.

Pensaba que no tenía sed, pero al ver a la Dra. Shields tomar un sorbo con la cabeza echada hacia atrás, levanto el brazo y hago lo mismo. La botella de cristal se siente pesada, y me sorprende el buen sabor del burbujeante líquido.

Ella cruza una pierna sobre la otra y yo me enderezo un poco porque me doy cuenta de que estoy encorvada.

—Tus padres quieren que seas feliz —afirma la Dra. Shields—. Todos los padres amorosos son así.

Asiento con la cabeza y me pregunto de repente si tendrá un hijo. A diferencia del anillo de matrimonio, no existe un símbolo físico que se pueda usar para anunciar al mundo que eres madre.

—Sé que me aman —añado—. Es solo que...

—Son cómplices de tus mentiras —dice la Dra. Shields.

Tan pronto pronuncia esas palabras, reconozco que es cierto. Ella tiene razón: mis padres prácticamente me han incitado a mentir.

Ella parece darse cuenta de que necesito un instante para asimilar la revelación. Me sigue mirando, y lo siento casi como una mirada protectora, como si tratase de evaluar cómo he recibido su anuncio. El silencio entre nosotras no se siente incómodo ni pesado.

—Nunca lo pensé de esa forma —digo al fin—. Pero usted tiene razón.

Tomo el último sorbo de Perrier y coloco la botella con cuidado sobre la mesa de centro.

—Creo que tengo todo lo que necesito por hoy —afirma la Dra. Shields.

Se pone de pie y la imito. Camina hasta el escritorio con superficie de cristal, donde hay un pequeño reloj, una computadora portátil delgadita y la carpeta manila.

Al abrir la única gaveta que tiene el escritorio, pregunta:

—¿Tienes planes para el fin de semana?

—No muchos. Voy a llevar a mi amiga Lizzie a celebrar su cumpleaños esta noche —respondo.

La Dra. Shields saca su chequera y un bolígrafo. Hemos tenido dos sesiones de noventa minutos esta semana, pero no sé cuánto voy a recibir.

—Ah, ¿es la que todavía recibe una mesada de sus padres? —pregunta Shields.

El término «mesada» me toma por sorpresa. No puedo ver la expresión de la Dra. Shields porque tiene la cabeza inclinada para escribir el cheque, pero su tono es afable, no parece una crítica. Además, es la verdad.

—Supongo que esa es una forma de describirla —reacciono, mientras la Dra. Shields arranca el cheque y me lo entrega.

En el mismo preciso instante, ambas decimos, «Gracias». Luego, nos reímos a la vez.

—¿Estarás disponible el martes, a la misma hora? —pregunta la Dra. Shields.

Asiento con un gesto de la cabeza.

Estoy ansiosa por mirar la cantidad del cheque, pero siento que eso sería de mal gusto. Lo doblo y lo guardo en mi bolso.

—Y tengo una cosita más para ti —me dice la Dra. Shields. Busca su cartera Prada y extrae un paquetito envuelto en papel plateado.

—¿Quieres abrirlo?

Por lo general, arranco el papel decorativo de los regalos. Pero hoy halo un extremo de la cintita para deshacer el lazo y luego paso el dedo pulgar debajo de la cinta adhesiva, tratando de tener el mayor cuidado posible.

La caja de Chanel se ve elegante y lustrosa.

Adentro hay un frasco de esmalte de uñas color vino.

Levanto bruscamente la cabeza y miro a la Dra. Shields a los ojos. Y luego miro sus dedos.

—Pruébalo, Jessica —me exhorta—. Creo que te quedará bien.

Tan pronto entro al ascensor, busco el cheque. *Seiscientos dólares,* decía en una elegante letra cursiva.

Me está pagando doscientos dólares por hora, más de lo que había pagado por el test en la computadora.

Me pregunto si la Dra. Shields va a necesitarme tanto el mes próximo que podré sorprender a mi familia con un viaje a Florida. O quizás sea mejor ahorrar el dinero en caso de que mi padre no consiga un empleo digno antes de gastar el dinero del retiro incentivado.

Meto el cheque en la billetera y observo la caja de Chanel en mi bolso. Sé, por haber trabajado en el mostrador de maquillaje de Bloomingdale's, que ese esmalte cuesta casi treinta dólares.

Había planificado salir con Lizzie y pagar los tragos como regalo de cumpleaños, pero a ella probablemente le encantará este esmalte.

Pruébalo, había dicho la Dra. Shields.

Paso los dedos por la elegante tipografía de la caja negra.

Los padres de mi mejor amiga están en una situación tan cómoda que le pueden enviar un estipendio mensual. Lizzie es tan modesta que no me di cuenta, hasta que fui con ella a su casa durante un fin de semana largo, de que la «finquita» de su familia consta de varios cientos de acres. Puede costearse sus esmaltes, hasta de marcas caras, me digo. Yo me merezco este.

Llego al Lounge unas horas después a encontrarme con Lizzie. Sanjay levanta la vista de los limones que está rebanando y me hace señas con la cabeza de que me acerque.

—El tipo con quien te fuiste la otra noche vino aquí buscándote —me dice—. Bueno, en realidad estaba buscando a una chica llamada Taylor, pero yo sabía que eras tú.

Rebusca en una jarra de cerveza que está cerca de la caja registradora, llena de bolígrafos, tarjetas de presentación y un paquete de cigarrillos Camel Light. Saca una tarjeta de presentación.

DESAYUNO TODO EL DÍA, dice en la parte superior. Debajo hay un emoticono de una carita sonriente. Dos huevos fritos forman los ojos y una tira de béicon, la boca. Abajo aparecen el nombre y número de Noah.

Frunzo el ceño. —¿Es cocinero?

Sanjay finge darme una mirada severa. —¿Pero, en algún momento hablaron?

—No de su profesión —respondo.

—Parecía simpático —dice Sanjay—. Va a abrir un pequeño restaurante a unas cuadras de aquí.

Doy vuelta a la tarjeta y veo el mensaje: *Taylor, Válido por una tostada francesa gratis. Llamar para redimir.*

Lizzie entra por la puerta en ese mismo instante. Me levanto del taburete y le doy un abrazo.

—Feliz cumpleaños —le digo, escondiendo la tarjeta con la palma de la mano para que ella no la vea.

Al quitarse la chaqueta me llega el olor a cuero nuevo. Se parece mucho a la que yo uso, que a Lizzie siempre le ha gustado, pero yo conseguí la mía en una tienda de gangas. Cuando acerco la mano para tocar el cuello de pieles, me fijo en la etiqueta: BARNEYS NEW YORK.

—Es piel sintética —me asegura Lizzie, y me pregunto qué habrá interpretado de mi expresión—. Mis padres me la regalaron por mi cumpleaños.

—Es exquisita —le digo.

Lizzie se la acomoda en la falda al sentarse en el taburete contiguo al mío. Ordeno vodka con jugo de arándanos y soda para ambas, y ella pregunta, —¿Qué tal Acción de Gracias?

El feriado parece que fue hace una eternidad.

—Oh, lo de siempre. Demasiada tarta y fútbol. Cuéntame del tuyo.

—Fue estupendo —dice—. Vino todo el mundo y jugamos una partida gigante de charadas. Los niñitos estuvieron divertidísimos. ¿Puedes creer que ahora tengo cinco sobrinos? Mi papá...

Lizzie se interrumpe cuando Sanjay nos sirve los tragos y yo agarro el mío.

—¡Nunca usas esmalte de uñas! —exclama—. ¡Qué color lindo! —Me miro los dedos. Mi piel es más oscura que la de la Dra. Shields y tengo los dedos más cortos. En lugar de elegante, creo que en mí el color se ve provocador. Pero tiene razón; me queda bien.

—Gracias. No estaba segura de que me quedaría bien.

Conversamos durante otros dos tragos y luego Lizzie me toca el brazo.

—Oye, ¿puedo contar contigo el martes en la tarde para que me maquilles? Necesito tomarme una foto nueva.

—Oh, tengo una se... —y me interrumpo—. Un trabajo en el otro extremo de la ciudad.

Durante nuestra primera reunión en persona, la Dra. Shields me hizo firmar otro acuerdo de confidencialidad más detallado. Ni siquiera puedo mencionarle su nombre a Lizzie.

—No hay problema, yo me las arreglo —responde Lizzie animada—. Oye, ¿ordenamos unos nachos?

Asiento con la cabeza y le doy la orden a Sanjay. Me siento mal porque no puedo ayudar a Lizzie.

Y me siento rara escondiéndole cosas, porque ella es quien mejor me conoce.

Pero quizás ya no.

CAPÍTULO
DOCE

Martes, 4 de diciembre

No estabas segura de cómo te quedaría el esmalte color vino, pero lo llevas hoy.

Esto prueba que estás confiando más.

También escoges el sofá otra vez.

De primera intención, te echas hacia atrás con los brazos entrelazados detrás de la cabeza; tu lenguaje corporal revela más receptividad.

Piensas que no estás lista para lo que va a suceder. Pero sí lo estás.

Has sido preparada para esto; tu resistencia emocional ha sido fortalecida, de la misma forma en que un aumento metódicamente planificado de la resistencia prepara a un corredor para un maratón.

Para entrar en calor, se formulan algunas preguntas insustanciales sobre el fin de semana.

Y luego: *Para poder seguir adelante, es necesario que volvamos atrás.*

Cuando pronuncio esas palabras, abruptamente cambias de posición: bajas los brazos y los cruzas delante del cuerpo. Una clásica postura de protección.

Parece que ya te imaginas lo que viene después.

Llegó el momento de que esta última barrera se venga abajo.

Se vuelve a presentar la pregunta que evadiste durante la primera sesión en la computadora del salón 214, en esta ocasión verbalmente, con una entonación amable pero firme:

Jessica, ¿alguna vez has herido profundamente a una persona querida?

Te haces un ovillo y te miras los pies, escondiendo la cara.

Permito que el silencio persista.

Entonces:

Cuéntame.

Subes la cabeza con un movimiento brusco. Abres enormes los ojos. De súbito pareces tener mucho menos que veintiocho años; es como vislumbrarte brevemente a los trece años.

Fue a esa edad que todo cambió para ti.

En todas las vidas hay puntos de pivote —a veces fortuitos, a veces predestinados— que conforman y a la larga consolidan nuestro camino.

Esos momentos, tan singulares para cada individuo como las hebras del ADN, pueden sentirse en el mejor de los casos como un empujón hacia el resplandor de las estrellas. En el extremo opuesto, podrían sentirse como una caída en arena movediza.

El día que cuidabas a tu hermanita, el día que se cayó de la ventana del segundo piso, fue quizás la demarcación más elemental para ti hasta ahora.

Se deslizan lágrimas por tu cara cuando describes cómo corriste hacia su cuerpo inmóvil tendido en el pavimento. Comienzas a hiperventilar, cogiendo bocanadas de aire entre una palabra y otra. Tu cuerpo retrocede con tu mente hacia este abismo emocional. Sueltas una angustiada frase adicional, *Fue todo culpa mía*, antes de sucumbir a sacudidas violentas.

Una vez envuelta en el chal de cachemira calentito, que ha sido colocado cuidadosamente sobre tus hombros, te calmas.

Respiras con un estremecimiento.

Se te dice lo que necesitas oír:

No fue culpa tuya.

Hay otras cosas que tienes que revelar, pero por hoy es suficiente. Estás casi exhausta.

Se te recompensa con palabras de elogio. No todos somos suficientemente valientes como para enfrentar nuestros demonios.

Mientras escuchas, pasas la mano distraídamente por la lana gris que cae de tus hombros. Es una forma de calmarte a ti misma, señal de que ahora estás en la fase de recuperación. Un ritmo de conversación más lento sirve de transición a un terreno más seguro.

Cuando la respiración se te ha normalizado y ya no tienes enrojecidas las mejillas, se te dan indicaciones sutiles de que la sesión está por terminar.

Se te dice, *gracias*.

Y entonces, una pequeña recompensa:

Está tan frío afuera. ¿Por qué no te llevas el chal?

Se te acompaña hasta la puerta y, cuando vas saliendo, sientes la presión de una mano que te aprieta brevemente el hombro. Es un gesto que comunica consuelo. También se usa para expresar aprobación.

Cuando sales del edificio, se te puede ver desde el tercer piso. Titubeas en la acera, y entonces agarras el chal y te lo enrollas como una bufanda, con uno de los extremos cayendo por el hombro.

Aunque físicamente te has ido, permaneces en la oficina el resto del día, hasta el último paciente, que ha sido citado para veinte minutos después de tu partida. Mantener el foco en ayudarlo a controlar una adicción al juego resulta más retador que de costumbre.

Todavía estás allí cuando el taxi maniobra en el congestionado tráfico de Midtown y también en Dean & DeLuca cuando la cajera cobra un solo medallón de filete de res y siete espárragos blancos.

Tú no sueltas confidencias fácilmente, sin embargo, ansías el alivio que produce contar un secreto.

Presentar una fachada común y corriente al mundo exterior es la norma; las conversaciones superficiales constituyen la mayoría de los encuentros sociales. Cuando un individuo confía en otro lo suficiente para exponer su verdadero ser —los temores más profundos, los deseos escondidos— nace una intimidad poderosa.

Hoy me diste acceso, Jessica.

Tu confesión se mantendrá en secreto... si todo sale bien.

La puerta de entrada del *townhouse* se abre y la bolsa de Dean & DeLuca se deposita en la encimera de mármol blanco de la cocina.

Entonces el chal gris de cachemira que fue comprado solo unas horas antes de tu sesión de hoy es extraído de su bolsa y colocado en un estante del armario de los abrigos.

Es idéntico al que llevas puesto ahora.

CAPÍTULO
TRECE

Martes, 4 de diciembre

EL AIRE SE SIENTE cortante y gris; durante el breve tiempo que he estado en la oficina de la Dra. Shields, el sol se ha puesto.

Debí haberme puesto el abrigo pesado en lugar de la chaqueta de cuero, que no es tan pesada, pero el chal de la Dra. Shields me mantiene el pecho y el cuello a gusto. La lana guarda un aroma leve de la fragancia limpia y acre que asocio con la Dra. Shields. Respiro profundamente y la lana hace que me pique la nariz.

Estoy en la acera, sin saber qué hacer. Me siento agotada, pero, si me voy a casa, dudo que me pueda relajar. No quiero estar sola, pero llamar a Lizzie o a otra amiga para que nos encontremos a cenar o tomarnos unos tragos no me apetece.

Aun antes de darme cuenta de que he tomado una decisión, mis pies comienzan a moverse, llevándome hacia el metro. Tomo el tren 6 hasta Astor Place y al salir de la estación doblo hacia el oeste en la calle Prince.

Paso por los escaparates con las gafas de sol de diseñador y los cosméticos en estuches que parecen joyas. Y llego al restaurante francés.

En esta ocasión, entro.

Todavía es temprano, así que está casi vacío. Hay solo una pareja que ocupa una mesa de banco en la parte de atrás.

El *maître d'* toma mi chaqueta, pero me quedo con el chal. Entonces, pregunta: —¿Mesa para uno? ¿O preferiría sentarse en el bar?

—¿Qué tal aquella mesa cerca del ventanal?

Cuando me lleva a ella, escojo la silla que la Dra. Shields usó cuando la seguí la semana pasada.

La carta de vinos es un documento grueso y pesado. Hay docenas para escoger, solo de vinos tintos por copa.

—Este, por favor —le digo al mesero señalando el segundo más económico. Cuesta veintiún dólares la copa, lo que significa que esta noche la cena será un sándwich de mantequilla de maní en casa.

Nunca habría encontrado este restaurante de no haber sido por la Dra. Shields, pero es exactamente lo que necesito. Es silencioso y elegante sin ser demasiado estirado; las paredes de madera oscura y las sillas tapizadas de terciopelo son reconfortantemente sólidas.

Es un lugar seguro donde se puede ser anónima sin estar sola.

El mesero se acerca. Viste un traje oscuro y balancea la copa de vino sobre una bandeja.

—Su Vouvray, señorita —dice, colocándolo delante de mí.

Me doy cuenta de que está esperando que dé mi aprobación. Tomo un sorbo y asiento con la cabeza, como hizo la Dra. Shields. El color del vino es igual al de mi esmalte de uñas.

Cuando el mesero se va, miro la gente pasar a través del ventanal. El vino me calienta la garganta y no es demasiado dulce, como el que toma mi madre; es sorprendentemente bueno. Mis hombros se relajan cuando me reclino en el cuero suave del asiento.

La Dra. Shields por fin sabe la historia que no le he contado ni a Lizzie: fue mi negligencia deliberada la que arruinó la vida de todos los miembros de mi familia.

Sentada en el sofá de la Dra. Shields, mirando fijamente las tranquilizadoras olas del óleo que cuelga en la pared, narré que se suponía que yo debía cuidar a Becky ese verano mientras mis padres iban a trabajar.

Eran las últimas horas de la tarde aquel día de agosto, cuando decidí ir al mercado de la esquina, el que vendía bombones y revistas *Seventeen*. El último número había salido hacía poco. Julia Stiles estaba en la portada.

Estaba cansada de Becky; necesitaba un descanso de mi hermana de siete años. Había sido un día largo y caluroso a fines de un mes largo y caluroso. Solo en las últimas horas, habíamos corrido por los surtidores de agua y habíamos hecho paletas de helado echando limonada en cubiteras e insertándoles luego un palillo de dientes. Habíamos capturado insectos en el patio y les habíamos preparado casas en un viejo envase de Tupperware. Pero aun así, faltaban todavía un par de horas antes de que mis padres regresaran del trabajo.

—Estoy aburrida —se había lamentado Becky, mientras yo me sacaba las cejas ante el espejo del baño. Me preocupaba haberme sacado demasiado de la derecha y ahora tenía una expresión socarrona.

—Ve a jugar con tu casa de muñecas —le sugerí, volviendo mi atención a la ceja izquierda. Tenía trece años y hacía poco había comenzado a preocuparme por mi apariencia.

—No quiero.

En la casa hacía calor, pues solo teníamos dos acondicionadores de aire de ventana. No podía creer que estaba ansiosa por volver a la escuela.

Unos instantes más tarde, Becky preguntaba en voz alta:
—¿Quién es Roger Franklin?

—¡Becky! —aullé, soltando las pinzas y corriendo a mi habitación.

Le arranqué mi diario de las manos. —¡Esto es privado!

—Estoy aburrida —se lamentó otra vez.

—Pues bien —le dije a Becky—. No se lo digas a mamá y papá, pero puedes ver televisión en su dormitorio.

Mis padres tenían una regla de una hora de televisión al día, la que excedíamos como cuestión de rutina.

Esa tarde lejana, puse tres galletitas Chips Ahoy! en un platillo de cartón y se las di a Becky, que se había acostado en la cama de mis padres. —No hagas regueros —le advertí. En la pantalla, Lizzie McGuire empezaba a decirle a una amiga que dejara de imitarla. Esperé hasta que la mirada de Becky se tornó vidriosa. Entonces salí sin hacer ruido y me monté en la bicicleta. A Becky no le gustaba quedarse sola, pero yo sabía que ella ni siquiera se daría cuenta de que me había ido.

Había hecho esto mismo en varias ocasiones.

También había cerrado con pestillo la puerta del dormitorio para que Becky no pudiera salir. Pensé que así estaría segura. Pero no se me ocurrió cerrar con pestillo la ventana del segundo piso que estaba a unos pasos de donde ella veía la televisión.

Cuando llegué a esta parte, despegué la mirada del óleo que colgaba en la pared. Se me hacía difícil hablar por lo mucho que lloraba. No sabía si iba a poder continuar.

Vi a la Dra. Shields observándome. Su mirada compasiva parecía darme fuerzas. Me atraganté con las horribles palabras.

Entonces sentí una calidez súbita y una suavidad que me envolvía. La Dra. Shields se había quitado el chal que tenía echado sobre los hombros y lo había puesto sobre los míos. Parecía como si todavía retuviese el calor de su cuerpo.

Me doy cuenta de que distraídamente he vuelto a pasar la mano sobre el chal en la luz tenue del restaurante.

El gesto de la Dra. Shields se sentía como un gesto protector, casi maternal. De inmediato, comenzó a aliviarse la tensión que sentía en las extremidades. Era como si ella me hubiese sacado de ese oscuro momento y traído al presente.

Había dicho: *No fue culpa tuya.*

Me tomé el último sorbo de vino, escuchando la música clásica que salía de los altavoces, pensando que de todas las cosas que ella hubiese podido decir, estas parecían las únicas palabras que verdaderamente me podían haber consolado. Si la Dra. Shields —alguien tan sabia y sofisticada, alguien que ha dedicado su carrera a estudiar las decisiones éticas que toma la gente— podía absolverme, entonces quizás mis padres podían hacerlo también.

Hay algo que ellos no saben sobre ese día.

Mis padres nunca preguntaron dónde estaba yo cuando Becky se cayó. Sencillamente supusieron que yo estaba en otra habitación de la casa.

No dije una mentira. Pero hubo un momento de tranquilidad en el hospital cuando pude haber dicho algo. Mientras un equipo de médicos atendía a Becky, mis padres y yo esperamos en una pequeña área privada que está justo afuera de la Sala de Urgencias.

—Ay, Becky. ¿Por qué andabas jugando con esa ventana? —se preguntaba mi madre en voz alta.

Vi los ojos de mis padres, enrojecidos por la angustia. Y dejé pasar el momento.

Yo no sabía que esa omisión seguiría hinchándose y ganaría fuerza con el pasar de los años.

Yo no sabía que ese momentito de silencio ensordecería todas mis relaciones.

Pero ahora la Dra. Shields lo sabe.

Me doy cuenta de que mis dedos están jugando con el tallo de la copa vacía y, al acercarse el mesero, los retiro.

—¿Otra copa de vino, señorita? —me pregunta.

Hago un gesto de negación con la cabeza.

Mi siguiente sesión es dentro de dos días.

Me pregunto si la Dra. Shields querrá hablar más sobre ese evento, o si ya le he contado suficiente.

Mi mano se detiene cuando voy a buscar la billetera en el bolso.

¿Suficiente para qué?

Lo que pensé hace un instante, que ahora la Dra. Shields tiene información que le he escondido a mi familia durante quince años, ya no me consuela. Quizás los logros y la belleza de la Dra. Shields me hayan cegado y atenuado mis instintos de autoprotección.

Casi me había olvidado de que yo era la Participante 52 en una investigación académica. Que me estaban pagando por contar mis secretos más íntimos.

¿Qué piensa hacer ella con toda la información privada que le he dado? Fui yo quien firmó un acuerdo de confidencialidad, no ella.

El mesero regresa y yo abro la billetera. Entonces veo la tarjeta azul de presentación, metida entre los billetes.

La miro unos instantes y la saco poco a poco.

Desayuno Todo el Día, dice por delante.

Recuerdo cuando desperté en el sofá de Noah, bien arropada con una manta.

Doy vuelta a la tarjeta, y una esquina puntiaguda me rasguña la palma de la mano.

Taylor, había escrito Noah con su letra angular.

Leo rápidamente las palabras con que me ofrece prepararme tostadas francesas.

No es por eso por lo que miro fijamente la tarjeta.

De repente, caigo en cuenta de cómo puedo averiguar más sobre la Dra. Shields.

CAPÍTULO
CATORCE

Martes, 4 de diciembre

LAS NOTAS DE CEREZA del Pinot Noir deshacen la inclemencia del viaje de vuelta a casa.

El filete vuelta y vuelta, y los espárragos a la plancha son extraídos de los envases de Dean & DeLuca y colocados en un plato de porcelana, flanqueado por cubiertos pesados de plata. Los acordes de Chopin inundan la habitación. El plato es llevado hasta un extremo de la mesa rectangular de roble reluciente.

Aquí las cenas solían ser distintas. Se preparaban en una estufa Viking de seis quemadores y se adornaban con ramitos de romero fresco u hojas de albahaca del herbario de la ventana.

Además, en la mesa había dos puestos.

La revista de Psicología se deja a un lado; esta noche resulta imposible concentrarse en las densas palabras.

Al otro lado de la mesa hay una silla vacía, donde antes se sentaba mi esposo, Thomas.

Todos los que conocían a Thomas lo apreciaban.

Él apareció una noche en que las luces pestañearon y de repente se hizo la oscuridad.

El último paciente del día, un hombre llamado Hugh, había salido de mi oficina pocos minutos antes. La gente viene a terapia por distintas razones, pero las suyas nunca se vieron claras. Hugh, con sus rasgos faciales definidos y su existencia nómada, era un tipo raro.

Pronto reveló que, a pesar de sus andanzas, se obsesionaba con las cosas.

Terminar sus sesiones resultaba difícil; siempre quería más.

Cuando se iba, acostumbraba a quedarse afuera frente a la puerta y pasaban uno o dos minutos antes de que se oyeran sus pasos. Su olor penetrante podía detectarse en la sala de espera aun después de que se hubiese ido, prueba del tiempo que había pasado allí.

Esa noche, cuando el edificio entero se quedó a oscuras, hasta las luces de afuera, pareció natural suponer que Hugh hubiese tenido algo que ver.

Lo peor de la humanidad sale a flote en las sombras.

Y a Hugh se le acaba de decir que su terapia tenía que terminar.

Comenzaron a sentirse sirenas a lo lejos. Los ruidos y la falta de iluminación creaban una atmósfera desorientadora.

Para salir del edificio, había que tomar las escaleras.

Eran las 7:00 p. m., lo suficientemente tarde como para que todas las demás oficinas estuviesen cerradas.

Aunque había residentes viviendo en el edificio, sus apartamentos solo ocupaban los pisos cinco y seis.

La única luz en el hueco de la escalera provenía de la pantalla de mi celular, y el único sonido era el taconeo de mis zapatos en los escalones.

Entonces comenzó a descender de algún lugar más alto un segundo par de pisadas, mucho más pesadas.

Los síntomas del terror incluyen palpitaciones, mareo y dolor de pecho.

Los ejercicios de respiración solo ayudan a la gente que atraviesa por situaciones en que no se justifica el pánico.

Aquí, estaba justificado.

Mi presencia la delataría el resplandor de mi teléfono. Correr en la oscuridad total podría llevar a una caída. Pero eran riesgos necesarios.

—¿Hola? —dijo una voz grave de hombre.

No era la de Hugh.

—¿Qué sucede? Debe de ser un apagón —continuó diciendo el hombre—. ¿Está usted bien?

Sus modales eran tranquilizadores y amables. Me acompañó por una hora, durante el trayecto de Midtown al West Village, hasta que llegamos a mi residencia.

En la vida de todos, hay puntos de pivote que conforman y a la larga consolidan nuestro camino.

La materialización de Thomas Cooper fue uno de esos momentos sísmicos.

Una semana después del apagón, salimos a cenar.

Seis meses después, ya estábamos casados.

Thomas le caía bien a todos los que lo conocían.

Pero amarlo estaba reservado solo para mí.

CAPÍTULO
QUINCE

Martes, 4 de diciembre

Tengo menos de veinticuatro horas para localizar a Taylor.

Ella es mi único y frágil vínculo con la Dra. Shields. Si la puedo encontrar antes de mi sesión el próximo jueves a las 5:00 p. m., no estaré adentrándome en esto a ciegas.

Después de salir del restaurante francés, busco la información de contacto de Taylor en mi celular y le envío un mensaje de texto. Hola, Taylor. Soy Jess, de BeautyBuzz. ¿Podrías llamarme lo antes posible?

Cuando llego a casa, agarro la computadora y trato de encontrar más información acerca de la Dra. Shields. Pero la búsqueda solo arroja ensayos académicos, reseñas de libros que ha escrito, su brevísima biografía de la Universidad de Nueva York, y un sitio web para su práctica privada. El sitio web es atractivo y elegante, como su oficina, pero, también como la oficina, no contiene una sola pista verdadera sobre la mujer a la que representa.

Finalmente me quedo dormida después de la medianoche, con el celular a mi lado.

Miércoles, 5 de diciembre

Cuando me despierto a las 6:00 a. m., con los ojos pesados por la falta de sueño, Taylor aún no ha respondido. En realidad, no me sorprende; probablemente piensa que es extraño que una maquilladora esté tratando de comunicarse con ella.

Quedan treinta y cinco horas, pienso.

Aunque quisiera cancelar todas mis citas de hoy y dedicarme a buscar respuestas, tengo que trabajar. No solo necesito el dinero, sino que BeautyBuzz tiene la política de que las maquilladoras no pueden cancelar trabajos programados menos de veinticuatro horas antes. Si lo haces tres veces en tres meses, te eliminan de su lista. Como falté por enfermedad hace algunas semanas, ya fallé una vez.

Me siento como en piloto automático mientras aplico base, difumino sombra y delineo labios. Pregunto a las clientas sobre el trabajo, el marido y los niños, pero sigo pensando en la Dra. Shields. En particular sobre cuán poco sé acerca de ella personalmente, y el contraste con los secretos bien guardados que le he contado.

Todo el tiempo soy consciente del celular, que está guardado en mi bolso. Tan pronto salgo de una cita, lo agarro y miro la pantalla. Pero a pesar de que le envío otro mensaje a Taylor, en esta ocasión un mensaje de voz cerca del mediodía, no hay respuesta.

Cerca de las 7:00 p. m. me doy el lujo de tomar un taxi hasta casa, lo que agota las propinas de los últimos trabajos, pero me lleva allí más rápido. Suelto el maletín justo en la entrada, llevo a caminar a Leo por la calle rápidamente, le tiro unas galletas, y de inmediato vuelvo a salir.

Me dirijo casi corriendo al apartamento de Taylor, que está a unas veinte cuadras. Cuando llego, son casi las 8:00 p. m. Jadeando, descanso una mano sobre la vitrina del vestíbulo que contiene el directorio y la busco en la lista de nombres.

Presiono el timbre de T. Straub y espero a oír su voz en el intercomunicador. Trato de respirar más lentamente y me peino el pelo con la mano.

Otra vez presiono el circulito negro con el dedo, esta vez durante cinco segundos.

Contesta, pienso.

Doy un paso atrás, miro el edificio, y me pregunto qué hacer. No puedo quedarme esperando, con la esperanza de que Taylor regrese. ¿Cuánto tiempo puedo continuar tocando el timbre, por si acaso está durmiendo una siesta o escuchando música con los audífonos?

La ayuda que necesito aparece: un individuo sudado, vestido con un conjunto de correr Adidas, marca el código de la puerta de entrada. Está mirando fijamente su teléfono y ni siquiera se da cuenta de que agarro la puerta antes de que se cierre y me cuelo detrás de él.

Tomo las escaleras hasta el sexto piso. Encuentro el apartamento de Taylor a mitad del pasillo y toco con los nudillos en la puerta con tanta fuerza que me arden.

No hay respuesta.

Pego la oreja a la delgada madera, tratando de escuchar cualquier sonido que indique que ella está adentro: el ruido de un televisor o el sonido sordo de una secadora de pelo. Pero solo escucho silencio.

Me viene un ataque de náuseas. Temo que la Dra. Shields me conozca tan bien que cuando la vea no pueda disimular mis preocupaciones. Estoy loca por preguntar: *¿Por qué me da todo este dinero? ¿Qué hace usted con la información que le doy?*

Pero no puedo. Me digo que es porque no quiero arriesgarme a perder esos ingresos. Pero la verdad es que quizás se debe más a que no quiero arriesgarme a perder a la Dra. Shields.

Alzo el puño para tocar dos o tres veces más, hasta que la vecina saca la cabeza por la puerta y me mira mal.

—Lo siento —digo dócilmente, y ella cierra la puerta.

Trato de pensar en qué hacer. Me quedan veintiuna horas. Pero mañana, igual que hoy, estoy llena de clientes; no voy a poder volver aquí antes de mi cita con la Dra. Shields. Registro mi bolso hasta encontrar un ejemplar de *Vogue* que llevo conmigo y arranco un pedazo de página. Localizo un bolígrafo y escribo: *Taylor, soy Jess, de BeautyBuzz. Llámame, por favor. Es urgente.*

Estoy por deslizarlo por debajo de la puerta cuando recuerdo el desorden en su apartamento, con ropa y palomitas de maíz tiradas por todas partes. Taylor podría ni siquiera ver el pedazo de papel. Y aunque lo viese, es probable que no me llame. No ha hecho ningún esfuerzo por contestar mi llamada ni el mensaje de texto.

Me doy vuelta a mirar la puerta de la vecina que acabo de incomodar. Doy unos pasos y toco con vacilación. La mujer que responde tiene en la mano un rotulador amarillo. Una mancha de tinta del rotulador le divide en dos la barbilla. Es evidente que no está contenta.

—Perdone, estoy buscando a Taylor o... —Trato de recordar el nombre de la compañera de apartamento, y lo logro—. O a Mandy.

La vecina parpadea. Me arropa una extraña premonición: va a decir que no sabe quiénes son, que en el apartamento contiguo nunca han vivido chicas llamadas así.

—¿Quién? —comienza a decir.

El corazón me da un vuelco.

Entonces, se desvanecen las arrugas de su ceño.

—Ah, sí... No sé, se están acercando los exámenes finales,

quizás estén en la biblioteca. Aunque, esas dos, es más probable que estén en una fiesta.

Cierra la puerta, aunque sigo de pie ahí.

Espero a que se me pase la sensación de mareo y luego me dirijo a las escaleras. Me quedo de pie frente al edificio, en la oscuridad, tratando de pensar qué voy a hacer.

Una chica con pelo lacio y largo me pasa por el lado. Aunque de inmediato me doy cuenta de que no es Taylor, aun así me doy vuelta a mirarla en el momento en que se acomoda la mochila en el hombro y continúa caminando.

Me quedo miranda la mochila, que se ve pesada. *Se están acercando los exámenes finales,* había dicho la vecina. Su impresión de Taylor y Mandy concuerda con la mía: estas dos no se toman la universidad muy en serio.

Resulta difícil imaginarse a la joven hastiada, de envidiable estructura ósea, que se entretenía con las imágenes de Instagram, encorvada sobre los libros.

¿Pero no son los estudiantes más vagos quienes más tienen que quemarse las pestañas antes de los exámenes?

Doy una vuelta completa para orientarme, y me encamino hacia la biblioteca de la Universidad de Nueva York.

Los estantes son como un laberinto diseñado para una rata de laboratorio. Comienzo en una esquina y voy abriéndome paso por los angostos pasillos con la esperanza de encontrarme con Taylor tratando de alcanzar un libro en un estante alto, o sentada en una de esas mesas dispuestas a lo largo de las paredes. Termino de explorar los primeros tres pisos y me encamino al cuarto.

Una energía frenética me impulsa, aunque son casi las 9:00 p. m. y no he comido nada desde el sándwich de pavo que engullí entre una clienta y otra temprano en la tarde. En este piso hay mucha menos gente, aunque las torres de libros parecen igual de altas. En los primeros tres pisos escuchaba conversaciones susurradas, pero ahora lo único que escucho son mis propias pisadas.

Estoy en los estantes del centro cuando de repente me tropiezo con un chico y una chica besándose apasionadamente. No se separan cuando les paso por el lado.

Entonces oigo una voz familiar, lamentándose: —Tay, vamos a tomarnos un descanso. Necesito un té con leche.

Siento alivio en todo el cuerpo y tengo que controlarme para no salir corriendo en dirección a la voz de Mandy.

Las encuentro en un rincón del salón. Mandy está apoyada contra el borde de una mesa llena de libros y una computadora portátil, y Taylor está sentada en la silla. Ambas tienen el pelo recogido en rodetes artísticamente desordenados y visten sudaderas de Juicy Couture.

—¡Taylor!

El nombre sale casi como un grito.

Ella y Mandy se dan la vuelta y me miran. Mandy hace una mueca con la nariz. Taylor no muestra expresión.

—¿Qué puedo hacer por ti? —pregunta Taylor.

No tiene idea de quién soy.

Me acerco. —Soy yo, Jess.

—¿Jess? —repite Mandy.

—La maquilladora —añado—. De BeautyBuzz.

Taylor me mira de pies a cabeza. Todavía llevo mi uniforme de trabajo, pero la camisa se ha salido del pantalón y siento pegados al cuello los mechones que se han soltado de mi pelo recogido.

—¿Qué haces aquí? —pregunta Taylor.

—Necesito hablar contigo.

—¡Shh! —manda a callar alguien desde otra mesa.

—Por favor, es importante —añado en voz baja.

Quizás Taylor percibe mi desesperación, porque asiente con

un gesto de la cabeza. Mete la computadora en el bolso, pero deja los libros. Tomamos el ascensor hasta el vestíbulo, con Mandy siguiéndonos detrás. Cuando llegamos a la puerta principal, Taylor se detiene. —¿Qué sucede?

Ahora que finalmente la he encontrado, no sé por dónde empezar.

—¿Recuerdas cuando te estaba maquillando y mencionaste un cuestionario?

—Vagamente —responde, encogiéndose de hombros.

Han pasado semanas desde que tomé el teléfono de Taylor y escuché su mensaje de voz. Trato de recordar lo que yo sabía en aquel momento.

—El de una profesora de la Universidad de Nueva York sobre moral. Pagaba mucho dinero. Se suponía que te presentaras la mañana siguiente...

Taylor asiente. —Sí, es cierto. Estaba tan cansada, que cancelé.

Tomo una bocanada de aire.

—Pues... Finalmente lo hice yo.

Los ojos de Taylor se llenan de recelo. Da un paso atrás.

Mandy hace un ruidito con la garganta: —Pues, eso está raro —observa.

—Sí, es cierto, de todos modos... Estoy tratando de averiguar un poco más sobre la profesora. —Trato de mantener la voz firme, mirando a Taylor.

—No la conozco; una amiga que estudia Psicología tomó su clase y me habló del estudio. Vámonos, Mandy.

—¡Espera, por favor! —Mi voz se oye estridente y suavizo el tono—. ¿Podría hablar yo con tu amiga?

Taylor me evalúa un instante. Trato de sonreír, pero sé que probablemente no se vea natural.

—Es complicado, y no quiero aburrirte con todos los detalles —añado—. Pero si quieres, puedo contarte toda la historia...

Taylor me detiene con un gesto de la mano: —Llama a Amy.

Me alegro de haber recordado que estas chicas detestan el aburrimiento. Había tomado el camino correcto.

Ella mira su teléfono y me dicta el número para que lo ingrese en mi pantalla.

—¿Te importaría repetirlo? —le pido. Estoy segura de que Mandy pone los ojos en blanco, pero Taylor me dicta los dígitos nuevamente, más despacio esta vez.

—¡Gracias! —le digo mientras me alejo.

Antes de que hayan doblado en la esquina, ya he llamado a Amy.

Contesta con el segundo timbrazo.

—Fue una profesora extraordinaria —describe Amy—. La tuve durante la primavera pasada. Exigente, pero no injusta... Te hace trabajar de verdad. Creo que solo dos personas en la clase sacaron «A», y yo no fui una de ellas. —Se ríe un poco—. ¿Qué más te puedo decir? Su ropa es impresionante. Mataría por conseguir sus zapatos.

Amy está en un taxi, de camino al Aeropuerto de LaGuardia para asistir a la celebración de los noventa años de su abuela.

—¿Sabías acerca de su estudio?

—Por supuesto —me responde—. Yo participé.

Mis preguntas no le parecen sospechosas, probablemente porque sugerí que Taylor y yo somos amigas, también. —Es un poquito extraño porque ella debe haberse dado cuenta de quién era yo cuando me inscribí, pero no me llamaba por mi nombre, sino algo raro... ¿qué era? —titubea.

La respiración se me corta.

—Participante 16 —dice por fin. Se me eriza la piel.

—Recuerdo el número porque es la edad de mi hermano menor —sigue diciendo.

—¿Qué te preguntó? —interrumpo.

—Espera un momento. —La escucho hablar con el taxista, y luego oigo ruidos y el cantazo de la puerta del maletero del auto.

—Pues, preguntó si alguna vez había mentido en un formulario médico, ya sabes, cuánto bebo, o cuánto peso, o cuántas parejas sexuales he tenido. Recuerdo esa porque yo acababa de hacerme un examen físico y había mentido sobre todas esas cosas.

Ella se ríe otra vez, pero yo arrugo el entrecejo.

—Estoy en el aeropuerto. Tengo que colgar —dice Amy.

—¿Alguna vez la viste en persona durante el estudio? —pregunto.

—¿Cómo? No, solo fueron unas preguntas en una computadora —responde.

Los ruidos de fondo son tan fuertes —gente hablando, un anuncio por altavoz sobre el equipaje desatendido— que me cuesta escucharla claramente.

—Bueno, necesito entregar la maleta; esto es un caos.

Yo insisto: —¿Nunca fuiste a su oficina en la calle Sesenta y Dos? ¿Alguna otra participante fue allí?

—No sé, quizás alguna fue —dice ella—. ¡Qué genial habría sido! Apuesto a que es absolutamente elegante.

Tengo más preguntas, pero sé que estoy por perder la comunicación con Amy.

—¿Podrías hacerme un favor? ¿Podrías pensar un poco más sobre esto y llamarme si recuerdas cualquier cosa inusual?

—Por supuesto —responde, pero detecto distracción en su voz y me pregunto si siquiera entendió lo que le pedí.

Cuelgo y siento que el pecho se me calma.

Por lo menos mi pregunta más importante ha sido contestada. La Dra. Shields es una profesional; no es solo una profesora, es una profesora muy respetada. No tendría este puesto si estuviese envuelta en algo nebuloso.

No estoy segura de por qué me alteré tanto. Estoy hambrienta y cansada, y la tensión que he estado sintiendo en relación con mi familia podría estarme afectando. El último día de trabajo de mi padre fue el 30 de noviembre. El incentivo para que se retirara equivalía a cuatro meses de salario. El dinero ya se les habrá acabado cuando los Phillies tengan su primer turno al bate de esta temporada.

Al llegar a la esquina de mi calle, ya me siento exhausta. La cabeza me da vueltas y siento el cuerpo pesado e inquieto a la vez.

Cuando paso por el Lounge, miro hacia adentro por los enormes ventanales de cristal. Puedo oír la música a lo lejos y veo a un grupo de chicos jugando billar.

Busco entre ellos a Noah.

Saco su tarjeta de presentación de mi bolso. Sin pensarlo mucho, le envío un mensaje de texto: Oye, acabo de pasar por el Lounge y pensé en ti. ¿Expiró ya la oferta de desayuno?

Como no responde de inmediato, sigo caminando.

Pienso en detenerme en otro bar; el Atlas está cerca y a esta hora suele estar lleno, hasta en días de semana. Podría entrar sola, sentarme en el bar, pedir un trago, y ver qué pasa, como he hecho antes cuando la presión se hace insoportable y necesito escapar.

Ya que no puedo costearme un día de *spa* y no uso drogas, encuentro alivio de esta manera. No lo hago con mucha frecuencia, aunque la última vez que tuve que decirle al doctor cuántas parejas sexuales he tenido, mentí, al igual que Amy.

Me acerco más al Atlas. Escucho el ritmo de la música; veo los cuerpos arremolinados cerca del bar.

Pero entonces me visualizo sentada en el sofá de la oficina de la Dra. Shields, describiéndole lo que pasó esta noche. Ella sabe que hago esto a veces; lo conté al responder al cuestionario de la computadora. Pero tener que mirarla y revelar los detalles de un encuentro sexual me haría morir de vergüenza. Apuesto a que ni siquiera antes de casarse tuvo una relación casual; me doy cuenta.

Shields parece ver en mí algo especial, aunque yo no me sienta así con frecuencia.

Así que sigo caminando. No quiero decepcionarla.

CAPÍTULO
DIECISÉIS

Miércoles, 5 de diciembre

Es FÁCIL JUZGAR LAS decisiones de otros. La madre que lleva el carrito de compra lleno de cereales azucarados y galletas Oreos que le grita a su bebé. El conductor de un convertible de lujo que le cruza al frente a un vehículo más lento. El marido que engaña a su esposa... y la esposa que está considerando volver con él.

Pero ¿si supieras que el esposo está haciendo todos los esfuerzos posibles por lograr una reconciliación? ¿Y si jurara que fue solo una vez y que nunca volverá a ser infiel?

¿Y si fueras tú la esposa, y no pudieses imaginar la vida sin él?

El intelecto no reina sobre los asuntos del corazón.

Thomas capturó el mío de cien formas distintas. La inscripción que escogimos para nuestros anillos de matrimonio, la que hacía referencia a nuestro primer encuentro durante el apagón, describe bastante bien un sentimiento que no es posible expresar con palabras. *Eres mi verdadera luz.*

Desde que se mudó, su ausencia se percibe en toda la casa: en la sala, donde se tiraba en el sofá con la sección de deportes del periódico regada en el suelo junto a él. En la cocina, donde siempre programaba la cafetera la noche anterior para que estuviese listo el café por la mañana. En el dormitorio, donde el calor de su cuerpo espantaba el frío por las noches.

Una traición que destruye un matrimonio tiene como resultado reacciones físicas: insomnio, pérdida de apetito. La preocupación constante, tan incesante como el palpitar del corazón: *¿Qué lo atrajo a ella?*

Si el hombre que amas te diera motivos para dudar de él, ¿podrías confiar en él de nuevo?

Esta noche, Thomas atribuyó a una emergencia del trabajo la cancelación de nuestros planes para la cena.

Él también es terapeuta, así que es muy posible que algún paciente sufra de un ataque de pánico agudo o que un alcohólico en recuperación tenga un deseo incontrolable de hacer algo autodestructivo.

Le importan mucho sus pacientes. La mayoría hasta tiene su número de celular.

¿Pero, no se sentía su voz demasiado nerviosa?

La duda rodea hasta las explicaciones más banales.

Este es el legado de la infidelidad.

Muchas mujeres podrían escoger hablar sobre su preocupación con una amiga. Otras podrían acusar, provocar una confrontación. Ninguna de esas rutas es inapropiada.

Pero podrían no sacar a la luz la verdad.

También podría juzgarse a una esposa que se queda con tantas sospechas que, a pesar de las promesas que él le hace, lo espía.

Pero solo la evidencia clínica puede determinar si la sospecha se debe a inseguridad o a instinto.

En este caso, se pueden obtener los hechos con relativa facilidad.

Lo único que hace falta es un viaje de veinticinco minutos hasta la oficina que comparte con otros tres terapeutas en Riverside Drive.

Son ahora las 6:07 p. m.

Si la Ducati no está estacionada al frente, los hechos no corroborarán la excusa.

Los síntomas de ansiedad generalmente incluyen sudor, un alza súbita en la presión arterial y agitación física.

Pero no en todas las personas. Algunas presentan los síntomas contrarios: un aquietamiento físico, una concentración mental aguda y frialdad en las extremidades.

Se le pida al taxista que suba un poco la temperatura.

A una cuadra de distancia, es imposible determinar si la motocicleta está ahí. Un camión está atravesado en la calle, impidiendo que el taxi continúe.

Es más rápido salir del taxi y proceder a pie. Ver que la oficina está ocupada produce un torrente de alivio: la luz se cuela por entre las lamas de las persianas del primer piso. La moto está estacionada afuera, en el lugar acostumbrado.

Thomas está exactamente donde dijo que iba a estar. La duda desaparece, por ahora.

No es necesario seguir adelante. Está ocupado. Y es mejor que no se entere de esta visita.

Una mujer se acerca desde la otra dirección. Viste un abrigo largo color camello y *jeans*.

Se detiene frente al edificio de Thomas. Durante las horas hábiles, un guardia de seguridad les pide a los visitantes que firmen el registro. Pero el guardia se va a las 6:00 p. m. A esta hora de la noche, los visitantes deben tocar el timbre para que les abran.

La mujer parece tener poco más de treinta años. Objetivamente es atractiva, aún a la distancia. No muestra síntomas visibles de estar en crisis; por el contrario, su afecto es despreocupado.

No es la misma mujer que tentó a Thomas a ser infiel; esa mujer nunca volverá a ser una amenaza.

La mujer del abrigo largo desaparece dentro del edificio. Unos instantes después, las persianas, que estaban ligeramente abiertas, se cierran de golpe.

Quizás a ella le molestaba el resplandor de la lámpara de la calle en los ojos.

O quizás haya otra razón.

Si un tipo te engaña una vez, sabes que va a volverlo a hacer.

Fuiste tú quien dio la alarma, Jessica.

Algunas esposas abrirían la puerta para ver más de cerca. Otras preferirían esperar y ver por cuánto tiempo permanece adentro la mujer, y si salen del edificio juntos. Algunas aceptarían la derrota y se irían de allí.

Esas son las reacciones más comunes.

Hay otras vías de acción mucho más sutiles.

Observar y esperar el momento justo es un componente esencial de una estrategia de largo plazo. Sería impulsivo aparecerse y provocar un conflicto antes de tener certeza.

Y, en ocasiones, un disparo de advertencia, una muestra de fuerza decisiva puede hacer innecesaria la batalla.

CAPÍTULO
DIECISIETE

Martes, 6 de diciembre

LA PIEL DE MIS clientas con frecuencia revela algo sobre su vida.

Cuando la señora de sesenta y tantos años me abre la puerta, me fijo en las pistas: muchas arrugas producidas por sonrisas, muchas menos por fruncir el ceño. Pecas y manchas de sol salpican su piel clara y sus ojos azul claro son cristalinos.

Se presenta como Shirley Graham y toma mi abrigo y el chal, que he traído para devolver a la Dra. Shields, y los cuelga en el minúsculo armario del recibidor.

La sigo hasta la cocina, coloco allí mi maletín de maquillaje, y flexiono y estiro la mano para aliviar la tirantez. Son las 3:55 p. m. y la señora Graham es mi última cita del día. Tan pronto termine aquí, voy a ver a la Dra. Shields.

Me he prometido preguntarle por qué necesita información sobre mi vida personal. Es una pregunta muy razonable. No sé por qué no he podido hacérsela antes.

Antes de comenzar, ¿le importaría que le haga una pregunta? Decidí que así la voy a frasear.

—¿Te apetece un poco de té? —pregunta la señora Graham.

—No, gracias —respondo.

La señora Graham parece decepcionada. —No es molestia. Siempre tomo té a las cuatro.

La oficina de la Dra. Shields está a media hora de distancia, suponiendo que no se atrase el metro, y debo estar allí a las cinco y treinta. Vacilo.

—Pensándolo bien, un té vendría de maravilla.

En lo que la señora Graham abre la lata azul de galletas de mantequilla Royal Dansk y las coloca en un plato de porcelana, yo busco el punto más iluminado del apartamento.

—¿Qué actividad tiene esta noche? —le pregunto, caminando a la sala y echando a un lado la cortina de gasa y encaje que cubre la única ventana. Pero la pared de ladrillo de un apartamento vecino bloquea el sol.

—Voy a salir a cenar —me contesta—. Es mi aniversario de bodas: cuarenta y dos años.

—Cuarenta y dos años —repito—. ¡Maravilloso!

Vuelvo a la pequeña barra que separa la cocina del área de estar.

—Nunca me ha maquillado un profesional, pero tengo este cupón así que pensé, *¿Por qué no?* —La señora Graham toma el pedazo de papel de la puerta del refrigerador, donde había estado agarrado con un imán en forma de flor, y me lo entrega.

El cupón expiró hace dos meses, pero finjo que no me he dado cuenta. Espero que mi jefe lo honre; si no, tendré que absorber yo el costo.

El hervidor llama y la señora Graham vierte el agua hirviendo en una tetera de porcelana, donde mete dos bolsas de té Lipton.

—Qué le parece si trabajamos aquí mismo mientras nos tomamos el té —sugiero, señalando los dos taburetes de respaldar alto que están junto a la barra. El espacio apenas es adecuado para mis elementos de trabajo, pero la luz es intensa.

—¿Ah, tienes prisa? —pregunta la señora Graham, cubriendo la tetera con una funda de guata y colocándola sobre el mostrador.

—No, no, tengo tiempo más que suficiente —digo pensativa.

Me arrepiento cuando se va al refrigerador a sacar una pinta de crema de leche y luego busca un jarrito de porcelana y la echa dentro. Mientras acomoda las tazas, la tetera, la crema y el azúcar en una bandeja, miro furtivamente el reloj del microondas: las 4:12.

—¿Empezamos? —Acomodo el taburete de la señora Graham y doy unos golpecitos en el asiento. Entonces busco en el maletín varios frascos de maquillaje a base de aceite, que le vendrán mejor a su piel. Al mezclar dos de ellas en el dorso de mi mano me doy cuenta de que tengo el esmalte color vino descascarado.

Antes de aplicarle la base, la señora Graham se inclina sobre mi maletín para mirar dentro. —¡Ay, mira cuántos potecitos y pociones tienes! —Señala una esponja ovalada—. ¿Para qué sirve esto?

—Para aplicar la base —contesto. Siento los dedos inquietos por continuar. Controlo el deseo de voltearme a mirar de nuevo el reloj de la cocina—. Venga, déjeme mostrarle.

Si escojo una sola sombra de ojos en lugar de tres —quizás un tono avena que resalte el azul— podría terminar a tiempo. El maquillaje se va a ver bien; no parecerá que se usó el método rápido.

Estoy aplicando un poco de corrector bajo los ojos cuando suena un teléfono cerca de mi codo.

La señora Graham se baja del taburete. —Perdóname, querida. Déjame decirles que voy a llamar más tarde.

¿Qué puedo hacer sino sonreír y asentir?

Quizás debo tomar un taxi en lugar de tomar el metro. Pero es la hora pico; un taxi podría tomar más tiempo.

Miro de reojo mi teléfono: son las 4:28, y no he podido leer varios mensajes de texto. Uno de ellos es de Noah: *Lamento que no pude verte anoche. ¿Qué te parece el sábado?*

—Ay, yo estoy perfectamente bien. Tengo a una amable jovencita aquí y estamos tomando té —dice la señora Graham al auricular.

Rápidamente escribo una respuesta: *Me parece fantástico.*

El segundo texto es de la Dra. Shields.

¿Podrías llamarme antes de nuestra cita, por favor?, dice el mensaje de Shields.

—Está bien, querida, prometo llamarte tan pronto hayamos terminado —dice la señora Graham. Pero su tono no tiene indicación alguna de que esté tratando de terminar la conversación.

La habitación está demasiado calurosa y siento el sudor en las axilas. Me abanico con la mano, pensando, *¡Acabe ya!*

—Sí, fui más temprano hoy —dice la señora Graham. Me pregunto si debo llamar a la Dra. Shields ahora. O por lo menos enviarle un mensaje de que estoy con una clienta.

Antes de tomar la decisión, la señora Graham finalmente cuelga y vuelve a sentarse.

—Era mi hija —me anuncia—. Vive en Ohio. En Cleveland. Es una zona tan bonita; se mudaron hace dos años por el trabajo de su esposo. Mi hijo, él es el mayor, vive en Nueva Jersey.

—Qué bien —respondo, agarrando un delineador de ojos cobrizo.

La señora Graham agarra su taza de té y sopla antes de tomar un sorbo, y yo aprieto el delineador con más fuerza.

—Prueba las galletitas —dice, con un gesto conspiratorio—. Las que tienen jalea en el centro son las mejores.

—De verdad necesito terminar de maquillarla —suelto, en un tono más hiriente que el deseado—. Tengo una reunión inmediatamente después de terminar aquí y no puedo llegar tarde.

La expresión de la señora Graham se apaga y deja la taza en la mesa.

—Lo siento, querida. No quiero retrasarte.

Me pregunto si la Dra. Shields sabría cómo debí haber resuelto el dilema: *¿Llegar tarde a una cita importante, o herir los sentimientos de una dulce anciana?*

Miro las galletitas de mantequilla, la tetera de porcelana rosa y blanca con la azucarera a juego, la funda de guata sobre el té recién preparado. Antes, lo más que me han ofrecido mis clientas ha sido un vaso de agua.

La bondad es la respuesta correcta; tomé una mala decisión.

Trato de retomar nuestro chachareo, preguntándole sobre sus nietos mientras le aplico rubor rosado en las mejillas, pero ella se ha apagado. A pesar de mis esfuerzos, los ojos se le ven menos brillantes que cuando entré a su apartamento.

Cuando termino, le digo que se ve estupenda.

—Mírese en el espejo —le digo, y ella se dirige al baño.

Saco el celular, pensando en llamar rápidamente a la Dra. Shields, y veo que ella me ha enviado otro mensaje de texto: Espero que recibas esto antes de llegar aquí. Necesito que recojas un paquete cuando estés de camino a mi oficina. Está a mi nombre.

Lo único que me ha provisto es una dirección en Midtown. No tengo idea de si es un comercio, una oficina o un banco. Solo me tomará diez minutos adicionales, pero no tengo ese tiempo.

No hay problema, le contesto.

—Hiciste un buen trabajo —anuncia la señora Graham.

Comienzo a llevar las tazas al fregadero, pero ella regresa a la habitación y me hace un gesto con la mano. —Déjalo, yo me ocuparé de eso. Tú tienes que irte a tu reunión.

Todavía me siento culpable de no haber tenido paciencia con ella, pero ella tiene un marido y un hijo y una hija, me digo mientras voy recogiendo mis cosas, tirando las brochas y los estuches dentro de mi maletín, sin perder tiempo en organizarlos.

El teléfono de la señora Graham suena otra vez.

—Si quiere contestar esa llamada, hágalo, no hay problema —le digo—. Yo ya terminé.

—Oh, no, querida, te acompaño a la puerta.

Abre la puerta del armario y me entrega mi chaqueta.

—Páselo bien esta noche —le digo, mientras me la pongo—. ¡Feliz aniversario!

Antes de que pueda responder, una voz de hombre llena la habitación, proveniente de la anticuada contestadora que está junto a su teléfono.

—Oye, mamá, ¿dónde estás? Llamo para decir que Fiona y yo estamos saliendo ahora. Debemos llegar ahí como en una hora...

Algo en su voz hace que mire con más detenimiento a la señora Graham. Ella mira el piso fijamente, sin embargo, como tratando de evadir mis ojos.

El tono de voz de su hijo se torna áspero. —Espero que estés bien.

La puerta del armario todavía está abierta. Mi mirada se aventura dentro, aunque ya sé lo que faltará allí. El tono de su hijo me reveló lo que había malinterpretado.

La señora Graham no va a cenar con su esposo esta noche.

Fui hoy más temprano, le había dicho a la hija.

De repente entendí a dónde fue. La puedo ver arrodillada, colocando un ramo de flores, recordando los casi cuarenta y dos años que estuvieron juntos.

De un lado del armario cuelgan tres abrigos: una capa de agua, una chaqueta ligera y una de lana, más pesada. Todos son abrigos de mujer.

El otro lado del armario está vacío.

CAPÍTULO
DIECIOCHO

Jueves, 6 de diciembre

ESTÁS LUCHANDO CON LAS ganas de echar una miradita adentro, ¿no es cierto?

Recogiste el paquete hace unos minutos. La envoltura no da ninguna pista sobre su contenido. La bolsa blanca genérica de asas reforzadas, sin logotipo, está rellena de papel de seda para proteger el objeto que está dentro.

Te lo entregó un joven que vive en un edificio pequeño de apartamentos. Probablemente ni lo miraste bien cuando te lo entregó; es un individuo taciturno. No tuviste que firmar nada; el objeto estaba pago y el recibo había sido enviado por correo electrónico al comprador.

Mientras caminas rápidamente por la Sexta Avenida, podrías estar racionalizando que en realidad no sería un entrometimiento. No hay que romper ningún sello ni quitar cinta adhesiva. La próxima vez que te detengas en una esquina a esperar que cambie el semáforo podrías apartar un poco el papel de seda y echar una ojeada. *Nadie se enterará*, podrías estar diciéndote.

La bolsa te pesa, pero no demasiado.

Tu mente es curiosa por naturaleza y unas veces recibes con los brazos abiertos el riesgo y otras, te alejas de él. ¿Qué lado va a predominar hoy?

Tendrás que ver el contenido de esta bolsa, pero lo debes hacer solo en los términos establecidos en esta oficina.

Se te ha dicho que estas sesiones son fundacionales, pero se está echando más de un fundamento.

A veces, un test puede ser tan pequeño y silencioso que ni siquiera te das cuenta de que es un test.

A veces, una relación que parece afectuosa y alentadora conlleva un peligro oculto.

A veces, el terapeuta que logra extraerte todos los secretos guarda el secreto más grande de todos.

Llegas a la oficina cuatro minutos más tarde de la hora convenida. Estás sin aliento, aunque tratas de disimularlo con respiraciones rápidas y no muy profundas. Se te ha soltado un mechón de pelo del rodete y vistes una camiseta negra y *jeans* negros. Es sorprendentemente decepcionante que tu conjunto de hoy esté tan falto de inspiración.

—Hola, Dra. Shields —dices—. Lamento llegar un poco tarde. Estaba trabajando cuando usted me texteó.

Sueltas el maletín grande de maquillaje y me entregas la bolsa. Tu expresión no comunica ni culpa ni esquivez.

Hasta ahora, tu respuesta a una petición poco ortodoxa ha sido impecable.

Accediste de inmediato. No hiciste una sola pregunta. No se

te avisó con mucha anticipación, y sin embargo te apresuraste a completar la tarea.

Ahora, la pieza final.

—¿No tienes curiosidad por saber qué hay adentro?

La pregunta se formula en un tono liviano, sin indicio alguno de acusación.

Ríes un poco y dices, —Sí, ¿pensé que quizás son unos libros?

Tu respuesta es natural, sin filtro. Sostienes la mirada. No juegas con tus anillos de plata. No hay gestos reveladores.

Has suprimido tu curiosidad. Sigues demostrando tu lealtad.

Ahora la pregunta que has estado cargando por las últimas doce cuadras puede ser satisfecha.

Una escultura de un halcón —en cristal de Murano salpicado de motas de oro— es sacada cuidadosamente de la bolsa. La cresta del halcón es fría y lisa.

—¡Guau! —dices.

—Es un regalo para mi esposo. Puedes tocarlo.

Vacilas. La frente se te arruga.

—No es tan frágil como parece —se te asegura. Pasas los dedos por el cristal. El halcón parece listo para salir volando con un batir de alas; la pieza encarna una tensión dinámica.

—Es su pájaro favorito. Su excepcional agudeza visual le permite identificar la presencia de una presa por el más mínimo movimiento de las hojas en un paisaje verde.

—Estoy segura de que a él le encantará —respondes.

Titubeas. —No sabía que estaba casada.

Cuando no se te da una respuesta inmediata, se te enrojecen las mejillas.

—Siempre la veo tomar notas con la mano izquierda y nunca le he visto un anillo de matrimonio —añades.

—Ah. Eres muy observadora. Tenía una piedra suelta, así que hubo que mandarlo a arreglar.

No es la verdad, pero, aunque tú juraste ser escrupulosamente honesta, a ti no se te ha hecho una promesa similar.

El anillo fue removido después de que Thomas confesó su aventura. Debido a varias razones, lo uso de nuevo.

El halcón es colocado de nuevo en la bolsa y el papel de seda acomodado a su alrededor. Esta noche será entregado personalmente al nuevo apartamento que Thomas ha alquilado, el apartamento al que se mudó hace unos pocos meses.

No es una ocasión especial. Por lo menos, no una que él conozca. Va a experimentar sorpresa.

A veces un regalo exquisito es en realidad el medio utilizado para hacer un disparo de advertencia.

CAPÍTULO
DIECINUEVE

Jueves, 6 de diciembre

QUEDO DE UNA PIEZA cuando la Dra. Shields mete la escultura de nuevo en la bolsa y dice que eso es todo lo que necesita de mí hoy.

Estoy tan desconcertada que no puedo recordar el fraseo exacto de mi pregunta, pero sigo adelante de todas formas.

—Me preguntaba... —comienzo a decir. La voz sale más aguda de lo normal—. Todas las cosas que le he estado contando, ¿eso se va a usar en uno de sus artículos? O...

Antes de que pueda continuar ella me interrumpe, algo que no ha hecho nunca.

—Todo lo que me has contado seguirá siendo confidencial, Jessica —me dice—. Nunca doy a conocer los expedientes de mis pacientes, en ninguna circunstancia.

Entonces me dice que no me preocupe, que me seguirá pagando la cantidad acostumbrada.

Inclina la cabeza para mirar de nuevo el paquete y siento que he sido despachada.

Solo digo: —Bien... gracias.

Atravieso la habitación —la delicada alfombra absorbe mis pisadas— y la miro por última vez antes de cerrar la puerta al salir.

Está delante de una ventana y la luz del atardecer le pinta el pelo del color del fuego. El suéter violáceo y la estrecha falda de seda se adhieren a su cuerpo largo y ágil. Está completamente inmóvil.

La visión casi me deja sin aliento.

Salgo del edificio y camino por la acera hacia el metro, pensando en que he juntado varias pistas —la falta de un anillo de matrimonio, la silla vacía frente a ella en el restaurante francés y la posibilidad de que se estuviese secando una lágrima— y he llegado a una conclusión. Pensé que el esposo podría haber muerto, tal como malinterpreté las señales e inferí que el marido de la señora Graham estaba vivo.

Al descender las escaleras del metro y esperar en la plataforma, miro a los hombres a mi alrededor, tratando de imaginar el tipo de hombre con que la Dra. Shields se casaría. Me pregunto si es alto y está en forma, como ella. Probablemente sea unos pocos años mayor, con abundante pelo rubio y ojos que se arrugan en las comisuras de los párpados cuando se sonríe. Todavía es juvenilmente guapo, pero no inspira a mirarlo dos veces, como ella.

Me imagino que se ha criado en la costa este y que ha asistido a un internado exclusivo. Exeter, quizás, y después Yale. Puede que haya sido allí donde se conocieron. Es el tipo que se sentiría cómodo en un velero y en un campo de golf, pero no es un esnob.

Ella escogería a alguien más gregario que ella. Él compensaría la naturaleza callada y reservada de ella, y ella lo frenaría si él bebiera demasiadas cervezas e hiciera mucho alboroto durante un juego de póker con los amigos.

Me pregunto si es su cumpleaños, o si solo son de esas parejas románticas a las que les gusta sorprenderse uno al otro con regalos atentos.

Desde luego, puedo haberme equivocado otra vez.

Ese pensamiento se apodera de mi mente cuando el vagón del metro se detiene de momento.

¿Y si he entendido mal algo mucho más importante que los detalles sobre el marido de la Dra. Shields?

No hay universo posible en el que tenga sentido que la Dra. Shields me haya pagado trescientos dólares para hacer un mandado. Quizás no es un simple mandado, después de todo.

El proyecto en el que participas está por pasar de ser un ejercicio académico a ser una exploración sobre la moral y la ética en la vida real, me dijo la Dra. Shields la primera vez que me reuní con ella.

¿Y si el mandado fue mi primer test? Quizás se suponía que yo protestara cuando la Dra. Shields me aseguró que me pagaría como de costumbre.

La marejada de gente que tengo alrededor entra al vagón del metro y el movimiento colectivo me arrastra. Soy una de las últimas en abordar. Al cerrarse, las puertas me rozan ligeramente la espalda.

De repente siento que algo me aprieta la garganta.

Un extremo del chal que me dio la Dra. Shields ha quedado pillado entre las puertas.

Atragantada, llevo la mano al cuello y tiro de la tela.

Entonces las puertas se abren de nuevo y logro soltar el chal.

—¿Estás bien? —me pregunta la mujer que tengo delante.

Digo que sí con la cabeza, respirando con dificultad. Siento que el corazón me va a estallar.

Me quito el chal del cuello. Es entonces que caigo en cuenta de que se me olvidó devolverlo.

El vagón del metro gana velocidad y las caras que veía en la plataforma se desdibujan al acercarnos a la oscuridad de un túnel.

Quizás el pago de hoy no era un test, quizás el test era el chal. Quizás ella quería ver si yo me lo quedaba.

O quizás los tests de moral se remontan al esmalte de uñas. Quizás todos estos regalos son experimentos cuidadosamente diseñados para observar cómo voy a reaccionar.

De repente, caigo en cuenta de algo: la Dra. Shields no estableció la hora de muestra próxima cita.

Súbitamente entro en pánico, pensando que no he superado sus tests, y que ahora no querrá volver a verme.

La Dra. Shields parecía verdaderamente interesada en mí; hasta me envió un mensaje de texto el día de Acción de Gracias. Pero quizás después de hoy ella piense que ha cometido un error.

Saco mi teléfono para escribir un mensaje: ¡Hola!

De inmediato lo borro; suena demasiado informal. Estimada Dra. Shields.

Eso es demasiado formal.

Me decido por Dra. Shields.

No puede sonar desesperada; debo ser profesional.

Lamento que se me olvidara devolverle su chal. Se lo traeré
la próxima vez. Además, no se preocupe por pagarme por
hoy; usted ha sido muy generosa.

Titubeo, y luego añado: Acabo de caer en cuenta de que no
sé cuándo será nuestra próxima cita. Mi calendario es flexible, solo
déjeme saber cuándo me va a necesitar. Gracias, Jess.

Oprimo *Enviar* antes de perder el valor. Me quedo mirando el celular, esperando ver si tengo una respuesta inmediata.

Pero no la hay.

No debí haberla esperado. Después de todo, trabajo para ella. Probablemente esté de camino a ver a su esposo ahora, preparándose para entregarle su regalo.

Quizás la Dra. Shields esperaba que yo tuviera una reacción más sofisticada a su escultura. Lo único que dije fue «guau». Debí haber dicho algo más inteligente.

He estado mirando el celular, esperando un mensaje de texto de la Dra. Shields, pero por alguna razón no me percaté de inmediato de que el ícono de teléfono me indica que tengo un nuevo mensaje de voz. Seguramente la Dra. Shields me llamó cuando no tenía señal.

Oprimo «Reproducir» pero el tren se mete más profundamente bajo tierra y pierdo la conexión otra vez. Agarro el celular con fuerza hasta que llego a mi parada. Paso corriendo por el torniquete y subo las escaleras con el maletín a cuestas. Me doy un fuerte golpe con él en la rodilla, pero ni siquiera aflojo el paso.

Llego a la acera, me detengo y golpeo de nuevo el botón de los mensajes de voz.

La voz joven —tan distinta a la voz educada de la Dra. Shields, a su pronunciación cuidadosa— me parece irritante.

—Oye, soy yo, Amy. Recordé algo en el avión. Pensé llamarte antes, pero esto ha sido una locura. En fin, una de mis amigas me dijo que la Dra. Shields no está enseñando, que acaba de tomar una licencia. Pero no tengo idea de por qué. Quizás tenga la gripe o algo así. Ok, espero que eso ayude. ¡Hasta luego!

Alejo el celular del oído y lo miro fijamente, y luego toco el botón para escuchar el mensaje otra vez.

CAPÍTULO
VEINTE

Jueves, 6 de diciembre

EL ADULTERIO ES ALGO común; no discrimina por grupo socio-económico, raza ni género. La evidencia anecdótica de las oficinas de terapeutas de todo el país apoya esta opinión. Después de todo, la infidelidad es una de las principales razones que llevan a las parejas a buscar la ayuda de un profesional.

Los terapeutas con frecuencia son los primeros en interve-nir cuando un *affair* destruye una relación y la parte traicionada se ve obligada a luchar con la rabia y el dolor. No siempre es posible perdonar; no es realista olvidar. Sin embargo, la infide-lidad no tiene que ser la muerte de un matrimonio. Los terapeu-tas también comprenden que se puede reconstruir la confianza con conversaciones difíciles, asumiendo responsabilidad por lo sucedido y restableciendo prioridades de manera que la relación sea lo primordial. En efecto, se puede superar una traición. Esto requiere tiempo, así como un compromiso inquebrantable de ambas partes.

Aunque resulta tentador suponer que la vía correcta para un paciente es evidente, no le corresponde al terapeuta ofrecer el mapa.

Es fácil juzgar las decisiones de otros. Resulta mucho más complejo cuando se trata de las decisiones propias.

Imagínese que siete años atrás, usted se casó con un hombre que llenó su vida de color y risas, que cambió radicalmente su existencia de la mejor forma posible.

Imagínese levantarse todos los días en brazos de la persona que fue su puerto seguro, cuyas amorosas palabras le hicieron sentir una oleada de emociones que usted nunca supo que existían.

Luego imagínese que comienzan a aparecer dudas.

En las primeras etapas del matrimonio, las preguntas sobre las conversaciones telefónicas de él tarde en la noche y en voz baja y las cancelaciones abruptas de los planes reciben explicaciones razonables: se les permitía a los pacientes llamar a su número de emergencia a cualquier hora. Y en ocasiones, durante una crisis, un paciente necesitaba una sesión no programada.

La confianza es un componente necesario de una relación comprometida.

Pero no hay explicación posible al mensaje de texto romántico que acabó en la pantalla de mi teléfono hace tres meses: Nos vemos esta noche, Preciosa.

Thomas había dicho que estaría jugando póker con unos amigos y que llegaría a casa tarde.

Cuando se dio cuenta de que había enviado el mensaje de texto a la persona equivocada, confesó de inmediato. Habló de su sentido de culpa y de su pena.

Se le pidió que se mudara esa misma noche. Se quedó en un hotel durante una semana y luego subarrendó un apartamento cerca de su oficina.

Pero sacarlo de mi corazón... pues, eso resultó ser más difícil.

Varias semanas después de que se mudara, se restableció la comunicación.

Nunca sucedería otra vez, juró Thomas. Fue una única indiscreción. Ella fue la agresora, proclamó.

Cuando fue interrogado, ofreció detalles. La narración de su relación clandestina fue provista por Thomas abiertamente, aunque lo común es que los ofensores minimicen sus fechorías. La información demográfica de ella —nombre, edad, apariencia, profesión, estado civil— fue comprobada.

Thomas parecía querer reconstruir nuestra relación. Con cualquier otro hombre, esto hubiese sido imposible. Pero Thomas no es como cualquier otro hombre.

Así que se programaron unas sesiones de terapia. Se tuvieron conversaciones difíciles. Y, a la larga, se restablecieron las citas para salir de noche. Comenzó una reconstrucción.

Había un solo problema. Algunos aspectos de su historia no cuadraban.

Vivir con incertidumbre es atroz.

Una pregunta ética que nunca apareció en mi estudio sigue siendo preponderante en mi mente: *¿Es posible mirar a una persona amada a los ojos y mentir sin sentir remordimientos?*

Pronto se interpuso una nueva perspectiva que amenazó la frágil paz que con trabajo tratábamos de reconstruir: ¿Y si la otra mujer era meramente la mecha?

¿Y si Thomas era la llama?

Quizás ya quemó la aventura que ha sido corroborada.

Pero los fuegos siempre son voraces.

Una tarde, poco después de que te metieras en la investigación, Jessica, mi marido llegó a casa y dejó las llaves y el menudo en un platito que está sobre nuestra cómoda, como solía hacer. Entre las monedas había un pedacito de papel doblado: un recibo de almuerzo para dos de un restaurante.

Mientras beben vino en el sofá, un marido le cuenta a su mujer los detalles mundanales del día: la irritante espera por el metro, la recepcionista que se enteró de que va a tener gemelos, los lentes perdidos que aparecieron en el bolsillo de la chaqueta.

Se mencionaron los lentes perdidos. Sin embargo, no se mencionó un almuerzo caro para dos en un restaurante cubano.

Si no te hubieses insertado astutamente en la investigación sobre moral, Jessica, esta pregunta nunca hubiese recibido respuesta. Este experimento podría no haber existido nunca. Eres tú quien le da vida.

Los recuerdos pueden ser defectuosos; las agendas personales pueden influir en nuestras palabras y acciones. Solo mediante una investigación ejecutada escrupulosamente podrá verificarse la verdad de manera independiente.

Puede que hayas renunciado a tus sueños de trabajar en el teatro, Jessica, pero te has ganado un papel protagonista en el próximo acto del drama que se está desarrollando.

Cuando aparece tu mensaje de texto preguntando por tu próxima sesión, es como si confirmaras esto, impulsándonos adelante: *Llegó el momento.*

Tú, con ese pesado maletín de maquillaje que arrastras para todos lados, y el pelo alborotado que tratas de amansar, y la vulnerabilidad que no logras esconder.

Has demostrado tu devoción hoy. Tu mensaje me ha confirmado cuánto me necesitas.

Lo que no sabes es cuánto nos necesitamos una a la otra.

Llegó el momento de prepararnos para la próxima fase. Los preparativos comienzan con el escenario. El orden exterior engendra la sensación de serenidad interior. El escritorio del estudio —a unos cuatro metros de distancia del dormitorio donde la funda de la almohada de Thomas solía retener el perfumen de su champú—

está vacío, excepto por la computadora. El exceso de alcohol puede enturbiar más la mente, pero cinco centímetros de Montrachet son vertidos en una copa de cristal y traídos al área de trabajo. Hay muy pocas distracciones en la habitación, facilitando así la capacidad de concentración en la tarea por delante.

Los planes poco ortodoxos deben considerarse desde todos los ángulos posibles. Los errores nacen cuando se pasa por alto la metodología.

Llevar a cabo una investigación empírica requiere un protocolo establecido: recoger y examinar los datos, hacer observaciones sagaces, llevar registros escrupulosos, interpretar los resultados y llegar a una conclusión.

El título del proyecto es ingresado en la computadora: *La tentación de la infidelidad: un estudio de caso*.

La hipótesis: Thomas es un adúltero contumaz.

Hay un sujeto nada más: Mi esposo.

Hay una sola variable. Tú.

Jessica, por favor, no fracases en esta prueba. Sería una pena perderte.

SEGUNDA
PARTE

Al principio, éramos dos desconocidas, tú y yo.

A estas alturas, empezamos a sentir que nos conocemos.

La familiaridad con frecuencia viene acompañada de aprecio y comprensión.

También introduce un nuevo nivel de evaluación.

Quizás hayas juzgado las decisiones de gente que conoces: el vecino que grita tan fuerte a su esposa que las duras palabras atraviesan las finas paredes del apartamento, el colega que decide no atender a sus padres que envejecen, el paciente que desarrolla una dependencia excesiva de su terapeuta.

Aun sabiendo que estos conocidos tienen sus propias presiones —un divorcio inminente, una depresión, una familia complicada— tus juicios se materializan con la certeza y la rapidez de un reflejo.

Estas reacciones podrían ser inmediatas, pero casi nunca son sencillas ni precisas.

Detente un instante y considera los factores subconscientes que podrían estar influyendo en tus evaluaciones: factores como si pudiste dormir ocho horas, o si estás pasando un mal rato —por ejemplo, que el baño se acaba de inundar— o que todavía estás absorbiendo el impacto de una madre dominante.

Si existe una fórmula química para decretar si se aplica una censura, ya sea verbal o silenciosa, durante el transcurso de las interacciones mun-

danas cotidianas, esa fórmula siempre contiene una variable eternamente cambiante.

Ese elemento inestable eres tú.

Todos tenemos motivos para nuestras decisiones, aunque esas razones estén tan profundamente ocultas que no las reconozcamos.

CAPÍTULO
VEINTIUNO

Viernes, 7 de diciembre

Estaba tan preocupada pensando que había metido la pata la última vez que vi a la Dra. Shields que cuando finalmente me llamó, agarré el teléfono antes de que terminara el primer timbrazo.

Me preguntó si iba a estar libre esta noche, como si todo estuviera bien. Y quizás lo estaba. Ni siquiera mencionó mi mensaje de que no esperaba que me pagara por llevarle la escultura y de que había olvidado devolverle el chal.

La llamada duró unos minutos nada más. La Dra. Shields me dio unas cuantas instrucciones: *Lleva el pelo suelto, maquíllate bien y viste un traje negro apropiado para salir de noche. Debes estar lista a las 8:00 p. m.*

Son las siete y veinte ahora. Me paro frente a mi abarrotado armario a mirar la ropa. Echo a un lado la minifalda gris de gamuza que suelo combinar con una blusa de seda rosada y agarro el vestido negro de cuello alto que es demasiado corto.

A diferencia de Lizzie, que a menudo me envía una serie de fotos antes de encontrarnos, elijo mis conjuntos con la misma confianza con que mezclo los colores del maquillaje de mis clientas. Sé qué estilos me quedan bien, pero una salida de noche probablemente sea algo muy distinto para mí que para la Dra. Shields.

Pienso en el vestido más elegante que poseo, un tejido de punto negro con escote profundo en V.

¿Será demasiado profundo?, me pregunto, sosteniéndolo delante del cuerpo y mirándome en el espejo. En mi armario no hay nada mejor.

Quería pedirle más información a la Dra. Shields —*¿A dónde voy? ¿Qué tendré que hacer? ¿Es esto parte de los tests que usted mencionó?*— pero su voz se oía tan concentrada y profesional cuando preguntó si iba a estar libre, que no tuve el valor.

Cuando me estoy vistiendo, me imagino a la Dra. Shields, con sus faldas y suéteres tan refinados, de líneas tan estructuradas y clásicas que con ellos puede ir de su oficina al *ballet* en Lincoln Center.

Halo el cuello hacia arriba, pero todavía se ve demasiado escote. Tengo el pelo revuelto y los aretes que usé para el trabajo ahora se ven ordinarios.

Me suelto el cabello, según me indicó, y me cambio los aretes por unos pendientes de botón de zirconio cúbico. Entonces busco la cinta adhesiva doble en la gaveta de ropa íntima y cierro cinco centímetros del escote en V.

Por lo general no uso medias, o uso mallas; esta noche, saco un par de medias negras que ha estado en la gaveta de la cómoda por lo menos seis meses. Tienen un agujero, pero es en la parte alta de los muslos, así que el vestido lo esconde. Echo un poco de esmalte de uñas transparente en el desgarre para que no se haga más grande, y saco los zapatos negros cerrados que he tenido hace mil años.

Busco el cinturón con estampado de cebra en el armario y

me lo coloco en la cintura. Siempre puedo echarlo en el bolso si cuando llegue a donde sea que voy, me doy cuenta de que ha sido un error usarlo.

Pienso en la pregunta que siempre hago a mis clientas: *¿Qué tipo de* look *deseas?* Resulta difícil contestar si no se tiene idea de quién será el público. Sigo las instrucciones de la Dra. Shields y me aplico una sombra de ojos neutral y me delineo el ojo con un color menos intenso.

Son las ocho en punto y mi teléfono no suena.

Corroboro que tengo señal y camino por el apartamento, doblando distraídamente los suéteres y guardando los zapatos en el armario. A las 8:17 considero enviar un mensaje a la Dra. Shields, pero decido no hacerlo. No quiero molestar.

Finalmente, a las 8:35, después de haber aplicado brillo labial dos veces, y de haber ordenado por internet pintura de brillo y papel grueso como regalo de Navidad para Becky, el teléfono me avisa que ha llegado un nuevo mensaje, un mensaje de texto de la Dra. Shields.

Despego los ojos del sitio web de T. J. Maxx, donde había estado mirando blusas para mi mamá: Un Uber estará frente a tu apartamento dentro de cuatro minutos.

Me tomo el último trago de la Sam Adams que he estado bebiendo y luego me echo una menta Altoid a la boca.

Cuando salgo del edificio, halo la puerta hasta que oigo que engrana la cerradura. Un Hyundai negro esté detenido junto al encintado. Busco la calcomanía de la *U* en el cristal trasero antes de abrir la puerta.

—Hola, soy Jess —anuncio al acomodarme en el asiento de atrás.

El conductor sencillamente asiente y arranca en dirección oeste.

Halo el cinturón de seguridad y lo engancho.

—¿A dónde vamos exactamente? —pregunto, tratando de usar un tono despreocupado.

Lo único que veo en el espejo retrovisor son sus ojos castaños y cejas pobladas. —¿Usted no sabe?

Pero no lo dice como si fuera una pregunta. Es casi una afirmación.

Viendo la ciudad pasar por la ventana polarizada, de repente me doy cuenta de cuán aislada estoy en verdad. Y cuán impotente.

Retrocedo: —Es que una amiga hizo los arreglos de este viaje —le digo—. Me voy a encontrar con ella...

Mi voz se va apagando. Paso la mano por debajo del cinturón, que me aprieta el pecho. No cede.

El conductor no responde.

Se me acelera el pulso. ¿Por qué actúa de manera tan extraña?

Dobla a la derecha y comenzamos a dirigirnos hacia el norte.

—¿Nos vamos a detener en la calle Sesenta y Dos? —pregunto. Quizás la Dra. Shields quiere verme en su oficina. Pero entonces, ¿por qué ser tan específica sobre cómo debía vestirme?

La mirada del conductor sigue fija adelante.

Entonces, de repente, caigo en cuenta: estoy atrapada, sola con un hombre que no conozco. Me podría estar llevando a cualquier parte.

He usado miles de taxis y he ordenado muchos Vias y Uber. Nunca me he sentido insegura.

Vuelvo a mirar las ventanas traseras del auto. Nadie puede ver hacia adentro.

Por instinto, chequeo las cerraduras. No puedo decir si están puestas. No hay mucho tráfico, así que nos movemos con relativa rapidez. En algún momento vamos a llegar a un semáforo. ¿Debo tratar de abrir la puerta y salir del auto?

Con calma presiono el botón del cinturón de seguridad, haciendo un gesto de dolor cuando el pulgar se me queda pillado contra el metal. Me lo quito de los hombros con cuidado, para que no haga ruido al caer de nuevo en su lugar.

¿Cómo sé que es un conductor de Uber? No debe ser muy difícil conseguir una de esas calcomanías de *U*. O pudo haber tomado prestado el auto.

Lo miro con más detenimiento. Es un hombre grande, de cuello ancho y brazos musculosos; las manos que agarran el volante son dos veces el tamaño de las mías.

Estoy tratando de encontrar el botón de bajar la ventana cuando el conductor dice: —Sí, está bien.

Busco sus ojos en el espejo retrovisor, pero están fijos en la carretera.

Entonces oigo el sonido un poco metálico de otra voz masculina.

La opresión que siento en el pecho se alivia cuando caigo en cuenta de que el conductor no respondió a mis preguntas porque está hablando por teléfono. No ha sido evasivo a propósito, es que sencillamente no me escuchó.

Respiro hondo y me echo hacia atrás en el asiento.

Estoy siendo una tonta, me digo. Estamos pasando por la Tercera Avenida, rodeados de autos y de peatones.

Aún así, me toma un minuto sentirme más sosegada.

Me inclino hacia el frente y repito la pregunta por tercera vez, en un volumen más alto.

Él mira por encima del hombro, y dice algo que suena parecido a «Madison y Setenta y Seis».

Entre el radio y el ruido del motor, sin embargo, no estoy segura, y el conductor ha retomado su conversación telefónica.

Saco mi celular y busco esa dirección en Google. Aparecen un montón de comercios: el hotel Sussex, *boutiques* de ropa Vince y Rebecca Taylor, unos cuantos apartamentos residenciales y un restaurante de fusión asiática.

Bien, pienso. Todos lugares inocuos. ¿A cuál de ellos me dirijo?

El restaurante parece ser el más factible.

Me tranquilizo pensando que la Dra. Shields probablemente ya esté allí sentada, esperando por mí. Quizás quiera darme más instrucciones sobre el test en la vida real.

Aún así, no puedo evitar preguntarme por qué necesita verme fuera de la oficina para eso. Quizás haya otra razón.

Por un breve instante, imagino que somos dos amigas, o quizás una hermana menor que va a reunirse con su hermana mayor y más sofisticada, para compartir una ensalada de algas y un poco de *sashimi*. Tomando *sake* calentito, nos contaríamos confidencias también. Esta vez, sin embargo, le haría todas las preguntas que me han estado dando vueltas en la cabeza.

En el espejo exterior, veo las luces de un auto que se aproxima. Casi en el mismo instante, mi conductor empieza a cambiarse a ese carril.

Se oye un bocinazo y el Hyundai da un tirón, haciendo chillar los frenos. Primero caigo contra la puerta y luego hacia delante. Lanzo las manos y me aferro al espaldar del asiento del pasajero.

—¡Pendejo! —grita mi conductor, a pesar de que el mal rato fue culpa suya. Estaba tan ocupado con su llamada, que no miró su punto ciego.

Durante el resto del viaje, me mantengo atenta a mi ventana. Estoy tan pendiente de los peatones y otros vehículos que me toma unos segundos darme cuenta de que el Uber se ha detenido detrás de una limusina negra. Estamos directamente frente al hotel Sussex.

—¿Aquí? —pregunto al conductor, señalando hacia la entrada.

Él asiente con la cabeza.

Me bajo del taxi a la acera y miro a ambos lados, sin saber qué hacer. ¿Se supone que espere en el vestíbulo?

Me doy vuelta para a mirar el Uber, pero ya se ha ido.

Un grupo de personas me pasa por el lado y uno de los hombres tropieza con mi brazo. A causa del sobresalto casi dejo caer el celular.

—¡Lo siento! —dice el hombre.

Miro a mi alrededor, buscando a la Dra. Shields, pero no reconozco las caras que veo por la calle.

Me encuentro en una de las cuadras más seguras de todo Manhattan, así que ¿por qué me siento tan incómoda?

Unos instantes más tarde, me llega otro mensaje: Ve directamente al bar que está en el vestíbulo. Verás a un grupo de hombres en una mesa redonda grande, como a mitad del salón. Busca un asiento en la barra que quede cerca de ellos.

Evidentemente, me equivoqué. No tengo idea de lo que me depara la noche, pero no va a ser una cena íntima con la Dra. Shields.

Camino los nueve pasos hasta la entrada del hotel y el portero me abre la puerta.

—Buenas noches, señorita —me saluda.

—Hola —contesto. La voz suena tímida, así que me aclaro la garganta.

—¿Por dónde está el bar?

—Después de la recepción, en el fondo —me responde.

Siento que me sigue con los ojos cuando entro. Me doy cuenta de que el vestido se me subió un poco cuando me bajé del Uber y lo halo hacia abajo por el ruedo.

El vestíbulo está casi vacío excepto por una pareja mayor sentada en el sofá de cuero frente a la chimenea. En el mostrador de recepción, una mujer de lentes me sonríe y dice, «buenas noches».

Mis tacones hacen mucho ruido contra el piso de madera. Soy muy consciente de cómo camino, y no solo porque no estoy acostumbrada a usar tacos.

Finalmente llego al bar y abro la pesada puerta de madera. Es un espacio de buen tamaño, donde hay un par de docenas de personas. Entrecierro los ojos para acostumbrarlos a la débil iluminación. Echo un vistazo alrededor, preguntándome si la Dra. Shields está esperando para saludarme. No la veo, pero localizo un grupo de hombres en una mesa grande como a mitad de camino al fondo.

Busca un asiento en la barra que quede cerca de ellos.

¿Estarán trabajando ellos también con la Dra. Shields?

Me fijo en el grupo según me voy acercando. Parecen tener treinta y pico de años. De primera intención, casi no se distinguen uno del otro, con su pelo corto y trajes oscuros y camisas bien planchadas. Tienen un aire que he visto antes: son una versión más joven de los papás que pagan los elegantes *bar mitzvá* y las fiestas para celebrar los dieciséis años, esas que cuestan tanto como una boda bonita.

Solo quedan libres unos pocos taburetes de espaldar alto en el bar. Escojo uno que está como a dos metros del grupo de hombres.

Cuando me siento, percibo el calor de la madera en los muslos, como si alguien hubiese estado sentado ahí hacía poco. Cuelgo la cartera del gancho que hay debajo de la barra, y el abrigo del respaldo del asiento.

—La atiendo en un minuto —dice el barman, machacando hierbas aromáticas para preparar un coctel artesanal.

¿Se supone que pida un trago? ¿O se supone que pase otra cosa?

Aunque me encuentro en un sitio público, la ansiedad me revuelve las tripas. Me acuerdo de lo que la Dra. Shields me dijo durante mi primera visita a su oficina: *Tendrás control absoluto y podrás echarte atrás en cualquier momento.*

Me giro un poco en el asiento para poder mirar el salón, buscando pistas. Pero lo único que veo es gente pudiente bebiendo y hablando, una rubia despampanante inclinada sobre la mesa, señalando a su acompañante algo en el menú del bar, un tipo bien formado con entradas que viste una camisa amarilla y escribe en su celular y las dos parejas de mediana edad que levantan sus copas sonrientes en un brindis.

La vibración del teléfono en mi mano me produce un sobresalto.

No estés nerviosa. Te ves perfecta. Pide un trago.

Vuelvo a levantar la mirada.

¿Dónde está?

Debe de estar en una de esas mesas cerradas en la parte de atrás, pero no veo bien debido a lo tenue que es la iluminación y a los otros ocupantes del bar.

He estado jugando con los anillos que llevo en el dedo índice. Coloco las manos en la falda. Entonces miro hacia la mesa de hombres, preguntándome por qué la Dra. Shields quiso que me colocara cerca de ellos. Voy mirando a cada uno de los cinco hombres, uno a uno. Uno de ellos me mira a los ojos. Se inclina y murmura algo a su amigo, quien se ríe y se gira para examinarme. Me viro, dándoles la espalda, y siento que me sonrojo.

El barman se inclina hacia mí en el mostrador. —¿Qué desea?

Normalmente pediría una cerveza o un *shot*, pero no en un lugar como este.

—Vino tinto, por favor. —Él espera algo más. Caigo en cuenta de que espera a que sea más específica.

Busco en la memoria y digo, «Volnay», esperando haberlo pronunciado de la misma manera que el mesero del restaurante francés de unas noches atrás.

—Me temo que no tenemos ese —me dice—. ¿Se tomaría un Gevry?

—Está bien —contesto—. Gracias.

Cuando el barman me entrega la copa, la agarro con fuerza para disimular que la mano me tiembla.

Por lo general el calor del alcohol me relaja, pero echando una ojeada al salón, todavía me siento con el alma en vilo. Siento la presencia del hombre junto a mí antes de captarlo con el rabo del ojo.

—Parece que esperas a alguien —comenta. Es el tipo de la mesa, el que le hablaba al oído a su amigo—. ¿Te importa si te acompaño en lo que llegan?

Miro rápidamente la pantalla de mi celular, pero está en blanco.

—Sí, seguro —respondo.

Él deja su trago en la barra y se sienta a mi izquierda. —Me llamo David.

—Jessica. —Debo de haber dicho mi nombre completo porque estoy en el mundo de la Dra. Shields.

Él descansa un brazo en el bar.

—Dime, Jessica, ¿de dónde eres?

Le digo la verdad, no solo porque no sé qué otra cosa decir, sino debido a las reglas de la Dra. Shields acerca de la honestidad.

Importa poco, sin embargo, porque responde, «Genial», y se lanza a contar que se mudó aquí de Boston por un trabajo importante hace cuatro años. Estoy ocupada fingiendo interés en lo que dice cuando vibra mi celular.

—Con tu permiso. —Agarro el teléfono y veo el mensaje de la Dra. Shields.

Ladeo el celular para que David no pueda leer el mensaje.

Él, no.

Me quedo perpleja, preguntándome qué he hecho mal.

Recuerdo cuando participé por primera vez en la investigación de la Dra. Shields y ella me habló a través de la computadora.

Veo tres puntitos que significan que la Dra. Shields todavía está escribiendo.

Me llega su siguiente indicación:

Localiza a un hombre vestido con camisa azul que está solo en una mesa a tu derecha. Comienza una conversación con él. Logra que coquetee contigo.

La Dra. Shields debe de estar cerca. ¿Entonces, por qué no la veo?

—¿Era tu amigo? —pregunta David, señalando mi teléfono.

Tomo un sorbo de vino para ganar tiempo y poder pensar lo que voy a hacer. El corazón me late más rápido de lo normal y siento la boca seca. Asiento con la cabeza y tomo otro sorbo, pero evito mirarlo a los ojos. Entonces pido la cuenta con un gesto y saco dos billetes de veinte de la cartera.

Miro por encima del hombro al tipo de la camisa azul. No encuentro cómo caminar hasta él y soltar una frase seductora y cursi. Trato de recordar algunas de las cosas que los hombres me han dicho en un bar, pero la mente se me queda en blanco.

Ni siquiera logro llamar su atención y sonreír; sigue mirando su celular.

David me toca en el brazo, impidiendo que coloque los billetes en la barra. —Permítame pagar eso. —Hace un gesto al barman—. Otra ginebra con agua tónica, amigo —dice, acomodándose de nuevo en el asiento.

—No, yo me encargo —digo, colocando el dinero sobre la barra.

—En realidad, su cuenta ya fue pagada —me informa el barman.

Busco a la Dra. Shields en el salón nuevamente, fijándome en las mesas cerradas en penumbras. Pero los ocupantes de las mesas que hay entre medio me bloquean la vista.

Sin embargo, juraría que siento el calor de su mirada.

No sé cuál es el período de tiempo para cumplir las instrucciones de la Dra. Shields, así que me obligo a ponerme de pie, levantando la copa y el celular. El vino da vueltas en la copa y caigo en cuenta de que la mano me tiembla otra vez.

—Lo siento —digo—. Pero acabo de darme cuenta de que conozco a ese tipo. Debo ir a saludarlo.

Quizás esta estrategia es la que debo usar con el hombre de la camisa azul. Fingiré que lo reconozco. Pero ¿de dónde?

David frunce el ceño. —Está bien, pero después, ven a sentarte conmigo y mis amigos.

—Claro que sí —respondo.

El hombre ha dejado de usar su teléfono. Está solo en una mesa para dos cerca de una pared. El plato vacío ha sido empujado hasta el centro de la mesa, con la servilleta doblada al lado.

Levanta la vista cuando me acerco.

—¡*Hola!* —La voz me sale demasiado alegre.

Él asiente la cabeza. —Hola —responde, pero la entonación es la de una pregunta.

—Soy yo, Jessica. ¿Qué haces aquí?

He visto muchas actuaciones malas, y sé que la mía no va a engañar a nadie.

Él se sonríe, pero la frente se le arruga.

—Me da gusto verte... ¿De dónde nos conocemos?

La pareja que está en la mesa contigua está tratando de escuchar. Esto me queda terrible. Miro hacia abajo, a la alfombra de diseño floral y me doy cuenta de que tiene un pedacito gastado. Entonces me obligo a mirar al hombre a los ojos otra vez. Esta es la parte difícil.

—¿No nos conocimos en... la boda de Tanya, hace unos meses? —respondo.

Él niega con la cabeza. —No, debe haber sido otro tipo guapo. —Pero lo dice burlonamente.

Me río un poco.

No puedo sencillamente irme, así que lo intento de nuevo.

—Lo siento —digo en voz baja—. La verdad es que estaba en

el bar y este tipo me estaba molestando y tenía que alejarme.

Quizás la desesperación que siento se me ve en los ojos, porque él me alarga la mano para estrechar la mía.

—Me llamo Scott. —No logro identificar el acento, pero suena sureño. Señala hacia la silla vacía que tiene delante—. ¿Quieres acompañarme? Estaba a punto de pedir otro trago.

Me deslizo en la silla y unos instantes después, vibra mi celular. Lo tengo en la falda, y miro hacia abajo para leer: Bien hecho. Continúa.

Se supone que debo conseguir que este respetuoso hombre de negocios coquetee conmigo. Así que me inclino hacia delante y pongo los codos sobre la mesa, consciente de que la cinta adhesiva doble solo tapa una parte.

—Gracias por rescatarme —digo directamente a sus ojos.

No puedo sostener el contacto visual mucho tiempo; se siente demasiado artificial. El coqueteo es divertido cuando es natural, y cuando he escogido yo al tipo, como con Noah la otra noche.

Pero esto es como bailar sin música. Y, peor aún, hay público.

Repito la pregunta que David me acaba de hacer: —Dime, ¿de dónde eres?

Mientras Scott y yo continuamos conversando, me pregunto por qué la Dra. Shields necesita que yo hable con él en lugar de con David. Parecen casi intercambiables. Es como esos tests que publican en las últimas páginas de las revistas: busca las diferencias entre estas dos imágenes. Pero no veo diferencias significativas: treinta y pico de años, sin barba, trajes oscuros.

No me puedo relajar sabiendo que la Dra. Shields me está observando, pero cuando estoy terminando mi copa de vino ya la conversación fluye con sorprendente facilidad. Scott es un buen tipo; es de Nashville y tiene un labrador negro que él evidentemente adora.

Levanta su vaso y se toma el último sorbo de Scotch.

Entonces caigo en cuenta de la diferencia entre los dos hombres, el diminuto detalle que no concuerda.

El dedo anular de David estaba desnudo.

Scott lleva un grueso anillo de matrimonio.

CAPÍTULO
VEINTIDÓS

Viernes, 7 de diciembre

ELLA SE INCLINA HACIA delante con su vestido negro y le toca la mano. El pelo oscuro le cae hacia delante, casi ocultándole el perfil.

Una sonrisa le cruza el rostro a él.

¿En qué momento se convierte el coqueteo en traición?

¿Se cruza la raya cuando hay contacto físico? ¿O se trata de algo más efímero, como cuando el aire comienza a llenarse de posibilidades?

El escenario de esta noche, el bar del hotel Sussex, fue donde todo comenzó.

Pero el reparto era otro.

Thomas entró esa noche a darse un trago, en aquellos tiempos en que nuestro matrimonio todavía era puro. Se encontró allí con un viejo amigo de la universidad, quien estaba en la ciudad y se hospedaría allí esa noche. Después de dos tragos, el amigo dijo que estaba sintiendo el desfase de horarios. Thomas insistió en que subiera a su habitación, que él se ocuparía de la cuenta.

La generosidad de mi marido siempre ha sido una de sus muchas cualidades atrayentes.

Había mucha gente en el bar y el servicio estaba lento. Pero Thomas estaba sentado en una cómoda mesa para dos y no tenía prisa. Sabía que, aunque no eran ni las diez, las cortinas opacas de nuestro dormitorio ya estarían cerradas y la temperatura habría sido fijada en sesenta y cuatro grados.

No fue siempre así. Al comienzo de nuestro matrimonio, Thomas era recibido en casa con un beso y una copa de vino, seguidos de una conversación entretenida en el sofá acerca de una conferencia reciente, un paciente intrigante, una escapadita de fin de semana que estábamos planificando.

Pero algo había cambiado en el transcurso de nuestro matrimonio. Sucede en todas las relaciones, cuando los primeros meses excitantes ceden el paso a una convivencia más serena. Cuando el trabajo comenzó a exigir cada vez más, el camisón de seda y las sábanas de algodón egipcio de mil hilos en ocasiones resultaban más irresistibles que Thomas. Quizás esto lo dejó... vulnerable.

La mujer de pelo oscuro se le acercó a mi marido antes de que el mozo trajera la cuenta. Se apoderó de la silla vacía frente a él. Su encuentro no terminó cuando salieron del restaurante; en vez, fueron al apartamento de ella.

Thomas nunca dijo ni una palabra acerca de su desliz.

Entonces, llegó a mi celular el mensaje de texto descarriado: Nos vemos esta noche, Preciosa.

Freud propuso que no existen los accidentes. En efecto, podría argumentarse que Thomas quería que lo pillaran.

Yo no busqué esto. Pero ella se me ofreció. ¿Qué hombre en esta misma situación sería capaz de resistir? preguntó Thomas durante una de nuestras sesiones de terapia.

Sería tan reconfortante creer esto, que su reacción no era un referéndum sobre nuestro matrimonio, sino más bien una concesión a la fragilidad innata de los varones.

Esta noche, la mesa de banco del fondo ofrece una perspectiva satisfactoria. El hombre del anillo de platino parece estar dejándose hechizar por ti, Jessica; su lenguaje corporal proyecta que está más alerta desde que llegaste.

Él no es tan atractivo como Thomas, pero tiene el perfil básico. Tiene treinta y pico de años, solo y casado.

¿Fue así como respondió Thomas la primera vez?

La tentación de moverme más cerca del drama que se está desarrollando a seis metros de distancia es casi insoportable, pero una desviación así podría invalidar los resultados.

Aunque tú sabes que te están observando, el verdadero sujeto, el hombre de la camisa azul, debe permanecer ignorante de que está bajo escrutinio.

Los sujetos por lo general modifican su comportamiento cuando saben que son parte de un experimento. Esto se conoce como el efecto Hawthorne, en honor al lugar donde por primera vez se vio este resultado, la Western Electric Hawthorne Works. Un estudio básico para determinar cómo afectaba el nivel de iluminación del edificio la productividad de los trabajadores reveló que el nivel de iluminación no afectaba la productividad de los empleados. Los trabajadores aumentaban la productividad siempre que se manipulaba la iluminación, ya fuera para hacerla más intensa o a la inversa. De hecho, sucedía un cambio de productividad siempre que se manipulaba *cualquier* variable, lo que llevó a los investigadores a postular que el personal cambiaba su comportamiento solo porque sabía que lo estaban observando.

Puesto que existe esta predisposición, lo único que pueden hacer los investigadores es tomar en cuenta este efecto en el diseño de la investigación.

Tu coqueteo parece convincente, Jessica. Parece imposible que el sujeto sepa que es parte de un experimento.

La prueba debe proceder a la siguiente etapa.

Resulta difícil escribir la orden —las náuseas retrasan brevemente la transmisión— pero es una orden crucialmente necesaria.

Tócale el brazo, Jessica.

La escena con Thomas también siguió esa misma secuencia; una breve caricia en el brazo, otra ronda de tragos, una invitación a continuar la conversación en el apartamento de la mujer.

Un movimiento abrupto en la mesa que está cerca de la pared interrumpe el recuerdo del engaño de Thomas. El hombre de la camisa azul se pone de pie. Tú también te levantas. Entonces te diriges al vestíbulo y él te sigue a pocos pasos de distancia.

Te tomó menos de cuarenta minutos seducirlo.

La defensa de Thomas era sólida; parece que los hombres son incapaces de defenderse de las tentaciones. Hasta los casados.

El alivio que acompaña entender esto es tan profundo que tiene el efecto de debilitar el cuerpo.

Fue culpa de *ella*. No de él.

La mesa está llena de pedacitos de servilleta de papel, como prueba de la ansiedad contenida. Son agrupados en un montoncito. El vaso de agua mineral que estaba sin tocar en la mesa finalmente es probado.

Varios instantes después, suena la campanita que anuncia la llegada de un mensaje de texto.

El mensaje es leído.

Y de inmediato, parece que el frío y el silencio inundan el acogedor bar.

No existe nada más que las tres oraciones que enviaste tú.

Son leídas una vez.

Y luego otra.

Dra. Shields, yo coqueteé con él, pero me rechazó. Dijo que estaba felizmente casado. Él subió a su habitación y yo estoy en el vestíbulo del hotel.

CAPÍTULO
VEINTITRÉS

Viernes, 7 de diciembre

QUE TE ORDENEN ACOSTARTE con un hombre y que te paguen por ello es lo mismo que prostituirte.

De pie en el vestíbulo, tiemblo mientras espero a que la Dra. Shields conteste mi mensaje. Pero esta vez, tiemblo de coraje.

¿En realidad esperaba ella que yo subiera a la habitación de Scott? Probablemente supuso que yo lo haría, debido a las confesiones que hice sobre relaciones casuales en su estúpido cuestionario.

Los zapatos me aprietan, así que alterno el peso entre el talón izquierdo y el derecho.

Todavía no ha respondido, aunque envié el mensaje hace varios minutos. Ahora la empleada de la recepción me mira con insistencia, y me siento todavía más fuera de sitio que cuando llegué.

No puedo creer que la Dra. Shields me haya puesto en esta situación. No se trata de haber estado en peligro. Se trata de la humillación. Me fijé en la manera en que David y sus amigos me miraron cuando salí de allí con Scott. Y vi la forma en que Scott me miró justo antes de levantarse de la mesa.

—¿Puedo ayudarla?

La empleada de recepción ha salido de su puesto y está de pie junto a mí. Sonríe, pero veo en sus ojos lo que ya sé: no encajo en este lugar, con un vestido de sesenta dólares de una venta de muestras y mis pendientes de brillantes falsos.

—Estoy... esperando a alguien —le digo.

Ella arquea las cejas.

Yo cruzo los brazos. —¿Hay algún problema?

—Por supuesto que no —contesta ella—. ¿Quiere sentarse? Señala el sofá que está cerca de la chimenea.

Ambas reconocemos que su hospitalidad no es auténtica. Probablemente ella también piensa que soy una puta.

Oigo un taconeo rápido contra el piso de madera. Me doy vuelta y veo a la Dra. Shields caminando en nuestra dirección y, aunque estoy molesta por lo que me acaba de hacer, no puedo evitar maravillarme ante su belleza: tiene el pelo elegantemente recogido y sus piernas se ven delgadas e inmensamente largas debajo del ruedo de su vestido negro de seda. Ella es todo lo que intenté ser esta noche.

—Hola —saluda. Cuando llega donde estamos nosotras, mete su brazo en el mío, como si me estuviera reclamando. Observo que mira la chapa de identificación de la mujer. —¿Está todo bien, Sandra?

La actitud de la empleada se transforma. —Oh, le estaba ofreciendo a su amiga que se sentara junto a la chimenea, que es más cómodo.

—Qué atenta —responde la Dra. Shields. Pero es un tono de regaño sutil, y la empleada se aleja.

—¿Vamos? —pregunta la Dra. Shields, y por un instante pienso que se quiere marchar. Pero entonces se dirige hacia el sofá.

En vez de sentarme, sin embargo, me quedo de pie. Hablo en voz baja, pero con mucha emoción: —¿Qué fue eso?

Si la Dra. Shields se sorprende, no lo muestra. Da unos golpecitos al cojín contiguo a ella. —Jessica, siéntate, por favor.

Me digo que es porque quiero escuchar la explicación de la Dra. Shields. Pero la verdad es que siento una fuerza que me hala hacia ella.

Tan pronto estoy a su lado, siento el olor de su perfume, limpio y acre.

La Dra. Shields cruza las piernas y coloca las manos dobladas en la falda.

—Pareces muy agitada. ¿Puedes decirme cómo fue esa experiencia para ti?

—¡Fue horrible! —La voz se me quiebra y trago con fuerza—. Ese tipo, Scott, ¿quién era?

La Dra. Shields se encoge de hombros. —No tengo idea.

—¿No era parte de esto?

—Pudo haber sido cualquiera —afirma. Su voz se oye etérea y distante. Es casi como si estuviese recitando un guion—. Necesitaba a un hombre con anillo de matrimonio para poner a prueba como parte de mi investigación sobre moral y ética. Lo seleccioné al azar.

—¿Me usó de señuelo? ¿Para engañar a un tipo? —Las palabras salen demasiado alto para este vestíbulo silencioso y sereno.

—Fue un ejercicio académico. Te informé que en esta fase de mi investigación habría situaciones de la vida real.

No puedo creer que en un momento pensé que quizás cenaríamos juntas. ¿A quién trataba de engañar? Soy su empleada.

Se alivia la opresión de mi garganta, pero no soy capaz de soltar la ira. Ni tampoco quiero hacerlo, porque eso me da el valor, por fin, de hacer las preguntas.

—¿Pero esperaba, en realidad, que subiera a la habitación con él?

Los ojos de la Dra. Shields se abren como platos; no creo que haya alguien capaz de fingir esa sorpresa.

—Por supuesto que no, Jessica. Solo te dije que coquetearas con él. ¿Por qué pensarías eso?

En el instante en que lo dice, me siento tonta. Me miro los pies. No la puedo mirar a los ojos; era una suposición tan exagerada.

Pero no hay juicio en la voz de la Dra. Shields; solo comunica bondad. —Te prometí que siempre tendrías control absoluto. Nunca te pondría en peligro.

Su mano toca brevemente la mía. A pesar del calor del fuego, se siente delicada y fría.

Respiro profundamente varias veces, pero mis ojos siguen fijos en el diseño en espiga del piso de madera.

—Algo más te preocupa —dice ella.

Titubeo y miro sus serenos ojos azules. No había pensado contarle esta parte. Pero, finalmente, lo suelto: —Antes de levantarse de la mesa... me llamó «Amorcito».

La Dra. Shields no responde, pero sé que me escucha como nunca me han escuchado antes.

Las lágrimas me inundan los ojos. Trato de contenerlas antes de continuar.

—Hubo un tipo... —Titubeo, respiro profundo, y continúo—. Lo conocí hace algunos años y al principio pensé que era extraordinario. Quizás haya oído hablar sobre él, ahora es un director de teatro famoso. Gene French.

Ella asiente, casi imperceptiblemente.

—Me contrataron para hacer el maquillaje de una de sus obras. Para mí, era algo súper importante. Él siempre fue bien amable, aunque yo no era nadie. Cuando imprimieron el programa, me mostró mi nombre en los créditos y dijo que debíamos celebrar, que la vida nos presentaba tantas adversidades que debíamos rendir honor a los triunfos.

La Dra. Shields está completamente inmóvil.

—Él... me hizo algo —añado.

Las imágenes que no logro borrar se cuelan en mi mente otra vez: Estoy yo, levantándome la camisa muy despacio, por encima del sostén, mientras Gene observa de pie a unos pocos pasos. Yo, diciendo, *Debo irme*. Gene interponiéndose entre la puerta cerrada de su oficina y yo. Su mano, acercándose a la hebilla de su cinturón. Su respuesta: *Todavía no, Amorcito*.

—No me tocó, pero... —Trago fuerte y sigo—. Me dijo que faltaba una pieza de utilería de la obra, un collar caro. Dijo que tenía que levantarme la camisa para demostrar que no lo tenía debajo.

Un temblor me sacude el cuerpo cuando recuerdo estar de pie en aquella habitación claustrofóbica, tratando de mirar a cualquier lado que no fuera él y lo que él se hacía, hasta que terminó y me mandó a salir.

—Le debí haber dicho que no, pero era mi jefe. Y lo dijo con tanta naturalidad, como si no fuese gran cosa.

Miro los ojos azul claro de la Dra. Shields y consigo deshacerme de la imagen.

—Ese tipo, Scott, me lo recordó por un momento. Por la manera en que dijo, «Amorcito».

La Dra. Shields no responde de inmediato. Entonces dice en voz baja, —Lamento tanto que te haya sucedido eso.

Siento su mano tocar la mía otra vez, tan suavemente como una mariposa.

—¿Es por eso que no te interesa un novio en serio? —pregunta—. No es raro, cuando una mujer sufre un abuso como el que tú sufriste, que se repliegue en sí misma, o que cambie sus patrones de relación.

Abuso. Nunca lo pensé así. Pero ella tiene razón.

De repente, me siento agotada, como después de nuestra primera sesión. Me masajeo la sien con los dedos.

—Debes estar exhausta —dice la Dra. Shields, como su pudiese ver dentro de mí—. Tengo un auto esperando. ¿Por qué no te vas en él a tu casa? Yo, de todos modos, preferiría caminar. Envíame un mensaje o llama si quieres hablar durante el fin de semana.

Se pone de pie y la imito. Me siento extrañamente decepcionada. Hace unos minutos estaba furiosa con ella; ahora no quiero que me abandone.

Nos dirigimos juntas hacia la entrada, donde veo un auto negro detenido junto al encintado. El chofer da la vuelta para abrir la puerta trasera y la Dra. Shields le indica que me lleve a donde yo quiera ir.

Me hundo en el asiento y reclino la cabeza contra el sedoso cuero, mientras el chofer camina de vuelta a la parte delantera del auto. Entonces oigo unos golpecitos suaves en mi ventanilla, así que la abro.

La Dra. Shields me sonríe. Su silueta se destaca contra las brillantes luces de la ciudad que la iluminan desde atrás. Su cabello es un halo ardiendo, pero los ojos están en las sombras. No veo su expresión.

—Casi se me olvida, Jessica —me dice, metiéndome un pedacito de papel en la mano—. Gracias.

Miro el cheque, sintiéndome extrañamente renuente a desdoblarlo.

Quizás esto no sea más que una transacción comercial para la Dra. Shields. ¿Pero qué es lo que me está pagando ahora? ¿Mi tiempo, el coqueteo, mis confidencias? ¿U otra cosa sobre la que no sé nada?

Lo único que sé es que esto se siento sucio.

Cuando el chofer arranca, desdoblo el cheque despacito.

Lo miro con detenimiento un rato largo, sintiendo las ruedas del auto dar vueltas contra el pavimento. Son $750.

CAPÍTULO
VEINTICUATRO

Sábado, 8 de diciembre

SÁBADO EN LA NOCHE. Para la mayoría de las parejas, la noche para una cita.

Tradicionalmente, para nosotros también lo ha sido: cenas en restaurantes con estrella en la guía Michelin, conciertos en la Filarmónica, relajados paseos por el Museo Whitney. No obstante, después del error que cometió Thomas al enviar el mensaje de texto, él se mudó de la casa y terminaron nuestras salidas. Gradualmente, después de terapia, disculpas y promesas, se reiniciaron, pero con un nuevo foco en la conexión y la reconstrucción.

Al comienzo, la atmósfera se sentía tensa. Si nos hubieses visto desde afuera, Jessica, podrías haber pensado que se estaba desarrollando una nueva relación, lo que, en un sentido, era cierto. El contacto físico se mantenía al mínimo. Thomas era atento, casi demasiado: llegaba con flores, corría a abrir las puertas y su mirada siempre comunicaba admiración.

Su asedio era hasta más ardiente que en nuestro cortejo inicial. Por momentos, se sentía desesperado, casi temeroso. Como si le aterrorizara perder nuestra relación.

Con el tiempo, nuestras interacciones se tornaron más llevaderas. Las conversaciones, menos rígidas. Nuestras manos se encontraban sobre la mesa una vez que se llevaban los platos.

Esta noche, solo unas veinticuatro horas después del experimento del hotel, lo que se había progresado ha vuelto atrás. Está claro que no todos los hombres son susceptibles a las atenciones de una hermosa joven. El hombre de la camisa azul se resistió a ti, Jessica, pero Thomas no fue inmune cuando se le presentó la oportunidad.

Como resultado, se ha sobreimpuesto una agenda invisible al encuentro con Thomas este sábado. Un lugar íntimo, el *townhouse* que antes compartíamos, es seleccionado para eliminar otras distracciones, como por ejemplo un mozo prepotente o un grupo bullicioso en la mesa contigua. El menú se prepara con cuidado: una botella de Dom Pérignon, de la misma cosecha del que se sirvió en nuestra fiesta de compromiso; ostras Malpeques; una pierna de cordero con espinacas a la crema; papitas asadas al horno con romero. De postre, una variación del dulce favorito de Thomas: una torta de chocolate.

Tradicionalmente, la torta se compra en una repostería de la calle Diez Oeste. Para la cena de hoy, sin embargo, se han procurado los ingredientes en dos mercados gastronómicos distintos.

Mi apariencia esta noche también es un cambio. Jessica, fuiste tú la que ilustró cuán seductores pueden ser una sombra gris y un delineador azabache, si se aplican correctamente.

El maquillaje descansa en el tocador del vestidor. Al lado está mi teléfono. El aparato suscita un recuerdo; un mensaje de texto o una llamada solícita son el curso de acción apropiado después de un incidente en que un conocido o un amigo queda perturbado.

Jessica, quiero corroborar que te sientes mejor después del encargo de anoche. Pronto me comunicaré otra vez.

Falta una línea adicional.

Un momento de reflexión. A continuación, se escribe y se envía.

CAPÍTULO
VEINTICINCO

Sábado, 8 de diciembre

Si me necesitas, aquí estoy, siempre.

El mensaje de texto de la Dra. Shields llegó justo cuando entraba al edificio de Noah a comer sus famosas tostadas francesas. Comencé a escribir una respuesta, pero después la borré y metí el celular de vuelta en el bolso. Cuando iba en el ascensor, me pasé la mano por el pelo, y sentí la humedad de los copos de nieve que acababan de caer.

Ahora, trepada en el taburete de la cocina de Noah viéndolo descorchar una botella de Prosecco, caigo en cuenta de que es la primera vez que no le he contestado de inmediato. Esta noche no quiero pensar en la Dra. Shields y su experimento.

No me doy cuenta de que tengo el ceño fruncido hasta que Noah pregunta: —¿Taylor? ¿Estás bien?

Asiento con la cabeza y trato de disimular mi incomodidad. Mi primer encuentro con Noah en el Lounge, cuando me presenté con un nombre falso y me quedé dormida en su sofá, parece que fue hace una eternidad.

Quisiera poder deshacer esa decisión. Me parece inmadura; peor todavía, me parece infame.

—Pues... —comienzo a decir—. Tengo que decirte algo. Es una historia un poco graciosa.

Noah arquea una ceja.

—Mi nombre en realidad no es Taylor... Es Jess. —Se me escapa una risita nerviosa.

Él no parece divertido. —¿Me diste un nombre falso?

—No sabía si eras un loco —le explico.

—¿En serio? Viniste conmigo a casa.

—Sí —respondo. Inhalo profundamente. Descalzo y con la toalla de cocina metida en la cintura de sus *jeans* desteñidos, se ve más adorable de lo que recordaba. —Fue un día verdaderamente extraño y supongo que no estaba pensando con claridad.

Un día extraño. Si él supiera cuán corto se queda eso. Casi no puedo creer que conocí a Noah el mismo fin de semana que me colé en el estudio. Ese salón tan silencioso, las preguntas que aparecían en la pantalla de la computadora, la sensación de que la Dra. Shields conocía mis pensamientos privados... Y, sin embargo, las cosas solo se han puesto más raras desde entonces.

—Lo siento —digo.

—Jess —responde Noah por fin.

Me alcanza una copa de Prosecco.

—No me gustan los juegos. —Me mira a los ojos y luego hace un gesto de asentimiento casi imperceptible con la cabeza.

La idea de que he pasado un test se cuela en mi mente antes de que pueda bloquearla. Yo no hubiese pensado esto hace unas pocas semanas atrás.

Tomo un sorbo del Prosecco. Las burbujas dulces y ácidas se sienten bien en la garganta.

—Me alegro de que ahora seas honesta —dice Noah por fin.

Debes ser honesta... fue una de las instrucciones que me esperaban en la pantalla de la computadora cuando me inicié en el estudio. Aún tratando conscientemente de sacar a la Dra. Shields de mi mente, ella encuentra cómo colarse de nuevo.

Noah comienza a colocar en orden los ingredientes en la encimera y yo tomo otro sorbo de Prosecco. Siento que le debo una disculpa mayor, pero no sé qué más decir.

Echo una ojeada a su cocina pequeña pero reluciente y me fijo en la sartén de hierro fundido que está sobre la estufa, junto al mortero de piedra verde y la batidora de acero inoxidable. —¿Así que Desayuno Todo el Día es tu restaurante?

—Sí. O más bien será, si consigo el financiamiento —me responde—. Tengo el local seleccionado, solo espero por el papeleo.

—Vaya, eso está genial.

Rompe los huevos con una mano y luego los bate en un bol a la vez que vierte un chorrito de leche. Se detiene un momento para darle vueltas a la mantequilla que se derrite en la plancha, y añade canela y sal a los huevos.

—Mi ingrediente secreto —dice, levantando una botellita de extracto de almendras—. ¿No eres alérgica a las nueces, verdad?

—No —respondo.

Agrega una cucharadita y luego moja una gruesa rebanada de pan en la mezcla.

Cuando el pan se encuentra con la plancha chisporrotea un poco, y un olor que hace la boca agua inunda la habitación. Pienso que no hay nada mejor que pan fresco, mantequilla derretida y canela cocinándose juntos. Mi estómago gruñe.

Noah es un cocinero ordenado; va limpiando mientras cocina: echa las cáscaras de huevo al cubo de la basura, con la toalla de cocina seca unas gotitas de leche derramada, devuelve las especias de inmediato a la gaveta.

Observándolo, siento como si se hubiese formado un amortiguador entre la tensión que he tenido en estos días y yo. No ha desaparecido, pero, por lo menos, tengo un alivio.

Quizás este es el tipo de salida de sábado por la noche que conocen muchas mujeres de mi edad; una noche tranquila con un tipo chévere. No debería ser tan excepcional. Es solo que ya nos hemos besado, pero esta noche se siente más íntima que un acto físico. Aunque nos conocimos por casualidad en un bar, parece que Noah quiere llegar a conocerme bien.

Saca mantelitos individuales y servilletas de tela de otra gaveta y busca un par de platos en otro armario. Desliza dos tajadas de tostada francesa dorada al centro de cada plato y luego las corona con moras frescas. Ni siquiera me di cuenta de que estaba calentando almíbar en una olla hasta que vierte varias cucharadas generosas sobre el plato.

Miro detenidamente la comida que me ha servido, sintiendo emociones que no puedo identificar fácilmente. Aparte de mi madre cuando voy a visitar, nadie me ha cocinado en años.

Las pruebo y se me escapa un suspiro. —Juro que esto es lo mejor que he comido en mi vida.

Una hora más tarde, la botella de Prosecco está vacía y todavía estamos hablando. Nos hemos movido al sofá de la sala.

—Me voy a Westchester a ver a mi familia para la fiesta de Hanukkah más tarde en la semana —comenta—. Pero quizás podemos hacer algo el domingo en la noche cuando regrese.

Me inclino hacia él para darle un beso y siento el dulce del almíbar en sus labios. Descansando la cabeza en su pecho fuerte y con sus brazos estrechándome, siento algo que no he sentido en meses, o quizás años. Me toma un instante definir lo que es: me siento contenta.

CAPÍTULO
VEINTISÉIS

Sábado, 8 de diciembre

THOMAS LLEGA CINCO MINUTOS antes de lo acordado. La puntualidad es un hábito nuevo que parece motivado a cultivar.

Sus hombros anchos llenan el marco de la puerta y una sonrisa le cruza la cara. Ha comenzado a caer la primera nieve de la temporada y lleva cristales de hielo pegados al pelo rubio cenizo. Lo lleva un poco más largo de lo usual.

Thomas me entrega un ramo de tulipanes rojos y se le agradece con un beso prolongado. Tiene los labios fríos y el beso sabe a menta. Acomoda las manos para hacer más fuerte el abrazo, prolongando el momento íntimo.

—Eso es todo por ahora —se le dice, a la vez que se le empuja juguetonamente.

Se limpia los zapatos mojados en el tapete y entra a la casa.

—Huele delicioso —afirma. Mira un momento hacia abajo—. He echado de menos tu cocina.

Su abrigo se cuelga en el armario junto a las chaquetas más livianas que usa cuando la temperatura está más alta. Nunca se le pidió que se llevara esos artículos específicos de la casa, y no solo porque se mudó abruptamente. La primavera simboliza esperanza, renovación. La presencia de sus pertenencias cumple el mismo propósito.

Lleva puesto el suéter que destaca los tonos dorados de sus ojos verdes; él sabe que es uno de mis favoritos.

—Te ves hermosa —me dice. Alarga el brazo y pasa los dedos tan suavemente por un mechón largo de mi pelo que casi no se siente.

Mi vestimenta gris y lavanda ha sido remplazada por *jeans* negros y una camisola de seda azul cobalto, pero solo se percibe un poquito de color debajo del cárdigan negro de lana de merino, que me llega a los muslos.

Thomas se sienta en la isla de granito con la placa de cocción empotrada. Las ostras están en hielo; la botella de champagne es sacada del refrigerador.

—¿La abres, por favor?

Él mira la etiqueta y sonríe. —Una cosecha estupenda.

El corcho sale con un leve *pum*; luego Thomas llena dos flautas de champán.

Se ofrece un brindis: —A las segundas oportunidades.

La sorpresa y el placer colisionan en el rostro de Thomas.

—No tienes idea de cuán feliz me hace sentir eso. —Su voz se oye un poco más ronca que de costumbre.

Una ostra se saca del hielo y se le ofrece. —¿Tienes hambre?

La acepta, a la vez que asiente con la cabeza. —Estoy muerto de hambre.

El cordero es sacado del horno y puesto a reposar en la encimera. Las papas requieren unos minutos más; a Thomas le gustan más tostaditas.

Saboreando el champán y las ostras, la conversación fluye con facilidad. Entonces, justo cuando Thomas carga el platón del cordero a la mesa del comedor, se oye un timbrazo. Él suelta la bandeja y busca el celular en el bolsillo.

—¿Es necesario que contestes eso? —Es vital que la pregunta no tenga ni un asomo de reproche.

Thomas meramente vuelve a la cocina y coloca su celular boca abajo en la isla. A pocos centímetros de la torta.

—A la única persona a la que quiero prestar atención ahora es a ti —responde.

Se aleja del celular para traer el vino tinto decantado a la mesa y se lo premia con una sonrisa sincera.

Las flores de Thomas son colocadas en un florero en el centro de la mesa. Se encienden velas. La seductora voz de Nina Simone llena el aire.

La copa de Thomas se llena por segunda vez. Tiene las mejillas levemente sonrojadas; sus gestos son más relajados.

Thomas me ofrece un bocado de su cordero: —Este es el mejor pedazo.

Nuestros ojos se encuentran.

—Te ves distinta esta noche —me dice, alargando la mano—. Quizás es que estamos juntos nuevamente en la casa.

Se lo premia con otro beso, breve, y luego se rompe el contacto.

—¿Mi amor, has sabido algo más del investigador privado?

Su pregunta parece salir de la nada; se siente discordante en esta noche romántica. Pero Thomas siempre ha sido protector. Él sabe cuán inquietante fue para mí recibir el correo electrónico del investigador contratado por la familia de la Participante 5.

No es la primera vez que ha preguntado si el investigador privado ha iniciado otro contacto.

—No he sabido nada desde que respondí que no violaría la confidencialidad entregando mis notas sobre ella —se le responde.

Thomas hace un gesto de aprobación con la cabeza. —Estás haciendo lo correcto. La privacidad de un paciente es sagrada.

—Gracias.

Se esquiva el recuerdo desagradable; la agenda de esta noche ya es suficientemente compleja.

Es momento de traer la torta a la mesa.

Se le sirve una generosa tajada de ocho centímetros.

El borde del tenedor corta el delicioso y abundante *mousse*. Él se lleva la dulce golosina a los labios.

Cierra los ojos. Lo saborea. —Mmmm. ¿Es de Dominique?

—No, de La Patisserie —se le responde.

—Delicioso. Estoy casi demasiado lleno para comer.

Pausa.

—Harás ejercicios mañana en el gimnasio.

Asiente con un gesto de la cabeza y se come otro bocado. —¿No vas a comer tú?

—Desde luego.

La torta se derrite en la boca. Nadie se daría cuenta de que no fue comprada en una repostería especializada, ni nadie podría detectar el sabor de las dos avellanas que fueron molidas e incorporadas a la mezcla.

Cuando el plato de Thomas queda vacío, él se inclina hacia atrás en la silla.

Pero no se encuentra bien ahí. Se le ofrece una mano: —Ven.

Es llevado a un pequeño sofá de dos plazas en la biblioteca, donde se le ofrece una copa de oporto Dalva. El lugar es acogedor, con el piano Steinway y la chimenea a gas. Sus ojos revolotean por la habitación, deteniéndose en una pintura original de Wyeth y Sargent, luego en una divertida escultura en bronce de una motocicleta, hasta llegar a la fotografía de cuando yo era adolescente; montada sobre Folly, la yegua alazana, en nuestra finca de Connecticut, los mechones de pelo rojo se escapan por debajo de mi casco de montar. En ángulo junto a esa foto hay una de nuestra boda.

Thomas vistió de etiqueta; compró el esmoquin expresamente para la boda, puesto que no había usado uno desde su graduación de escuela superior. El traje de novia, con encaje en el torso y falda de tul, fue hecho a la medida; mi padre tuvo que pedirle a un socio de negocios que interviniera a mi favor con Vera Wang, debido a lo corto que fue el compromiso.

Mi padre no aprobaba el escote, que llegaba hasta la parte baja de la espalda, pero era demasiado tarde para alterarlo. Llegamos al acuerdo de usar un velo largo durante la ceremonia en St. Luke, la iglesia a la que todavía asisten mi madre y mi padre.

Nuestros padres están junto a nosotros en la foto. La familia de Thomas había venido desde un pueblito a las afueras de San Jose, California, dos días antes de la boda. Nos habíamos visto solo una vez antes; Thomas llamaba a su madre y padre todas las semanas, pero no era apegado a ellos ni a su hermano mayor, Kevin, quien trabajaba como capataz de la construcción.

Mi padre no sonríe en la fotografía. Antes de proponerme matrimonio, Thomas había ido hasta la finca de Connecticut de mis padres a pedir mi mano. Me había ocultado esto; era hábil manteniendo secretos.

Mi padre valoró el reconocimiento de la tradición. Le dio un espaldarazo a Thomas y celebraron con brandy y cigarros Arturo Fuente. Sin embargo, la mañana siguiente, mi padre pidió que almorzara con él.

Hizo solo una pregunta. Directa, como corresponde a su naturaleza. La hizo incluso antes de dar las órdenes al mesero:

—¿Estás segura?

—Lo estoy.

El amor es un estado emocional, pero mis síntomas eran muy físicos: me sonreía solo de oír su nombre, mi paso era más leve, hasta mi temperatura —que desde mi infancia había sido siempre 36, bastante por debajo del promedio de 37— subió un grado.

La música ahora cambia a «Tonight», de John Legend.

—Vamos a bailar.

Los ojos de Thomas le siguen el rastro a mi cárdigan al caer de mis hombros hasta el sofá. Al levantarse, se da un masaje con la mano libre en la parte posterior del cuello.

Es un gesto familiar.

Parece más pálido de lo normal.

Nuestros cuerpos encajan perfectamente, como en nuestra noche de bodas. Es como si el recuerdo hubiese estado guardado siempre en los músculos.

La canción termina. Thomas se quita los lentes y presiona el pulgar y el índice a la sien. Hace una mueca de dolor.

—¿Te sientes mal?

Asiente con un gesto. —¿La torta habrá tenido nueces?

No está en peligro; su alergia no es potencialmente fatal. Sin embargo, la desencadena hasta el pedazo más pequeñito de nuez.

El único efecto secundario es una jaqueca muy fuerte. El alcohol empeora la sensación.

—Pregunté en la repostería... Voy a buscarte agua.

Doy cinco pasos a la cocina, donde su celular todavía descansa sobre la encimera.

Ahora Thomas se coloca más cerca de la escalera.

Esto es importante; él estará más inclinado a pensar que sus próximos movimientos son voluntarios, en vez del resultado de una manipulación sutil.

—¿Quieres tomar Tylenol? Está arriba en el botiquín.

—Gracias, regreso enseguida —responde.

Sus pesados pasos ascienden la escalera y luego se escuchan directamente encima, según se va moviendo hacia el dormitorio principal.

El camino ya ha sido trazado y medido con un cronómetro. Seguramente estará ocupado entre sesenta y noventa segundos.

Con suerte, será tiempo suficiente para obtener la información deseada.

Una de las primeras preguntas de la investigación sobre la moral: *¿Leería los mensajes de texto de su esposo o pareja?*

La contraseña de Thomas tradicionalmente ha sido el mes y día de su nacimiento.

No ha cambiado.

—¿Lydia? El Tylenol no está en el botiquín. —Su voz baja desde el segundo piso.

Camino rápidamente hasta el rellano, pero mi voz se oye calmada y sin prisa.

—¿Estás seguro? Acabo de comprar.

El Tylenol está en el botiquín, pero escondido detrás de la caja de una crema facial nueva. Hará falta algo más que una mirada superficial para encontrarlo.

Un crujido de la madera del piso indica que se está dirigiendo al baño del dormitorio de nuevo.

Se busca su vaso de agua. Entonces se toca el icono verde del teléfono. Se examinan los mensajes de texto y llamadas recientes.

La función de cámara de mi celular ya está activada.

Rápida, pero minuciosamente, capto el historial de llamadas recientes de Thomas. Sus mensajes de texto parecen completamente ordinarios, así que se pasan por alto.

Cada foto es evaluada para asegurar que la evidencia digital es clara; la calidad no puede sacrificarse por la velocidad.

La casa está completamente silenciosa. ¿Demasiado?

—¿Thomas? ¿Estás bien?

—Sí —responde.

Quizás se está aplicando una toallita fría al pulso.

Se obtienen más fotografías, que documentan unas treinta y cinco llamadas, quizás. Algunos números están asignados a contactos de nombre reconocible: su dentista, su compañero de *squash* y sus padres. Otros, unos ocho en total, no son conocidos. Todos tienen código de área de la ciudad de Nueva York.

El registro de llamadas borradas también se documenta, lo que arroja un número desconocido adicional, con código 301.

Será sencillo determinar si estos números de teléfono son completamente inocuos. Si responde un hombre, o si es un comercio, el número será considerado irrelevante y la llamada se cortará de inmediato.

Si contesta una mujer, la llamada también será concluida rápidamente.

Pero el número se guardará para investigar más a fondo.

El teléfono se vuelve a colocar sobre la encimera. El vaso de agua se lleva a la biblioteca.

Debió de haber regresado ya.

—¿Thomas? —No responde.

Se lo encuentra en el tope de la escalera justo al salir del dormitorio.

—¿Lo encontraste?

Ahora se ve claramente que está mal. Va a requerir tres aspirinas seguidas de un largo descanso en una habitación oscura.

El encuentro de esta noche tendrá que terminar abruptamente.

La esperanza que había en los ojos de Thomas de un progreso en la intimidad se ha esfumado.

—No —responde. Su sufrimiento es evidente.

—Yo lo busco —se le dice.

En el baño, él entrecierra los ojos para protegerse de la luz brillante. El botiquín es examinado. El humectante de lujo es movido a un lado.

—Aquí está.

De vuelta en el primer piso, se toma tres pastillas y se le ofrece un descanso en el sofá.

Niega con la cabeza y hace un gesto de dolor al moverse.

—Creo que es mejor que me vaya —dice.

Se busca su abrigo y se le ofrece.

—Tu celular. —Por poco se le queda en la encimera.

Cuando lo agarra, una mirada con el rabo del ojo a la pantalla confirma que se ha bloqueado automáticamente.

Lo mete en el bolsillo de su abrigo.

—Lamento tener que interrumpir la noche —dice.

—Llamaré a la repostería a primera hora de la mañana. —Se hace una pausa—. La mujer que me atendió debe saber que cometió un error.

Mañana se harán llamadas en relación con un error. Esa parte es cierta.

Pero las llamadas no serán a quien Thomas piensa.

CAPÍTULO
VEINTISIETE

Lunes, 10 de diciembre

Nada sobre la casa de la Dra. Shields me sorprende.

Muchas personas me invitan a sus residencias los lunes por la mañana para hacerles el maquillaje, y por lo general están a la vista indicios de las actividades del fin de semana: el *New York Times* tirado en una mesa de centro, copas de vino de una fiesta colgadas boca abajo en el escurridor, botines de fútbol y canilleras de niños regados por el recibidor.

Pero cuando llegué al *townhouse* de la Dra. Shields en el West Village, supuse que se vería como un artículo de *Architectural Digest*: colores tenues y muebles elegantes, escogidos más por la estética que por la comodidad o la función. Y supongo correctamente, es como una extensión de su meticuloso espacio de oficina.

Después de que me saluda en la puerta y toma mi abrigo, la Dra. Shields me lleva a la cocina, que es abierta y soleada. Ella viste un suéter color crema con *jeans* oscuros ceñidos, y el pelo lo tiene recogido en una cola de caballo.

—Por poco te encuentras con mi marido —afirma, tomando dos tazas de café de la encimera y depositándolas en el fregadero—. Quería presentártelo, pero lamentablemente se tuvo que ir a la oficina.

Antes de que pueda preguntar nada —tengo tanta curiosidad sobre él— la Dra. Shields apunta a un plato de fresas frescas y bizcochitos.

—No sé si has tenido oportunidad de desayunar —dice—. ¿Prefieres té o café?

—Me encantaría un café —afirmo—. Gracias.

Cuando finalmente contesté el mensaje de texto de la Dra. Shields el domingo en la tarde, de nuevo preguntó cómo me sentía, antes de invitarme aquí. Dije la verdad, que me sentía mucho mejor que cuando salí del bar del hotel el viernes en la noche. Dormí hasta que Leo me lamió la cara para que lo sacara a caminar, hice un par de trabajos y salí con Noah. Hice algo más. Tan pronto abrió el banco el sábado por la mañana, deposité el cheque de setecientos cincuenta dólares. Todavía siento como si el dinero se pudiese ir flotando; hasta que vea el balance en el estado de cuenta, no va a parecer real que esté ganando tanto.

La Dra. Shields sirve el café de una jarra de vidrio en dos tazas de porcelana con platos a juego. La curva del asa es tan delicada que me preocupa poder romperla.

—Pensé que podíamos trabajar en el comedor —dice Shields.

Coloca el café y el plato en una bandeja, junto con dos platillitos de porcelana que hacen juego con las tazas. La sigo hasta la habitación contigua, pasando por delante de una mesita donde hay una sola foto enmarcada. Es de la Dra. Shields con un hombre. Él tiene echado el brazo sobre los hombros de ella, y ella lo está contemplando.

La Dra. Shields me mira.

—¿Su esposo? —pregunto, señalando la foto.

Ella se sonríe, colocando las tazas delante de dos sillas contiguas. Miro al hombre con más detenimiento, porque esto es lo primero de la casa de la Dra. Shields que no encaja.

Él parece tener unos diez años más que ella, con pelo abultado y oscuro y una barba. Parecen tener más o menos la misma estatura, como un metro setenta.

No parecen hacer pareja. Pero ambos se ven muy contentos en la foto, y ella siempre se ilumina cuando lo menciona.

Me alejo de la foto y la Dra. Shields apunta hacia una silla a la cabecera de la mesa de roble, debajo de una araña de cristal. En la mesa no hay nada, salvo un bloc de hojas amarillas y, a su lado, un bolígrafo y un celular negro. No es el iPhone plateado que he visto sobre el escritorio de la Dra. Shields en otras ocasiones.

—¿Usted dijo que hoy solo voy a hacer algunas llamadas? —pregunto. No entiendo qué puede tener que ver esto con una investigación acerca de la moral. ¿Me pedirá de nuevo que le tienda una trampa a alguien?

La Dra. Shields coloca la bandeja sobre la mesa, y no puedo evitar fijarme en que todas y cada una de las moras y las frambuesas son perfectas, como si el mismo diseñador que escogió los elegantes muebles de la habitación también hubiese seleccionado las frutas.

—Sé que la noche del viernes fue inquietante para ti —afirma.

—Hoy va a ser más sencillo. Además, voy a estar aquí contigo.

—Está bien —respondo, sentándome.

Coloco en bloc frente a mí y caigo en cuenta de que la primera página no está en blanco. En la caligrafía que ahora reconozco como de la Dra. Shields, hay cinco nombres de mujeres y, al lado, unos números de teléfono. Todos tienen códigos de área de la ciudad de Nueva York: 212, 646 o 917.

—Necesito datos sobre la intersección del dinero y la moral —dice la Dra. Shields. Coloca una taza con su platillo delante de mí y luego toma la suya. Advierto que toma el café negro—.

Se me ocurrió que puedo usar tu profesión para ayudar con este trabajo de campo.

—¿Mi profesión? —repito. Agarro el bolígrafo y presiono el botón con el pulgar. Hace un ruido fuerte. Lo dejo sobre la mesa y tomo un sorbo de café.

—Cuando se les presenta una situación hipotética, por ejemplo, ganar la lotería, la mayoría de los sujetos dice que donaría una parte del dinero a alguna organización benéfica —dice la Dra. Shields—. Pero en realidad, los estudios demuestran que los ganadores con frecuencia son menos generosos de lo que sería de esperar a base de sus propias predicciones. Me gustaría investigar una variante de eso.

La Dra. Shields me sirve más café del recipiente que ha traído a la mesa, y se sienta junto a mí.

—Quiero que la gente que conteste tu llamada piense que alguien les ha obsequiado una sesión de maquillaje con BeautyBuzz —dice la Dra. Shields.

Algo de su energía parece especialmente intenso hoy, a pesar de que está prácticamente inmóvil. Pero su expresión es serena; sus ojos azules se ven cristalinos. Así que quizás solo estoy proyectando mis propias emociones. Porque a pesar de que sé que todo esto tiene sentido para ella, no logro entender por qué habría de ser importante para su investigación.

—¿De manera que solo llamo y digo que se le ha obsequiado una sesión de maquillaje?

—¡Sí! Y es cierto —añade Shields—. Yo te pagaré las sesiones.

—Espere —interrumpo—. ¿En realidad voy a maquillar a estas mujeres?

—Pues sí, Jessica. Como haces todos los días. No debería haber problema, ¿verdad?

Ella hace que todo suene tan lógico; echa a un lado mi pregunta como si fuese una migaja sobre la mesa.

Pero el alivio que sentí cuando estuve con Noah ya está desapareciendo. Cada vez que estoy con la Dra. Shields, me siento como si entendiera cada vez menos lo que hace.

Ella continúa: —Lo que quiero saber es si las agraciadas te darán una propina más generosa, en vista de que recibieron el servicio gratuitamente.

Asiento con un gesto, aunque todavía no entiendo.

—¿Y por qué estos números específicos? ¿A quién voy a llamar?

Shields toma un sorbo de café con mucha calma. —Eran todas participantes de un estudio anterior de moral que llevé a cabo. Firmaron un relevo de responsabilidad en el que aceptaban toda una gama de posibles estudios de seguimiento.

De manera que saben que podría venir algo, pero no saben qué. Puedo entender.

Intelectualmente, no veo cómo esto podría perjudicar a nadie. ¿Quién no querría una sesión gratuita de maquillaje? Pero, aun así, el estómago se me encoge.

La Dra. Shields me da un pedazo de papel. En él parece haber un guion escrito a máquina. Lo miro con detenimiento.

Si BeautyBuzz se entera de que estoy haciendo esto, podría meterme en líos. Firmé una cláusula de no competencia cuando me contrataron. Y a pesar de que, técnicamente, no estoy aprovechando su nombre para obtener trabajo por cuenta propia, dudo que ellos lo vean así.

En cierto sentido espero que ninguna de estas cinco mujeres acepte el obsequio.

Me pregunto si habrá alguna otra forma de contribuir al experimento sin usar el nombre de mi compañía.

Estoy por expresar mis preocupaciones cuando la Dra. Shields coloca su mano sobre la mía.

Habla en voz baja y suave. —Jessica, lo siento mucho. Me concentré tanto en mi investigación que ni siquiera te pregunté por tu familia. ¿Tu padre comenzó a buscar otro trabajo?

Exhalo. La crisis inminente de mi familia es como un dolor

crónico; siempre está en mi mente. —Todavía no. Está esperando el año nuevo. Nadie emplea en diciembre.

Su mano todavía está sobre la mía. Es tan liviana. El anillo de oro blanco y diamantes parece un poco grande para su dedo, como si hubiese perdido peso desde que se lo puso por primera vez.

—Me pregunto si puedo ayudar... —La voz se le va apagando, como si estuviese considerando una idea.

Levanto la cabeza de golpe. La miro fijamente.

—Eso sería increíble. Pero ¿cómo? Él está en Pensilvania y el único empleo que ha tenido es como vendedor de seguros de vida.

Ella retira la mano. Aunque la tenía fría, su retirada se siente como una pérdida. De repente me doy cuenta de que mis propios dedos están fríos, como si ella hubiese transferido un poquito de ella a mí.

Agarra una sola frambuesa del platillo y se la lleva a la boca. Su expresión es pensativa.

—Generalmente no doy a conocer detalles personales a las participantes —dice finalmente—. Pero siento como si te estuvieses convirtiendo en algo más que eso.

Sus palabras me llenan de emoción. No lo he estado imaginando; realmente tenemos una conexión.

—Mi padre es inversionista —continúa Shields—. Tiene intereses en varias compañías de la costa este. Es un hombre influyente. Quizás podría llamarlo. Pero no quiero pasarme de la raya...

—¡No! Quiero decir, no se estaría pasando de la raya en absoluto. —Pero sé que mi padre se sentiría como que depende de la caridad para sobrevivir; enterarse de esto destruiría su orgullo.

Como de costumbre, la Dra. Shields parece percibir lo que pienso.

—No te preocupes, Jessica. Esto quedará entre tú y yo.

Esto es mucho más que un cheque generoso. Esto podría salvar a mi familia. Si mi padre consigue empleo, la familia podría conservar la casa; Becky estaría bien.

La Dra. Shields no parece ser una persona que haga promesas a la ligera. Su vida es tan armónica; ella es completamente distinta de la gente que conozco. Tengo la sensación de que en verdad puede lograr esto.

Me siento casi mareada de alivio.

Me sonríe.

Toma el celular y lo coloca delante de mí.

—¿Practicamos primero?

CAPÍTULO
VEINTIOCHO

Martes, 11 de diciembre

Cada familia genera su propia disfunción específica.

Muchas personas piensan que una vez que cruzan el umbral de la adultez, pueden deshacerse de esta herencia. Pero la impronta de la dinámica de inadaptación es tenaz.

Me has brindado información crucial que genera la comprensión de la maraña de interacciones que resultan de tus patrones familiares, Jessica.

¿Te has preguntado acerca de las mías? Los pacientes con frecuencia especulan sobre la vida de su terapeuta, proyectando imágenes sobre un lienzo en blanco.

Tienes experiencia en teatro. ¿Cuán certeramente has concebido el reparto? Paul, el padre poderoso. Cynthia, la madre, antigua reina de belleza. Y Lydia, la exitosa hija mayor.

Estos esbozos de los personajes establecerán el contexto para la siguiente escena.

Es la hora de almuerzo de un martes, el día después de tu visita a mi casa. La ocasión es festiva: el cumpleaños sesenta y uno de la madre, aunque ella afirma que son cincuenta y seis.

Esto es lo que se observa:

La madre, el padre y la hija son acompañados hasta una mesa para cuatro en el Princeton Club en la calle Cuarenta y Tres. Durante muchos años, la cuarta silla la ocupó la hermana menor de la familia. Ha estado vacía desde el terrible accidente durante su tercer año de secundaria.

Se llamaba Danielle.

La hija sobreviviente se acomoda en la silla de cuero acolchada y se mueve un poco para quedar equidistante entre su madre y su padre. El mesero no tiene que tomar la orden pues conoce las bebidas favoritas de cada uno; rápidamente trae un vaso de escocés y dos vasos de vino blanco seco a la mesa y saluda a cada miembro del trío por su nombre. El padre hace un gesto con la mano y pregunta cómo le fue al hijo del mesero en su última competencia de lucha en la escuela. La madre de inmediato toma un trago largo de vino y luego saca un compacto dorado de su cartera y examina su reflejo en el espejo. Su color y rasgos son similares a los da la hija, pero el paso del tiempo les ha robado su brillo. La madre frunce un poco el ceño y con la punta del dedo se retoca el lápiz labial. Se ordena la comida y el mesero se retira.

Esto es lo que se los oye decir:

—Es una pena que Thomas no pudiese acompañarnos —dice la madre, cerrando el compacto y colocándolo en el bolso acolchado con cierre compuesto de dos «C» entrelazadas.

—No lo he visto mucho últimamente —afirma el padre.

—Ha estado muy atareado —responde la hija—. Las fiestas son siempre la época de más ajetreo para los terapeutas.

La afirmación es elástica, lo que permite que los destinatarios del mensaje le atribuyan el significado que ellos escojan podría ser el estrés de las compras y los viajes y la preparación de cenas elaboradas lo que induce a los pacientes a buscar más ayuda; o los días más cortos y oscuros podrían ser los culpables, ocasionando o empeorando una depresión, o provocando un ataque de depresión estacional. Pero como podrían afirmar muchos terapeutas, la fuerza impulsora tras el aumento en las citas, tanto las programadas como las de emergencia, durante el mes de diciembre, son las mismas relaciones familiares que se supone deberían producir paz y alegría.

—¿Lydia?

La hija levanta la cabeza y sonríe una disculpa a su padre; ha estado sumida en la contemplación.

Esto es lo que permanece invisible:

La hija ha estado reflexionando sobre la información obtenida de la ronda de llamadas telefónicas de ayer. Es imposible sacar este pensamiento de su mente. A base de la información demográfica que obtuviste, Jessica, dos de las mujeres parecen improbables para Thomas. Una dijo que estaría cuidando a sus nietos esta semana pero que podría hacer una cita para el sábado; la otra resultó que pertenecía a un servicio de limpieza, lo que despertó el recuerdo de que Thomas había mencionado recientemente que tenía que cambiar de compañía.

Sin embargo, tres siguen siendo posibilidades.

Dos aceptaron la oferta de la sesión de maquillaje y sus citas han sido programadas para este viernes en la tarde.

El tercer número había sido desconectado. Esto no es causa de preocupación todavía.

Una única traición de Thomas podría superarse. Pero la confirmación de siquiera un acto más de infidelidad establecería algo más que un patrón de engaños. Revelaría un fraude sistémico, una entrega al engaño.

Aun así, en este tipo de investigación, los resultados no están garantizados; hay demasiadas variables en juego.

Por ende, debe establecerse simultáneamente una investigación paralela.

Llegó el momento de que conozcas a mi marido, Jessica.

El almuerzo avanza.

—Casi no has tocado el lenguado —dice el padre—. ¿Está demasiado cocido?

La hija niega con la cabeza y come un bocado. —Está perfecto. Es que no tengo mucha hambre.

La madre suelta el tenedor. Este choca suavemente contra el plato, que contiene una pechuga de pollo y vegetales sin terminar. —Yo tampoco tengo hambre.

El padre sigue mirando a la hija. —¿Estás segura de que no quieres ordenar otra cosa?

La madre vacía la copa de vino. El mozo se acerca y la vuelve a llenar discretamente. Es la segunda vez que lo hace. La hija se ha abstenido, salvo por un sorbo; el padre ha rechazado un segundo escocés.

—Quizás estoy un poco preocupada —confiesa la hija, titubeando—. Tengo una joven asistente de investigación con quien he estado trabajando. Han eliminado el puesto de su padre, y tiene una hermana incapacitada. Me pregunto si hay alguna manera de ayudar a la familia.

—¿En qué estás pensando? —El padre se reclina en el asiento.

La madre ha tomado un palito de pan de la canasta sobre la mesa y le ha partido la punta.

—Vive en Allentown. ¿Conoces alguna compañía allí?

El padre frunce el ceño. —¿Que tipo de trabajo hace?

—Vende seguros de vida. Son gente muy sencilla. Estoy segura de que él consideraría trabajar en otra cosa.

—No dejas de sorprenderme —afirma el padre—. Estás tan ocupada haciendo trabajo tan importante, y sin embargo siempre buscas el tiempo para ayudar.

La madre ha terminado de consumir el palito de pan. —No

te estarás sintiendo mal todavía por esa otra chica —dice. Se trata de una declaración, más que una pregunta. La hija no exhibe ninguna señal exterior de aflicción ni de agitación.

—No hay conexión alguna entre las dos —explica. El tono de voz es sereno.

Un observador no encontraría indicación alguna del esfuerzo que esto requiere.

El padre da una palmada a la hija en la mano. —Veré qué puedo hacer.

El mesero trae el bizcocho de cumpleaños a la mesa. La madre apaga la única vela.

—Llévate un pedazo grande para Thomas —sugiere. Sus ojos se posan sobre la hija.

—Esperamos verlos a los dos en Nochebuena —manifiesta con una mirada penetrante.

CAPÍTULO
VEINTINUEVE

Jueves, 13 de diciembre

PARA LA TAREA DE hoy no hay chofer, ni instrucciones sobre cómo vestirme, ni un guion escrito.

Lo único que tengo es un punto de llegada y una hora: la exhibición de fotografías de Dylan Alexander en el Met Breuer. Debo estar allí desde las once hasta las once y treinta, y luego dirigirme directamente a la oficina de la Dra. Shields.

Cuando me llamó el martes por la tarde con las instrucciones, pregunté: —¿Qué se supone que debo hacer, exactamente?

—Me doy cuenta de que estas tareas son un poco desconcertantes —contestó—. Pero es esencial que entres sin información a la situación para que lo que sabes no afecte el resultado.

Dijo solo una cosa más:

—Sé tú misma, Jessica.

Eso me confundió.

Sé cómo representar los distintos papeles de mi vida: la maquilladora profesional responsable; la chica que ríe en el bar con sus amigas; la hija y hermana mayor diligente.

Pero la persona que ve la Dra. Shields no es ninguna de ellas. Ella conoce a la mujer del sofá que revela secretos y vulnerabilidades. Pero esa no es quien se supone que debo ser hoy, de seguro.

Trato de recordar los cumplidos de la Dra. Shields, las cosas que pueden haberla llevado a decir que se siente como si yo fuera algo más que una participante para ella. Quizás esa es la parte que debo revelar hoy. Pero no puedo recordar muchos elogios específicos, solo que le gustan mi sentido de la moda y mi franqueza.

Al vestirme, me percato de que mi atuendo es más para ella que para la tarea. A última hora, agarro su chal gris. Me digo que es para protegerme del frío de diciembre, pero la verdad es que estoy nerviosa y el chal me reconforta. Respiro e imagino detectar un olor leve de su perfume acre, aunque ya tiene que haber desaparecido de la tela.

Antes de ir al museo, me dirijo a una cafetería a encontrarme con Lizzie para desayunar. Le había dicho que tenía una cita importante de maquillaje y tenía que irme a las diez en punto. Quería darme un margen adicional, porque, aunque el mediodía no suele ser una hora de mucho tránsito en la ciudad, nunca se puede predecir un retraso del metro o una congestión de tráfico o un tacón roto.

En el desayuno, Lizzie habla sobre su adorado hermanito menor, Timmy, quien cursa el segundo año de secundaria. Lo conocí cuando fui a su casa con ella durante un fin de semana el verano pasado; es un chico guapo y adorable. Aparentemente, decidió no participar en la prueba para seleccionar a los miembros del equipo de baloncesto, algo que siempre le ha encantado. Ahora toda la familia está hecha un lío; es el primero de los cuatro hermanos que no formará parte del equipo.

—¿Y qué quiere hacer?

—El club de robótica —dijo Lizzie.

—Probablemente tiene más futuro en eso que en baloncesto —digo yo.

—Especialmente porque mide un metro sesenta y cinco —coincide Lizzie.

Le cuento un poco sobre Noah. No quiero entrar en detalles sobre cómo nos conocimos, pero le digo que volvimos a salir el sábado en la noche.

—¿Un tipo que se ofrece a prepararte comida? —pregunta Lizzie—. ¡Parece un encanto!

—Sí, me parece que lo es. —Me miro las uñas color vino. Me siento rara de ocultarle tanto—. Tengo que irme. ¿Hablamos pronto?

Llego al museo con diez minutos de antelación.

Voy caminando hacia la entrada cuando oigo el chillido de ruedas y alguien que grita, —¡Santo cielo!

Me doy vuelta. A unos diez metros de distancia, una mujer de pelo blanco está tirada en la calle delante de un taxi. El conductor se está bajando del auto y algunas personas corren hacia la escena del accidente.

Me acerco a tiempo para escuchar al conductor decir: —Se metió delante del auto.

Cinco o seis personas rodeamos a la mujer, quien está consciente, pero aturdida.

Una pareja de treinta y tanos años que está junto a mí se hace cargo de inmediato; dan la impresión de ser competentes.

—¿Cómo se llama usted? —pregunta el hombre mientras cubre a la mujer de pelo blanco con su abrigo azul. Ella es pequeña y se ve frágil debajo del abrigo de él.

—Marilyn. —Esa palabra tan solo parece robarle la fuerza. Cierra los ojos y hace una mueca de dolor.

—Alguien llame a una ambulancia —pide la mujer, asegurando el abrigo alrededor de Marilyn.

—Yo me encargo —digo, mientras marco el 911.

Doy la dirección al despachador y miro de reojo mi reloj. Son las 10:56.

Me asalta un pensamiento: quizás este accidente fue fingido. En el bar del hotel, la Dra. Shields me usó para evaluar a un desconocido.

Hoy podría ser yo la persona evaluada.

Quizás, *esta* es la prueba.

Los dos miembros de la pareja que están inclinados sobre Marilyn son atractivos y visten ropa de trabajo y lentes. ¿Serán parte de esto?

Miro a mi alrededor, casi esperando ver el pelo rojo y los penetrantes ojos azules de la Dra. Shields, como si fuera a estar dirigiendo la escena desde las bambalinas.

Destierro esa sospecha; es una locura pensar que ella hubiese podido planificar todo esto.

Me inclino y le digo a Marilyn, —¿Quiere que llamemos a alguien?

—A mi hija —dice en un susurro.

Dicta el número de teléfono; parece alentador que lo pueda recordar.

El hombre que le dio su abrigo habla rápidamente en su celular.

—Su hija está de camino —le dice al colgar. Me mira a mí. Tras los lentes, sus ojos reflejan preocupación—. Buena idea.

Miro mi reloj. Las 11:02 a. m.

Si me dirijo al museo ahora, solo habré llegado tarde uno o dos minutos.

¿Pero quién podría irse ahora?

Oigo la sirena de una ambulancia a lo lejos. Está llegando ayuda.

¿Es ético que me vaya ahora?

Si espero más, habré violado las instrucciones específicas de la Dra. Shields.

Siento el sudor correrme por la espalda.

—Lo lamento mucho —le digo al hombre, que ahora tiembla un poco sin su abrigo—. Tengo una tarea que hacer de mi trabajo. De verdad, me tengo que ir.

—No hay problema, yo me encargo de esto —dice él amablemente, y el nudo que tengo en el pecho se afloja un poco.

—¿Está seguro?

Él asiente con un gesto de la cabeza.

Miro a Marilyn. Lleva un lápiz labial rosado de brillo que parece el mismo de CoverGirl que usa mi mamá hace años, a pesar de que yo solía regalarle tonos caros de Bobbi Brown cuando trabajaba en el mostrador.

—¿Podría hacerme un favor? —pregunto al hombre. Saco una de mis tarjetas de presentación de BeautyBuzz y escribo mi número de celular en ella y se la entrego—. ¿Podría llamarme cuando se entere de cómo está ella?

—Por supuesto —responde.

De verdad que quiero asegurarme de que Marilyn está bien. Además, cuando le cuente a la Dra. Shields sobre el accidente, no me juzgará por haber abandonado insensiblemente la escena de un accidente.

Son las once y siete minutos cuando atravieso la puerta del museo.

Miro atrás por última vez y veo que el hombre, que todavía sostiene mi tarjeta, no está mirando hacia la ambulancia que se acerca. Me está mirando a mí.

Le doy diez dólares a la mujer que vende los boletos y ella me dirige hacia la exhibición de Dylan Alexander: por las escaleras estrechas hasta el segundo nivel, y luego a la izquierda en el pasillo.

Subiendo las escaleras, miro el celular para ver si la Dra. Shields me ha texteado, como hizo en el bar. Ha entrado un mensaje, pero no de ella: Quiero saber cómo estás. ¿Tomamos café?, había escrito mi vieja amiga del teatro, Katrina.

Meto el celular de nuevo en el bolsillo.

La exhibición de Dylan Alexander está al final del pasillo y estoy a punto de quedarme sin aire cuando llego allí.

Busqué al artista en Google tan pronto la Dra. Shields me asignó la tarea, de manera que el tema de su obra no me sorprende.

Es una serie de fotografías en blanco y negro de motocicletas, sin enmarcar, en piezas gigantes de tela.

Busco cualquier pista que me pueda orientar.

Hay varias personas mirando detenidamente las imágenes: un guía de museo con tres turistas, una pareja que habla francés tomada de la mano y un tipo con una chaqueta de aviador. Ninguno de ellos parece fijarse en mí.

A esta hora la ambulancia debe haber llegado, pienso. Probablemente estén levantando a Marilyn en una camilla. Debe estar asustada. Espero que su hija llegue pronto.

Miro las fotos, recordando la respuesta tan poco inspirada que di a la Dra. Shields cuando me mostró el halcón de cristal. Ahora me pregunto si mi tarea tiene que ver con estas imágenes. Necesito poder decir algo más profundo sobre esta exhibición en caso de que pregunte.

Sé poco de motos, y todavía menos sobre arte.

Miro fijamente una foto de una Harley-Davidson, tan inclinada hacia el lado que el conductor está casi paralelo al suelo. Es una toma poderosa, de tamaño natural como las otras, y casi se escapa de su marco. Lucho por encontrar el significado escondido que el arte encierra, lo que a su vez podría darme una pista sobre el significado oculto de que la Dra. Shields me envíe aquí. Lo único que veo es una máquina descomunal y un conductor que parece arriesgar su vida innecesariamente.

Si la prueba de moral no está en estas fotos, ¿dónde puede estar?

Apenas puedo concentrarme preguntándome si la prueba ya pasó. El Met tiene un precio sugerido de entrada de veinticinco dólares, pero no hay obligación de dar nada. Cuando llegué al museo, en la boletería había un rótulo que decía: Usted decide cuánto va a pagar. Sea lo más generoso posible, por favor.

Tenía prisa y solo iba a estar allí treinta minutos, pensé, abriendo la billetera. Tenía un billete de veinte y uno de diez. Así que saqué el de diez, y lo doblé por la mitad antes de deslizarlo debajo del cristal de la boletería.

Shields probablemente pensaba rembolsarme el precio de la entrada. Quizás supondría que yo había pagado la cantidad total. Tendría que decirle la verdad. Espero que no piense que soy tacaña.

Decido que cuando baje voy a conseguir cambio y donar quince dólares adicionales.

Trato de enfocarme de nuevo en el arte. Junto a mí, la pareja discute animadamente en francés, señalando una de las imágenes.

Más abajo, hacia el comienzo de la exhibición, el hombre alto de la chaqueta de aviador mira fijamente una foto.

Espero a que se mueva a la siguiente fotografía y entonces me acerco.

—Con su permiso —digo—. Tengo una pregunta tonta, no puedo entender qué tienen estas fotos que las hacen tan especiales.

Él se da la vuelta y sonríe. Es más joven de lo que pensé originalmente. Y más guapo, también, con su yuxtaposición de rasgos clásicos y ropa provocadora.

Hace una pausa. —Me parece que el artista decidió hacer las fotos en blanco y negro porque quiere que el espectador se enfoque en la forma. La ausencia de color en realidad permite que se noten todos los detalles. Y observe el cuidadoso uso de la luz aquí para destacar el manubrio y el indicador de velocidad.

Me muevo para mirar la imagen desde su perspectiva.

Todas las motos me parecían iguales al principio, un barullo de metal y cromo, pero ahora me doy cuenta de que son muy distintas.

—Entiendo lo que me dice —respondo. Pero, todavía no logro ver qué tiene que ver esta exhibición con la moral y la ética.

Me muevo a la siguiente foto. Esta motocicleta no está en movimiento. Reluce, y es nueva, y está en la cima de una montaña. Entonces, el hombre de la chaqueta de aviador camina hasta ella también.

—¿Ve a la persona reflejada en el espejo retrovisor? —pregunta. No la había visto, pero asiento de todas formas, mirando la imagen desde más cerca.

La alarma de mi celular me sorprende. Sonrío al hombre como disculpa en caso de que el ruido haya interrumpido su concentración, y meto la mano en el bolsillo para silenciarlo.

Había programado la alarma de camino al museo, para asegurarme de que seguía las instrucciones de la Dra. Shields de irme exactamente a las once y treinta. Tengo que irme.

—Gracias —le digo al hombre, y bajo las escaleras hasta el primer nivel. En lugar de perder más tiempo buscando cambio, meto el billete de veinte en la caja de donativos y salgo rápidamente por la puerta.

Al salir, veo que ni Marilyn, ni el taxista, ni el tipo de los lentes de carey están ahí.

Pasan autos por el lugar donde ella había estado tendida; hay gente en la acera, hablando en su celular y comiendo *hot dogs* de un vendedor cercano.

Es como si el accidente nunca hubiese sucedido.

CAPÍTULO
TREINTA

Jueves, 13 de diciembre

PARA TI, ESTO ES solo una tarea de treinta minutos.

No tienes idea de que podría provocar que mi vida se deshaga.

Desde que este plan se puso en marcha, hicieron falta medidas para contrarrestar mis reacciones físicas: falta de sueño, falta de apetito, un descenso de la temperatura del cuerpo. Resulta esencial que estas distracciones vulgares sean compensadas para evitar causar estragos a la claridad del pensamiento.

Un baño tibio con aceite de lavanda induce al sueño. En la mañana, se consumen dos huevos duros. Un aumento en el termostato de veintidós a veintitrés grados compensa mi alteración fisiológica.

El plan comienza con una llamada a Thomas justo antes del momento en que se supone que debemos encontrarnos.

—Lydia —responde, con voz placentera. ¿Cómo sería vivir el resto de mi vida sin oírla en todas sus distintas encarnaciones, un poco ronca cuando se levanta por la mañana, suave y tierna durante los momentos íntimos y masculina y apasionada cuando vitorea a los Giants?

Thomas confirma que está en el Met Breuer, esperando que yo llegue.

Sin embargo, el placer desaparece de su voz cuando se entera de que debido a una emergencia de trabajo habrá que cancelar nuestros planes de ver la exhibición de uno de sus fotógrafos favoritos.

Pero no se puede quejar. Él canceló una cita hace poco más de una semana.

La exposición solo va a estar allí hasta el fin de semana; Thomas no va a querer perdérsela.

—Me lo contarás todo cuando cenemos el sábado —se le dice.

Ahora están ambos en el lugar apropiado, en una trayectoria de colisión.

Lo único que queda es esperar.

La espera es una condición universal: esperamos que los semáforos cambien de rojo a verde, que la fila del supermercado camine, que lleguen los resultados de una prueba médica.

Pero la espera a que llegues y relates lo que sucedió en el museo, Jessica, no se puede calcular con ninguna medida estándar de tiempo.

Con frecuencia los estudios psicológicos más efectivos se basan en la decepción. Por ejemplo, se le puede hacer pensar a un sujeto que va a ser evaluado por un comportamiento cuando, en realidad, el psicólogo ha diseñado esta trampa para medir otra cosa completamente distinta.

Los experimentos de conformidad de Asch, por ejemplo: unos estudiantes universitarios pensaron que estaban participando en una tarea de percepción sencilla con otros estudiantes cuando, en realidad, participaba uno a la vez en un grupo donde había actores. A los estudiantes se les mostró una tarjeta con una línea vertical y luego otra tarjeta con tres líneas más. Al pedirles que dijeran en voz alta qué líneas eran del mismo tamaño, los estudiantes siempre dieron la misma respuesta que los actores, incluso cuando los actores escogían una de las líneas claramente incorrectas. Los sujetos estudiantes pensaron que se estaba poniendo a prueba su percepción, pero lo que se estaba evaluando en realidad era la conformidad.

Tú supones que estás de visita en el Met Breuer para ver unas fotos. Pero tu opinión sobre la exhibición no importa.

Son las 11:17 a. m.

Esa exhibición en particular no tendrá mucho público a esta hora de la mañana; unas pocas personas estarán viendo las obras.

Ya habrás visto a Thomas. Y él, a ti.

Es imposible sentarse.

Se pasa una mano por la fila de libros que ocupa el estante blanco de madera, aunque los lomos ya están perfectamente alineados.

La carpeta de tamaño legal que descansa sobre el escritorio es movida un poco a la derecha, para centrarla mejor.

Se reponen los pañuelos de papel en la mesa junto al sofá.

Se corrobora la hora una y otra vez.

Finalmente, las 11:30. Ya pasó.

El largo de la oficina es de dieciséis pasos, ida y vuelta.

11:39.

La ventana al otro extremo permite ver la entrada; se mira por ella cada vez que alguien pasa por esa esquina.

11:43.

Ya deberías de estar aquí.

Una mirada en el espejo, una nueva aplicación de lápiz labial. El borde del lavamanos es duro y está frío. El reflejo en el espejo confirma que la fachada está a punto. No sospecharás nada.

11:47.

Suena el timbre.

Por fin has llegado.

Una exhalación lenta, medida. Y luego otra.

Sonríes cuando la puerta interior de la oficina es abierta. Tienes las mejillas sonrojadas por el frío y el pelo desordenado por el viento. Irradias la plenitud de la juventud. Tu presencia sirve como recordatorio de la crueldad inexorable del tiempo. Algún día tú, también, serás halada hacia su cúspide.

¿Qué pensó él cuando se encontró contigo en lugar de conmigo?

—Es como si fuésemos mellizas —dices.

Tocas el chal de cachemira como explicación.

Mi risa es forzada. —Ya veo... es perfecto para un día así de ventoso.

Te acomodas en el sofá de dos plazas, que se ha convertido en tu lugar favorito.

—Jessica, cuéntame sobre tu experiencia en el museo.

El pie para que hables se enuncia con toda naturalidad. No puede introducirse un sesgo en la investigación. Tu informe tiene que estar incontaminado.

Comienzas: —Bueno, tengo que decir que llegué unos minutos tarde.

Miras hacia abajo, evadiendo mis ojos. —Una mujer fue atropellada por un taxi y me detuve a ayudarla. Pero llamé una ambulancia y otra gente se hizo cargo y yo corrí a la exposición. Por un instante me pregunté si ella había sido parte de la prueba. —Te ríes con incomodidad y continúas—. Era difícil saber dónde se suponía que debía empezar, así que fui hasta la primera foto que me llamó la atención.

Estás hablando demasiado rápido; estás resumiendo.

—Tómalo con calma, Jessica.

Tu postura se desmorona.

—Lo siento, me desconcerté. No vi el accidente, pero la vi tendida en la calle inmediatamente después...

Tu ansiedad debe ser satisfecha. —Qué terrible —se te dice—. Qué bien que ayudaste.

Asientes con la cabeza; se relaja un poco la tensión de tu cuerpo.

—Por qué no haces una respiración profunda y entonces podemos proceder.

Te quitas el chal de alrededor de los hombros y lo colocas en el asiento, junto a ti.

—Estoy bien —dices. Tu tono ahora es sereno.

—Describe lo que sucedió en orden cronológico, después de que entraste a la exposición. No omitas ningún detalle, no importa lo intrascendente que parezca —se te instruye.

Hablas de la pareja francesa, el guía con sus turistas y tu impresión de que Alexander decidió usar fotos en blanco y negro para destacar la forma de los vehículos.

Haces una pausa.

—Para ser sincera, en realidad no entendía qué tenían de especiales esas fotos. Así que le pregunté a un tipo que parecía absorto en ellas por qué le gustaban.

Un tirón en el pulso. Una ola casi incontrolable de interrogantes.

—Ya veo. ¿Y qué dijo él?

Narras el intercambio.

Es como si la voz profunda de Thomas reverberara en la oficina, mezclada con tus tonos agudos. Cuando hablaron, ¿se percató él de la forma perfecta de tus labios? ¿De tus pestañas?

La mano me molesta un poco. Relajo el agarre del bolígrafo.

La siguiente pregunta debe seleccionarse con extremo cuidado.

—¿Y entonces continuó la conversación con él?

—Sí, fue amable.

Una sonrisa breve e involuntaria te ilumina la cara. El recuerdo que te posee es un recuerdo placentero.

—Se me acercó un minuto después, cuando miraba la siguiente fotografía.

Había solo dos resultados posibles en este escenario. El primero es que Thomas no te prestara ninguna atención. El segundo, que sí lo hiciera.

Aunque este último fue imaginado en repetidas ocasiones, aun así su poder es devastador.

Thomas, con su pelo rubio cenizo y la sonrisa que comienza en los ojos, la que promete que todo estará bien, no se pudo resistir a ti.

Nuestro matrimonio residía en una mentira; estaba levantado sobre cimientos de arena movediza.

La ira y la profunda decepción que se van intensificando no se revelan. Todavía no.

Continúas describiendo la conversación sobre el reflejo del conductor en el espejo retrovisor de la motocicleta. Se te detiene cuando comienzas a describir cómo sonó la alarma de tu celular.

Te estás adelantando al momento en que sales del museo. Se te debe dirigir hacia atrás, a la habitación donde Thomas y tú se conocieron.

La pregunta hay que hacerla, aunque parece una conclusión ineludible que Thomas te encontró atractiva, que buscó la manera de prolongar el contacto.

Has sido enseñada a ser honesta en este lugar. Las sesiones fundacionales nos han llevado a este momento crucial.

—El hombre rubio... ¿Querrías...?

Estás negando con la cabeza.

—¿Cómo? —interrumpes—. ¿Usted quiere decir el hombre con quien estuve hablando sobre las fotografías?

Es imprescindible que se aclare cualquier confusión.

—Sí —se te responde—. El de la chaqueta de aviador.

Tu expresión es de perplejidad. Mueves la cabeza de lado a lado otra vez.

Tus siguientes palabras hacen que dé vueltas la habitación.

Algo ha salido muy mal.

—Su pelo no era claro —dices—. Era castaño oscuro. Casi negro, en realidad.

Nunca conociste a Thomas en el museo. El hombre que encontraste era otra persona completamente distinta.

CAPÍTULO
TREINTA Y UNO

Viernes, 14 de diciembre

En apariencia, todo sigue normalmente: el Germ-X, las Altoids, mi llegada cinco minutos antes de la hora acordada.

Es viernes en la noche y me quedan dos clientas antes de terminar el día. Pero ninguna de las dos fue programada por BeautyBuzz.

Estas mujeres las seleccionó la Dra. Shields como parte de su estudio.

Cuando fui a su oficina ayer, después del museo, la Dra. Shields pareció confundirse un poco sobre mi conversación con el tipo de la chaqueta de aviador. Entonces se excusó para ir al baño. Cuando regresó unos minutos más tarde, traté de contarle sobre el resto de la visita, que había puesto más dinero en la caja de donativos y que no vi señal alguna del accidente cuando me fui.

Pero Shields me interrumpió, solo quería enfocarse en este nuevo experimento.

Me explicó otra vez que estas mujeres habían participado en una investigación anterior sobre moral y que habían firmado un rélevo de responsabilidad en el que aceptaban una amplia gama de estudios de seguimiento. Pero ellas no saben por qué en realidad voy a presentarme en sus hogares.

Por lo menos yo sé, o creo que sé. Es la primera vez que me han dicho qué es lo que se está evaluando antes de iniciar el experimento.

Es un alivio saber de qué se trata, pero aun así me siento extraña. Quizás se deba a que es tan poco lo que está en juego. La Dra. Shields quiere saber si estas clientas me darán una propina más generosa en vista de que el servicio fue gratuito. Debo obtener algunos datos demográficos básicos sobre ellas —su edad, estado civil, ocupación— para que Shields los incluya cuando escriba su informe de la investigación, o para lo que sea que está usando la información.

Me pregunto por qué necesita que yo confirme estos detalles.

¿No debía haberlos confirmado ella o su asistente, Ben, antes de permitirles ingresar al estudio, como hicieron conmigo?

Antes de entrar al edificio de apartamentos en Chelsea y tomar el ascensor hasta el piso doce, busco el teléfono en el bolsillo.

La Dra. Shields ha insistido en la importancia de una orden adicional.

Oprimo el botón que marca su número.

Se conecta la llamada.

—Hola, estoy por entrar —digo.

—Voy a poner mi teléfono en silencio, Jessica —responde ella.

Un instante después, no oigo nada, ni siquiera su respiración.

Oprimo el botón del altavoz.

Cuando Reyna abre la puerta de su apartamento, lo primero que pienso es que ella es lo que me esperaba cuando me imaginé a las otras mujeres del estudio de la Dra. Shields; treintipocos años, con pelo oscuro y brilloso cortado a la clavícula. Su apartamento está decorado con estilo: una torre gigante de libros sirve de mesita, las paredes están pintadas de color rojo quemado y un candelabro excéntrico que parece ser antiguo descansa en el alféizar de la ventana.

Durante los siguientes cuarenta y cinco minutos, trato de introducir en la conversación todas las preguntas que la Dra. Shields quiere que haga. Me entero de que Reyna tiene treinta y cuatro años, que viene de Austin y que diseña joyas. Mientras selecciono una sombra gris paloma, ella señala algunas de las piezas que lleva puestas, entre ellas el anillo que diseñó para la boda con su pareja.

—Eleanor y yo los tenemos iguales —dice. Ya me dijo que esta noche van a asistir a la fiesta de cumpleaños treinta y cinco de una amiga.

Es tan fácil hablar con Reyna que casi me olvido de que este no es uno de mis trabajos usuales.

Chachareamos un poco más y luego ella se va a mirar en un espejo.

Cuando regresa, me entrega dos billetes de veinte. —No puedo creer que me gané esto —me dice—. ¿Para qué compañía me dijiste que trabajas?

Vacilo. —Una de las grandes, pero he estado pensando trabajar por mi cuenta.

—Definitivamente te volveré a llamar —responde Reyna—. Todavía tengo tu número.

Pero el número es el del teléfono que la Dra. Shields me dio para hacer las llamadas. Me limito a sonreír y recojo todo rápidamente. Cuando estoy de vuelta en la acera, de inmediato desactivo la bocina y me llevo el celular a la oreja.

—Me dio cuarenta dólares —le digo a la Dra. Shields—. La mayoría de las clientas solo me dan diez.

—Espléndido —dice Shields—. ¿Cuánta falta para tu próxima cita?

Corroboro la dirección. Está a corta distancia en taxi por la West Side Highway.

—Está en Hell's Kitchen —le digo. Estoy temblando; la temperatura ha bajado mucho en la pasada hora—. Así que debo de estar allí alrededor de las siete y treinta.

—Perfecto —contesta ella—. Llámame cuando llegues.

La segunda mujer es completamente distinta de cualquier otra clienta con la que haya trabajado. Resulta difícil imaginar cómo pudo haber entrado al estudio de la Dra. Shields.

Tifani es una rubia oxigenada delgada como una sílfide, pero no como las mamás elegantes del Upper East Side.

Comienza a parlotear tan pronto entro con mi maletín a su diminuto recibidor. Es un monoambiente con una cocina minúscula y un sofá-cama. Hay una fila de botellas de licor en la encimera de la cocina y el fregadero está lleno de platos sucios. La televisión está a todo dar. Miro hacia allá y veo a Jimmy Stewart en la pantalla, en *¡Qué bello es vivir!*. Es lo único festivo en este oscuro y deprimente apartamento.

—¡Nunca me he ganado nada! —dice Tifani. Su voz es aguda, casi estridente—. ¡Ni siquiera un peluche de feria!

Estoy por preguntarle sobre sus planes para esta noche cuando otra voz habla desde la arrugada colcha del sofá-cama: —¡Me encanta esta película, carajo!

Me sobresalto, y al mirar hacia allá veo a un tipo arrellanado en los almohadones.

Tifani mira en la misma dirección: —Es mi novio —dice, pero no me lo presenta. El tipo ni siquiera me mira, y la luz azulada de la pantalla que ilumina su rostro desdibuja sus rasgos.

—¿Van a algún lugar especial hoy? —pregunto.

—No estoy segura, quizás a un bar —dice Tifani.

Abro mi maletín en el piso; no hay otro lugar donde colocar las cosas. Ya sé que no quiero quedarme aquí más tiempo del necesario.

—¿Podemos encender una luz? —le pregunto a Tifani.

Ella activa el interruptor y su novio reacciona al instante, llevándose una mano delante de los ojos. Logro ver extremidades fuertes y un tatuaje de manga. —¿No pueden hacer eso en el baño?

—No hay espacio suficiente —contesta Tifani.

Él exhala. —Está bien.

Coloco mi celular en el estante superior del maletín, asegurándome de que la pantalla quede hacia abajo. Me pregunto cuánto podrá oír la Dra. Shields.

Tifani hala una caja de embalaje y la usa de asiento. Me fijo en que hay unas cuantas más junto a la pared.

Al examinar su piel, me doy cuenta de que Tifani es mayor de lo que me pareció en un principio: tiene el cutis amarillento y los dientes grisáceos.

—Nos acabamos de mudar aquí —me dice. Sus afirmaciones terminan en un tono ascendente, como si fueran preguntas—. Desde Detroit.

Comienzo a mezclar una base marfil en mi mano. Es tan pálida que tengo que usar el tono más claro.

—¿Qué los trajo a Nueva York? —pregunto. Ya sé su estado civil, ahora solo necesito obtener su ocupación y edad.

Tifani mira hacia su novio. Él todavía parece inmerso en la película. —El trabajo de Ricky —dice ella.

Pero está claro que él ha estado escuchándonos porque comenta: —Ustedes están muy conversadoras.

—Lo siento —reacciona Tifani. Luego, en voz más baja, continúa: —Tu trabajo parece muy divertido. ¿Cómo lo conseguiste?

Me acerco a ella y empiezo a aplicarle la base en el rostro. Entonces me doy cuenta del moretón leve que tiene en la sien. El pelo se lo escondía cuando abrió la puerta.

Me detengo.

—¡Ay! ¿Qué pasó aquí?

Ella se pone tensa. —Me di con la puerta de un armario cuando estaba desempacando. —Por primera vez, la voz se le oye apagada.

Ricky le baja el volumen al televisor, se despega del sofá y camina hasta el refrigerador. Está descalzo y viste *jeans* caídos y una camiseta desteñida.

Saca una cerveza Pabst y la abre.

—¿Cómo fue que ella se ganó esto? —pregunta. Está a solo un metro de distancia, directamente debajo de la luz fluorescente. Ahora lo veo claramente: su pelo rubio oscuro y tez amarillenta son casi iguales a los de Tifani, pero los ojos de ella son azul claro y los de él, casi negros.

Entonces me doy cuenta de que sus pupilas están tan dilatadas que no dejan ver el iris.

Por instinto miro mi celular, y luego me obligo a mirarlo de nuevo. —Mi jefa hizo los arreglos —digo—. Creo que es una oferta gratis para dar publicidad a su compañía.

Agarro un delineador de ojos, sin importarme si es del tono correcto.

—Cierra los ojos, por favor —le digo a Tifani.

Tres golpes fuertes suenan a mi derecha.

Volteo la cabeza. Ricky está moviendo el cuello de lado a lado. Pero tiene los ojos fijos en mí mientras lo hace.

—¿Así que tú vas por ahí maquillando a la gente de gratis? —me pregunta—. ¿Dónde está la trampa?

Tifani suelta: —Ricky, ya casi termina. Yo no le di una tarjeta de crédito ni nada. Vete a ver la película y después salimos.

Pero Ricky no se mueve. Me sigue mirando fijamente.

Necesito un dato más, y luego voy a terminar lo más rápido que pueda para irme.

—Para mujeres como tú, de menos de veinticinco años, prefiero el rubor en crema —afirmo, buscando en el maletín. El rubor está en el estante superior, junto a mi celular.

Comienzo a difuminarlo en las mejillas de Tifani. Los dedos me tiemblan, pero trato de asegurarme de tocarla con suavidad, en caso de que el área amoratada esté sensible.

Ricky se acerca más. —¿Cómo sabes que tiene menos de veinticinco años?

Miro el celular nuevamente. —Adiviné —le digo. Él huele a sudor y a humo de cigarrillo y a algo más que no puedo identificar.

—¿Qué, estás tratando de venderle estas cosas? —pregunta.

—No, por supuesto que no —contesto.

—Parece extraño que la hayan seleccionado a ella. Nos mudamos hace solo dos semanas. ¿Cómo consiguieron su número de teléfono?

Se me resbala la mano, dejando una mancha de rubor en la mejilla de Tifani.

—Yo no... quiero decir, mi jefa me lo dio —le respondo.

Dos semanas, pienso. Y se mudaron de Detroit. No hay forma de que Tifani sea parte del estudio de la Dra. Shields.

Ni siquiera me doy cuenta de que he dejado de maquillar a Tifani y de que estoy mirando fijamente el teléfono, cuando capto un movimiento repentino con el rabo del ojo.

Ricky se abalanza hacia adelante. Me quito del medio, con un grito atravesado en la garganta.

Tifani se queda inmóvil. —¡Ricky, no!

Por instinto, me encojo de miedo en el piso. Pero no es a mí a quien él trata de agarrar.

Es mi teléfono.

Lo arrebata y le da vuelta para ver la pantalla.

—Es solo mi jefa —dejo escapar.

Ricky me mira. —¿Eres una puta agente de narcóticos?

—¿Qué?

—En la vida no hay nada gratis —dice él.

Espero escuchar la voz de la Dra. Shields en el altavoz. BeautyBuzz toma medidas de seguridad para proteger a sus empleados; piden una tarjeta de crédito y nos dicen que estamos autorizados a irnos de inmediato si algo parece sospechoso.

Lo único que tengo es a la Dra. Shields. Ella arreglará esto; ello lo explicará todo.

Estiro el cuello para mirar el teléfono, pero Ricky lo aparta de mi línea de visión.

—¿Por qué sigues mirando esto? —pregunta Ricky. Entonces da vuelta lentamente al teléfono, sosteniéndolo en alto.

El teléfono solo muestra la foto que tengo de Leo en la pantalla de inicio.

La Dra. Shields colgó.

Estoy sola.

Me encuentro agachada en el piso, sin manera de protegerme.

—Mi novio me viene a buscar, así que quería asegurarme de ver su llamada cuando entrara —digo la mentira con voz aguda y frenética—. Debe de estar por llegar en cualquier momento.

Me levanto despacio, como tratando de no antagonizar a un animal salvaje.

Ricky no se mueve, pero siento como si pudiese explotar en cualquier momento.

—Lamento haberlo molestado —digo—. Puedo esperar afuera.

Los ojos de Ricky me miran fijamente. Cierra la mano como un puño sobre mi celular.

—Hay algo extraño contigo —me dice.

Niego con un movimiento de la cabeza. —De veras, solo soy una maquilladora.

Me mira fijamente durante otro largo instante.

Entonces tira al aire el teléfono y yo salto a agarrarlo.

—Toma tu puto teléfono —dice—. Voy a seguir viendo mi película.

No respiro hasta que llega de vuelta al sofá.

—Lo siento —me susurra Tifani.

Quiero sacar una de mis tarjetas de presentación del maletín para dársela. Quiero decirle que me llame si alguna vez necesita ayuda.

Pero Ricky está demasiado cerca. Su consciencia de que estoy allí es como una fuerza en la habitación.

Agarro algunos brillos labiales de mi maletín y se los doy a Tifani. —Quédate con estos —le digo.

Meto las cosas de vuelta al maletín y lo cierro, y luego me pongo de pie. Siento que las piernas no me aguantan. Camino rápido hasta la puerta, imaginándome que los ojos de Ricky me queman la espalda. Al llegar a la escalera, estoy corriendo, cargando con mucho esfuerzo el pesado maletín.

Cuando ya estoy sentada en la parte posterior de un Uber, chequeo el registro de llamadas.

No lo puedo creer. La Dra. Shields había colgado a los seis minutos.

CAPÍTULO
TREINTA Y DOS

Viernes, 14 de diciembre

Tu voz se oye sorprendentemente agitada cuando llamas después del encuentro con la segunda mujer: —¿Cómo pudo haber colgado? ¡Ese tipo era horrible!

Los terapeutas han sido adiestrados a dejar de lado sus propias emociones turbulentas y a enfocarse en sus pacientes. Esto puede ser un reto muy grande, en especial cuando preguntas que no se han formulado compiten con las tuyas, Jessica: *¿Qué hace Thomas esta noche? ¿Estará solo?*

Pero hay que calmarte rápidamente.

Podría haber varias razones por las que estas dos mujeres llamaron a mi esposo: para terapia, por ejemplo. En cualquier caso, han sido eliminadas como posibles amantes; Reyna es una lesbiana casada y Tifani se mudó aquí hace solo semanas.

Las otras posibles avenidas conducentes a información se están cerrando. Esto incrementa la urgencia de tu participación.

Ahora todo depende de ti.

Es necesario lidiar contigo.

—Jessica, lo siento mucho. La llamada se desconectó y obviamente no te podía volver a llamar. ¿Qué sucedió? ¿Estás a salvo?

—Oh —exhalas—. Sí, supongo que sí. Pero, esa mujer a la que me envió... Está claro que su novio estaba drogado.

Un dejo de algo —¿resentimiento?, ¿ira? —permanece en el aire.

Eso hay que extinguirlo.

—¿Necesitas que envíe un auto a recogerte?

La oferta es rechazada, según esperaba.

Aun así, la atención esmerada a tu bienestar tiene el efecto deseado. Modulas la voz. Las palabras ahora salen más despacio al describir tus interacciones. Se formulan preguntas rutinarias acerca de las dos mujeres. Se elogia tu capacidad para obtener sus datos demográficos básicos.

—Me fui del apartamento de Tifani demasiado rápido para que me diera una propina —dices.

Se te asegura que manejaste la situación a la perfección, que tu seguridad va primero.

Entonces se siembra una semilla con mucho cuidado: —¿Será posible que tu experiencia previa con el director de teatro, la que me describiste en el vestíbulo del hotel, te haya dejado sintiéndote más vulnerable con los hombres de lo que te sentirías de otra manera?

La pregunta se formula con compasión, con naturalidad.

Balbuceas una respuesta.

—No creo; no lo había pensado de esa manera —afirmas.

El asomo de inseguridad en tu voz revela que la pregunta ha llegado a su destino.

El timbre de una llamada te interrumpe. Dejas de hablar brevemente. El número se corrobora rápidamente, pero es el de mi padre. No el de Thomas.

—Continúa, por favor —se te instruye.

Thomas no ha respondido a un mensaje que se le dejó hace más de una hora. Esto no es propio de él.

¿Dónde está?

Has mantenido un tono deferente desde que se introdujo la posibilidad de que tu pasado esté matizando las percepciones de tus encuentros con los hombres. Quizás recuerdes que saltaste a conclusiones acerca de Scott en el bar del hotel.

—La segunda mujer, Tifani... ella mencionó que se acaba de mudar de Detroit. —La oración sale titubeante. Estás buscando información y no quieres que parezca una acusación.

—Estaba pensando... ¿usted dijo que ella había participado en su investigación?

Se esperaba que pasaras por alto este detalle.

Se te subestimó.

Es necesaria una recuperación rápida.

—Mi asistente, Ben, debe haber traspuesto dos dígitos cuando copió el número de teléfono —se te explica.

Se te ofrecen efusivas disculpas y las aceptas. Es necesario recobrarte rápidamente; se te va a necesitar de nuevo en unos pocos días para tu tarea más importante. Hace falta una distracción.

Una inspiración apareció por casualidad hace solo unos instantes, cuando mi teléfono vibró para indicar la entrada de una llamada. Se seleccionan las palabras que te incitarán:

—Mi padre llamó hoy. Tiene información de un empleo que podría ser de interés.

Tu alivio es evidente e inmediato. Un grito ahogado de deleite. —¿De veras?

Este intercambio es seguido por la promesa de que habrá un cheque listo por el trabajo de esta noche la próxima vez que vengas a la oficina.

Ahora estás llena de preguntas, pero no te permites hacerlas.

Excelente, Jessica.

Se concluye la llamada.

Se reúnen materiales: una computadora portátil, un bolígrafo y un bloc de hojas nuevo. Una taza de té de menta, para inducir un estado de alerta y calentar las manos y la garganta.

El plan de tu encuentra con Thomas debe hacerse rápidamente. No se puede dejar ni un solo detalle al azar. Esta vez, no puede no darse la conexión.

CAPÍTULO
TREINTA Y TRES

Viernes, 14 de diciembre

LEO ME BRINCA ENCIMA tan pronto abro la puerta; sus patitas apenas alcanzan mis rodillas. No ha salido desde que fui a maquillar a Reyna y a Tifani. Suelto el maletín, agarro la bufanda de lana y le amarro su correa.

En estos momentos, necesito esta caminata tanto como él.

Leo baja las escaleras halándome tras de sí hasta llegar a la puerta principal. Aunque voy a salir solo unos minutos, halo la puerta con fuerza para asegurarme de que la cerradura, que a veces se atasca, encaje.

Mientras Leo orina junto a una boca de incendio, me acomodo la bufanda alrededor del cuello y chequeo mi teléfono. Dos mensajes de texto que no había visto. El primero es de mi amiga del teatro, Annabelle: Te echo de menos, chica, ¡llámame!

El segundo es de un número desconocido: Hola, solo quería que supieras que Marilyn está bien. La hija dijo que fue dada de alta del hospital hace unas horas. Espero que hayas llegado a tu tarea de trabajo a tiempo. Al final, añadió un emoticono sonriente.

Gracias por avisar, ¡qué buenas noticias! respondo.

Mientras camino, con la mano libre me doy un masaje en la parte de atrás del cuello, tratando de deshacer los nudos. Ni siquiera la promesa de un nuevo empleo para mi padre contrarresta la agitación que siento.

Quiero hablar con alguien sobre todo lo que está pasando. Pero no puedo desahogarme con mi papá y mamá, y no solo por la norma de confidencialidad de la doctora.

Miro mi teléfono otra vez.

No son todavía las nueve de la noche.

Noah estará fuera de la ciudad hasta el domingo. Podría llamar a Annabelle o a Lizzie para encontrarme con ellas. Su chachareo alegre sería una diversión, pero en estos momentos, no tengo ganas.

Doblo en la esquina y paso un restaurante con una guirnalda de luces de navidad en las ventanas. La puerta de la tienda contigua está adornada con una corona.

Me suenan las tripas y caigo en cuenta de que no he comido nada desde el almuerzo.

Un grupo se acerca, guiado por un individuo que lleva un sombrero de Papá Noel. Camina de espaldas, cantando «Rudolph the Red-Nosed Reindeer» en voz alta y confunde la letra, haciendo reír a sus amigos.

Me echo a un lado para dejarlos pasar, y siento que, con mi uniforme negro de trabajo, desaparezco en las sombras.

Hace un año, yo también fui parte de un grupo alegre y ruidoso. Nos quedábamos después de los ensayos los viernes y Gene ordenaba comida china para todos. A veces la esposa de Gene venía con *brownies* o galletitas hechas en casa. De cierta manera, nos sentíamos como familia.

No me daba cuenta de lo mucho que lo echo de menos.

Estoy sola esta noche, pero estoy acostumbrada. Es solo que no me siento sola muy a menudo.

La última vez que busqué a Gene en Google, vi que su esposa acababa de tener una bebé. Mi búsqueda arrojó una foto de ellos tres juntos en la apertura de una de sus obras, la esposa sonriente con la bebé en brazos. Se veían felices.

Pienso en los dos mensajes de Katrina, los que no he contestado.

Se me ha metido una pregunta en la mente, a pesar de los esfuerzos que hago por superar ese período de mi vida. Cuando pienso en la ingenua esposa de Gene, es como si pudiera escuchar a la Dra. Shields preguntando: *¿Es ético destruir la vida de una mujer inocente si eso significa que hay una posibilidad de proteger a otras mujeres de un perjuicio futuro?*

Necesito escapar a mis pensamientos. Si usara drogas, en este momento estaría buscando marihuana. Pero no pierdo el control así. Hay otra salida que ansío cuando la presión llega a ser demasiada.

Noah piensa que soy el tipo de chica para quien cocinas y a quien solo besas el día de la primera cita. Pero ya no soy esa, desde aquella noche con Gene French. Quizás porque confiaba tanto en él, ahora me resulta difícil ser emocionalmente vulnerable con los hombres. Aunque Noah estuviese en la ciudad, él no es lo que busco esta noche.

Pienso, en vez, en el tipo que acaba de enviar el mensaje de texto, y en cómo me miraba cuando yo caminaba hacia el museo. Con él, puedo ser una chica anónima.

Así que le envío otro mensaje: ¿Por casualidad estás libre para darnos un trago ahora?

Por un instante pienso en Noah, con la toalla de cocina metida en la cintura de los *jeans* mientras cocinaba para mí.

Nunca se enterará, pienso.

Lo único que voy a hacer es salir con este tipo un rato. No tendré que hablar con él nuevamente.

CAPÍTULO
TREINTA Y CUATRO

Viernes, 14 de diciembre

DESPUÉS DE QUE RINDES tu informe sobre los encuentros con Reyna y Tifani, el teléfono queda en silencio durante un lapso angustiosamente largo. Cuando Thomas por fin llama a las 9:04 p. m., la taza de té de menta ha sido llenada tres veces. Dos páginas del bloc de hojas están llenas.

—Lamento mucho no haber visto tu mensaje de texto antes —comienza a decir—. Estaba haciendo compras de Navidad y no escuché el timbre porque las tiendas estaban abarrotadas.

Thomas suele dejar las compras navideñas para última hora. Y el ruido de la ciudad se escucha en el fondo.

Aun así, surge la sospecha. ¿Realmente no habrá sentido la vibración de su teléfono?

Pero su excusa se acepta de inmediato, porque es más importante que entre al experimento a ciegas.

A continuación, un poco de conversación trivial. Thomas dice que está exhausto y que se dirige a su casa temprano.

Entonces dice una última oración antes de colgar.

—Espero con ansias verte mañana, Preciosa.

La taza choca con el platillo, descascarando la fina porcelana. Por suerte, colgó antes de que se oyera el ruido.

Durante el transcurso de nuestro matrimonio, Thomas era espléndido con los elogios: *Eres hermosa. Imponente. Brillante.*

Pero nunca «preciosa».

En el mensaje de texto mal encaminado que me mandó, sin embargo, era el término que había usado para la mujer con quien confesó haber tenido un *affair*.

Pasar por fases emocionales de oscuridad y de luz es algo universal. Una relación de pareja saludable y amorosa puede proporcionar una infraestructura de apoyo durante los momentos bajos, pero nunca puede borrar el dolor que invade a un individuo durante puntos de pivote tales como la muerte de una hermana o la infidelidad de un marido.

O el suicidio de una joven participante en un estudio.

Esa tragedia trascendental sucedió al comienzo del verano pasado: el 8 de junio, para ser exactos. Nuestro matrimonio sufrió, Jessica. ¿Qué matrimonio no hubiese sufrido? Era difícil reunir las fuerzas para comprometerse por completo. A todas horas me importunaba la visión de los ojos castaños de la participante. El resultado fue una retirada física y emocional, a pesar de las palabras reconfortantes de Thomas. —Algunas personas no tienen remedio, mi amor. No había nada que pudieras hacer.

Nuestro matrimonio pudo haberse recuperado del distanciamiento que afloró en este momento. Excepto por una cosa.

Meses más tarde, en septiembre, llegó a mi celular el mensaje de texto que iba dirigido a la propietaria de una *boutique* con quien él había tenido un encuentro de sexo casual. El sonido brillante pareció reverberar por mi silenciosa oficina. Eran las 3:51 p. m. de un viernes.

Thomas probablemente lo envió a esa hora en particular porque su propia oficina estaría vacía, también; los pacientes generalmente se van a las menos diez, dando al terapeuta una pequeña ventana para que atienda asuntos personales antes de dar la bienvenida al próximo paciente.

Durante ese verano de oscuridad interior, yo también tenía horas de oficina, Jessica. A ningún paciente se le dijo que no. Esto era más vital, quizás, que nunca.

Lo que significaba que los nueve minutos libres que siguieron al recibo del texto podían emplearse en mirar insistentemente el mensaje de Thomas: Nos vemos esta noche, Preciosa.

Fue como si las palabras se hubiesen expandido hasta desplazar todo lo demás.

Como terapeuta, con frecuencia se es testigo de los intentos de racionalizar de los pacientes, de fabricar excusas, como mecanismo de defensa dirigido a controlar las emociones abrumadoras. No obstante, esas cinco palabras no se pueden ignorar.

El estado casi de trance terminó un minuto antes de que nuevos pacientes entraran a nuestras oficinas. Se le envió un mensaje a Thomas.

Creo que este mensaje no era para mí.

Luego se silenció el teléfono y mi cita de las 4:00 p.m., una madre con ansiedad exacerbada por la beligerancia de su hijo adolescente, no se dio cuenta de que algo andaba mal.

Sin embargo, Thomas debe de haber cancelado su última cita del día porque, cincuenta minutos más tarde, después de escoltar hasta la puerta a la agitada madre, se encontraba desplomado en mi sala de espera, inclinado hacia delante, con los codos sobre las rodillas, la cara demacrada y sin color.

Después del mensaje de texto de Thomas, se reunieron datos.

Parte de la información la ofreció Thomas. Su nombre: Lauren. Su lugar de empleo: una *boutique* pequeña de ropa, exclusiva, cerca de la oficina de Thomas.

Otros datos se obtuvieron independientemente.

Una breve llamada a la tienda el sábado a mediodía fue suficiente para confirmar que Lauren se encontraba en el local. Fue sencillo entrar y fingir estar absorta con las coloridas telas.

Ella le cobraba a una clienta, mientras conversaba animada. En la *boutique* se encontraba otra vendedora y varias otras clientas. Pero fue ella quien me llamó la atención, no solo debido a su historial con mi marido. Te pareces un poco a ella, Jessica. Ustedes son similares en esencia. Y era fácil entender por qué hasta un hombre felizmente casado sería susceptible a sus insinuaciones.

Ella completó la transacción y se me acercó sonriendo.

—¿Busca algo especial? —preguntó.

—Solo estoy mirando —se le respondió—. ¿Podría hacerme una recomendación? Me voy de fin de semana con mi marido y me gustaría llevar ropa nueva.

Ella recomendó varias piezas, entre ellas los vestidos sueltos que había adquirido en su reciente viaje de compras a Indonesia.

A esto siguió una breve conversación acerca de sus viajes.

Ella era exuberante y rebosaba alegría; exhibía su gusto por la vida.

Después de dejar a Lauren parlotear durante varios minutos, el encuentro fue interrumpido abruptamente. No se compró nada, por supuesto.

La reunión respondió algunas de las preguntas, pero planteó otras.

Lauren todavía no tiene idea de la verdadera intención de mi visita.

Una gota de sangre roja mancha el platillo de porcelana blanca.

Una Curita cubre la pequeña herida. La taza de té rota permanece sobre la mesa.

Thomas no toma té.

Él prefiere el café.

El bloc de hojas sigue en el escritorio junto a la taza.

La pregunta escrita en la primera línea de la página, en mayúsculas, puede por fin contestarse: *¿DÓNDE SE CONOCERÁN POR FIN?*

Todos los domingos, después del partido de *squash*, Thomas sigue una rutina sencilla: lee el *New York Times* en una cafetería cercana a su gimnasio. Él finge que esto es así por lo cómoda de la localización. La verdad es que él se muere por los huevos fritos con tocineta y *bagel* con mucha mantequilla que sirven allí. A pesar de tener un matrimonio con tantos regímenes superpuestos, nuestras rutinas de los domingos por la mañana siempre eran divergentes.

Dentro de treinta y seis horas, Thomas cederá a su tentación semanal.

Y tú, Jessica, llegarás a ofrecerle una tentación distinta.

CAPÍTULO
TREINTA Y CINCO

Domingo, 16 de diciembre

LOCALIZO AL OBJETIVO DE la Dra. Shields tan pronto entro a la cafetería, donde el ruido de los platos y de la conversación satura el ambiente. Está solo en la tercera mesa de banco de la derecha; el periódico le oculta parcialmente la cara.

Ayer la Dra. Shields llamó para decir que tenía un cheque de mil dólares por mi trabajo del viernes en la noche. Entonces me asignó esta tarea: encontrar a un hombre específico, en esta cafetería específica, e intercambiar los números de teléfono. Ya fue suficientemente incómodo coquetear con Scott en el bar de un hotel, pero hacer lo mismo sin luces tenues y alcohol parece cien veces peor.

De la única manera que podría hacerlo es imaginando las expresiones de mi familia cuando se enteren de que se van de vacaciones después de todo.

Pelo rubio cenizo. Un metro ochenta y cinco. Lentes de carey. New York Times. Bolsa de gimnasia. La descripción de la Dra. Shields me viene a la cabeza de nuevo.

El hombre cumple con todos los requisitos. Camino hacia él rápidamente, lista para decir mi parlamento inicial. Él levanta la vista justo cuando llego a su mesa.

Me quedo de una pieza.

Sé lo que debo decir: *Perdone la molestia, ¿encontró usted un teléfono?*

Pero no puedo hablar. No me puedo mover.

El hombre sentado en la mesa de banco no es un desconocido.

Lo vi por primera vez frente al Met Breuer cuatro días atrás, cuando nos detuvimos ambos a ayudar a la señora que había sido atropellada por el taxi. Éramos dos desconocidos unidos por la casualidad; por lo menos eso fue lo que supuse.

Lo volví a ver después de haberme texteado para decir que Marilyn estaba bien y yo sugerir que nos diéramos un trago.

Él deja el periódico sobre la mesa. Parece casi tan sorprendido como yo.

—¿Jess? ¿Qué haces aquí?

Mi primer instinto fue darme la vuelta y salir por la puerta. Tengo la boca seca y se me hace difícil tragar.

—Yo solo... es decir... —balbuceo—. Andaba por aquí y pensé comer algo.

Él pestañea.

—Qué coincidencia. —Sus ojos se detienen en mi cara y me arropa el pánico—. No vives por aquí. ¿Qué haces por este vecindario?

Sacudo la cabeza, tratando de deshacerme de la imagen de él inclinado hacia delante en la luz tenue del bar hace dos noches y el roce de su mano en mi muslo. Después del tercer trago, nos fuimos a mi casa.

—Una amiga me dijo que viniera porque la comida aquí era buena.

La mesera viene con una jarra de café humeante: —¿Quieres más, Thomas?

—Claro que sí —responde. Hace un gesto con la mano—. ¿Quieres sentarte?

El restaurante se siente sofocante, demasiado caluroso. Me desenrollo del cuello el chal gris y dejo las extremidades colgando. Thomas todavía me mira con suspicacia.

No lo culpo.

Nunca me enteré de cuál era la prueba de moral en el museo. Pero en una ciudad de ocho millones de personas, ¿qué probabilidades hay de que me encuentre casualmente con la misma persona dos veces en cuatro días, y ambas veces trabajando para la Dra. Shields?

Todo está tan patas arriba que no logro concentrarme. Otra imagen se cuela en mi mente: la de él besándome el vientre desnudo.

No puedo decirle nada a Thomas que explique mi presencia aquí. ¿Qué relación tiene él con la Dra. Shields? ¿Por qué lo escogió ella?

Siento el sudor en las axilas.

La mesera regresa. Todavía estoy de pie.

—¿Va a ordenar algo? —me pregunta.

No hay forma de que pueda sentarme frente a él a comer.

—Sabes, la verdad es que no tengo mucha hambre —digo.

Miro a Thomas con más detenimiento, los ojos verdes tras los lentes de carey, la piel aceitunada y el cabello rubio cenizo. De repente, me doy cuenta de que la Dra. Shields supuso que el hombre con quien hablé en la exposición era Thomas, puesto que ella pensaba que él tenía el pelo rubio. Ella perdió todo interés tan pronto se percató de que no era él.

Así que esto es un segundo intento.

¿Pero qué va a decir la Dra. Shields cuando se entere de que me acosté con el tipo cuyo número de teléfono se supone que debo conseguir?

Me doy cuenta de que estoy jugando con el extremo del chal. Rompo el contacto visual con Thomas y me lo quito, y lo meto en mi bolso, junto con el libro que llevo en él.

—Tengo que irme —anuncio. Él arquea las cejas.

—¿Me estás acosando? —me pregunta.

No distingo si habla en broma o en serio. No he hablado con él desde que se fue de mi apartamento cerca de la 1:00 a. m. de ayer. Ninguno de los dos texteó al otro; estaba bastante claro qué tipo de encuentro habíamos tenido.

—No, no —respondo—. Yo solo... cometí un error.

Salgo corriendo por la puerta.

Ya completé mi tarea hace días. Tengo el número de Thomas grabado en mi celular. Y él tiene el mío.

Cuando estoy a una cuadra de la cafetería, llamo a la Dra. Shields para decirle que estoy de camino a su casa. Ella responde antes de terminar el primer timbre. Su voz cristalina se oye tensa: —¿Lo encontraste?

—Sí, estaba exactamente donde usted dijo que estaría.

Estoy por entrar a una estación del metro cuando el sonido de una llamada entrante interrumpe su siguiente pregunta. Lo único que entiendo es: «¿... teléfono... el plan?».

—Perdón —digo—. Sí, tenemos nuestros números de teléfono.

Escucho el sonido de su respiración.

—Fantástico, Jessica. Te veré pronto.

El corazón se me quiere salir del pecho.

No sé cómo voy a poder sentarme frente a ella y decirle que me acosté con el hombre del experimento. Podría decir que le habría contado de mi encuentro con Thomas, pero que ella me interrumpió cuando le hablaba sobre el accidente de taxi durante nuestra última sesión.

Tengo que hacerlo. Si no soy honesta, ella lo va a saber.

Suelto un resuello.

Es una tontería pensar que la Dra. Shields se va a molestar conmigo, me digo. Cometí un error inocente; ella no puede echármelo en cara.

Pero no dejo de tiritar.

Reviso mi correo de voz. Hay un mensaje.

Sé de quién es incluso antes de oír la voz.

—Hola, es Thomas. Tenemos que hablar. Creo que conozco a la amiga que te mandó a la cafetería. Ella... Mira, llámame tan pronto puedas.

Y continúa: —Y, por favor, no le digas nada a ella. —Hace una pausa—. Es peligrosa. Ten cuidado.

CAPÍTULO
TREINTA Y SEIS

Sábado, 16 de diciembre

POR FIN CONOCISTE A mi marido.

¿Qué opinas de él? Y, más importante aún, ¿qué opinó él de ti?

La visión de ustedes dos, inclinados uno hacia el otro en una mesa acogedora de la cafetería, se empuja a un lado.

Cuando llegas a la casa, se practican los rituales de bienvenida usuales. Tu abrigo y chal se cuelgan en el armario; tu bolso se coloca en el piso. Se te ofrece algo de tomar, pero, por primera vez, lo rechazas.

Se te examina con detenimiento. Tu apariencia es tan cautivadora como siempre. Pero hoy te ves distinta, Jessica.

Evades el contacto visual prolongado. Juegas sin parar con tus anillos.

¿Por qué estás tan preocupada? Tu encuentro con Thomas procedió sin problemas; seguiste tus instrucciones. Lo describes cuando se te pide: te le acercaste y le explicaste que pensabas que habías dejado tu teléfono en su mesa. Después de buscar breve- mente, le pediste que usara su propio celular para llamar a tu número. Lo hizo, y el timbre indicó que lo tenías en el bolso y no te habías percatado. Pediste disculpas por la molestia y te fuiste.

Ahora llegó el momento de proceder al próximo paso.

Pero antes de recibir tus instrucciones, te levantas del sofá de la biblioteca. —Tengo que buscar algo en mi bolso —dices.

Después de un gesto que indica conformidad, vas hasta el armario del vestíbulo. Vuelves un instante después, con un pequeño tubo.

Tienes la frente arrugada. Quizás estás preocupada otra vez por las finanzas de tu familia, o quizás estás suprimiendo pregun- tas acerca de tu última tarea, pero hoy no se va a lidiar con tus emociones. Hay asuntos mucho más importantes que atender.

—Tengo los labios partidos —dices, pasándote por la boca el ungüento del tubo con el logotipo de BeautyBuzz.

No se ofrece respuesta. Vuelves a tu asiento.

—Necesito que le envíes un mensaje al hombre de la cafetería y que lo invites a salir.

Miras hacia abajo, a tu celular. Comienzas a escribir.

—¡No! —se te dice.

La orden se da con más urgencia de la que se había proyecta- do. Se suaviza el tono con una sonrisa.

—Quiero que escribas lo siguiente: «Hola, soy Jessica, la de la cafetería. Fue un placer conocerte. ¿Te gustaría salir a darnos un trago en algún momento esta semana?».

Frunces de nuevo el ceño. Tus dedos no se mueven.

—¿Qué sucede, Jessica?

—Nada. Es que... todos me llaman Jess. Excepto usted. Así que no me referiría a mí misma por mi nombre completo.

—Pues bien, haz ese cambio —se te dice.

Tú sigues las instrucciones. Colocas el teléfono en la falda y comienza la espera otra vez.

Unos segundos más tarde, suena una campanita.

Alzas el teléfono. —Es de BeautyBuzz —dices—. Mi próxima clienta es dentro de una hora.

Se siente un fuerte choque de alivio y decepción a la vez.

—No sabía que tenías otros trabajos hoy —se te dice.

Pareces aturdida. Empiezas a rasparte el esmalte de uñas con la punta de un dedo, y caes en cuenta de que lo estás haciendo y dejas de mover las manos.

—Usted dijo que solo me necesitaba una hora o dos, así que...

Tu voz se va apagando.

—¿Estás segura de que el texto se transmitió?

Miras el teléfono otra vez. —Sí, fue entregado.

Pasan otros tres minutos.

Thomas tiene que haber visto el texto. ¿Y si no?

Es importante que la siguiente petición tenga autoridad, y no delate ningún indicio de desesperación.

—Quiero que canceles tu sesión de maquillaje.

Se te cierra la garganta cuando tragas.

—Dra. Shields, usted sabe que yo haría cualquier cosa por su investigación. Pero esta es una buena clienta, y está contando conmigo. —Titubeas—. Es la anfitriona de una fiesta grande esta tarde.

Un dilema tan inconsecuente.

—¿No pueden enviar a alguien que te sustituya?

Mueves la cabeza de lado a lado. Suplicas con la mirada.

—BeautyBuzz tiene una política. Hay que avisar con un día de antelación antes de cancelar.

Esto fue un error de cálculo de tu parte, Jessica. Una buena clienta no puede compararse con la enorme generosidad que se te ha demostrado. Tus prioridades están torcidas.

Un instante de silencio llena la habitación después de tu explicación. Cuando te has retorcido lo suficiente, se te manda a retirar.

—Bueno, Jessica, no quiero que decepciones a una buena clienta.

—Lo siento —dices, levantándote rápidamente del sofá. Pero unas palabras te detienen.

—Quiero que me informes tan pronto Thomas conteste tu mensaje de texto.

Pareces sorprendida. —Desde luego —dices rápidamente.

Luego, te disculpas otra vez y se te acompaña en silencio hasta la puerta.

CAPÍTULO
TREINTA Y SIETE

Domingo, 16 de diciembre

Me obligo a alejarme dos cuadras de la casa de la Dra. Shields antes de llamar a Thomas, aunque todo el tiempo que estuve con ella en lo único en lo que podía pensar era en su mensaje.

Es peligrosa. Ten cuidado.

La pregunta que me abrasa es: ¿Cómo sabe Thomas que la Dra. Shields agenció mi encuentro con él?

Él contesta con el primer timbrazo. Antes de que pueda decir nada, pregunta: —¿De dónde conoces a mi esposa?

Las piernas se me aflojan y me tambaleo, recostándome contra un árbol para recuperar el equilibrio. Recuerdo la foto del hombre de pelo oscuro y barba de la biblioteca, el que parecía ser más o menos de la misma estatura que la Dra. Shields. Estoy segura de que dijo que estaba casada con él.

Entonces, ¿cómo es posible que Thomas sea su esposo? Sin embargo, está claro que la Dra. Shields lo conoce; lo llamó por su nombre al final de la conversación.

—¿Tu esposa? —Siento náuseas y mareo. Miro fijamente la acera para recuperar el equilibrio.

—Sí, Lydia Shields. —Oigo que respira hondo, como si estuviese tratando de calmarse él también—. Hemos estado casados siete años. Aunque ahora estamos separados.

—No te creo —le digo sin rodeos.

No es posible que la Dra. Shields, con todas sus reglas sobre la honestidad, haya creado una mentira tan elaborada.

—Vamos a vernos y te contaré todo —dice—. El libro que tenías en la cartera... *La moral en el matrimonio*. Lo escribió hace unos años. Leí el primer borrador en nuestra sala. Por eso supe que ella está detrás de esto.

Me rodeo el cuerpo con el brazo que tengo libre, protegiéndome del viento tempestuoso.

Uno de los dos miente. ¿Pero, quién?

—No voy a verte hasta que pruebes que en realidad eres su esposo —le digo a Thomas.

—Conseguiré pruebas —responde—. Mientras tanto, prométeme que no le vas a decir a ella que me vas a ver.

Pero no puedo acceder. Esta interacción podría ser una prueba. Quizás la Dra. Shields quiere que yo pruebe mi lealtad.

Estoy por colgar con Thomas cuando dice algo más.

—Por favor, Jess, ten cuidado. No eres la primera.

Sus palabras me pegan como un golpe físico. Retrocedo espantada.

—¿Qué quieres decir? —susurro.

—Las mujeres jóvenes son su presa favorita.

Quedo helada, sin poder moverme.

—¿Jess? —Lo oigo repetir mi nombre. Pero no puedo hablar.

Finalmente, cuelgo. Bajo lentamente el teléfono y levanto la vista.

La Dra. Shields está a medio metro de distancia.

Resoplo e instintivamente me echo hacia atrás.

Apareció de la nada, como un fantasma. No lleva puesto un abrigo que la proteja del clima. Está ahí, inmóvil, excepto por el pelo, que el viento azota. ¿Cuánto escuchó de mi conversación?

La adrenalina me inunda el cuerpo.

—¡Dra. Shields! ¡No la había visto!

Me mira de arriba abajo, como evaluándome. Entonces estira la mano y poco a poco va abriendo el puño.

—Se te quedó el ungüento para los labios, Jessica.

La miro fijamente, tratando de entender. ¿Me siguió todo este tiempo solo para devolverme el ungüento de labios?

Siento el impulso casi incontrolable de decirle todo lo que Thomas acaba de decir. Si ella organizó todo esto, entonces de todas formas ella está al tanto.

Presa.

El término que usó Thomas es escalofriante. Casi puedo ver los labios de la Dra. Shields pronunciando la misma palabra mientras acariciaba la coronilla del halcón de cristal hace unas semanas en su oficina. El halcón que me dijo que era un regalo para su esposo.

Doy un paso adelante. Y luego otro.

Ahora estoy tan cerca que puedo ver el surco vertical que se forma entre sus cejas, tan leve y poco profundo que parece una grieta en un pedazo de cristal.

—Gracias —susurro, tomando el ungüento. Tengo los dedos entumecidos del frío.

Ella mira el teléfono, que todavía sostengo en la otra mano.

El pecho se me oprime. No puedo respirar.

—Me alegro de haberte alcanzado —dice, y se da vuelta para regresar.

CAPÍTULO
TREINTA Y OCHO

Sábado, 16 de diciembre

NOVENTA MINUTOS DESPUÉS DE que se te devuelve el ungüento, suena el timbre de la puerta.

Un vistazo por la mirilla revela que es Thomas. Está tan cerca del circulito de vidrio que la cara se le ve distorsionada.

Esto es una sorpresa.

Su presencia no fue anunciada.

Se quita el cerrojo y se abre la pesada puerta.

—Amor mío, ¿qué te trae por aquí?

Tiene un brazo escondido detrás de la espalda. Se sonríe y lo trae adelante, revelando un enorme ramo de narcisos blancos.

—Estaba en el vecindario —dice.

—¡Qué hermosos!

Se lo invita a entrar.

Ya tiene que haber leído el mensaje con tu invitación; fue enviado hace varias horas.

¿Por qué está aquí en realidad?

Quizás ha venido a probar su fidelidad revelando tu invitación.

Se coloca una mano sobre su brazo. Se le ofrece una bebida caliente.

—No, gracias, acabo de beber café —dice.

Es como si estuviese brindando una apertura al tema que nos pesa tanto a ambos.

—Desde luego. Te encanta el café de Ted's Diner. —Risa leve—. Y los huevos fritos, el *bagel* con mantequilla y la doble ración de béicon.

—Sí, lo de siempre.

Una pausa.

Quizás para él sea difícil saber dónde empezar.

Una guía podría ser de ayuda: —Entonces, ¿estuvo bueno el desayuno?

Sus ojos recorren la sala. ¿Evasión o intranquilidad?

—Sin incidentes —responde.

Esto podría interpretarse de dos maneras. Una es que el encuentro contigo fue inconsecuente. El otro es que esté activamente escondiéndolo.

—¿No deberías poner las flores en agua? —Thomas mira fijamente el ramo.

—Desde luego. —Nos trasladamos a la cocina. Se cortan los tallos y se busca un florero en un armario.

—¿Te llevo las flores a la biblioteca?

La sugerencia de Thomas parece abrupta. Debe haberse dado cuenta él también, porque se sonríe rápidamente.

Pero no es una de sus sonrisas grandes y naturales que empiezan en los ojos.

Agarra el florero y se dirige a la biblioteca.

Cuando es seguido, titubea.

—¿Sabes qué?, después de todo un café estaría bien —dice—. Me tomaré una taza, si no es mucha molestia.

—Espléndido. Acabo de colar.

Esto es una buena señal. Thomas quiere requedarse.

El café se prepara como a él le gusta, con un chorrito de crema y azúcar negra. Una mirada rápida a mi celular revela que todavía no has escrito para informar sobre una respuesta de Thomas.

Cuando la bandeja se trae a la biblioteca, Thomas todavía está acomodando el florero sobre el piano Steinway.

Se da la vuelta, con cara de sorpresa.

Es casi como si hubiese olvidado que pidió el café.

¿Qué fue lo que le ocasionó el sobresalto?

Es necesario recordarle lo que está en juego.

—Thomas, me he estado preguntando, ¿dónde decidiste poner la escultura del halcón?

Le toma un momento contestar. Pero cuando lo hace, es placentero: —En mi dormitorio, sobre la cómoda. Lo veo todas las noches cuando me acuesto y todas las mañanas cuando me levanto.

—Perfecto. ¿Por qué no nos sentamos?

Él se sienta en el borde del sofá de dos plazas y de inmediato agarra su taza. Toma un sorbo rápido y de repente se echa hacia atrás, casi derramando el líquido caliente.

—Pareces un poco agitado. ¿Hay algo de lo que quieras hablar?

Él titubea. Entonces parece tomar una decisión.

—Nada de lo que te tengas que preocupar. Solo quería verte para decirte cuánto te amo.

Esto es mejor que cualquier resultado que se haya previsto.

Hasta que Thomas mira su reloj y de repente se pone de pie.

—Tengo mucho papeleo que despachar —dice con tristeza. Sus dedos tamborilean en los muslos enfundados en *jeans*—. Todavía no sé qué compromisos tengo esta semana, pero te llamaré cuando lo averigüe.

Se va tan rápida e inesperadamente como llegó.

Hay dos cosas extrañas sobre la salida apresurada de Thomas.

No me ofreció un beso de despedida.

Y, aparte de ese único sorbo, el café que parecía ansiar quedó sin tocar.

CAPÍTULO
TREINTA Y NUEVE

Sábado, 16 de diciembre

ESTOY SENTADA EN UN banco justo delante del Parque Central, sosteniendo una taza de café que no me puedo tomar. Tengo la tripa hecha un nudo; no aguanta más que un sorbo del líquido amargo.

Sus mensajes de texto llegaron casi simultáneamente.

El de la Dra. Shields: Jessica, ¿alguna respuesta de Thomas?

El de Thomas: Tengo la prueba. ¿Podemos vernos esta noche?

No le respondo a la Dra. Shields porque no voy a tener una respuesta de Thomas acerca de la cita. Aunque escribí el mensaje de texto invitándolo a salir mientras ella me observaba en su casa, en realidad nunca lo envié.

Esa fue la primera de dos mentiras que le dije a la Dra. Shields esta mañana. No tenía una cita de BeautyBuzz para hoy, como fingí. Solo necesitaba alejarme de ella.

No le contesto a Thomas, tampoco. Necesito ir a ver a alguien primero.

Ben Quick, el asistente de Shields, vive en la Sesenta y Seis Oeste.

Tan pronto me percaté de que es la única persona que conozco que podría decirme la verdad sobre ella, lo localicé fácilmente. O, por lo menos, localicé el apartamento de sus padres.

Después de que el portero llamó para anunciar mi llegada, un hombre que es idéntico a como se verá Ben dentro de treinta años salió del ascensor.

—Ben no está —dijo—. Si quiere dejarme su número, yo le diré que usted pasó por aquí.

El portero me dio un pedazo de papel y un bolígrafo y yo anoté mi información.

Entonces pensé que Ben quizás no me recordara entre toda la procesión de mujeres que pasaron por el estudio de la Dra. Shields.

Yo era la Participante 52, escribí, y doblé el papel por la mitad.

Eso fue hace más de una hora y todavía no he sabido de él. Levanto los brazos por encima de la cabeza para estirar la espalda, mientras se escucha la voz de Mariah Carey que llega desde la pista de patinaje Wollman cantando «All I Want for Christmas Is You». Vine aquí muchas veces cuando me mudé a Nueva York, pero este año no he patinado todavía.

Justo cuando me levanto a tirar la taza de café en la basura, suena el celular.

Lo agarro y veo que es Noah.

Después de todo lo sucedido este fin de semana, casi se me olvida que íbamos a encontrarnos para comer esta noche.

—Italiano o mexicano —dice cuando contesto—. ¿Alguno de los dos te parece bien?

Titubeo cuando otra imagen inoportuna de Thomas en la cama, enredado entre las sábanas, me viene a la cabeza.

No debo sentirme culpable; solo he salido con Noah dos veces. No obstante, me siento culpable.

—Me encantaría verte, pero ¿podemos hacer algo sencillo? He tenido un día realmente estresante.

Él se lo toma con calma. —¿Por qué no nos quedamos en casa, entonces? Puedo abrir una botella de vino y pedir comida china. ¿O podría venir yo a tu casa?

No puedo salir y tener una conversación normal en estos momentos. Pero no quiero cancelarle a este tipo.

Una voz profunda se escucha por el sistema de altoparlantes de la pista de patinaje: —Vamos a tomar un descanso de diez minutos para pasar el Zamboni. Tómense un chocolate caliente y nos veremos pronto.

—Tengo una idea —le digo a Noah.

Yo me crie patinando en el lago congelado cerca de la casa de mis padres, así que lo hago bastante bien. Pero Noah saca sus propios patines de una mochila que había traído a la pista y explica: —Todavía juego al *hockey* los fines de semana.

Después de que damos unas pocas vueltas alrededor de la pista, él se gira y empieza a patinar de espaldas. Entonces me toma de la mano.

—Alcánzame, vagoneta —bromea, y yo lo intento, sintiendo la quemazón en los músculos de las piernas.

Esto es justo lo que necesitaba, la nieve que cae, el movimiento físico, la música estridente, los niños de mejillas sonrosadas a nuestro alrededor.

También necesitaba la petaca llena de *schnapps* que Noah me ofrece cuando nos recostamos contra las tablas a tomar un descanso.

Tomo un sorbo, y otro más. Se la devuelvo y me alejo de las tablas. —Trata de alcanzarme ahora —le digo, tomando velocidad.

Me dirijo hacia la curva de la pista ovalada, sintiendo el frío que me quema la cara y una carcajada que se me acumula en el pecho.

Una forma sólida choca conmigo. La colisión casi me tumba.

Los pies me fallan e instintivamente alargo los brazos buscando recuperar el agarre en el hielo.

—Ten cuidado —me dice al oído una voz varonil grave.

Busco la baranda y mis dedos se cierran sobre ella a tiempo para impedir que me caiga.

Estoy sin aire cuando Noah llega un segundo más tarde.

—¿Estás bien? —pregunta.

Asiento con la cabeza, pero no lo miro. Estoy tratando de localizar al hombre que tropezó conmigo, pero es imposible encontrarlo en medio de tantas bufandas, abrigos y pies enfundados en patines.

—Sí —le digo finalmente a Noah, pero sigo sin aire.

—¿Quieres tomarte un descanso? —sugiere. Me toma de la mano y me saca del hielo. Las piernas me tiemblan y me da la sensación de que los tobillos me podrían fallar.

Buscamos un banco alejado de la multitud y Noah se ofrece a buscar chocolate caliente.

Aunque tengo el teléfono en el bolsillo, en modo de vibrar, me preocupa haber perdido un mensaje de Ben. Así que asiento con un gesto de la cabeza y le doy las gracias. Tan pronto está fuera de mi vista, chequeo el teléfono. Pero la pantalla está en blanco.

Tiene que haber sido un accidente que el hombre chocara conmigo. Es solo que usó las palabras exactas que usó Thomas: *Ten cuidado.*

La felicidad que sentí en el hielo, con las manos de Noah sobre las mías, desapareció.

Le sonrío cuando regresa al banco con dos vasos de cartón, pero es casi como si él pudiese sentir el cambio en mi energía.

—Ese tipo salió de la nada —dice—. No te hiciste daño, ¿verdad?

Miro sus dulce ojos castaños. Su presencia parece ser lo único sólido que me rodea. Vuelvo a preguntarme cómo pude haberme acostado con Thomas el viernes.

No me di cuenta entonces de cuánto me pudo haber costado y me puede costar todavía ese flirteo impulsivo.

De repente se me ocurre que Noah es la única persona de mi universo que la Dra. Shields no conoce. Describí mi primera noche con Noah durante una de las primeras sesiones de computadora, pero nunca mencioné su nombre. Y no he revelado que todavía nos vemos.

Alguna parte de mí debe haber querido mantenerlo oculto, tener una pieza en mi vida que sea mía nada más.

La Dra. Shields sabe todo sobre Becky, mis padres y Lizzie. Le he dado el nombre de mi empleador, mi dirección residencial y mi cumpleaños. Está al tanto de mis inseguridades más profundas y mis pensamientos más íntimos.

Lo que sea que haga con toda esta información, sé que Noah no forma parte de ello.

Tomo una decisión instantánea.

—No me hice daño, pero creo que algo me preocupa. —Tomo un sorbo de chocolate caliente antes de continuar—. Está la situación del trabajo, y es complicada, pero...

Busco las palabras para explicar, pero Noah está tranquilo, no me apresura.

—¿Cómo se sabe si en verdad se puede confiar en alguien? —pregunto finalmente.

Noah arquea las cejas y toma un sorbo de su chocolate.

Luego me mira a los ojos otra vez y la expresión de los suyos es tan sincera que creo que está respondiendo desde una experiencia muy personal.

—Si tienes que hacerte esa pregunta, entonces probablemente ya sabes la respuesta —me dice.

Dos horas más tarde, después de que Noah y yo comimos unos pedazos de pizza calentita y me acompañó hasta mi apartamento, me encuentro acurrucada en la cama. Cuando estoy a punto de dormirme, suena el celular.

El dormitorio está oscuro y la lucecita azul es lo único que veo en la mesita de noche.

Estoy completamente despierta.

Lo agarro.

¿Por qué no has contestado?, ha escrito Thomas. Tenemos que vernos.

Debajo de su texto, hay una foto de bodas. En ella, la Dra. Shields lleva un vestido de encaje color marfil y sonríe a la cámara. Mirando la imagen me percato de que nunca la he visto feliz. Parece tener como cinco o diez años menos que ahora, pero no necesito ese detalle para confirmar lo que me dijo Thomas de que se habían casado hace siete.

El novio, que la abraza de manera protectora, no es el hombre de pelo oscuro de la foto que está en su comedor.

Es Thomas.

CAPÍTULO
CUARENTA

Lunes, 17 de diciembre

¿ESTÁS SIENDO HONESTA, JESSICA?

Sigues asegurándome que Thomas no ha contestado tu invitación.

Esto es difícil de creer. Thomas tiene una respuesta casi pavloviana al sonido de un mensaje que entra. Puede haber rechazado tu invitación. O puede haberla aceptado. Pero parece sumamente improbable que sencillamente la pase por alto.

Son ahora las 3:00 p. m. del lunes. Han pasado más de veinticuatro horas desde que saliste de mi casa. Han pasado tres desde tu última comunicación.

Se hace necesaria otra llamada.

No respondes.

—Jessica, ¿está todo bien? Estoy... decepcionada porque no he sabido de ti.

No contestas la llamada. En vez, envías un mensaje de texto.

No he tenido respuesta. No me siento bien, así que voy a tratar de descansar.

Es imposible precisar el tono de un mensaje de texto, sin embargo, el tuyo se siente impulsivo.

Tratas de desacelerar el ritmo de la comunicación con esa excusa apenas disimulada. Es como si pensaras que tú tienes el control.

¿Por qué necesitas oprimir el botón de pausa, Jessica? Has sido tan entusiasta y complaciente hasta ahora.

Fuiste seleccionada cuidadosamente debido a tu atractivo previsto para Thomas.

¿Te atrajo él de la misma forma?

Desde su visita inesperada ayer, Thomas no ha cumplido la promesa de estudiar su calendario de la semana.

Aparte de una llamada breve para decir buenas noches, no se ha comunicado para nada.

Calmar el ritmo de la respiración requiere un esfuerzo sostenido y deliberado. Tragar alimentos resulta imposible.

Hay una tabla del suelo que está un poco suelta en el área justo a la entrada de la cocina; cruje con cada pisada. El sonido tiene un ritmo hipnotizante, como el sonido de un grillo.

Cien crujidos.

Luego doscientos.

El calendario de Thomas no está claro, pero él conoce el mío.

Los lunes de cinco a siete de la tarde mi presencia ha sido requerida en un salón de la Universidad de Nueva York, cerca del 214.

Sin embargo, como se me concedió una licencia hace unas semanas, un sustituto dirigirá mi seminario.

Dudar de Thomas es una consecuencia desafortunada pero necesaria de sus acciones.

Pero dudar de ti, Jessica... eso es intolerable.

La impulsividad, o actuar sin reflexión ni pensamiento previo, puede llevar a consecuencias desastrosas.

Y, sin embargo, a las 3:54 p. m. se toma una decisión algo impulsiva.

Es hora de recordarte quién manda, Jessica.

No dijiste lo que te aqueja, pero la sopa de pollo se considera un remedio universal.

Casi todos los *delis* de Nueva York la venden, incluido el que está a una cuadra de tu apartamento.

Se escoge un envase grande y se echan varios paquetes de galletas saladas en la bolsa de papel. Se incluyen servilletas y una cuchara de plástico.

Tu edificio, con su fachada amarilla descascarada y la escalera de escape trepando por el lado, viene a ser una sorpresa. Siempre te ves tan elegante y atractiva que es difícil imaginarte salir de un entorno tan discordante.

Se toca el timbre del apartamento 4C.

No respondes.

Se aplaza cualquier juicio; quizás estés descansando, tal como indicaste.

El timbre se toca por un período más prolongado.

El sonido debe reverberar a todo volumen en tu pequeño monoambiente.

No hay respuesta.

Aunque te hubieses dormido, parece extremadamente improbable que no te hubieras despertado ya.

Quedarse en la escalera de entrada no brinda respuestas, pero resulta difícil irse.

Entonces, por casualidad, otra mirada a la puerta principal del edificio revela que está levemente entreabierta; no está cerrada.

Un empujón es lo único que hace falta para entrar.

No hay ascensor ni portero. La escalera, oscura y lúgubre,

tiene los escalones cubiertos con una alfombra gris raída. No obstante, los residentes de este edificio han alegrado los pasillos con piezas de arte, aparentemente obras de aficionados. Coronas de navidad adornan algunas puertas y un olor a chili o a guiso satura el aire.

Tu apartamento está hacia el final del pasillo. Hay un tapete de bienvenida delante de la puerta.

Un golpe firme en ella hace que Leo, el perro que adoptaste en el refugio, comience a emitir ladridos cortos, como en *staccato*.

Pero esa es la única indicación de sonido o movimiento adentro.

¿Dónde estás, Jessica? ¿Estás con mi marido?

La funda de papel cruje. El paquete se deja delante de tu puerta, donde lo verás tan pronto llegues a tu casa.

A veces un regalo exquisito es en realidad el medio utilizado para hacer un disparo de advertencia.

Pero cuando lo recibas, podría ser muy tarde.

Tu lealtad ha sido cultivada metódicamente. Se te han pagado miles de dólares por tus servicios. Has recibido regalos seleccionados cuidadosamente. Tu estado emocional ha sido atendido; has recibido el equivalente de sesiones intensivas de terapia gratuitamente.

Me perteneces.

CAPÍTULO
CUARENTA Y UNO

Lunes, 17 de diciembre

Estoy sentada en una mesa diminuta apretujada junto a un exhibidor de regalos navideños, dando vueltas a la manga de cartón que rodea mi taza de Starbucks y mirando hacia la puerta cada vez que se abre.

Se suponía que Ben se encontraría conmigo aquí a las cinco y treinta, su único momento libre hoy, según él. Pero ya lleva más de quince minutos de retraso y me preocupa que no se presente, en vista de lo reacio que se escuchaba en el teléfono.

Tuve que cancelar mi cita de BeautyBuzz de la tarde para poder regresar a tiempo al Upper West Side. No le mentí a la Dra. Shields sobre la política de mi empleador; el coordinador de las citas me informó que, si cancelaba otra cita este mes sin el aviso previo requerido, me despedirían.

Miro de nuevo mi teléfono en caso de que Ben haya tratado de contactarme, pero lo único que veo es otra llamada perdida de

Thomas. Es la quinta vez que trata de contactarme hoy, pero no voy a hablar con él hasta no escuchar lo que Ben tiene que decir.

Una ráfaga de aire helado me alcanza cuando la puerta se abre de nuevo.

Esta vez, es Ben.

Sus ojos me encuentran de inmediato, a pesar de que el negocio está lleno de gente.

Camina hasta mí, quitándose del cuello la bufanda de tela escocesa. Se deja el abrigo. En lugar de decir hola, se acomoda en la silla delante de mí y echa una ojeada al salón, mirando rápidamente a los otros clientes.

—Solo tengo diez minutos —dice.

Se ve igual que lo recordaba: delgado y pijo, con aire de superioridad. Esto es un alivio; por lo menos algo de este experimento es constante.

Saco la lista de preguntas que anoté anoche después de ver la foto de boda que Thomas envió y no poder dormir.

—Bien —comienzo—. Sabes que soy una de las participantes del estudio de la Dra. Shields. Y parece que las cosas se están poniendo un poco extrañas.

Él solo me mira. No está haciendo esto fácil.

—Eres su asistente de investigación, ¿no es cierto?

Él cruza los brazos. —Ya no. Mi puesto fue eliminado cuando el estudio se dio por terminado.

Doy un salto en la butaca y siento la madera incrustárseme en medio de la espalda.

—¿Que quieres decir con «se dio por terminado»? Soy parte del estudio. La investigación continúa.

Ben arruga la frente. —Esa no fue la información que recibí.

—Pero la otra noche buscaste los teléfonos de algunas de las participantes anteriores de la Dra. Shields. Tuve que maquillarlas —farfullo.

Me mira fijamente, confundido: —¿De qué hablas?

Trato de serenarme, pero tengo la mente alborotada. Un bebé comienza a llorar a unas pocas mesas, con gemidos agudos y penetrantes. El barista enciende un molinillo eléctrico que hace mucho ruido al triturar los granos de café. Necesito conseguir que Ben me ayude, pero no me puedo concentrar.

—La Dra. Shields me dijo que transpusiste los números de teléfono de una de las mujeres que participó en un estudio anterior, y cuando fui a verla terminé en otro sitio. Terminé en el apartamento de un drogadicto. —Mi voz se oye aguda y agitada. La mujer sentada en la mesa contigua se da vuelta y nos mira fijamente.

Ben se acerca un poco. —No he hablado con la Dra. Shields en semanas —dice en voz baja. Por la forma en que me mira, no sé si cree una palabra de lo que he dicho.

Pienso en el bloc de hojas con los cinco números de teléfono. Todos estaban escritos en la letra cuidadosa de la Dra. Shields.

Ella dijo que Ben había transpuesto los números, ¿no es cierto? Quizás quiso decir que él cometió el error cuando tomó originalmente la información para el estudio.

Pero ¿por qué lo despediría si todavía está haciendo su investigación con otras jóvenes?

Ben mira sin disimulo su reloj.

Ojeo rápidamente mis preguntas pero, si Ben no está al tanto de las pruebas éticas que la Dra. Shields está desarrollando conmigo, ninguna de ellas podrá ayudar.

—¿No sabes *nada* de lo que está haciendo ahora?

Él niega con la cabeza.

De repente, siento un frío que me cala hasta los huesos.

—Firmé un acuerdo de confidencialidad —dice—. Estoy terminando mis estudios de maestría y ella podría crearme problemas en la universidad. Ni siquiera debería estar hablando contigo.

—¿Y por qué lo haces? —susurro.

Él se sacude una pelusa de la manga del abrigo. Sus ojos examinan de nuevo a los ocupantes del local. Entonces empuja su butaca hacia atrás.

—¡Por favor! —Las palabras brotan como un grito ahogado.

Ben baja la voz cuando habla de nuevo y apenas puedo entender las palabras con el ruido de la conversación y el llanto del bebé.

—Busca el expediente que tiene tu nombre —dice.

Lo miro boquiabierta.

—¿Qué dice?

—Ella me pidió que obtuviera información de todas las participantes de la investigación. Pero quería más sobre ti. Entonces lo sacó del archivo donde estaban los expedientes de las demás participantes.

Se da vuelta para salir.

—¡Espera! No puedes irte.

Él da un paso hacia la puerta.

—¿Estoy en peligro?

Él vacila, de espaldas a mí. Entonces regresa por un momento.

—No puedo contestar eso, Jess —afirma, y se va.

La carpeta de manila se encontraba sobre el escritorio de la Dra. Shields durante nuestras sesiones iniciales. ¿Qué podría haber ahí?

Después de que Ben se va, me quedo sentada ahí un rato, con la mirada ausente. Luego llamo a Thomas.

Él contesta con el primer timbrazo. —¿Por qué no has contestado mis llamadas ni mis mensajes de texto? ¿No viste la foto que te envié?

—La vi —afirmo.

Oigo agua corriendo en el fondo y luego un sonido metálico.

—No puedo hablar ahora —dice, con voz casi frenética—. Tengo una cena. Te llamaré a primera hora de la mañana. No le digas nada —me advierte otra vez, justo antes de colgar.

Está oscuro cuando salgo de Starbucks.

De camino a casa, encogida para protegerme del viento cortante, trato de imaginar el contenido de la carpeta de la Dra. Shields. ¿No toman notas durante las sesiones la mayoría de los terapeutas? Probablemente contenga la transcripción de todas las conversaciones que hemos tenido, pero ¿por qué me instaría Ben en buscarla?

Entonces caigo en cuenta de que no he visto la carpeta hace semanas.

Recuerdo que estaba en el medio del escritorio de la Dra. Shields, e intento visualizar las letras escritas a máquina en la pestaña. Nunca las vi con claridad, pero ahora estoy segura de que decía mi nombre: Farris, Jessica.

La Dra. Shields solo me llamó Participante 52 y, más tarde, Jessica. Pero lo último que hizo Ben en Starbucks fue llamarme «Jess».

Cuando finalmente llego a mi edificio, veo que la puerta principal está abierta. Siento irritación con el vecino descuidado que no la cerró bien, y con el conserje, que parece que no es capaz de arreglarla permanentemente.

Subo por la raída alfombra gris de las escaleras y paso por el apartamento de la señora Klein, en el piso inferior al mío, e inhalo el aroma a curry.

Me detengo al final del pasillo. Hay algo delante de mi puerta.

Cuando me acerco, veo que es una bolsa de papel.

Vacilo, y luego la agarro.

El olor es penetrante y familiar, pero no lo puedo identificar.

Dentro hay un envase con sopa de pollo y fideos. Todavía está tibia.

No hay nota dentro de la bolsa.

Pero solo una persona piensa que no me estoy sintiendo bien.

CAPÍTULO
CUARENTA Y DOS

Lunes, 17 de diciembre

Un RUIDO FUERTE Y repentino me anuncia que hay alguien en la casa.

La mujer que limpia no viene los lunes.

Las habitaciones están en silencio, bañadas en sombras. El ruido vino de la izquierda.

Un *townhouse* en la ciudad de Nueva York brinda algunas ventajas: más privacidad, un patio trasero, ventanas en todas las paredes.

Desde luego, existe una desventaja significativa. No hay portero que sirva de guardia.

Otro ruido metálico fuerte. Este sí es reconocible. Una olla ha sido colocada en la estufa Viking de seis hornillas.

Thomas siempre ha tenido la mano pesada cuando cocina.

Está siguiendo nuestra rutina de los lunes por la noche, la rutina que se suspendió cuando se mudó de aquí.

No se percata de inmediato de mi aparición en la entrada de la cocina; quizás el concierto de Vivaldi que se oye en el sistema de sonido ocultó el ruido de mis movimientos.

Está cortando calabacines para la pasta primavera; es uno de los pocos platos que tiene en el repertorio. Él sabe que es mi favorito.

Dos bolsas de comestibles de Citarella descansan en la encimera y una botella de vino se enfría en la hielera de plata.

Rápidamente se hacen cálculos. El último paciente de Thomas se va a las 4:50 p. m. Es un viaje de veinticinco minutos desde su oficina hasta la casa. Otros veinte minutos para comprar los comestibles. La preparación de esta comida ya está bastante adelantada.

No pudo haber estado contigo esta noche, Jessica. Donde sea que fuiste cuando fingiste que estabas en tu casa durmiendo, no fue a encontrarte con mi esposo.

La arrolladora sensación de alivio inmediato evoca la sensación de un debilitamiento físico.

—¡Thomas!

Él se da la vuelta con el cuchillo en la mano, como para defenderse. Luego suelta una risa aguda, tensa.

—¡Lydia! ¡Estás en casa!

¿Es esta la única explicación de su desasosiego?

El alivio comienza a menguar.

No obstante, se lo saluda con un beso.

—La clase terminó temprano —se le dice. Pero no se ofrece más explicación.

A veces el silencio es una herramienta más eficaz para extraer información que una pregunta directa; la policía con frecuencia emplea esta táctica cuando tiene a un sospechoso bajo custodia.

—Sé que no hablamos sobre esto, pero pensé que no te importaría si te preparaba una cena de sorpresa —balbucea Thomas.

Es la segunda visita no anunciada en las pasadas cuarenta y ocho horas.

Esto también viola el arreglo tácito adoptado después de su indiscreción: Thomas nunca ha usado la llave que retuvo cuando se mudó de aquí.

¿O sí la ha usado?

A este punto, las pruebas contradictorias están enturbiando la percepción de la situación.

Mañana se implantará una nueva medida de seguridad para detectar su presencia en la casa, si es que en el futuro entra sin autorización previa.

—Qué delicioso —se le dice en un tono un poco más frío que el que podría esperarse.

Él sirve una copa de vino. —Aquí tienes, querida.

—Voy un momento a guardar mi abrigo. —Él asiente con la cabeza y se gira a revolver la pasta.

Todavía no has enviado una respuesta al mensaje de texto, Jessica.

Si Thomas tiene intenciones de no aceptar tu invitación, ¿por qué no lo ha hecho todavía?

Pero quizás eres tú quien esconde algo.

Podrías pensar que conocer a Thomas es un paso necesario para continuar participando en el estudio. Quizás él resistió la tentación, pero tú has intensificado la presión. Podrías estar dándole tiempo al tiempo, con la esperanza de un resultado distinto.

Tú, con tus ganas de complacer y tu idolatría apenas velada, podrías querer no decepcionar produciendo el resultado incorrecto.

En el instante mismo en que Thomas se vaya, se te llamará y se te convocará a una reunión mañana en la mañana. No se aceptarán excusas: ni enfermedad, ni compromiso social, ni trabajo de BeautyBuzz.

Serás honesta conmigo, Jessica.

Al volver a la cocina con Thomas, la pasta ya ha sido escurrida y mezclada con las verduras sazonadas.

La conversación se mantiene agradable. Se toma vino. Las alegres notas del concierto de Vivaldi llenan el aire. Se comen pocos bocados.

Quizás Thomas también esté tenso.

Aproximadamente quince minutos después de comenzar a comer, el chillido de un celular atraviesa la habitación.

—Es el tuyo —dice él.

—¿No te importa? Estoy esperando una llamada de un paciente.

Esto es solo parcialmente falso.

—Claro que no —responde.

El número de teléfono que se ve en la pantalla es el tuyo.

Es imperativo que mi tono permanezca firme y profesional. —Habla la Dra. Shields.

—Hola, soy Jessica... Me siento mejor. Muchas gracias por la sopa de pollo.

Thomas no puede discernir ninguna pista a base de mi lado de la conversación.

—De nada.

—Además, quería que supiera que me contestó el tipo de la cafetería, Thomas.

La reacción instintiva que sigue: una aspiración rápida al volver la mirada hacia Thomas.

Él me mira fijamente. Es imposible saber qué es lo que lee en mi rostro.

—Un momento, por favor —se te dice.

Rápidamente, se aumenta la distancia que me separa de Thomas. El celular se lleva a la habitación contigua.

—Continúa —se te instruye.

Las variaciones de tono, junto con la cadencia, ofrecen información confiable sobre el contenido de una conversación. Las malas noticias con frecuencia se demoran, mientras que las buenas noticias se dan rápido.

Pero tu voz permanece neutral. Es inútil tratar de prepararse para lo que viene.

—Dijo que le gustaría que nos encontráramos. Va a llamarme mañana para hacer un plan, una vez que tenga clara su agenda.

CAPÍTULO
CUARENTA Y TRES

Martes, 18 de diciembre

He vivido en Nueva York durante años, pero nunca supe de este jardín escondido.

Los Jardines del West Village sonaban como un lugar que estaría lleno de gente. Y quizás así es, pero en el verano. Ahora, mientras espero por Thomas en una tarde gris, con la humedad del banco de madera colándose por mis *jeans*, solo me rodean las ramas desnudas de los arbustos. Parecen telas de araña gigantes extendidas por el cielo lúgubre.

Pensé que podía confiar en la Dra. Shields. Pero en las pasadas cuarenta y ocho horas he aprendido que mintió sobre muchas cosas: no solo no transpuso Ben los números de aquellos teléfonos, sino que ahora mismo ni siquiera hay una investigación. La Dra. Shields no está casada con el hombre del pelo espeso de la foto que está en su comedor; está casada con Thomas. Y no soy nada especial para ella. Solo soy útil, como una estola de cachemira o un objeto brilloso con el que tentar a su marido.

Lo que quiero averiguar hoy es por qué.

No le digas nada, me ordenó Thomas.

Pero no voy a dejar que sea él quien lleve la batuta.

Tengo que dar largas a la Dra. Shields hasta que yo entienda qué es lo que está sucediendo. Así que le dije que Thomas había contestado mi mensaje y quería que nos viéramos. Pero no dije que eso sucedería hoy; ella cree que todavía espero a que Thomas me llame para confirmar el día y la hora.

Él aparece en el camino que lo lleva hasta mí precisamente a las cuatro.

Se ve igual que cuando nos conocimos en el museo y después en el bar: un hombre alto, atlético, de treinta y pico de años vestido con un abrigo azul y pantalones grises. Un gorro de lana le cubre el pelo.

Miro hacia atrás, temerosa de repente de que la Dra. Shields pueda aparecer otra vez, como hizo cerca de su casa cuando yo hablaba con Thomas por teléfono. Pero en el área detrás de mí no hay nadie.

Al acercarse Thomas, un par de tórtolas irrumpen en el aire, batiendo ruidosamente las alas. Me estremezco y me llevo una mano al pecho.

Él se sienta a mi lado, dejando más o menos treinta centímetros de espacio entre nosotros. Aun así, es un poco más cerca de lo que quisiera.

—¿Por qué te mandó mi esposa a seguirme? —pregunta de inmediato.

—Ni siquiera sabía que está casada contigo —respondo.

—¿Le dijiste que nos acostamos? —Él parece más atemorizado que yo por la posibilidad de que la Dra. Shields se entere.

Digo que no con un gesto de la cabeza. —Me ha estado pagando para que la ayude con su investigación.

—¿Pagándote? —Thomas frunce el ceño—. ¿Eres parte de su estudio?

No estoy segura de que me guste que Thomas esté haciendo todas las preguntas, pero por lo menos me está revelando cuán poco sabe él.

Exhalo y veo mi aliento convertirse en una voluta blanca.

—Así fue como empezó. Pero ahora... —Ni siquiera sé cómo explicar lo que hago para la Dra. Shields.

Decido cambiar de tema: —Aquel día en el museo, no me percaté hasta que te vi en la cafetería de que ella quería que te conociera. Yo nunca habría, emm, tomado contacto contigo si lo hubiese sabido.

Se aprieta los nudillos de la mano derecha contra la frente.

—No logro entender la mente retorcida de Lydia —afirma—. La dejé, ¿sabes? O quizás no lo sepas.

Pienso en las dos tazas de café que la Dra. Shields guardó la primera vez que fui a su casa, y los abrigos ligeros de hombre colgando en el armario.

Y hay otra cosa.

—¡Estuviste con ella anoche! —digo sin rodeos.

Podía oír ruidos de metal en el fondo cuando llamé a Thomas ayer, el traqueteo de ollas y sartenes y agua corriendo. Se oía como si alguien estuviese cocinando. Y había algo más que al principio no pareció importante: música clásica, pero no de la sombría. Sino... alegre.

Escuché las mismas notas brillantes y enérgicas más tarde cuando llamé a la Dra. Shields.

—No es lo que parece —responde—. Escucha, no puedes sencillamente dejar a alguien como Lydia. No si ella no quiere.

Las palabras mandan una descarga eléctrica por todo mi cuerpo.

—Dijiste que ella abusa de mujeres jóvenes como yo —digo.

Trago saliva. Mi siguiente pregunta es la más difícil de hacer, a pesar de que es la que me ha estado consumiendo. —¿Qué quieres decir exactamente?

De repente se pone de pie y mira alrededor. Caigo en cuenta de que Ben hacía lo mismo en la cafetería.

Ambos hombres tuvieron ataduras fuertes con la Dra. Shields, pero ahora ambos reclaman que se han distanciado. Más aún, parecen no fiarse de ella.

El jardín está casi en silencio; ni siquiera se siente el crujir de las hojas con el viento, ni el castañeteo de las ardillas.

—Vamos a caminar —sugiere Thomas.

Me dirijo hacia la salida del parque, pero él me agarra el brazo y me hala. Siento el apretón a través de la tela del abrigo: —Ven por acá.

Me libero de su agarre antes de seguirlo hacia el interior de los jardines, hacia la fuente de piedra con el agua congelada en la base.

Unos metros más allá, se detiene y mira al suelo.

Tengo tanto frío que la punta de la nariz se me ha entumecido. Me abrazo yo misma, tratando de contener un escalofrío.

—Hubo otra chica —dice Thomas. Habla en voz tan baja que me cuesta trabajo oírlo—. Era joven, estaba sola, y Lydia se encariñó con ella. Pasaban tiempo juntas. Lydia le hizo regalos y hasta la invitó a la casa. Era como si se hubiese convertido en una hermanita o algo así.

...*Como una hermanita,* pienso. El corazón me empieza a latir con fuerza.

A mi izquierda se escucha un restallido brusco. Me doy vuelta rápidamente pero no veo a nadie.

Se habrá caído una rama me digo.

—La chica... tenía problemas. —Thomas se quita los lentes

y se masajea el puente de la nariz. No puedo ver la expresión de sus ojos.

Lucho contra el impulso súbito, casi irresistible, de darme vuelta y correr. Sé que necesito oír lo que Thomas está diciendo.

—Una noche vino a ver a Lydia. Hablaron un rato. No sé qué le dijo Lydia; yo no estaba en casa.

El sol se ha puesta y la temperatura se siente como si hubiese bajado diez grados de cantazo. Tirito otra vez.

—¿Qué tiene esto que ver conmigo? —le pregunto. Tengo la garganta tan seca que me resulta difícil sacar las palabras. Y en algún lugar muy profundo, ni siquiera necesito una contestación.

Ya sé cómo termina esta historia.

Thomas finalmente se vuelve y me mira a los ojos.

—Aquí fue donde se mató —me dice—. Era la Participante 5.

CAPÍTULO
CUARENTA Y CUATRO

Martes, 18 de diciembre

¿Cómo te atreves a engañarme, Jessica?

A las 8:07 p. m., llamas para decir que Thomas acaba de telefonearte.

—¿Hicieron planes de salir? —se te pregunta.

—No, no, no —dices de inmediato.

Tantos «no» te delataron. Los mentirosos, igual que los crónicamente inseguros, con frecuencia compensan en exceso.

—Me dijo que no me podía ver esta semana después de todo, pero que me llamaría —continúas diciendo.

Tu voz se oye segura y también apurada. Estás tratando de enviar la señal de que estás demasiado ocupada para una conversación prolongada.

Qué ingenua eres, Jessica, de pensar que alguna vez podrías dictar los términos de nuestra conversación. O de cualquier otra cosa.

Es necesaria una pausa prolongada para recordártelo, aunque es una lección que no deberías necesitar.

—¿Insinuó que solo se deberías a que tenía completa la agenda? ¿Tuviste la impresión de que va a volver a llamar?

Con este interrogatorio, cometes el segundo error.

—En realidad no dio una razón —respondes—. Eso era lo único que decía su mensaje de texto.

¿Es posible que solo te hayas equivocado cuando describiste el método de comunicación como una llamada y más tarde, como un mensaje de texto?

¿O fue un engaño deliberado?

Si estuvieses dentro de la consulta, sentada en el sofá, emergerían las pistas no verbales: el juego con el pelo, con los anillos de plata, o el raspar una uña con la otra.

Por teléfono, sin embargo, no se ven los indicios sutiles.

Podrían indicarse tus contradicciones.

Pero si estás mintiendo, ese tipo de escrutinio podría tener el efecto de hacer que tengas más cuidado de no dejar rastros.

Así que se te permite que termines la conversación.

¿Qué haces cuando cuelgas?

Quizás tu rutina nocturna de siempre, confiada en que has evadido una conversación potencialmente peligrosa. Sacas a pasear a tu perro y luego te das una ducha larga y te pasas acondicionador en los rizos. Mientras reabasteces tu maletín de maquillaje, haces una llamada diligente a tus padres. Después de colgar, escuchas los ruidos familiares a través de las paredes delgadas del apartamento: pisadas en el piso de arriba, el sonido apagado de una comedia en la TV, la bocina de los taxis en la calle.

¿O ha cambiado el talante de tu noche?

Quizás los ruidos no consuelan esta noche. El gemido largo y anémico de una patrulla de policía. Una discusión acalorada en el apartamento contiguo. Los arañazos de los ratones en los zócalos de la pared. Puedes estar pensando en la cerradura poco confiable de la puerta de entrada al edificio. Es tan fácil que un extraño, o hasta un conocido, se cuele.

Tú me eres íntimamente conocida, Jessica. Tú has demostrado tu devoción una y otra vez. Tú usaste el esmalte de uñas color vino. Tú suprimiste tu vacilación instintiva y seguiste las instrucciones. Tú no miraste subrepticiamente la escultura antes de entregarla. Tú entregaste tus secretos.

Pero en las pasadas cuarenta y ocho horas, has comenzado a fallar: no le diste prioridad a nuestra reunión más reciente y te fuiste a atender a una clienta. Evadiste mis llamadas y mensajes de texto. Claramente me mentiste. Estás actuando como si esta relación fuera meramente transaccional, como si la consideraras un cajero automático bien abastecido que expende efectivo sin consecuencias.

¿Qué ha cambiado, Jessica?

¿Has sentido el calor de la llama de Thomas?

Esa posibilidad provoca una feroz rigidez del cuerpo.

La recuperación requiere varios minutos de respiración lenta y sostenida.

El foco vuelve al problema que nos ocupa: ¿cuánto costará recuperar tu lealtad?

Se trae tu expediente del estudio en el segundo piso a la biblioteca y se coloca sobre la mesa de centro. Delante, los narcisos blancos de Thomas descansan sobre el piano, cerca de la fotografía de nuestra boda. Una fragancia sutil perfuma el aire.

El expediente es abierto. La primera página contiene la fotocopia de la licencia de conducir que presentaste el día que ingresaste al estudio, así como otros datos biográficos.

La segunda página tiene fotografías que a Ben se le pidió que buscara en Instagram.

Tú y Becky parecen hermanas, pero tus rasgos son finos y tus ojos brillantes, y los de Becky todavía conservan la suavidad de la niñez, como si una mancha de vaselina hubiese opacado la porción de lente que la enfocaba a ella.

Cuidar a Becky no puede ser fácil.

Tu madre viste una blusa barata y cierra los ojos a la luz del sol; tu padre lleva las manos en los bolsillos, como si pudieran ayudarlo a mantenerse erguido.

Tus padres se ven cansados, Jessica.

Quizás necesitan unas vacaciones.

CAPÍTULO
CUARENTA Y CINCO

Miércoles, 19 de diciembre

THOMAS ME DIJO QUE me comporte normalmente; que proceda como de costumbre para que la Dra. Shields no sospeche nada.

—Vamos a buscar la manera de sacarte sana y salva de esta situación —dijo cuando nos fuimos del parque. Afuera, él se montó en una motocicleta, se puso el casco y se fue con un estruendo.

Pero en las veinticuatro horas desde que nos separamos, la sensación de inquietud que me arropó en el jardín botánico ha menguado.

Cuando llegué a casa anoche, no podía dejar que pensar en la Participante 5. Me di una ducha larga y caliente, y compartí con Leo un poco de espaguetis con albóndigas. Pero mientras más lo pensaba, menos sentido tenía. ¿En realidad se suponía que yo debía creer que una respetada psiquiatra y profesora de la Universidad de Nueva York empujó a alguien a suicidarse, y que podría hacerme lo mismo a mí?

Probablemente esa muchacha había tenido problemas desde siempre, como dijo Thomas. Su muerte no tuvo nada que ver con la Dra. Shields y su estudio.

Tener noticias de Noah también ayudó. Me envió un mensaje de texto: ¿Estás libre para cenar el viernes? Si te gusta la comida sureña, un amigo mío tiene un restaurante buenísimo llamado Peachtree Grill. Respondo de inmediato: ¡Cuenta conmigo!

No importa si la Dra. Shields me necesita esa noche. Le diré que estoy ocupada.

Enfundada en mi pijama más calentito, ya siento distante mi conversación con Thomas, casi como un sueño. La ansiedad está siendo desplazada por algo más sólido y bienvenido: la ira.

Antes de meterme en la cama, reabastezco mi maletín para prepararme para un día ocupado mañana. Titubeo cuando agarro la botellita medio vacía de esmalte de uñas color vino. Luego lo tiro a la basura.

Al arroparme hasta el cuello con el edredón, con Leo acurrucado a mi lado, oigo el tintineo de las llaves de mi vecino de enfrente y pienso que la Dra. Shields había insinuado que podría encontrarle empleo a mi papá. Pero parece que eso se le ha olvidado. Y aunque el dinero viene bien, la turbulencia que la Dra. Shields ha introducido en mi vida no vale unos pocos miles de dólares.

Duermo profundamente durante siete horas.

Cuando me despierto, me doy cuenta de cuán sencilla es la solución: no voy a continuar. Antes de salir para el trabajo, marco su número. Por primera vez, soy yo quien llama para pedir una reunión.

—¿Podría pasar esta noche? —pregunto—. Pensaba ir a buscar el cheque más reciente... Necesito el dinero.

Estoy sentada en la cama, pero tan pronto escucho su voz modulada, me pongo de pie.

—Qué bueno escucharte, Jessica —dice la Dra. Shields—. Puedo verte a las seis.

Pienso, *¿será posible que sea así de sencillo?*

Siento un poco de *déjà vu*. Tuve exactamente la misma idea cuando logré colarme en el estudio.

Cuando salgo del apartamento unos minutos después para dirigirme a lo de la primera de una media docena de clientas, las nubes están regordetas en el cielo. Dentro de nueve horas, esto habrá acabado, me digo.

Paso el día maquillando a una empresaria que necesita una foto para el sitio web de su compañía, a una autora que va a ser entrevistada en New York One y a un trío de amigas que van a una fiesta de navidad en Cipriani. También entro a casa un momento temprano en la tarde para llevar a Leo a caminar. Siento que estoy regresando poco a poco a mi antigua vida, anclada como estaba con el peso reconfortante de la previsibilidad.

Llego al *townhouse* de la Dra. Shields con unos minutos de adelanto, pero espero hasta las seis en punto para tocar el timbre. Sé exactamente lo que voy a decir. Ni siquiera me voy a quitar el abrigo.

La Dra. Shields viene a la puerta en seguida, pero en vez de saludarme, levanta el dedo índice. Tiene el celular pegado al oído.

—Mmm mmm —dice, haciéndome un gesto de que pase adentro.

Me lleva a la biblioteca. ¿Qué puedo hacer sino seguirla?

Miro a mi alrededor mientras ella sigue escuchando a quien sea que está al otro lado de la línea. Encima del Steinway hay un ramo de flores blancas. Ha caído un pétalo en la lustrosa tapa negra. La Dra. Shields sigue mi mirada y camina al piano para quitarlo.

Lo agarra entre la punta de los dedos, sosteniendo el teléfono con la otra mano.

Entonces veo la escultura en bronce de una motocicleta. Despego los ojos antes de que la Dra. Shields se dé cuenta de que la estoy mirando.

—Gracias por su ayuda —dice la Dra. Shields, saliendo brevemente del salón. Miro a mi alrededor, buscando más pistas, pero solo hay algunas pinturas, un librero empotrado lleno de libros en encuadernación dura, y un bol de cristal lleno de naranjas en la mesa de centro.

Cuando regresa, la Dra. Shields ya no lleva el pétalo ni el teléfono.

—Tengo tu cheque, Jessica —dice. Pero no me lo entrega. En su lugar, estira los brazos. Por un instante pienso que está tratando de abrazarme. Entonces añade—: Déjame guardar tu abrigo.

—No puedo quedarme mucho rato. —Me aclaro la voz—. Sé que esto es un poco abrupto y no fue una decisión fácil, pero con todo lo que está sucediendo con mi familia, pienso que tengo que ir a casa. Me voy el viernes y me voy a quedar durante el período de las fiestas.

La Dra. Shields no reacciona.

Yo sigo balbuceando: —Usted sabe, ni siquiera van a ir a Florida este año. Las cosas están realmente duras para ellos. Lo he pensado mucho y es posible que incluso tenga que mudarme de vuelta a casa durante un tiempo. Quería darle las gracias en persona por todo.

—Ya veo. —La Dra. Shields se sienta en el sofá y me hace señas de que me siente a su lado—. Es una decisión importante. Sé con cuánto empeño tratas de hacerte una vida aquí.

Me cuesta trabajo mantenerme en pie.

—Lo lamento, pero tengo un compromiso con alguien así que...

—Oh —dice Shields. El tono cristalino de su voz se vuelve acero:

—¿Una cita?

—No, no. Es solo Lizzie.

¿Por qué le digo esto? Es como si no pudiese romper el patrón de revelar mis cosas a ella.

El sonido del celular me sorprende.

No lo busco para contestar; dentro de dos minutos habré salido de aquí y podré contestar la llamada de quienquiera que sea. Entonces se me ocurre que podría ser Thomas.

Suena otra vez, y el repique estridente rompe el silencio.

—Contesta —dice la Dra. Shields.

El estómago se me hace un nudo. Si lo saco, ¿podrá ella ver la pantalla o escuchar la conversación?

Suena una tercera vez.

—No tenemos secretos, Jessica. ¿O sí?

Es como si me hipnotizara; no tengo la fuerza de voluntad para desobedecer. La mano me tiembla cuando lo saco del bolsillo de mi chaqueta.

Veo una foto pequeñita de mi madre en la pantalla y no puedo evitar hundirme en la butaca que está delante de Shields.

—Mamá —digo con un gruñido.

Siento la mirada insistente de la Dra. Shields arrinconarme. Las extremidades me pesan como si fueran de plomo.

—No lo puedo creer —dice mi madre.

En el fondo, oigo a Becky gritar: —¡Florida! ¡Vamos al mar!

—¿Cómo? —digo, con voz entrecortada.

Las comisuras de los labios de la Dra. Shields se alzan formando una sonrisa.

—Un mensajero acaba de entregar el paquete de la agencia de viajes hace unos minutos. Oh, Jess, ¡tu jefa es maravillosa! ¡Qué sorpresa!

No logro articular las palabras para responder. Siento que mi mente no es capaz de seguir el ritmo de lo que está sucediendo a mi alrededor.

—No sabía nada sobre eso. ¿Qué había en el paquete? —pregunto por fin.

—Tres boletos de avión a Florida y un folleto del hotel donde nos quedaremos —dice efusivamente—. ¡Se ve precioso!

Tres boletos. No cuatro.

La Dra. Shields estira el brazo y toma una naranja del bol que está sobre la mesa de centro. Aspira el perfume.

No puedo dejar de mirarla.

—Lamento tanto que no puedas venir con nosotros —dice mi madre—. Tu jefa nos escribió una nota muy bonita que dice que tienes que trabajar, pero que ella se asegurará de que no estés sola el día de Navidad, que irás a su casa a celebrar.

La garganta se me cierra. Es difícil respirar.

—Es evidente que te tiene mucho cariño —dice mi madre y la risa alegre de Becky se oye en el fondo—. Estoy bien orgullosa de que hayas encontrado un trabajo nuevo tan bueno.

—Es una pena que tengas que estar aquí durante las fiestas —dice en voz baja la Dra. Shields.

Casi no puedo emitir palabra. —Tengo que colgar, mamá. Pero te quiero.

La Dra. Shields suelta la naranja. Busca en su bolsillo.

Bajo mi teléfono y la miro fijamente.

—El vuelo sale mañana por la noche —dice la Dra. Shields. Su voz es tan precisa; cada palabra es como un repique musical—. Parece que no irás a tu casa el viernes después de todo.

No puedes sencillamente abandonar a alguien como ella, había dicho Thomas en el parque congelado.

—¿Jessica? —la Dra. Shields saca la mano del bolsillo—. Tu cheque.

Sin pensarlo, lo tomo.

Despego los ojos de su mirada inquisitiva. Aterriza en el bol de frutas brillantes.

Entonces me doy cuenta de que las naranjas son del mismo tipo que yo vendía siempre en diciembre para recaudar fondos para la escuela: naranjas nebo. De la Florida.

CAPÍTULO
CUARENTA Y SEIS

Miércoles, 19 de diciembre

ESTA NOCHE VOLVISTE A recordarme a April.

Aquella noche de junio hace solo seis meses, ella tomaba vino sentada en un taburete de la cocina, meciendo la pierna que tenía cruzada sobre la otra. Tenía una energía frenética, como de costumbre, pero su afecto inicial era optimista.

Esto, por sí solo, no era motivo de preocupación.

Su estado de ánimo cambiaba rápidamente, como un temporal repentino que interrumpe un día de sol, o una mañana fría que cede el paso al calor del mediodía.

Era como si su barómetro interno reflejara el mes cuyo nombre llevaba.

Pera esa noche, su abrupto vuelco emocional fue más repentino que en el pasado.

Se dijeron palabras duras; lloró tanto que respiraba a bocanadas.

Más tarde esa noche, se suicidó.

Cada vida está marcada por momentos de transformación, tan singulares a cada individuo como su ADN.

La aparición de Thomas en el pasillo oscuro durante el apagón fue una de esas experiencias trascendentales.

La desaparición de April fue otra.

Su muerte, y las palabras que se intercambiaron justo antes, pusieron en movimiento una trayectoria descendente, una caída en la arena movediza de los sentimientos. Hubo otra víctima: mi matrimonio con Thomas.

En todas las vidas hay puntos de pivote —a veces fortuitos, a veces predestinados— que conforman y a la larga consolidan nuestro camino.

Tú eres el más reciente, Jessica.

No puedes desaparecer ahora. Se te necesita más que nunca.

Hasta ahora los datos apuntan a dos posibilidades. O estás mintiendo, y tú y Thomas se han encontrado o tienen planes de encontrarse, o tú dijiste la verdad, lo que significa que Thomas está titubeando. Su indecisión en responder a tu mensaje de texto y sus contestaciones contradictorias, todo indica que puede estar a punto de caer en la tentación.

En cualquier caso, hace falta más evidencia. La hipótesis —que Thomas es un adúltero impenitente— no ha sido probada adecuadamente.

Se te concederá una noche para volver a ser la joven obediente y entusiasta que ingresó a mi investigación como la Participante 52.

Revelaste que tenías intenciones de salir de la ciudad. Eso quiere decir que no tienes compromisos de trabajo.

Tu amiga Lizzie estará refugiada con su familia durante las fiestas, a miles de millas de distancia.

Tu familia estará comiendo mariscos y chapoteando en una piscina de agua salada.

Tú serás toda mía.

CAPÍTULO
CUARENTA Y SIETE

Miércoles, 19 de diciembre

—¡Tu esposa está loca de verdad! —le digo entre dientes.

Estoy a cuatro cuadras de la casa de la Dra. Shields, pero esta vez me aseguré de que no me sigue. Estoy encogida en la entrada de una tienda de ropa cuyo escaparate está cubierto por un rótulo de liquidación por cierre. Ya las nubes han desaparecido, pero el color de este cielo invernal oscila entre el púrpura y el negro. Las pocas personas que pasan se contraen dentro de su abrigo, con la cabeza baja y la barbilla metida en el cuello.

—Ya lo sé —suspira Thomas—. ¿Qué sucedió?

Estoy temblando, pero no de frío. La Dra. Shields me está enredando; es como una trampa china: mientras más lucho por escapar, más me aprisiono.

—Solo necesito alejarme de ella. Me dijiste que me ayudarías a salir de esto. Tenemos que vernos otra vez.

—No puedo salir esta noche —dice titubeando.

—Yo iré donde ti —digo—. ¿Dónde estás?

—Estoy... en realidad, estoy de camino a verla.

Abro los ojos como platos. Siento que la espalda se me agarrota.

—¿Qué? Estuviste en su casa hace dos noches. ¿Cómo se supone que debo creer que están separados cuando están juntos siempre?

—No es así. Tenemos una cita con nuestro abogado para el divorcio —responde Thomas. Su voz es reconfortante—. ¿Qué te parece si hablamos mañana?

Estoy tan tensa que ni siquiera puedo continuar la conversación. —¡Está bien! —respondo, antes de colgar.

Me detengo un momento.

Entonces hago lo único que se me ocurre que puedo hacer para retomar un poco de control sobre mi vida que se cae a pedazos.

Salgo de la entrada de la tienda y vuelvo sobre mis pasos. Cuando estoy a treinta metros de la casa de Shields, cruzo la calle y me escondo entre las sombras.

Ella sale quince minutos más tarde, cuando había comenzado a pensar que no había llegado a tiempo para verla.

Asegurándome de quedarme lo más atrás posible, la sigo cuando camina dos cuadras, dobla en la esquina y camina otras tres.

No me preocupa que se pierda de vista, ni siquiera cuando nos acercamos a un área comercial y los grupos de personas son más grandes. Lleva puesto un abrigo blanco de invierno, largo, y el pelo rojo-dorado le cae suelto sobre los hombros.

Parece un ángel de porcelana en el tope de un árbol de Navidad.

En la distancia, puedo ver a Thomas esperando debajo de un toldo.

Sé que no me ha visto; tengo la cabeza cubierta con la capucha y me escondo detrás de una parada de autobús.

Pero él ve a la Dra. Shields.

Una sonrisa ancha se dibuja en su cara. Su expresión es una mezcla de anticipación y deleite.

No parece un hombre que se quiera divorciar de la mujer que se le acerca; por el contrario, está ansioso de verla.

Ninguno de los dos se da cuenta de que yo estoy observando. No sé cuánto tiempo voy a tener antes de que desaparezcan en el edificio para la reunión con el abogado. Pero quizás me entere de algo.

Él camina hacia ella, extendiendo la mano.

Ella la toma.

Y en ese instante, él con su chaqueta negra y ella vestida de blanco, es como si estuviera espiándolos en otro momento, un momento que solo he visto en una fotografía: su boda.

Thomas inclina la cabeza, le sostiene el cuello y la besa.

No es el tipo de beso que un hombre le da a una mujer de la que se quiere deshacer.

Me consta, porque Thomas me besó de la misma forma hace solo cinco días, cuando nos vimos en el bar.

De camino a casa, pienso en todas las mentiras que nos unen a los tres.

Porque ahora sé que Thomas trata de engañarme a mí también.

Después de besarla bajo el toldo rojo, él le pasó el brazo por los hombros y la haló hacia sí de nuevo. Entonces abrió la alta puerta de madera —no la entrada a la oficina de un abogado, sino a un romántico restaurante italiano— y se echó a un lado para dejarla pasar primero.

Por lo menos finalmente he aprendido algo concreto: ninguno de los dos es de fiar.

No sé por qué. Pero no me puedo preocupar por eso ahora.

La única pregunta que necesito contestar es cuál de los dos es más peligroso.

TERCERA
PARTE

Con frecuencia, la persona a quien juzgamos con más severidad es a nosotros mismos. Todos los días criticamos nuestras decisiones, nuestras acciones y hasta nuestros pensamientos más íntimos. Nos preocupamos de que el tono de un mensaje de correo electrónico que enviamos a un colega pueda ser mal entendido. Arremetemos contra nuestra falta de autocontrol mientras echamos a la basura un envase vacío de helado. Nos lamentamos de cortar una conversación telefónica con una amiga en lugar de escuchar pacientemente sus problemas. Deseamos haberle dicho a un pariente cuán importante era para nosotros antes de que muriera.

Todos cargamos con el peso de los remordimientos secretos: los desconocidos que vemos en la calle, nuestros vecinos, nuestros colegas, nuestros amigos, hasta nuestros seres amados. Y todos nos vemos obligados constantemente a tomar decisiones éticas. Algunas de estas decisiones son de poca importancia. Otras, cambian la vida.

Parece fácil formar estos juicios en papel: marcas una cajita y sigues a la próxima. En una situación de la vida real, sin embargo, nunca es así de sencillo.

Las alternativas te obsesionan. Días, semanas y hasta años después piensas en las personas afectadas por tus acciones. Dudas de tus decisiones.

Y no te preguntas si se producirán consecuencias, sino cuándo.

CAPÍTULO
CUARENTA Y OCHO

Miércoles, 19 de diciembre

El regalo más reciente de la Dra. Shields me parece más peligroso que coquetear con un hombre casado, o revelar secretos dolorosos, o estar atrapada en el apartamento de un drogadicto.

Ya era problemático cuando mi vida estaba enredada con la Dra. Shields y sus experimentos. Pero ahora se está relacionando con mi familia. Ellos probablemente piensan que se han ganado la lotería con este viaje. Todavía oigo a Becky gritar: ¡Vamos al mar!

Como dijo Ricky cuando agarró mi celular, *en la vida nada es gratis.*

De camino a casa después de seguirla, no puedo dejar de ver la imagen de la Dra. Shields y Thomas besándose frente al restaurante. Me los imagino en una romántica mesa para dos mientras el sumiller descorcha una botella de vino tinto. Me imagino a Thomas dando su aprobación después de probarlo. Luego tal vez toma las manos de ella entre las suyas para calentarlas. Daría cualquier cosa por saber lo que se están diciendo.

¿Soy el tema de conversación?, me pregunto. ¿Se mienten uno al otro, igual que me mienten a mí?

Cuando llego a mi edificio, le doy un tirón tan fuerte a la puerta de seguridad para que cierre que siento la sacudida en el hombro. Hago una mueca de dolor y lo froto, y luego sigo hacia las escaleras.

Subo hasta el descanso del cuarto piso y entro al pasillo. A mitad de camino, a unas tres puertas de mi apartamento, hay algo suave y pequeño sobre la alfombra. Por un momento pienso que es un ratón. Entonces me doy cuenta de que es un guante gris de mujer.

De ella, pienso, pasmada. El color, la tela; reconozco su estilo de inmediato.

Juro que puedo oler su perfume. ¿Por qué ha vuelto a mi apartamento?

Pero al acercarme, me doy cuenta de que estoy equivocada. El cuero es grueso y ordinario; es el tipo de guante que uno le compraría a un vendedor ambulante. Debe ser de una de las vecinas. Lo dejo donde está para que lo encuentre.

Al llegar a mi apartamento y abrir la puerta, titubeo en la entrada. Miro alrededor. Todo parece estar igual que como lo dejé y Leo corre a saludarme como de costumbre. Aun así, pongo las dos cerraduras en vez de esperar hasta la hora de acostarme, como suelo hacer.

Dejo la lámpara de mi mesita de noche prendida para Leo cuando sé que voy a llegar a casa después del anochecer. Ahora enciendo la luz cenital también, y la del baño. Vacilo antes de abrir de un tirón la cortina de la ducha. Me sentiría mejor si pudiera ver todas las esquinas de mi monoambiente.

Camino hacia la cocina y rozo la silla donde cuelgo la ropa cuando no tengo ganas de colgarla en el armario.

Ahí está la estola de la Dra. Shields, asomada debajo del suéter que usé ayer. Desvío la mirada y sigo caminando hasta la cocina, donde agarro un vaso y lo lleno de agua. Me la tomo de tres tragos y luego saco una libreta del fondo de mi gaveta de cachivaches.

Me la llevo a la cama y me siento con las piernas cruzadas encima del edredón. En la página hay una serie de números que recuerdo como un ensayo de elaborar un presupuesto. No puedo creer que hace solo seis semanas me preocupaba cómo iba a pagarle a Antonia por la terapia ocupacional de Becky, y esperaba que mis citas de BeautyBuzz se alinearan para no tener que cargar mi maletín demasiado lejos. En retrospectiva, mi vida era tranquila y mis problemas, ordinarios. Entonces vino el momento impulsivo en que agarré el teléfono de Taylor y escuché el mensaje de Ben. Esos diez segundos cambiaron mi vida.

Ahora necesito ser lo contrario de impulsiva.

Arranco la primera hoja de la libreta y dibujo una línea recta por el medio de la hoja nueva, con el nombre de la Dra. Shields en el tope de una columna y el nombre de Thomas sobre la otra. Entonces, sentada en la cama con las piernas cruzadas, escribo todo lo que sé acerca de ellos.

Dra. Lydia Shields: 37, townhouse en el West Village, profesora adjunta en la Universidad de Nueva York. Psiquiatra, con oficinas en Midtown. Investigadora, escritora. Ropa de diseñador, gusto exquisito. Antiguo ayudante llamado Ben Quick. Casada con Thomas. Subrayo ese último detalle cuatro veces.

Añado signos de interrogación a otras posibilidades. *¿Padre influyente? ¿Expedientes de los pacientes? ¿La historia de la Participante 5?*

Me quedo mirando la poca información reunida en la página. ¿Es eso en realidad todo lo que sé de la mujer que guarda tantos de mis secretos?

Sigo con Thomas. Abro la computadora y lo busco en Google, pero a pesar de que aparecen varios Thomas Shields entre los resultados, ninguno de ellos es él.

Quizás la Dra. Shields mantuvo su apellido de soltera.

Recuerdo algunas cosas de nuestro encuentro en el bar: *Corre en motocicleta. Sabe toda la letra de la canción «Come Together» de Los Beatles. Toma cervezas IPA de barril.* Y algunos detalles de cuando estuvimos en mi apartamento: *Le gustan los perros. Está en buena condición física. Cicatriz de una cirugía en el hombro.*

Pienso un instante y luego añado: *Lee el* New York Times *en Ted's Diner. Va al gimnasio. Usa lentes. Casado con la Dra. Shields.* Subrayo ese último detalle cuatro veces también.

Continúo: *¿Entre treinta y cinco y cuarenta? ¿Ocupación? ¿Dónde vive?*

Conozco todavía menos sobre Thomas que sobre la Dra. Shields.

Sé de solo dos personas que están conectadas con ellos. La primera, Ben, no quiere hablar más conmigo. La segunda no puede hablar conmigo.

Es la Participante 5. ¿Quién era?

Me levanto de la cama y comienzo a caminar de un lado a otro los diez pasos de mi monoambiente, tratando de recordar todo lo que dijo Thomas en el jardín botánico.

Era joven y solitaria. Lydia le hizo regalos. No era apegada a su padre. Aquí fue donde se mató.

Vuelvo rápidamente a la cama y busco de nuevo mi computadora. El artículo de dos párrafos en el *New York Post* que encuentro al buscar «Jardines del West Village» y «suicidio» y «junio» revela que Thomas dijo la verdad sobre una cosa por lo menos: una mujer joven murió en el jardín. Su cuerpo fue hallado más tarde esa misma noche por una pareja que había salido a dar un paseo a la luz de la luna. Primero pensaron que estaba dormida.

El artículo también da su nombre completo: Katherine April Voss.

Cierro los ojos y lo repito en silencio.

Apenas tenía veintitrés años y usaba solo su segundo nombre. El artículo tiene pocos detalles más, aparte de dar la ascendencia de sus padres y de sus hermanastros, mucho mayores que ella.

Pero ha sido suficiente para comenzar a seguir la trayectoria de su vida, y cómo y dónde se intersectó con la de la Dra. Shields.

Me froto la frente mientras considero mi próximo paso. Siento un latido sordo entre las sienes, quizás porque no he comido mucho hoy, pero el nudo que tengo en el estómago no me permite comer nada.

A pesar de lo desesperada que estoy por conseguir información, no quiero molestar todavía a los padres de April, que están de luto. Pero puedo seguir otras líneas de investigación. Como la mayoría de los veinteañeros, April tenía una presencia activa en las redes sociales.

En menos de un minuto, encuentro su cuenta de Instagram. Cualquiera la puede seguir.

Hago una pausa antes de ver las imágenes, igual que hice cuando comencé a investigar a la Dra. Shields en línea.

No tengo idea de qué voy a encontrar. Me siento como si fuera a cruzar un umbral sin poder volver atrás.

Hago clic sobre su nombre. La pantalla se llena de fotos pequeñitas.

Amplío la más reciente, la última foto que April publicó, y decido ir hacia atrás en el tiempo.

Tiene fecha del 2 de junio. Seis días antes de morir. Verla sonriente me hace estremecer, a pesar de que parece ser el tipo de foto que yo tomaría con Lizzie, dos amigas brindando con copas de margarita y pasándola bien. Parece tan ordinaria, en vista de lo que sucedió menos de una semana más tarde. El calce que pone April dice: *Con @Fab24: amigas por siempre!* Una docena de personas pusieron comentarios como *¡me encanta!* y *¡qué liiinda!*

Miro detenidamente los rasgos de April. Esta es la chica tras el número que le asignó la Dra. Shields. Tenía pelo lacio, largo y oscuro, y tez pálida. Estaba delgada; muy delgada. Los ojos castaños parecen demasiado grandes y redondos para su estrecha cara.

Escribo *Fab24/mejor amiga* en una hoja en blanco de la libreta debajo del nombre de April.

Paso las fotos una a una, escudriñando cada una en busca de claves que voy anotando: un lugar que se aprecia en el trasfondo, el nombre de un restaurante impreso en una servilleta, personas que aparecen varias veces.

Cuando he visto quince fotos, ya sé que April usaba pendientes de argolla y una chaqueta negra de cuero. Le encantaban las galletitas y los perros, como a mí.

Vuelvo a la foto de April y Fab24. Sé que no es mi imaginación. April se ve contenta, realmente contenta. Luego lo veo: los flecos de una estola gris en el espaldar de la silla.

Doy un salto al oír pasos en el corredor.

Parecen dirigirse a mi apartamento.

Espero que toquen a la puerta, pero no sucede.

En cambio, escucho un crujido.

Descruzo las piernas y salgo de la cama. Camino tratando de no hacer ruido, de que el susurro de mis medias en el piso no se oiga.

Mi puerta tiene una mirilla. Cuando me muevo para colocarme tras ella, me asalta el temor de ver los ojos azules de la Dra. Shields al otro lado del delgado vidrio.

No soy capaz de hacerlo. Mi respiración se siente tan agitada que estoy segura de que la puede escuchar a través de la puerta.

La adrenalina se me dispara cuando pego la oreja a la puerta. No se oye nada.

Si está ahí, sé que no se va a ir hasta que yo haga lo que ella quiere. Imagino que puede ver dentro de mi apartamento, igual que podía verme a través de la computadora hace todos esos meses. Tengo que mirar. Me obligo a girar la cabeza y acercar el ojo a la mirilla. Se me ciñe el pecho cuando me asomo.

No hay nadie.

Que no haya nadie me estremece tanto como si hubiese habido alguien. Doy un paso atrás, con un grito ahogado. ¿Estoy volviéndome loca? La Dra. Shields y Thomas están cenando juntos. Los vi. Todo eso es cierto.

Los ladridos agudos de Leo me sacan de mis cavilaciones. Me mira perplejo.

Lo mando a callar en voz baja.

Me acerco a la ventana en puntitas de pie. Bajo la lama de una persiana con los dedos y me espío afuera. Escudriño la calle: hay varias mujeres entrando a un taxi y un hombre con su perro. Nada parece estar fuera de lugar.

Agarro a Leo y lo traigo a la cama conmigo.

Pronto tendrá que salir. Nunca he tenido miedo de sacarlo a caminar de noche. Pero ahora no me gusta la idea de bajar la escalera, que tiene puntos ciegos en todas las esquinas, y salir a una calle que podría estar vacía o podría no estarlo.

La Dra. Shields sabe exactamente dónde vivo. Ha estado aquí antes. Supo cómo encontrar a mi familia. Quizás sabe más sobre mí de lo que jamás pensé.

Ben tiene razón. Necesito conseguir mi expediente.

Sigo mirando las fotos de April, y amplío una de ellas para poder leer el nombre de una calle en el rótulo. Luego veo una foto tomada a principios de mayo, de un tipo dormido en una cama con un edredón de flores enredado alrededor del torso desnudo. ¿Un novio?, me pregunto.

Tiene la cara oscurecida debido al ángulo de la foto; solo alcanzo a ver un parte.

Poso la mirada en la mesita de noche contigua. Tiene unos pocos libros —anoto los títulos— un brazalete y un vaso de agua medio lleno.

Y algo más. Un par de lentes.

Mi cuerpo colapsa; es como si hubiese caído en un precipicio y no pudiese detener el desplome.

La mano me tiembla cuando amplío la foto.

Los lentes son de carey.

Agrando la imagen del hombre dormido, que April presuntamente fotografió en su cama.

No es posible. Quiero agarrar a Leo y salir corriendo, pero ¿a dónde? Mis padres nunca entenderían. Lizzie ya se fue de vacaciones fuera de la ciudad. Y Noah... casi no lo conozco. No lo puedo involucrar en esto.

Echo la computadora a un lado, pero no puedo dejar de ver la línea recta de su nariz y el pelo que le cae sobre la frente.

El hombre de la foto es Thomas.

CAPÍTULO
CUARENTA Y NUEVE

Miércoles, 19 de diciembre

TE VEÍAS TAN ATEMORIZADA cuando saliste de mi casa esta noche, Jessica. ¿No entiendes que no te pasará nada malo?

Se te necesita demasiado.

La cena con mi esposo no revela información nueva. Thomas esquiva fácilmente mis preguntas sobre su día y sus planes para el resto de la semana. Responde con sus propias preguntas, y llena los silencios potenciales con comentarios sobre su deliciosa pasta *bolognese* y las coles de bruselas asadas que ordenó para que compartiéramos.

Thomas es un excelente jugador de *squash*. Es experto en prever el ángulo del servicio de su oponente; maniobra rápidamente en la cancha.

Pero hasta los atletas más consumados se cansan cuando están bajo presión continua. Ahí es que ocurren los errores.

Después de que se llevan los platos y sirven una deliciosa tarta de manzana de postre, Thomas pregunta en broma si hay algo especial que Papá Noel deba colocar debajo del árbol este año.

—Siempre es difícil saber qué regalar a la mujer que tiene todo —añade.

Thomas ha demostrado ser un adversario astuto, pero ahora se ha presentado una oportunidad inesperada.

—Sí, hay algo —se le dice—. ¿Qué tal unos anillos de plata apilables?

Es palpable la rigidez súbita del cuerpo de Thomas.

Otra pausa.

—¿Los has visto?

Baja la mirada a su plato, fingiendo un interés repentino en las migajas del postre.

—Ah, sí, creo que sé de lo que hablas —responde.

¿Qué opinas? —se le pregunta—. ¿Crees que son... bonitos?

Thomas levanta la vista. Me toma la mano y la levanta en el aire, como considerando cómo se vería con ellos.

Hace un gesto de negación con la cabeza. Su mirada es intensa. —No son suficientemente especiales.

Traen la cuenta y Thomas sale del paso.

Es rechazado en la puerta del *townhouse*. Esto es un poco personal, Jessica, pero tienes que estar de acuerdo en que ya hemos trascendido la etapa de meramente conocidas. La intimidad física con Thomas no se ha restablecido desde la traición de septiembre pasado. Nuestro matrimonio todavía está en terreno inestable; no se va a reanudar esta noche.

Thomas acepta el amable rechazo con elegancia. ¿Demasiada elegancia?

Su apetito sexual siempre ha sido fuerte. Esta abstinencia obligada avivará su libido, aumentando el impulso a sucumbir a la tentación otra vez.

Después que se cierra la puerta detrás de Thomas y se echa

la recién instalada cerradura, se le devuelve a la casa el orden acostumbrado. Normalmente, estas tareas se habrían completado después de tu partida, pero el tiempo no lo permitió en un día tan ajetreado como hoy.

El periódico se recoge de la mesa de centro y se echa al envase de reciclar. La lavaplatos se vacía. Luego se examina el estudio. Un leve aroma a naranjas perfuma la habitación. El bol que las contiene se recoge y se trae a la cocina. Las naranjas se tiran a la basura.

Las frutas cítricas nunca han resultado atrayentes.

Después de que se apagan las luces del piso principal y se suben las escaleras, se escoge un camisón lila de seda y la bata en combinación. Se aplica suero alrededor de los ojos con el dedo anular y luego se aplica una crema humectante. El enve-jecimiento, aunque inevitable, puede manejarse elegantemente con el arsenal apropiado.

Una vez completados los rituales nocturnos y traído un vaso de agua a la mesita de noche, solo queda una tarea. El expe-diente color crema con el nombre JESSICA FARRIS se toma del centro del escritorio en el pequeño estudio adyacente al dormi-torio. Se abre.

Las fotos de tus padres y de Becky se contemplan otra vez. En menos de veinticuatro horas, estarán en un avión rumbo a un lugar a cientos de millas de distancia. ¿Se sentirá más pronunciada su ausencia al acrecentarse la brecha entre ustedes?

Entonces, una pluma fuente Montblanc, un regalo muy pre-ciado de mi padre, se posa en una nueva página del bloc de hojas que contiene apuntes meticulosos. La nueva entrada tiene fecha de miércoles, 19 de diciembre, y se anotan los detalles de mi cena con Thomas. Se da especial atención a captar su reacción a la sugerencia de que unos anillos de plata apilables serían un regalo apreciado.

Tu expediente es cerrado y colocado sobre el escritorio nuevamente, sobre un segundo expediente que pertenece a otra participante. Ya no se los mantiene con los demás en la oficina. Fueron traídos a casa hace algunos días, después de instalar la nueva cerradura en la puerta de entrada.

El nombre en la pestaña del expediente que está debajo del tuyo es KATHERINE APRIL VOSS.

CAPÍTULO
CINCUENTA

Jueves, 20 de diciembre

Necesito apegarme lo más posible a la verdad cuando vea a la Dra. Shields.

No solo porque no sé cuánto sabe ella. Tampoco sé de qué es capaz.

Casi no dormí anoche; cada vez que el viejo piso del edificio crujía, o alguien subía las escaleras y pasaba frente a mi apartamento, me quedaba paralizada, a la escucha del ruido de una llave en la cerradura de mi puerta.

No es posible que la Dra. Shields o que Thomas hayan conseguido una llave de mi apartamento, me decía para calmarme. Aun así, alrededor de las 2:00 a. m., arrastré la mesita de noche hasta la puerta para bloquearla y saqué la latita de aerosol Mace de la cartera y la metí debajo de la almohada, al alcance de la mano.

Cuando la Dra. Shields me envió un mensaje de texto a las siete de la mañana para que fuera a su casa después del trabajo, respondí que sí de inmediato. No tenía sentido resistirme, y, más importante aún, no quería inquietarla.

Si no puedo escapar de esta trampa alejándome, quizás tengo que acercarme más, pensé.

Se me ocurrió el plan en la ducha esta mañana, de pie bajo el chorro de agua caliente que parecía no calentarme. No tengo idea de cómo va a reaccionar a lo que le voy a decir. Pero no puedo continuar así.

Llego a su casa a las siete y treinta, después de un día ajetreado de trabajo. Todas mis clientas estaban alegres, preparándose para fiestas y, en el caso de mi última cita del día, esperando que el novio le propusiera matrimonio.

Apenas me fijé en sus caras al maquillarlas. En su lugar, imágenes de Thomas tendido en la cama de April chocaban en mi mente con las ideas de lo que habría de decirle a la Dra. Shields una vez que estuviéramos dentro de su casa.

Me deja entrar de inmediato, casi como si hubiese estado esperando en el pasillo a que sonara el timbre. O quizás me vio cuando me acercaba desde una ventana del piso superior.

—Jessica —dice a modo de saludo.

Solo eso. Solo mi nombre.

Luego cierra la puerta tras de mí y toma mi abrigo.

Me quedo de pie a su lado mientras lo cuelga en el armario. Al dar un paso atrás, casi choca conmigo.

—Disculpe —digo. Es necesario que ella recuerde este momento. Estoy sembrando la semilla de mi coartada.

—¿Te tomarías una Perrier? —pregunta la Dra. Shields, mientras camina hacia la cocina—. ¿O quizás una copa de vino?

Vacilo, y luego digo: —Lo mismo que usted vaya a tomar estará bien. —Me aseguro de que el tono comunique agradecimiento.

—Acabo de abrir una botella de Chablis —dice la Dra. Shields—. ¿O preferirías un Sancerre?

Como si yo supiese la diferencia entre variedades de uva.

—El Chablis está bien —respondo, pero no voy a tomar más de un par de sorbos. Tengo que estar alerta.

Ella llena dos copas de tallo fino y me da una. Mis ojos recorren la habitación. No he visto evidencia de que Thomas esté en la casa, pero después de la forma en que actuaron anoche, tengo que asegurarme de que no esté escuchando.

Tomo un sorbito de vino y me lanzo enseguida, hablando en voz baja. —Tengo que decirle algo.

Ella se da la vuelta a mirarme. Sé que se da cuenta de mi nerviosidad; siento como si irradiara de mi cuerpo. Por lo menos no tengo que fingir que la estoy fabricando.

Apunta a un taburete y se sienta en el que está contiguo. Nos hemos girado hasta quedar de frente, sentadas mucho más cerca que de costumbre. Giro el cuerpo unos centímetros más para poder ver bien la habitación. Nadie me puede tomar por sorpresa.

Leves sombras violáceas forman medias lunas bajo los ojos de la Dra. Shields. Probablemente no ha estado durmiendo bien tampoco.

—¿Qué sucede, Jessica? Espero que a estas alturas ya sepas que puedes contarme cualquier cosa.

Levanta su copa y en ese momento me percato de que la mano *de ella* tiembla casi imperceptiblemente. Es la primera muestra de vulnerabilidad que advierto.

—No he sido completamente honesta con usted —afirmo. Veo el movimiento de su garganta cuando traga. Pero no me interrumpe. Espera a que yo termine de hablar.

—El hombre de la cafetería... —Algo cambia en sus ojos; se achican un poco. Escojo las palabras con cuidado—. Cuando contestó mi mensaje, en realidad dijo que quería verme. Me pidió que yo dijera el día y la hora.

La mirada de la Dra. Shields se mantiene fija. No se mueve.

Tengo la idea momentánea de que se ha convertido en cristal, esculpida del mismo material de Murano que el halcón que dijo que era un regalo para su esposo. Para Thomas.

—Pero no he contestado —continúo.

Esta vez, espero yo a que ella responda. Aparto la mirada con el pretexto de tomar un sorbo de vino.

—¿Y por qué no? —pregunta por fin la Dra. Shields.

—Creo que Thomas es su esposo —digo en un susurro. El corazón me late tan aparatosamente que estoy segura de que lo puede oír.

Ella respira hondo.

—Hmmm —murmura—. ¿Qué te llevó a esa suposición?

No tengo idea de si voy por el camino correcto ahora. Me estoy moviendo por un campo minado, pero no sé cuánto sabe ella, así que tengo que contar parte de la verdad.

—Cuando me presenté en la cafetería, me di cuenta de que había visto al hombre antes —dije. Esta es la parte delicada; lucho contra una sensación de mareo—. Recordé haberlo visto de camino al museo, entre la gente arremolinada alrededor de la mujer que había sido golpeada por el taxi. Me fijé en él porque yo estaba mirando a todos los que estaban allí, tratando de determinar si eran parte del test. Estoy segura de que no me vio, sin embargo.

La Dra. Shields no responde. No tiene expresión. No tengo idea de cómo se siente acerca de lo que acabo de decir.

—Cuando le conté sobre el hombre con quien hablé de las fotos, me confundió que usted pensara que tenía el pelo rubio. Ni siquiera relacioné su pregunta con el tipo que vi delante del museo. Pero entonces lo vi, a Thomas, de nuevo en la cafetería.

La Dra. Shields finalmente abre la boca para hablar. —¿Y solamente por eso llegaste a esta conclusión?

Niego con la cabeza. La siguiente parte so oía bien cuando la ensayé más temprano. Pero no tengo idea de si la va a convencer.

—Las chaquetas colgadas en el armario de los abrigos... son todas tan grandes. Evidentemente pertenecen a un hombre alto y de espaldas anchas, no a un hombre como el de la foto que está en su comedor. Me fijé en ellas la última vez que estuve aquí y hoy volví a fijarme.

—Eres toda una detective, ¿no es así, Jessica? —Con los dedos, acaricia el tallo de su copa. Se la lleva a los labios y toma un sorbo. Entonces dice—: ¿Descifraste esto tú sola?

—Más o menos —respondo. No puedo decir si me cree, así que continúo con la historia que había preparado—: Lizzie estaba hablando de que había tenido que ordenar un vestido adicional para un actor sustituto en una obra que era mucho más grande que el actor original. Eso fue lo que me hizo pensarlo.

La Dra. Shields se inclina hacia delante abruptamente y yo me estremezco.

Me aseguro de sostener su mirada.

Después de un instante, se levanta de su taburete sin decir palabra. Agarra la botella de vino que estaba sobre la encimera y camina hasta el refrigerador. Cuando abre la puerta, puedo ver una fila de botellas de agua Perrier y un cartón de huevos. Nunca he visto un refrigerador tan vacío.

—Hablando de Lizzie, voy a verla cuando salga de aquí para tomar algo —continúo—. ¿Conoce algún lugar por aquí cerca que sea bueno? Le dije que le enviaría un mensaje cuando terminemos.

Es otra de mis medidas de seguridad, junto con la lata de Mace que puse en la cartera y el poder ver claramente toda la habitación.

La Dra. Shields cierra la puerta del refrigerador. Pero no vuelve a sentarse a mi lado.

—Oh, ¿Lizzie todavía está en la ciudad?

Casi se me escapa un grito. Lizzie se fue ayer, pero ¿cómo lo sabe la Dra. Shields? Si encontró a mis padres, quizás encontró a Lizzie también.

Ni siquiera recuerdo si le he contado algo sobre los planes de Lizzie para los días feriados. La Dra. Shields tomaba apuntes de todas nuestras conversaciones. Yo no.

Empiezo a balbucear: —Sí, pensaba irse antes, pero surgió algo y va a estar aquí un par de días más.

Me obligo a dejar de hablar. La Dra. Shields sigue al otro lado de la isla. Me está estudiando. Es como si me estuviese sujetando con la mirada.

Hay otras cuatro habitaciones detrás de mí, incluyendo el baño. Como la Dra. Shields se ha movido a otra parte de la cocina, ya no puedo mirarla a ella y velar las puertas a la vez.

En su lugar, lo único que puedo ver son las superficies duras y relucientes de la cocina: las encimeras de mármol gris, los enseres de acero inoxidable y el espiral de metal del sacacorchos que dejó al lado del fregadero.

—Me alegro de que seas honesta conmigo, Jessica —dice la Dra. Shields—. Y ahora voy a hacer lo mismo. Tienes razón: Thomas es mi esposo. El hombre de la foto era mi mentor cuando yo estudiaba.

Exhalo sin darme cuenta de que había contenido la respiración. Por lo menos hay una pieza de información que concuerda con lo que Thomas y la Dra. Shields me han dicho, y también con mis instintos.

—Hemos estado casados siete años —continúa diciendo—. Trabajábamos en el mismo edificio. Fue así como nos conocimos. Él también es psiquiatra.

—Oh, —digo, esperando que esa única palabra aliente a la Dra. Shields a continuar.

—Debes de estar preguntándote porqué te he estado empujando hacia él —me dice.

Ahora soy yo la que se queda en silencio. No quiero decir nada que la pueda provocar.

—Me engañó —afirma. Me parece ver el brillo de lágrimas en sus ojos, pero entonces el brillo desaparece y no sé si fue solo un efecto de la luz—. Solo una vez. Pero los detalles de esa traición la hicieron especialmente dolorosa. Y prometió no volverlo a hacer. Quiero creerle.

La Dra. Shields es tan precisa y cuidadosa con sus palabras que parece que finalmente me está contando la verdad.

Me pregunto si vio la foto íntima de Thomas tendido en la cama de April, con el edredón de flores que dejaba ver sus hombros desnudos. Qué doloroso tiene que haber sido.

Cuánto peor sería si supiese lo que he hecho.

Estoy ansiosa por oír más. Pero sé que no pudo bajar la guardia cuando estoy con ella, ni siquiera por un segundo.

—A pesar de todas las preguntas que te he hecho, nunca habíamos hablado de esto —continúa la Dra. Shields—. ¿Alguna vez has estado verdaderamente enamorada, Jessica?

No sé si hay una respuesta correcta. —Creo que no —digo por fin.

—Lo sabrías —me responde—. La alegría, el sentido de plenitud que puede ofrecer a una persona—, es directamente proporcional a la angustia que se siente cuando ese amor acaba.

Es la primera vez que se ve frágil y embargada por las emociones.

Tengo que hacerle creer que estoy de su lado. No tenía idea de que Thomas era su marido cuando me lo llevé a mi apartamento. Aun así, si ella se entera, pues, no tengo idea de lo que me haría.

Mi mente vuelve súbitamente a la Participante 5, tirada en un banco del jardín botánico la última noche de su vida. De seguro la policía investigó su muerte antes de declararla un suicidio. ¿Pero en realidad estaba sola cuando murió?

—Lo siento mucho —digo. La voz me tiembla un poco, pero espero que piense que es por compasión, no por temor—. ¿Qué puedo hacer para ayudar?

Los labios de la Dra. Shields dibujan una sonrisa vacía. —Por eso te seleccioné —dice—. Me recuerdas un poco... pues, me la recuerdas a *ella*.

No puedo evitar girar la cabeza para mirar detrás de mí. La puerta delantera está a unos veinte metros, pero la cerradura parece complicada.

—¿Qué sucede, Jessica?

No quiero hacerlo pero giro de nuevo. —Nada, solo pensé que había escuchado ruido. —Levanto mi copa. En vez de beber, solo la sostengo. Podría ser suficientemente pesada como para usar de arma.

—Estamos completamente solas —afirma—. No te preocupes.

Finalmente sale de detrás de la isla y vuelve al taburete junto al mío. Roza mi rodilla con la de ella cuando se sienta. Contengo un estremecimiento.

—La joven con la que Thomas la engañó... —Las palabras quieren permanecer encerradas, pero tengo que preguntar. —¿Usted dijo que yo se la recuerdo?

La Dra. Shields tiende la mano y me toca el brazo con sus dedos delgados. Las venas azules de las manos se notan claramente a través de la piel.

—Había una esencia que es similar —responde. Cuando sonríe, veo aparecer unas pocas arrugas alrededor de sus ojos, como si las grietas del cristal se estuviesen haciendo más grandes—. Tenía pelo oscuro y estaba llena de vida.

Todavía tiene mi brazo agarrado. El apretón se siente imperceptiblemente más fuerte. Llena de vida, pienso. Qué forma tan extraña de describir a una joven que se la quitó.

Espero las palabras siguientes y me pregunto si va a decir el nombre de April, o si se va a referir a ella como una participante del estudio.

Me mira. Su mirada vuelve a ser penetrante. Y es como si la mujer que vi hace solo un instante —la más delicada, la que claramente añora a su marido— se hubiera escondido detrás de una máscara. Sus palabras vuelven a estar carentes de emoción. Suena como una profesora, dictando cátedra sobre un tema abstracto.

—Aunque la mujer con la que Thomas me traicionó no era tan joven como tú, tenía como diez años más. Más cerca de mi edad.

Diez años mayor que yo.

Sé que la Dra. Shields ve la conmoción en mi cara, porque su expresión se hace más rígida.

No hay manera de que April, la joven de todas esas fotos de Instagram, estuviera en sus treinta; además, el obituario decía que tenía veintitrés. La Dra. Shields no está hablando sobre April.

Si la Dra. Shields estuviese diciendo la verdad, hay una segunda mujer con quien estuvo Thomas durante su matrimonio. Tres, contándome a mí. ¿Cuántas hubo, en total?

—No puedo ni imaginar que alguien pueda hacerle eso —afirmo, tomando un sorbito de vino para disimular mi sorpresa.

Ella asiente con un gesto de la cabeza. —Lo importante es asegurar que no vuelva a hacerlo. Tú entiendes, ¿no?

Hace una pausa. —Por eso necesito que le contestes ahora mismo.

Voy a colocar la copa en la encimera, pero calculo mal la distancia. Se tambalea en el borde del mármol y la agarro justo antes de que caiga al suelo y se rompa.

Veo a la Dra. Shields observar el incidente, pero sin hacer ningún comentario.

Mi plan ha salido muy mal. La confesión que pensé que me liberaría se siente como una soga al cuello.

Saco el celular de la cartera y escribo el mensaje de texto que la Dra. Shields me dicta: ¿Podemos vernos mañana en la noche? ¿En el Deco Bar a las 8?

Ella observa cuando oprimo *Enviar*. No habían pasado veinte segundos cuando llegó la respuesta.

El pánico se apodera de mi cuerpo. ¿Y si escribió algo que me incrimine?

Estoy tan mareada que quiero meter la cabeza entre las rodillas. Pero no puedo.

La Dra. Shields me mira como si pudiese leer mis pensamientos.

Trago fuerte la náusea que me trepa por la garganta mientras miro mi teléfono.

—¿Jessica?

Su voz se escucha metálica y distante, como si viniese de muy lejos. La mano me tiembla cuando giro el teléfono para que ella pueda ver la respuesta de Thomas: Allí estaré.

CAPÍTULO
CINCUENTA Y UNO

Viernes, 21 de diciembre

TODOS LOS TERAPEUTAS SABEN que la verdad cambia de forma; es tan escurridiza y tenue como una nube. Se transforma y asume distintas encarnaciones, se resiste a las definiciones, se adapta al punto de vista de quienquiera que diga poseerla.

A las 7:36 p. m. envías este mensaje: Voy a salir dentro de unos minutos a encontrarme con T. ¿Debo ofrecerme a pagarle un trago, ya que fui yo quien lo invitó a salir?

La respuesta: No, él es tradicional. Deja que él tome la iniciativa.

A las 8:02 p. m., Thomas llega al Deco Bar, donde tú lo esperas. Desaparece de la vista al entrar por la puerta. No mira a su alrededor, a los restaurantes y cafés vecinos, ni siquiera el que está justo al cruzar la calle.

A las 8:24 p. m., Thomas sale del bar. Solo.

Cuando llega al encintado, mete la mano en el bolsillo y saca su celular. Con el otro brazo llama a un taxi.

—¿Está segura de que no quiere nada más, señora?

El mesero bloquea la vista del ventanal de cristal. Cuando se va, ya Thomas también se ha ido. Un taxi amarillo se aleja del lugar donde estaba hace solo un instante.

Un segundo después suena mi teléfono. Pero la persona que llama no es Thomas. Eres tú.

—Se acaba de ir —dices, sin aliento—. No fue para nada lo que yo esperaba.

Antes de que puedas continuar, suena el timbre de una llamada en espera. Thomas está en la otra línea.

Después de veintidós minutos hostiles —un lapso que incluyó emociones desde la ira hasta la desolación, pasando por instantes de esperanza— ahora todo converge demasiado rápidamente.

—Espera en línea un momento, Jessica. Organiza tus pensamientos.

Al saludar a Thomas, todos los asomos de autoridad desaparecen de la voz: —¡Hola!

—¿Dónde estás, mi amor? —pregunta.

Puede que él escuche ruidos ambientales, como el ruido de platos o la conversación de otros comensales. Es crucial que la respuesta concuerde con la palabra y la actitud de una mujer que, aunque no del todo despreocupada, disfruta de una salida espontánea después de un largo día de trabajo.

—Cerca de la oficina. Me detuve a comer algo porque no he tenido oportunidad de ir al supermercado esta semana.

Al otro lado de la calle, la puerta de Deco Bar se abre y tú sales con el celular pegado a la oreja. Te detienes en la acera, mirando a tu alrededor.

—¿Cuánto tardarás en llegar a casa? —pregunta Thomas. La voz es amable, las palabras, pausadas—. Te extraño y me encantaría verte esta noche.

Las claves reunidas —la brevedad de la reunión en combinación con la petición inesperada de Thomas— permiten que la esperanza salga a flote.

El Deco Bar y el café que está al cruzar la calle quedan a menos de veinte minutos de la casa. Pero es necesario interrogarte antes de enfrentar a Thomas.

—Ya estoy terminando —se le dice a Thomas—. Te llamaré cuando esté en el taxi.

Mientras, tú sigues en la acera, abrazándote tú misma para protegerte del frío. No es posible descifrar tu expresión desde tan lejos, pero tu lenguaje corporal comunica incertidumbre.

—Perfecto —responde Thomas, y se concluye la llamada.

Tú estás todavía esperando en la otra línea.

—Perdona la espera —se te dice—. Continúa, por favor.

—No vino para una cita —dices. Tu cadencia es más lenta; has tenido oportunidad de dar forma a tu respuesta. Esto es lamentable. Thomas quería verme porque tenía sospechas. Me vio en el museo, después de todo. Sabía que no había sido por accidente que me presenté en la cafetería. Me preguntó por qué lo seguía.

—¿Qué le dijiste? —La pregunta se oye áspera.

—Metí la pata —dices sumisamente—. Insistí en que solo había sido una coincidencia. Creo que no me creyó. Pero, Dra. Shields, está claro que él le es cien por ciento fiel.

Tu trabajo no es llegar a conclusiones, pero esta es demasiado irresistible para pasar por alto. —¿Por qué supones eso?

—Sé que le dije que nunca he estado enamorada, pero lo he visto en otras personas. Y Thomas dijo que estaba casado con una mujer maravillosa y que yo debía dejar de molestarlo.

¿Será posible? Todas las señales preocupantes —las llamadas tarde en la noche, la visita no programada de la mujer del abrigo largo a la oficina de Thomas, el almuerzo sospechoso en el restaurante cubano— eran sencillamente un espejismo.

Mi marido pasó la prueba. Es fiel.

Thomas es mío otra vez.

—Gracias, Jessica.

Por el ventanal, el paisaje que se observa es invernal: tú, caminando por la acera con tu abrigo negro de cuero y bufanda roja das un toque de color a la noche.

—¿Y eso fue todo lo que hablaron?

—Sí, eso fue todo —respondes.

—Disfruta de tu velada —se te dice—. Hablaremos pronto.

Se dejan tres billetes de veinte sobre la mesa; una propina enorme, inspirada por una alegría que parece demasiado grande de contener.

Estoy llamando a un taxi frente al café cuando suena mi celular. Es Thomas, de nuevo.

—¿Ya saliste del restaurante? —pregunta.

El instinto me hace responder: —Todavía no.

—Solo quería que supieras que el tráfico está congestionado. Así que no te tienes que apresurar.

Algo en su tono de voz activa una alarma, pero se le dice: —Gracias por avisarme.

Rápidamente se evalúan los datos: veintidós minutos en el Deco Bar. Demasiado breve para un interludio romántico. Y sin embargo parece improbable que el contenido de la conversación que tuviste con Thomas requiriera tanto tiempo.

A dos cuadras de distancia, apenas se te ve. Pero caminas en dirección contraria a tu apartamento. Aceleras el paso, como si estuvieses ávida por lo que te espera.

Tienes prisa, Jessica. ¿A dónde vas?

El retraso de Thomas permite reunir más información. Y una caminata rápida en el aire frío ayuda a aclarar la mente.

Continúas caminando. Y luego te das vuelta rápidamente. Giras la cabeza de lado a lado, estudiando los alrededores.

Solo la oscuridad y la distancia que nos separa, junto con la afortunada ubicación de un edificio acordonado que actúa a modo de escudo, impide que veas a tu perseguidora.

Das la vuelta y sigues caminando.

Varios minutos después, llegas a otro pequeño restaurante llamado Peachtree Grill.

Un hombre te espera tras la puerta de cristal para saludarte. Es más o menos de tu edad, de pelo oscuro, y viste un abrigo azul marino con zíper rojo. Te apoyas en sus brazos abiertos. Te abraza con fuerza por un momento.

Luego, ambos desaparecen dentro del restaurante.

Dices ser honesta, y sin embargo nunca has mencionado a este hombre antes.

¿Quién es? ¿Cuán importante es para ti? ¿Y qué le has dicho? ¿Cuántos secretos más escondes, Jessica?

CAPÍTULO
CINCUENTA Y DOS

Viernes, 21 de diciembre

Mi conversación con Thomas en el Deco Bar fue exactamente como se la describí a la Dra. Shields.

Me encontró allí unos pocos minutos después de las 8:00 p. m. en una mesa de la parte trasera. Yo bebía una Sam Adams, pero él ni siquiera ordenó una bebida. El bar estaba lleno, pero nadie parecía prestarnos mucha atención.

Aun así, seguimos fielmente el libreto.

—¿Por qué me has estado siguiendo? —preguntó Thomas, mientras yo abría los ojos en gesto de sorpresa.

Manifesté que era una coincidencia. Me miró con escepticismo y me dijo que estaba casado con una mujer maravillosa y que yo debía dejarlo en paz.

Repetimos variantes de este diálogo hasta que las dos mujeres de la mesa contigua se volvieron a mirar. No tuve que fingir sentirme avergonzada.

Eso estaba bien; teníamos testigos. Y aunque no había visto a la Dra. Shields cuando miré subrepticiamente alrededor del bar, no iba a descartar la posibilidad de que ella hubiese ideado una forma de escuchar nuestra conversación o al menos observar nuestra interacción.

El encuentro con Thomas no tardó mucho. Pero en realidad fue nuestro segundo encuentro del día.

A las cuatro, varias horas antes de encontrarnos en Deco Bar, Thomas y yo nos habíamos reunido en O'Malley's Pub, el mismo lugar donde nos habíamos visto exactamente hacía una semana, antes de traerlo a mi apartamento. Cuando yo no tenía idea de que era el esposo de la Dra. Shields.

Thomas tuvo que cancelar una cita con un paciente para hacer tiempo para nuestra reunión; nuestra conversación era demasiado importante para tenerla por teléfono. Y teníamos que hablar antes de la cita que la Dra. Shields había orquestado.

Yo llegué primero a O'Malley's. Como ni siquiera era *happy hour* todavía, solo había un par de personas allí. Me aseguré de tomar la mesa más apartada de ellos. Me coloqué de espaldas a la pared para poder ver todo el salón.

Cuando Thomas entró, me saludó con un gesto de la cabeza y ordenó un escocés en el bar. Tomó un buen sorbo antes de sentarse y quitarse el abrigo.

—Te dije que mi esposa estaba loca —dijo. Se pasó una mano por la frente—. ¿Ahora bien, por qué te pidió que me invitaras a salir?

Ambos queríamos lo mismo del otro: información.

—Me dijo que la engañaste —respondí—. Me manipuló para que la ayudara a determinar si lo harías nuevamente.

Murmuró algo y terminó su trago de escocés y le hizo una señal al barman de que le sirviera otro. —Pues supongo que ya tenemos la respuesta a eso —afirmó—. No le has dicho nada sobre nosotros, ¿no es cierto?

—Oye, ¡ve con calma! —sugerí, apuntando a su trago—. Nos vamos a ver de nuevo en unas cuantas horas y tenemos que estar alertas.

—Ya lo sé —respondió. Pero se puso de pie y fue a buscar su segundo trago.

—No le conté que nos acostamos —le dije cuando regresó a la mesa—. No pienso decirle eso jamás.

Él cerró los ojos y suspiró.

—No entiendo. Dices que está loca y que quieres dejarla, pero cuando estás con ella, actúas como si la amaras. Es como si ella tuviese un poder extraño sobre ti.

Abrió los ojos de repente.

—No puedo explicarlo —dijo finalmente—. Pero tienes razón acerca de algo: estoy actuando cuando estoy con ella.

—Has sido infiel antes. —Ya sabía la respuesta, pero tenía que ponerlo en evidencia.

Él frunció el ceño. —¿Y eso a ti qué te importa?

—Me importa porque he caído en medio de esa relación perversa.

Miró tras de sí, y luego se acercó a mí y bajó la voz. —Mira, es complicado, ¿está bien? Tuve una aventura.

¿Una aventura? Estaba siendo parcialmente honesto.

—¿Sabe tu esposa quién era ella? —pregunté.

—¿Cómo? Pues sí, pero no era nadie —contestó.

Me enfurecí. Quería tirarle el escocés a la cara.

Una nadie que fue participante del estudio de la Dra. Shields, igual que yo. Una nadie que ahora está muerta.

Él vio la expresión de mi rostro y reculó: —No quise decir... era solo una mujer que tiene una tienda de ropa a una cuadra de mi oficina. Una aventura de una noche.

Miré mi botella de Sam Adams. Ya le había arrancado casi toda la etiqueta.

Así que él no se refería a April. Por lo menos su historia concordaba con la de la Dra. Shields sobre esta aventura.

—¿Y cómo se enteró ella? ¿Confesaste tú?

Negó con la cabeza. —Le envié a Lydia un mensaje de texto que iba dirigido a la otra mujer. Los dos nombres empezaban con la misma letra, fue un error estúpido.

Esto era interesante, pero no era la aventura sobre la que yo quería averiguar. ¿Y la Participante 5?

Así que le pregunté directamente. —¿Y qué de tu relación con April Voss?

Él se quedó sin aliento, lo que ya era una contestación.

Cuando volvió a hablar, estaba pálido. —¿Cómo supiste de ella?

—Tú fuiste quien primero me habló sobre April —respondí—. Solo que aquella noche en el jardín botánico, te referiste a ella como la Participante 5.

Abrió los ojos como platos. —Lydia no sabe, ¿verdad?

Negué con la cabeza y miré la hora en el celular. Todavía quedaban varias horas antes de la reunión que la Dra. Shields pensaba que tendríamos.

Tomó otro sorbo grande de su trago. Y luego me miró directamente a los ojos. Yo podía detectar un temor genuino en los suyos. —Ella nunca, nunca, puede averiguar lo de April.

Eso era lo que había dicho sobre nosotros casi palabra por palabra hacía algunos segundos.

La puerta al *pub* se abrió con tanta fuerza que dio contra la pared.

Me encogí de miedo y Thomas se volteó rápidamente.

—¡Perdonen! —Un hombre grueso de barba roja estaba de pie en la entrada.

Thomas murmuró algo y negó con la cabeza y luego se viró hacia mí. Su expresión era sombría.

—¿Así que no le vas a contar a Lydia sobre April? —preguntó—. No tienes idea de lo que destruirías si lo haces.

Finalmente tenía una ventaja sobre Thomas. Era la oportunidad que necesitaba.

—No se lo diré —afirmé.

Comenzó a darme las gracias, pero lo interrumpí. —Siempre y cuando me digas todo lo que sabes.

—¿Sobre qué? —preguntó Thomas.

—Sobre April.

No me dijo mucho. Pensé sobre lo que Thomas había revelado mientras caminaba a encontrarme con Noah para cenar en Peachtree Grill después de mi segundo trago del día con el marido de la Dra. Shields, cuando dijimos nuestros parlamentos como actores en escena.

Thomas dijo que había estado con April una sola vez en la primavera pasada. Él había ido a encontrarse con un amigo en el bar de un hotel. Después de que el amigo se fue y Thomas se quedó para pagar la cuenta, April se sentó a su lado y se presentó.

Es la misma escena que la Dra. Shields me mandó a recrear en el bar del hotel Sussex con Scott, me parece, y reprimo un temblor. Pero no le revelo eso a Thomas; podría tener que usar esa información para obtener lo que quiero de él.

¿La Dra. Shields habrá usado a April para tentar a Thomas? ¿Y habrá mentido April igual que hice yo?

¿O es que la verdad es todavía más perversa?

Según Thomas, él fue al apartamento de April más tarde esa misma noche y se marchó un poco después de las doce. Aparte de la forma en que se conocieron, suena escalofriantemente parecido a nuestra cita.

Thomas insistió en que no tenía idea hasta después de la muerte de April de que ella estaba relacionada con su esposa. Pero en vista de que April participó de un estudio de la Dra. Shields, no era posible que el encuentro fuera fortuito.

La historia que Thomas y yo creamos para la Dra. Shields esta noche podría conseguirnos más tiempo, pienso mientras camino al Peachtree Grill. Oí el alivio en su voz cuando me dio las gracias después de que le dije que Thomas le era fiel.

Pero algo me dice que no va a durar. La Dra. Shields tiene una forma de conseguir que la gente diga la verdad, especialmente las cosas que quieren esconder. Eso lo he aprendido de primera mano.

Dime.

Es como si escuchara su voz en la cabeza otra vez. Me doy vuelta y escudriño la acera. Pero no la veo en ningún sitio.

Sigo caminando, más rápido esta vez, ansiosa de llegar hasta Noah y la normalidad que representa.

Un secreto está seguro si solo lo conoce una persona, me digo. Pero cuando dos personas comparten una confidencia y ambas tienen como motivo la supervivencia, una de ellas va a flaquear. Borré la cadena de mensajes de texto en que invité a salir a Thomas antes de saber que estaba casado con la Dra. Shields. Pero dudo que lo haya hecho él.

Thomas es un adúltero y un mentiroso, características extrañas para alguien que está casado con una mujer obsesionada con la moral.

Él afirma que quiere dejarla. ¿Quién dice que no me sacrificará para lograrlo?

Sé tres cosas que sucedieron la primavera pasada: April sirvió como la Participante 5 en el estudio de la Dra. Shields; April se acostó con Thomas; April murió.

Lo que necesito saber ahora es cuál de los dos, la Dra. Shields o Thomas, metió a April en ese retorcido triángulo.

Porque no estoy enteramente convencida de que su muerte haya sido un suicidio.

CAPÍTULO
CINCUENTA Y TRES

Viernes, 21 de diciembre

THOMAS ESPERA EN LOS escalones del *townhouse*.

Sus primeras palabras ahuyentan la sospecha que se formó al no encontrar tráfico entre el Deco Bar y mi casa.

—Mi plan se frustró —dice con ironía al abrazarme. No es muy distinto del saludo físico que acabas de recibir de tu amigo del abrigo azul marino, Jessica.

—¿Oh?

—Esperaba llegar aquí primero para prepararte el baño y abrir una botella de champán —afirma—. Pero mi llave no funcionó. ¿Cambiaste la cerradura?

Por suerte, la nueva medida de seguridad coincide con la historia creada para Thomas durante el viaje de regreso a casa en el taxi.

—¡Se me olvidó por completo decírtelo! Ven, entra.

Cuelga su abrigo en el armario, junto con los otros menos pesados que tú descubriste con tanta astucia, antes de ser conducido al estudio.

En vez de champán, se sirven dos copas de brandy de un botellón del aparador. Una historia como esta merece un trago.

—Te ves consternada —dice al sentarse en el sofá, dando golpecitos al cojín contiguo al suyo—. ¿Qué sucede, querida?

Un suspiro leve deja entrever que no es fácil comenzar. —Hay una joven que participan en mi investigación —se le explica—. Quizás no sea nada...

Es mejor si él me sonsaca la historia; así pensará que le atañe.

—¿Qué hizo? —me pregunta.

—Todavía nada. Pero la semana pasada, cuando salí de la oficina a almorzar, la vi. Estaba frente a mi edificio, al otro lado de la calle. Ella... me miraba, nada más.

Un sorbo de brandy. La mano de Thomas se cierra protectoramente sobre la mía. Las siguientes oraciones se profieren con un poco de vacilación.

—También me han llamado y colgado. Y el domingo pasado, la vi frente a la casa. No tengo idea de cómo obtuvo nuestra dirección.

La expresión de Thomas es de preocupación. Quizás comienzan a moverse los engranajes de su cabeza para llegar a la conclusión hacia la cual está siendo dirigido. Pero tiene que oír más.

—Por razones de confidencialidad, no puedo decir mucho sobre ella. Pero desde las primeras preguntas del estudio, resultaba evidente que tenía... problemas.

Thomas hace una mueca. —¿Problemas? ¿Como la otra chica de tu estudio?

Un gesto de asentimiento con la cabeza responde a las preguntas.

—Eso lo explica —afirma—. No quiero alarmarte, pero puede que yo la haya visto también. ¿Tiene el pelo oscuro y rizo?

Ahora tu presencia en el museo y en la cafetería tienen una explicación.

Mirar hacia abajo disimula mi expresión de triunfo en los ojos.

Thomas probablemente se imagina una vorágine de otras emociones inquietantes que no pueden expresarse debido a las reglas profesionales de discreción. Las acciones siempre hablan más fuerte que las palabras: la sensata esposa de Thomas no instalaría una cerradura nueva sin motivo.

El abrazo de Thomas se siente igual que se sintió su voz en la oscuridad de aquella primera noche en que nos conocimos. Por fin me siento segura otra vez.

—La voy a mantener alejada de ti —sostiene Thomas con firmeza.

—¿No quieres decir, de nosotros? Si te ha seguido a ti también...

—Creo que debo dormir aquí esta noche. De hecho, insisto. Me puedo quedar en el cuarto de huéspedes si tú prefieres.

Hay esperanza en sus ojos. Mi mano toca su mejilla. La piel de Thomas siempre está calentita.

El momento se prolonga, infundido de una cualidad cristalina.

Mi respuesta es un murmullo. —No, quiero que estés conmigo.

Fuiste tú quien posibilitó esta noche. *Él le es cien por ciento fiel.* Jessica, todo depende de tus palabras.

CAPÍTULO
CINCUENTA Y CUATRO

Sábado, 22 de diciembre

¿ES ÉTICO FINGIR QUE se ha sido amiga de una chica muerta con tal de conseguir información que podría salvarnos?

Estoy sentada frente a la señora Voss en el dormitorio de April cuando era niña. Todavía hay fotos y carteles con mensajes inspiradores en la pared. Un estante está repleto de novelas y un *corsage* seco de un baile hace mucho que cuelga de la manija de la puerta del armario. Es como si el lugar hubiese sido conservado para que April regrese en cualquier momento.

La señora Voss viste *leggings* de cuero color café y un suéter blanco. La familia Voss —Jodi es la mamá de April y la segunda esposa, mucho más joven, del señor Voss— vive en el último piso de un edificio con vistas al Parque Central. El dormitorio de April es más grande que mi apartamento completo.

La señora Voss está sentada en el borde de la cama doble de April y yo, frente a ella, en la silla verde del escritorio. Mientras hablamos, los dedos de la señora Voss no dejan de moverse. Alisa arrugas imaginarias en el edredón, endereza un osito de peluche y reacomoda los cojines.

Al llamar esta mañana, le dije que había conocido a April cuando estudiamos en Londres durante nuestro tercer año de universidad. La señora Voss me recibió con entusiasmo. Para disimular que soy cinco años mayor que April, busqué ayuda en mi maletín de maquillaje: piel lisa y clara, labios rosados y máscara en las pestañas contribuyeron a quitarme algunos años. Una cola de caballo, *jeans* y tenis Converse completaron el vestuario.

—Fue muy amable de tu parte que vinieras —dice la señora Voss por segunda vez, mientras miro a hurtadillas la habitación. Estoy ansiosa por obtener más claves sobre la chica con quien tengo tanto en común, en algunos sentidos, pero que es tan distinta a mí, en otros.

Entonces la señora Voss me pregunta: —¿Me contarías algo que recuerdes de ella?

—Un recuerdo... vamos a ver —digo. Siento que gotitas de sudor me salpican la frente.

—¿Algo que no sé sobre April? —sugiere.

Aunque nunca he estado en Londres, recuerdo las fotos de ese semestre que April publicó en Instagram.

La mentira escapa de mis labios como si hubiese estado esperando ahí por salir. Las pruebas de la Dra. Shields me han enseñado cómo desempeñar un papel, pero eso no borra la sensación de náusea en el estómago. —Trataba de hacer reír a los guardias del Palacio de Buckingham.

—¿De veras? ¿Qué hacía?

La señora Voss está ansiosa por conocer detalles ocultos sobre su hija. Supongo que como en el futuro no se formarán recuerdos de April, quiere obtener los más posibles del pasado.

Miro el cartel enmarcado en el cuarto de April que tiene la

siguiente cita en letra cursiva: *Canta como si nadie escuchase... Ama como si nadie te hubiese herido... Baila como si nadie te observara.*

Quiero escoger un detalle que haga sentir bien a la señora Voss. Racionalizo que, si se puede imaginar a su hija en un momento feliz, compensaré alguna parte de la inmoral de lo que estoy haciendo.

—Ah, pues hacía un baile graciosísimo —le cuento—. Los guardias ni se sonreían, pero April asegura que vio contraerse las comisuras de los labios de uno de ellos. Por eso es un recuerdo tan estupendo... No podía dejar de reírme.

—¿De veras? La señora Voss se inclina hacia delante—. ¡Pero si odiaba el baile! ¿Qué se le habrá metido en la cabeza?

—Fue una apuesta.

Tengo que desviar este hilo de conversación. No vine aquí a narrar historias falsas a una madre afligida.

—Lamento no haber llegado al funeral —señalo—. He estado viviendo en California y acabo de regresar a la ciudad.

—Toma —dice la señora Voss. Se levanta de la cama y camina hasta el escritorio que está tras de mí—. ¿Te gustaría llevarte el programa del servicio? Tiene fotos de April de distintos momentos de su vida. Hay algunas incluso del semestre en Londres.

Miro fijamente la cubierta rosa pálido. Tiene un dibujo de una paloma sobre el nombre *Katherine April Voss* y una cita en cursiva: *And in the end, the love you take is equal to the love you make.* En la parte inferior están las fechas de nacimiento y muerte de April.

—Qué hermosa cita —murmuro, sin saber si es lo que debo decir.

Pero la señora Voss asiente con energía. —April vino a verme unos meses antes de morir y me preguntó si la había escuchado antes. —Los ojos de la señora Voss se pierden, y luego sonríe—. Le dije, desde luego, que era de una canción de Los Beatles titulada «The End»; una canción que ella no conocía porque ellos fueron famosos mucho antes de su tiempo. Así que bajamos la canción a su iPhone y la escuchamos juntas. Cada una con un audífono.

La señora Voss se limpia una lágrima. —Después de que... Bueno, recordé ese día y la cita parecía perfecta.

Los Beatles, pienso, recordando que Thomas había cantado «Come Together» en el bar la noche que estuvimos juntos. Evidentemente es fanático, así que debe haberle cantado «The End» a April la noche que se conocieron y se acostaron. No puedo reprimir un estremecimiento; otro parecido inquietante entre la Participante 5 y yo.

Meto el programa en mi bolso. Pienso qué terrible sería que la señora Voss se enterara de que esa cita está íntimamente relacionada con la trama siniestra que terminó con la muerte de su hija.

—¿Estuviste en comunicación con April durante la primavera? —pregunta la señora Voss. Ha vuelto a la cama; sus delgados dedos juegan con la borla sedosa del cojín decorativo.

Niego con un gesto de la cabeza. —En realidad, no. Yo estaba en una relación difícil con un tipo y perdí comunicación con mis amigas.

Muerda el anzuelo, pienso.

—Ay, qué chicas. —La señora Voss mueve de lado a lado la cabeza—. April tampoco tuvo suerte con los hombres. Era tan sensible. Siempre terminaba herida.

Asiento con un gesto de la cabeza.

—Ni siquiera sé si le interesaba alguien —agrega—. Pero después de... bueno, una de sus amigas me dijo que sí...

Aguanto la respiración, esperando que continúe. Pero tiene la mirada perdida.

Frunzo el ceño, como si se me hubiese acabado de ocurrir algo.

—En realidad, April sí mencionó a un hombre que le gustaba —afirmo—. ¿No era alguien un poco mayor?

La señora Voss asiente con un gesto de la cabeza. —Creo que

sí... —La voz se va apagando—. Lo peor es no saber. Me levanto todas las mañanas pensando: *¿Por qué?*

Tengo que desviar la mirada de sus ojos llorosos.

—Siempre fue muy emotiva —dijo la señora Voss. Agarra el osito de peluche y lo abraza contra el pecho—. No es secreto que había estado en terapia.

Me mira como preguntando y yo asiento, como que April me había contado eso.

—Pero no había tratado de hacerse daño en años. No desde la escuela secundaria. Parecía que estaba mejor. Estaba buscando un nuevo empleo... Debe haber estado planificando esto, sin embargo, porque la policía dijo que se había tomado todas esas Vicodin. Ni siquiera sé cómo consiguió esas pastillas. —La señora Voss deja caer la cabeza entre las manos y suelta un sollozo.

Así que la policía sí investigó, pienso. En vista de que April había tratado de hacerse daño en el pasado, probablemente era un suicidio. Eso debía hacerme sentir segura, pero todavía algo no cuadraba.

La señora Voss levanta la cabeza. Tiene los ojos enrojecidos.

—Sé que no la habías visto recientemente, pero ¿no sonaba contenta? —inquiere, desesperada. Me pregunto si tiene a alguien más con quien hablar sobre April. Thomas dijo que no era apegada al padre y probablemente sus verdaderos amigos habían seguido adelante con su vida.

—Sí, parecía contenta —susurro. La única forma de no echarme a llorar y salir de la habitación es diciéndome que quizás la información que obtenga pueda ayudar a la señora Voss en su búsqueda de respuestas.

—Por eso me sorprendió que April estuviese viendo a una psiquiatra —dice la señora Voss—. Vino al funeral y se presentó. Era increíblemente bella, y tan amable.

El corazón me da un vuelco.

Solo puede tratarse de una persona.

—¿Ha hablado con ella recientemente? —pregunto. Me aseguro de que la voz se mantenga suave y uniforme.

—La llamé en el otoño. Era el cumpleaños de April, el 2 de octubre. Fue un día tan difícil. Hubiese cumplido veinticuatro.

Suelta el osito. —Siempre hacíamos un día de *spa* juntas para su cumpleaños. El año pasado escogió un esmalte azul claro horroroso; le dije que parecía un huevo de pascua. —La señora Voss mueve de lado a lado la cabeza, como negando—. No puedo creer que tuvimos una discusión sobre eso.

—¿Entonces vio a la psiquiatra ese día?

—Nos vimos en su oficina —responde la señora Voss—. Antes, cuando April hacía terapia, nosotros siempre lo sabíamos. La pagábamos. ¿Por qué fue distinto esta vez? Quería saber de qué hablaron ella y April.

—¿Se lo dijo la Dra. Shields?

De inmediato me percato del error que cometí al decir el nombre de la terapeuta. Me crispo, esperando que la señora Voss se dé cuenta.

¿Cómo puedo explicarlo? No puedo decir que April me mencionó el nombre de su psiquiatra hace meses y que todavía me acuerdo. La señora Voss no se lo va a creer nunca; hace unos minutos le dije que no estaba en comunicación con April.

La señora Voss se va a dar cuenta de que soy una impostora. Se pondrá furiosa, con todo derecho. ¿Qué tipo de persona enferma finge ser amiga de una chica muerta?

Pero la señora Voss no parece darse cuenta de mi error.

Mueve de lado a lado la cabeza lentamente. —Le pedí ver los apuntes que tomó durante las sesiones con April. Pensé que ahí podía haber algo, algo que yo no supiera y que pudiese explicar por qué April hizo lo que hizo.

Aguanto la respiración. La Dra. Shields es tan escrupulosa que sus apuntes deben decir cuándo vio a April por primera vez. Podrían revelar si fue Thomas o la Dra. Shields quien la atrajo.

Si fue la Dra. Shields quien inició el contacto, probablemente sea más peligrosa de lo que pensaba.

—¿La dejó ver los apuntes?

Estoy insistiendo mucho; la señora Voss me mira con curiosidad. Pero continúa.

—No, me tomó la mano y me dijo de nuevo cuánto lamentaba mi pérdida. Dijo que mis preguntas eran algo natural, pero que parte del proceso de sanación era aceptar que es posible que nunca se tenga una respuesta. A pesar de lo mucho que insistí, se negó a mostrarme los apuntes. Dijo que eso violaría el mandato de confidencialidad.

Exhalo demasiado fuerte. Claro que la Dra. Shields protegería los apuntes. ¿Pero lo hacía porque protegía los secretos de April o porque se estaba protegiendo ella... o a su marido?

La señora Voss se pone de pie y se alisa el suéter. Me mira directamente a los ojos y ya no hay indicios de lágrimas en ellos. —Dime de nuevo, ¿tú y April estaban en el mismo programa de estudios en el extranjero? Es que no recuerdo que ella mencionara tu nombre, lo siento.

Bajo la cabeza. No tengo que fingir vergüenza.

—Quisiera haber sido una mejor amiga —afirmo—. Aunque estaba lejos, debí haber mantenido el contacto.

Se me acerca y me toca el hombro, como absolviéndome.

—No me he dado por vencida, sabes —me dice. Tengo que echar la cabeza hacia atrás para ver la expresión de su rostro. La pena sigue allí, pero ahora está mezclada con empeño.

—La Dra. Shields parece ser una buena terapeuta, pero no debe ser madre. Si lo fuera, sabría que cuando se pierde a un hijo, no hay sanación —afirma—. Por eso todavía busco respuestas.

La voz se torna más firme y la postura, más recta. —Por eso *nunca* dejaré de buscar respuestas.

CAPÍTULO
CINCUENTA Y CINCO

Sábado, 22 de diciembre

FINALMENTE HAY UNA RESPUESTA: Thomas es fiel.

La funda de la almohada del lado izquierdo de la cama tiene de nuevo el olor de su champú.

El cálido resplandor de la luz del sol llena la habitación. Son casi las 8:00 a. m. Increíble. El alivio se manifiesta fisiológicamente de muchas maneras: desaparece el insomnio, se rejuvenece el cuerpo y vuelve el apetito.

La muestra renovada de fidelidad de Thomas sana algo más que nuestro matrimonio herido.

Hace casi veinte años, otra traición trascendental —que tuvo que ver con mi hermana, Danielle— me dejó una herida emocional.

Esa herida hoy se siente menos prominente.

Una nota espera en la mesita de noche. Una sonrisa se forma incluso antes de leerla:

Querida, hay café recién colado abajo. Regresaré en veinte minutos con bagels *y salmón ahumado. Te amo, T.*

Las palabras son tan ordinarias y, sin embargo, tan mágicas.

Después de un desayuno sin prisa, Thomas sale al gimnasio. Regresará más tarde para salir a comer con otra pareja. Mis mandados son rutinarios, pero la visita a la nueva *boutique* cercana al salir del salón de belleza, no lo es. El maniquí del escaparate viste un *body* rosa con escote en V. Es más sutil que el tipo de ropa interior que tú probablemente escogerías, Jessica, pero la seda y el corte alto en las piernas me favorecen.

Impulsivamente, se adquiere el *body*.

Después de un baño de espuma de lavanda, se escoge un vestido que oculta la lencería. Thomas la descubrirá esta noche.

Antes de llegar a vestir el traje, suena el aviso de un mensaje de texto.

El mensaje es tuyo: Hola, solo para saber si va a necesitar que haga algo más con relación a la última tarea. Si no, Lizzie me invitó a pasar la Navidad con ella, así que pensé comprar el pasaje.

Qué interesante. ¿En realidad podrías creer que los detalles sobre tu paradero serían descuidadamente pasados por alto, Jessica? Lizzie y su familia están celebrando las fiestas en un condominio de lujo en Aspen.

Antes de preparar una respuesta, se busca tu expediente en el escritorio del estudio. Se confirman las fechas. En efecto, Lizzie salió ayer a reunirse con su familia en Colorado.

Suena el timbre de la puerta. Tu expediente es colocado encima del de April, en el medio del escritorio y cerca de la pluma fuente que fue regalo de mi padre.

—¡Thomas! ¡Llegaste temprano! —Se le da un beso prolongado.

Él mira su reloj. —¿Necesitas un par de minutos más?

—Solo uno.

Arriba, se aplica perfume detrás de las orejas y se escogen los tacones favoritos de Thomas.

Él todavía espera junto a la puerta. —Warren dijo que están un poco atrasados, así que le dije que no se preocupara, que llegaríamos a tiempo para no perder la reservación.

—Espero que la cena no tarde mucho —se le dice—. Pensé que podríamos regresar a casa temprano. Tengo planeada una sorpresa para ti.

CAPÍTULO
CINCUENTA Y SEIS

Sábado, 22 de diciembre

LA LLAVE ENTRA FÁCILMENTE en la cerradura.

Me tiembla la mano al girarla. Abro la puerta.

Se escucha un pitido leve cuando entro en casa de la Dra. Shields. Cierro la puerta, impidiendo que entre la luz de las dos lámparas exteriores. Ahora el pasillo está tan oscuro que casi no puedo ver el teclado de la alarma, que está en el lado izquierdo del recibidor.

Me quito los zapatos para no ensuciar el piso con tierra o fango, pero me dejo el abrigo, por si tengo que marcharme rápidamente.

Thomas me dio la clave de seguridad hoy cuando me llamó. Me dijo que dejaría la copia de la llave que mandó a hacer debajo del felpudo.

Usa la plateada para la cerradura de abajo y la cuadrada para la de arriba, había dicho. *Trataré de mantener a Lydia fuera de la casa hasta las once.*

También me dijo que tendría treinta segundos para desactivar la alarma.

Camino hasta el teclado numérico y marco los cuatro dígitos:0-9-1-5. Pero con la prisa y la falta de luz, marco el 6 en lugar del 5.

Caigo en cuenta de mi error un instante después.

Se oye un sonido agudo y largo, y luego, vuelve a empezar el pitido. Ahora va más rápido, casi frenético, y se confunde con los latidos de mi corazón.

¿Cuántos segundos han pasado? ¿Quince? Tengo que hacerlo bien o la compañía de seguridad llamará a la policía.

Marco cada número con cuidado. La alarma de un último pitido agudo y se calla.

Retiro la mano enguantada del teclado y respiro. Hasta ahora no estaba segura de que Thomas me hubiese dado los cuatro dígitos correctos.

Siento tanta debilidad en las piernas que me tengo que recostar contra la pared para calmarme.

Me quedo ahí un minuto completo. No puedo deshacerme del temor de que Thomas y la Dra. Shields estén en el segundo piso, escondidos en el estudio.

Me podría ir, podría ponerme los zapatos, activar la alarma y poner las llaves en su lugar. Pero entonces nunca me enteraría de lo que la Dra. Shields sabe sobre mí.

Vi tu expediente en su escritorio esta mañana, había dicho Thomas. *Estaba encima del expediente de April.*

Finalmente sé dónde está la escurridiza carpeta de manila, la que había visto sobre el escritorio en la oficina de la Dra. Shields durante las sesiones iniciales. La que Ben me dijo que tenía que encontrar.

¿Miraste lo que había adentro?, le pregunté a Thomas.

No tuve tiempo suficiente. Ella estaba dormida, pero podía haberse levantado en cualquier momento.

Cerré los ojos frustrada al escuchar sus palabras. ¿Qué importaba que supiera dónde guardaba la Dra. Shields mi expediente si nunca llegaría a conseguirlo?

Entonces Thomas había dicho: *Puedo ayudarte a entrar en la casa.*

Su tono me indicó que había una condición aun antes de que siguiera hablando.

Pero solo si estás dispuesta a fotografiar todos los apuntes que tiene Lydia sobre April. Necesito ese expediente, Jess.

No me percaté hasta después de que colgamos que quizás por eso Thomas fingía estar enamorado de la Dra. Shields todavía: estaba manteniéndose cerca para conseguir el expediente de April.

Solo han pasado unos pocos minutos desde que entré a la casa de la Dra. Shields, pero me siento como si llevara mucho más tiempo inmovilizada en el pasillo. Finalmente doy diez pasos al frente. Ahora me encuentro junto al descanso de la escalera. Pero no logro comenzar a subir: aunque no se trate de una trampa, con cada movimiento me empantano más.

Aparte del silbido de un radiador cercano, todo está en silencio.

Tengo que hacer algo, así que coloco el pie en el primer escalón. La madera gime.

Hago una mueca y continúo subiendo poco a poco. Aunque ya mis ojos se han acostumbrado a la luz tenue, coloco cada pie con cuidado para asegurarme de no resbalar.

Finalmente llego arriba y me detengo, sin saber en qué dirección dirigirme. El pasillo corre hacia la izquierda y la derecha. Thomas solo me dijo que la oficina de la Dra. Shields está en la segunda planta.

Viene luz desde la izquierda. Me dirijo en esa dirección.

Entonces suena el celular, interrumpiendo el opresivo silencio.

Siento el corazón en la garganta.

Busco en el bolsillo del abrigo, pero los guantes resbalan sobre la superficie lisa del celular y no logro agarrarlo.

Suena otra vez.

Algo ha salido mal, pienso frenética. Thomas está llamando para decirme que regresan a casa temprano.

Pero cuando finalmente saco el teléfono, en lugar del nombre en código de Thomas —Sam, las últimas tres letras de su nombre, pero al revés— veo la sonriente cara de mi madre en el circulito de la pantalla.

Trato de marcar *Rechazar llamada* con los guantes puestos, pero la pantalla táctil no funciona. Uso los dientes para agarrar la punta de los dedos del guante y estoy tratando de quitármelo cuando suena de nuevo. Tengo la mano tan pegajosa que la piel del guante se adhiere a mi piel. Halo con más fuerza. Si hay alguien arriba, de seguro sabe que estoy en la casa.

Finalmente, logro cambiar el teléfono a vibrar.

Me quedo inmóvil, escuchando atentamente, pero no hay señal de que alguien esté cerca. Respiro tres veces profundamente antes de obligar a mis temblorosas piernas a moverse.

Continúo caminando hacia el resplandor tenue de una luz y llego a su fuente: la mesita de noche contigua a la cama de la Dra. Shields. La cama de Thomas y la Dra. Shields, me corrijo, de pie en la entrada, mirando fijamente la cabecera acolchada color azul piedra y el edredón sin arrugas. Junto a la lamparita hay un libro, *Middlemarch*, y un pequeño ramo de anémonas.

Es la segunda vez en el día que he violado un espacio íntimo. Primero el dormitorio de April y, ahora, este.

Daría cualquier cosa por registrarlo buscando más claves de quién es la Dra. Shields en realidad, como un diario, fotos viejas o cartas. Pero sigo caminando, hacia una habitación contigua.

Es el estudio.

Los expedientes están exactamente donde dijo Thomas que los había visto esta mañana.

Me apresuro al escritorio y con cuidado quito el que está arriba, el que tiene mi nombre en la pestaña. Lo abro y veo una fotocopia de mi licencia de conducir y la información biográfica que le di a Ben el primer día, cuando entré despreocupadamente en la investigación, con la expectativa de ganar dinero con facilidad.

Saco el celular y fotografío la primera página.

Luego, la doy vuelta y se me escapa un grito.

Las caras de mis padres y de Becky me sonríen desde la segunda página. Reconozco la foto que la Dra. Shields imprimió: es de mi cuenta de Instagram, del pasado diciembre. La imagen está un poco fuera de foco, pero puedo ver la punta del árbol de Navidad que estaba en la sala de mis padres.

Las preguntas se disparan en mi mente: ¿Por qué tiene la Dra. Shields esta foto? ¿Cuánto tiempo después de conocerme la imprimió? ¿Y cómo obtuvo acceso a mi cuenta privada de Instagram?

Pero no tengo tiempo para detenerme a especular. La Dra. Shields siempre parece estar un paso adelante: no puedo dejar de pensar que ella se dará cuenta de que estoy aquí. De que podría llegar a su casa en cualquier momento.

Sigo tomando fotos, asegurándome de mantener las páginas en orden. Veo los dos cuestionarios que contesté en la computadora impresos en papel. Las preguntas vuelven a mi mente:

¿Podrías decir una mentira sin sentir remordimiento?

Describe un momento en que hiciste trampa.

¿Alguna vez has herido profundamente a una persona querida?

Y las dos últimas preguntas antes de que la Dra. Shields me pidiera que ampliara mi participación en el estudio:

¿Debe ser el castigo siempre proporcional a la ofensa?

¿Tienen las víctimas el derecho a impartir justicia por mano propia?

Luego hay apuntes y apuntes en un bloc de hojas tamaño legal, en una letra elegante y cuidada.

Déjate ir... Me perteneces... Te ves igual de encantadora que siempre.

Siento náuseas, pero sigo pasando páginas y documentándolas como si estuviese en piloto automático. Ahora no puedo pensar en la importancia de lo que estoy viendo.

Por los huequitos entre las lamas de las persianas de madera que cubren la ventana, veo pasar las luces de un auto. Me quedo de una pieza.

Un vehículo va por la calle despacio. Me pregunto si el conductor pudo ver el *flash* de la cámara de mi iPhone.

Presiono el celular contra la pierna para bloquear la luz de la pantalla y me quedo completamente quieta hasta que el auto se va.

Puede haber sido un vecino, pienso, poniéndome más ansiosa. Quizás uno que vio a Thomas y a Lydia salir juntos hace una hora. Si advirtió algo extraño, podría estar llamando a la policía ahora mismo.

Pero no me puedo ir todavía. No hasta terminar de fotografiar las páginas. Las paso lo más rápido que puedo, alerta a cualquier ruido que pueda indicar que alguien se acerca a la casa. Después de pasar la última página, donde varias líneas subrayan mis palabras, *Él le es cien por ciento fiel*, las enderezo, dando golpecitos en los bordes contra el escritorio para asegurarme de que están parejas. Las vuelvo a colocar en la carpeta de manila.

Entonces agarro el expediente de April.

Parece menos grueso que el mío.

Temo abrirlo; es como levantar una roca a sabiendas de que debajo puede haber una tarántula. Pero no lo estoy fotografiando solo porque Thomas quiere la información. Yo también necesito saber lo que contiene.

La primera página se ve idéntica a la mía. Una foto pixelada de April me observa desde su licencia de conducir; sus ojos grandotes la hacen ver azorada. Debajo de la fotocopia están sus datos biográficos: nombre completo, fecha de nacimiento y dirección.

Tomo una foto y paso a la siguiente hoja de papel.

En ella, en la cursiva elegante de la Dra. Shields, está la respuesta que necesito tan desesperadamente. April ingresó al estudio de la Dra. Shields y se convirtió en la Participante 5 el 19 de mayo.

Quince días antes de eso, el 4 de mayo, April publicó en Instagram la foto de Thomas tendido en su cama.

Aunque hubiese tomado la foto de Thomas días o semanas antes y hubiese esperado para publicarla, su encuentro con Thomas sucedió antes de ingresar en el estudio de la Dra. Shields.

Fue Thomas quien involucró a April.

Respiro hondo.

Mi instinto estaba equivocado; él es el más peligroso de los dos.

Miro fijamente la fecha otra vez para asegurarme de que los datos son correctos. Lo que está claro ahora es que mi historia ya no es un reflejo de la de April. La Dra. Shields no pudo haber usado a April para probar a Thomas, como hizo conmigo.

También está claro que April no fue una de las participantes del estudio de la Dra. Shields por mucho tiempo. Solo había respondido a unas pocas preguntas y ni siquiera volvió para la segunda sesión. ¿Por qué no siguió?

Thomas es la única persona que sabe que estoy en la casa. Y si es él quien planificó los eventos que llevaron a la muerte de April, entonces yo estoy en peligro.

Necesito salir de aquí. Termino de pasar las páginas del expediente, fotografiando los apuntes lo más rápido que puedo. La penúltima página se titula *Conversación con Jodi Voss*, 2 de octubre. Y luego queda la última hoja.

Es una carta certificada fechada una semana después de la reunión de la Dra. Shields con la señora Voss el día del cumpleaños de April. Está dirigida a la Dra. Shields.

Un par de líneas me queman la vista mientras espero a que la cámara enfoque: *investigando la muerte... Katherine April Voss... la familia solicita que se entreguen voluntariamente los apuntes... una posible orden judicial...*

A eso se debía referir la señora Voss cuando me dijo que no dejaría de buscar respuestas. Había contratado a un investigador privado para que la ayudara a encontrarlas.

Cierro la carpeta y la coloco directamente debajo de la mía, tal como la había dejado la Dra. Shields. Tengo todo lo que necesito. Aunque todavía quisiera buscar más claves, pues sé que nunca tendré esta oportunidad otra vez, tengo que irme ahora.

Vuelvo sobre mis pasos hasta la escalera, moviéndome más rápidamente que cuando subí. En la entrada me pongo los zapatos, activo la alarma y abro la puerta con cuidado. Meto la llave debajo del felpudo y me enderezo. No hay vecinos a la vista. Aunque me hayan visto, solo habría sido una persona con un abrigo oscuro y sombrero que baja los escalones de entrada.

No vuelvo a respirar con normalidad hasta haber dado vuelta a la esquina.

Entonces me derrumbo contra el frío metal de una luminaria de la calle, con la mano todavía agarrando el celular en el bolsillo. No puedo creer que lo logré. No dejé ninguna evidencia: no encendí luces, no ensucié las alfombras, ni siquiera dejé huellas dactilares. No hay manera de que la Dra. Shields se entere de que entré a su casa.

Pero me encuentro examinando mis movimientos en la mente una y otra vez, para estar segura.

Una vez que estoy en casa sana y salva, y con la mesita de noche contra la puerta cerrada con pestillo, comienzo a pensar en la señora Voss. Ella cree que el expediente de April contiene la verdad de por qué su hija se suicidó. Está tan ansiosa por obtenerlo que contrató a un investigador privado.

Pero Thomas, que dice que solo se acostó con April una vez, parece igual de ansioso por ver el expediente.

Una parte de mí se pregunta si debo enviar las fotos anónimamente al investigador, y que suceda lo que tenga que suceder. Pero eso podría no resolver nada y Thomas sabría quién entregó el expediente.

Porque, a fin de cuentas, solo puedo depender de mí.

Escribí esa oración en el cuestionario de la Dra. Shields durante mi primera sesión. Nunca ha parecido más cierto que ahora.

Así que antes de enviar a Thomas las fotos del expediente de April, voy a estudiarlas.

Tengo que entender por qué esconder su conexión con la Participante 5 es tan importante para él.

CAPÍTULO
CINCUENTA Y SIETE

Sábado, 22 de diciembre

¿QUÉ HACES ESTA NOCHE, Jessica? ¿Estás con el hombre guapo del abrigo azul marino y zíper rojo que te abrazó delante del restaurante anoche?

Quizás sea él quien por fin te permita experimentar el verdadero amor. No la versión de los cuentos de hadas. El verdadero, el que te sostiene a través de la oscuridad hasta regresar a la luz.

Quizás ya sepas lo que se siente estar sentada junto a él en un restaurante, frente a otra pareja, y disfrutar de la alegría total. Quizás esté muy atento a tu bienestar, como Thomas está al mío. Podría hacer señas al mesero para que vuelva a llenar tu copa tan pronto se vacía. Su mano podría buscar razones para tocarte.

Esas son acciones externas que se ven fácilmente. Pero no es hasta que has estado con un hombre durante muchos años que puedes conocerlo lo suficientemente bien como para reconocer sus complejidades internas, las que están escondidas.

Esas surgen durante el transcurso de la cena, oscureciendo la recién establecida ecuanimidad como un eclipse lento.

Cuando Thomas está preocupado —cuando otra parte de su mente está ocupada— compensa en exceso.

Se ríe con demasiada energía. Hace muchas preguntas —sobre las próximas vacaciones de la otra pareja y la escuela privada que están considerando para sus gemelos— lo que da la sensación de estar presente, pero en realidad lo libera de tener que llenar los baches en la conversación. Come metódicamente su cena: esta noche el orden es la carne primero, luego las papas y por último las verduras.

Cuando se conoce tan bien a un individuo, sus hábitos y peculiaridades se descifran fácilmente.

Esta noche los pensamientos de Thomas están en otra parte.

Todavía le queda por comer la mitad del bizcocho de chocolate cuando saca el celular, que está vibrando.

Mira la pantalla y frunce el ceño.

—Lo siento mucho —dice—. Uno de mis pacientes acaba de ser admitido a Bellevue. Lamento interrumpir esto, pero tengo que hablar con los médicos del hospital.

Todos en la mesa dicen que entienden; este tipo de interrupción es una consecuencia natural de su trabajo.

—Llegaré a casa tan pronto pueda —dice, colocando una tarjeta de crédito sobre la mesa—. Pero tú sabes cómo son estas cosas, así que no me esperes despierta.

El roce de sus labios; el sabor agridulce a chocolate.

Y luego mi esposo se va.

Su ausencia se siente como un robo.

La casa está oscura y en silencio. El escalón inferior cruje al pisarlo, como lo ha hecho durante años. En el pasado, ese sonido era reconfortante; con frecuencia indicaba que Thomas había terminado de cerrar todo y venía a acostarse.

Arriba, una luz brilla suavemente en la mesita de noche del dormitorio vacío.

Se suponía que este momento debía ser muy distinto. Habría velas; se oiría música. Mi vestido caería despacio, revelando poco a poco una pizca de la seda rosada.

En cambio, mis zapatos son devueltos al armario. Luego, los aretes y el collar son colocados en los compartimientos de pana de la gaveta superior de la cómoda. La nota de Thomas de esta mañana descansa junto a las joyas, como un artículo precioso más.

Sus palabras, tan reconfortantemente ordinarias, han sido memorizadas.

A pesar de eso, la nota es abierta y leída otra vez.

Tres diminutos puntos de tinta salpican las oraciones.

Estos borrones provocan una claridad súbita.

Fueron hechos con una pluma fuente específica que deja manchas cuando la punta descansa demasiado tiempo sobre el papel.

Esta pluma fuente se guarda siempre en el mismo lugar: el escritorio de mi estudio.

Se dan doce pasos rápidos hasta llegar a su entrada.

Cuando buscó la pluma antes de salir a comprar los *bagels*, Thomas habrá visto los dos expedientes, —el tuyo y el de April, con los nombres claramente visibles en la pestaña— que estaban sobre el escritorio a solo centímetros de distancia.

El instinto de tomar las carpetas y revisar su contenido es casi incontrolable; sin embargo, debe suprimirse. El pánico engendra errores.

Hay cinco artículos sobre el escritorio: la pluma, un posavasos, un reloj Tiffany y las carpetas.

A primera vista, todo parece intacto.

Pero hay algo casi imperceptible que no está bien.

Uno por uno se estudia cada objeto, a la vez que se lucha contra una ola de ansiedad.

La pluma está exactamente donde debía, en la esquina superior izquierda del escritorio. El reloj está del lado contrario, en la esquina superior derecha. El posavasos está cerca del reloj, porque siempre sostengo las bebidas con mi mano derecha, lo que libera la izquierda para hacer los apuntes.

La alteración se detecta en menos de un minuto. Sin embargo, sería invisible para noventa por ciento de la población.

Los individuos que caen en la gran mayoría, los diestros, casi nunca reconocen los inconvenientes que enfrentamos la minoría. Los artículos domésticos sencillos —las tijeras, los abridores de latas— todos están diseñados para los diestros. Los botones de las fuentes de agua. Los posavasos de los autos. Los cajeros automáticos.

La lista continúa. La gente diestra orienta la página hacia el lado derecho del cuerpo cuando toma apuntes. Los zurdos orientan la página hacia la izquierda. La práctica es automática; no requiere pensamiento consciente.

Los expedientes han sido movidos varios centímetros hacia la derecha de su lugar usual sobre el escritorio. Ahora están en el espacio donde el cerebro de un diestro diría que deben estar.

Los expedientes pierden definición brevemente cuando la visión se me nubla. Entonces la razón recupera el control.

Quizás Thomas movió los expedientes cuando devolvió la pluma a su lugar y luego intentó colocarlos de nuevo en el centro del escritorio.

Aunque Thomas los hubiera tomado por curiosidad, o buscando una hoja de papel donde escribir la nota antes de encontrar un bloc de hojas nuevo en la gaveta superior del escritorio, tiene que haberse dado cuenta de que eran expedientes de pacientes. Los terapeutas están sujetos a normas de confidencialidad;

Thomas cumple con este mandato profesional. Incluso en nuestras discusiones privadas acerca de los pacientes, nunca se mencionan nombres. Ni siquiera los de pacientes especiales, como la Participante 5.

A Thomas se le contó sobre mi primer encuentro con la Participante 5, que había salido llorando del salón de la Universidad de Nueva York a mitad de su primera sesión con la computadora. Cuando la Participante 5 le reveló a mi ayudante, Ben, que las preguntas habían provocado una intensa reacción emocional en ella, Thomas estuvo de acuerdo en que la vía ética de acción era ofrecerle orientación experta. Escuchó comprensivamente cuando se le describieron las interacciones subsiguientes: las conversaciones en mi oficina, los regalos y, por último, la invitación a una velada de queso y vino en casa una noche en que Thomas tenía un compromiso de trabajo.

Él entendió que ella se volvió... especial.

Pero su nombre nunca ha sido pronunciado por nosotros.

Ni una vez.

Ni siquiera después de su muerte.

Especialmente después de su muerte.

Sin embargo, Thomas vio el correo que me envió el investigador privado contratado por la familia Voss. Si para entonces todavía no había caído en cuenta de que el nombre de la Participante 5 era Katherine April Voss, ciertamente en ese momento lo entendió.

La tensión acumulada en los músculos se alivia en la medida en que mis procesos mentales discurren por un sendero alentador.

Si Thomas hubiese visto todo tu expediente, Jessica —las páginas de apuntes con detalles de *nuestras* conversaciones, los detalles de las tareas que te asigné y los recuentos de tus interacciones con él— su comportamiento se habría alterado. En el desayuno, su afecto parecía común y corriente. Siguió así cuando llegó a casa esta noche.

Y, sin embargo..., en la cena, su talante había cambiado. Estaba cada vez más distraído. Su partida fue abrupta, su beso de despedida, mecánico, en lugar de pesaroso.

Es difícil pensar claramente; las dos copas de Pinot Noir consumidas esta noche me dificultan llegar a una conclusión firme.

Otras consideraciones pululan por mi mente: a pesar de las reglas de confidencialidad, tú y April son distintas a todas las demás que han entrado a mi oficina. Ninguna de las dos era técnicamente una paciente. Y Thomas piensa que ambas poseen otra diferencia: que las dos le han causado gran aflicción a su esposa.

April se está desvaneciendo. No puede ocasionar más dolor.

Pero Thomas piensa que tú, Jessica, has demostrado ser una amenaza potencial, al punto de llevarme a instalar una nueva cerradura en la puerta de entrada de la casa. Puede haber pensado que una violación ética era preferible a pasar por alto información que protegería a su esposa.

Es necesario reconocer la probabilidad de que Thomas haya visto tu expediente.

El impacto de reconocer esto se siente como un golpe físico. Es necesario agarrarme del borde del escritorio hasta recuperar el equilibrio.

Si decidió fingir que no lo había visto, ¿cuál sería su motivación?

No llega una respuesta clara.

La comunicación es un componente vital en una relación de pareja saludable. Es un aspecto necesario, fundacional, de una relación romántica y también de una relación terapéutica.

Y, sin embargo, la propia supervivencia debe prevalecer sobre la confianza ciega en la pareja. Particularmente cuando en el pasado, la pareja ha demostrado no ser confiable.

La prórroga de veinticuatro horas ha terminado. Todas las conclusiones han cambiado drásticamente. Es necesario observar a Thomas más de cerca que nunca.

Los expedientes se colocan en un archivo bajo llave. Se cierra la puerta de mi estudio.

Entonces, se le envía un mensaje de texto: Voy a acostarme temprano. ¿Hablamos mañana?

Apago el celular antes de que pueda responder. En el dormitorio, se realizan los rituales acostumbrados antes de dormir: colgar el vestido en el armario, aplicar el suero y escoger el camisón.

Luego, la nueva ropa interior es metida, hecha un lío, en el fondo de una gaveta.

CAPÍTULO
CINCUENTA Y OCHO

Domingo, 23 de diciembre

ESTUVE LA MAYOR PARTE de la noche estudiando mi expediente y el de April.

Hasta donde sé, la aventura de Thomas con la dueña de la *boutique* es a lo que se refería la Dra. Shields aquella noche en la cocina, cuando la mano le temblaba y los ojos se le llenaron de lágrimas. Es la razón por la que decidió probar a su marido usándome a mí, para asegurarse de que no vuelva a suceder.

Recuerdo brevemente la lengua de Thomas haciéndose camino por mi estómago mientras me quitaba la tanga negra, y me estremezco.

No puedo pensar acerca de eso ahora; necesito concentrarme en averiguar por qué Thomas fue tan transparente sobre su relación con la dueña de la *boutique,* pero tan temeroso de que alguien se enterara de que había estado con April.

¿Por qué una aventura era tan distinta de la otra?

Por eso voy de camino a Blink, la *boutique*, a buscar a la dueña, Lauren, la mujer con la que Thomas se acostó.

No fue difícil precisar quién es y dónde trabaja. Yo tenía pistas. Su nombre empezaba con «L», la misma inicial que Lydia. Y era dueña de una boutique de ropa ubicada a una cuadra de la oficina de Thomas.

Tenía tres posibilidades. Identifiqué la correcta visitando los sitios web. El de Blink tiene una foto de Lauren y una historia de fondo sobre cómo comenzó la tienda.

Puedo entender por qué la Dra. Shields cree que me parezco a Lauren, pienso al entrar a la tienda. En la foto del sitio web no se puede apreciar bien, pero en persona, reconozco que se parece un poco a mí, por el pelo oscuro y los ojos claros, aunque, como dijo la Dra. Shields, probablemente tenga diez años más que yo.

Está atendiendo a una clienta, así que me dedico a examinar un perchero de blusas organizadas según el color.

—¿Busca algo en particular? —me recibe una vendedora.

—Solo estoy mirando —respondo. Doy vuelta a una etiqueta de precio y casi me desmayo: la blusa vaporosa de manga larga cuesta $425.

—Avíseme si quiere probarse algo —me dice.

Hago un gesto de asentimiento y sigo fingiendo echar un vistazo a las blusas; no obstante, estoy pendiente de Lauren. Pero la clienta a la que atiende está comprando varios regalos de última hora y la entretiene pidiéndole su opinión. Por fin, después que he dado una vuelta completa por toda la tienda, la clienta se dirige a la caja registradora. Lauren empieza a cobrarle.

Tomo un pañuelo de una mesa de accesorios, pensando en que será uno de los artículos menos caros. Cuando Lauren le entrega a la clienta una bolsa blanca con el logotipo de la tienda —un dibujo enorme de unos ojos cerrados con pestañas largas y tupidas— yo ya estoy en la caja esperando.

—¿Quiere esto en envoltura de regalo? —pregunta ella.

—Sí, por favor —respondo. Eso me dará unos minutos más para reunir valor.

Coloca el pañuelo en papel de seda y lo ata con un lazo bonito y pago los $195 con la tarjeta de crédito. Si puedo obtener la información que necesito, habré pagado poco.

Lauren me entrega la bolsa y me fijo en que tiene un anillo de matrimonio.

Me aclaro la garganta.

—Sé que esto suena un poco extraño, pero ¿sería posible que habláramos en privado por un minuto? —Siento el frío metal de mis anillos y me doy cuenta de que los estoy frotando con el pulgar. Según el expediente de la Dra. Shields, es una de las señales de que estoy ansiosa.

La sonrisa de Lauren desaparece. —Desde luego. —Pronuncia las palabras casi como si fueran una pregunta, y me conduce a la parte posterior de la tienda.

—¿En qué puedo ayudar? —pregunta.

Necesito su primera respuesta, la instintiva. Aprendí de la Dra. Shields que esa suele ser la más honesta. Así que, en lugar de decir nada, saco el celular y lo doy vuelta para que Lauren pueda ver la foto de Thomas que he recortado de la foto de bodas que me envió. Fue tomada hace siete años, pero la foto está clara y él se ve prácticamente igual.

No le quito los ojos de encima. Si se niega a hablar o me dice que me vaya, su reacción inicial será lo único que obtenga. Tengo que poder leer su expresión, descifrar cualquier indicio de culpa, o de pena, o de amor.

No es la que espero. No hay emociones fuertes en su rostro. Frunce un poco el ceño. Los ojos revelan perplejidad.

Es como si reconociera a Thomas, pero no pudiese ubicarlo.

—Me resulta vagamente familiar... —dice finalmente.

Me mira a los ojos. Ella espera que yo llene los blancos.

—Usted tuvo un *affair* con él —digo sin rodeos—. ¡Hace solo un par de meses!

—¿Qué?

Su grito de sorpresa hace que su compañera de trabajo se dé la vuelta: —¿Todo bien, Lauren?

—Lo siento —digo—. Me lo dijo él, él dijo...

—Todo bien —responde Lauren a la vendedora, con un tono de crispación en la voz, como si estuviera molesta.

Trato de ordenar mis pensamientos; probablemente me eche de la tienda en un instante. —Dijo que le resulta familiar. ¿Lo conoce?

La voz se me entrecorta y trato de aguantar las lágrimas.

En vez de retroceder como si yo estuviese loca, el rostro de Lauren se suaviza. —¿Está usted bien?

Asiento con la cabeza y me limpio los ojos con el dorso de la mano.

—¿Qué le ha hecho pensar que tuve una aventura con ese hombre? —me pregunta.

No se me ocurre qué decirle aparte de la verdad. —Alguien me dijo que usted... —Titubeo, y luego me obligo a continuar—. Lo conocí hace algunas semanas y... me preocupa que pueda ser peligroso —susurro.

Lauren se encabrita. —Mire, yo no sé quién es usted, pero esto es una locura. ¿Alguien le dijo que tuve un *affair* con él? Yo estoy casada. *Felizmente* casada. ¿Quién le dijo esa mentira?

—Quizás entendí mal —respondo. No puedo explicarle todo a ella—. Lo lamento, no quise ofenderla... ¿Podría mirar la foto de nuevo para ver si recuerda haberlo visto antes?

Ahora Lauren me estudia a mí. Me limpio los ojos nuevamente y me obligo a mirarla.

Finalmente extiende la mano. —Déjeme ver el celular.

Mirando la foto, la cara se le relaja. —Ahora lo recuerdo. Era un cliente.

Mira hacia el plafón y se muerde el labio inferior. —Sí, ahora lo estoy recordando. Entró hace unos meses. Yo estaba sacando algunas de las piezas de la línea de otoño y él buscaba algo especial para su esposa. Gastó una gran cantidad de dinero.

La campanita de la puerta anuncia la llegada de una nueva clienta. Lauren mira en su dirección y sé que el tiempo que me queda es limitado.

—¿Eso fue todo? —pregunto.

Lauren arquea las cejas. —Pues, devolvió todo al día siguiente. Quizás es por eso por lo que lo recuerdo. Estaba muy arrepentido, pero dijo que no era el estilo de su esposa.

Ella mira hacia el frente de la tienda otra vez. —No lo volví a ver —dice—. No me dio la sensación de que fuese peligroso. De hecho, parecía muy amable. Pero no pasé mucho tiempo con él. Y ciertamente no tuve una aventura con él.

—Gracias. Lamento haberla molestado.

Se da la vuelta para irse y luego me mira. —Querida, si te atemoriza tanto, debes ir a la policía.

CAPÍTULO
CINCUENTA Y NUEVE

Domingo, 23 de diciembre

EN UNA PRUEBA PSICOLÓGICA conocida como el experimento del gorila invisible, los sujetos creían que debían contar los pases de bola entre los jugadores de un equipo de baloncesto. En realidad, se los estaba evaluando con respecto a otra cosa completamente distinta. De lo que la mayoría de los sujetos no se percató mientras contaba los pases de bola, fue de que un hombre vestido de gorila había cruzado la cancha. Enfocarse tanto en un componente hizo que los sujetos no se percataran del panorama general.

Mi hiperfoco en la fidelidad de Thomas, o falta de ella, puede haber oscurecido un aspecto inesperadamente chocante de mi estudio: que tú tienes tus propias motivaciones.

Has sido la única responsable de informar lo que ocurrió durante tus encuentros con mi marido: el museo, la cafetería, y el encuentro más reciente en el Deco Bar. Tus interacciones con Thomas no podían ser observadas debido al peligro de que él se percatase de mi presencia.

Pero has demostrado que eres una mentirosa consumada.

De hecho, te metiste en mi investigación con una movida que parecía ejecutiva pero que en realidad fue engañosa.

Todas tus revelaciones se repasan otra vez, en esta ocasión, a través de un lente nuevo: mentiste a tus padres acerca de las circunstancias del accidente de Becky; te acuestas con hombres que apenas conoces; alegas que un respetado director de teatro cruzó líneas sexuales sin tu consentimiento.

Guardas tantos secretos perturbadores, Jessica.

Tu vida podría quedar destruida si se dan a conocer.

A pesar de las promesas de honestidad, seguiste mintiéndome después de que te convertiste en la Participante 52. Confesaste que Thomas respondió rápidamente a tu mensaje de texto inicial sugiriendo una cita después de que lo viste en la cafetería, pero que me lo ocultaste. Y la reunión de veintidós minutos entre mi esposo y tú en el Deco Bar, para lo que debió haber sido una conversación de cinco minutos, sigue siendo un cabo suelto, Jessica.

¿Qué dejaste fuera? Y, ¿por qué?

Tu deseo de volver a casa para las fiestas y quedarte allá parece muy abrupto. Después de frustrado ese intento, sugeriste que querías pasar la Navidad con la familia de Lizzie. Pero mentiste acerca de eso también, cuando dijiste que Lizzie te había invitado a la finca de su familia en Iowa a pasar las fiestas.

Hay algo que está muy mal, Jessica.

Tus motivos para querer huir deben examinarse detenidamente.

Escribiste algo muy revelador durante tu primera sesión. Las palabras se van formando en mi mente, una por una, según aparecieron en la pantalla cuando las escribías, sin saber que se te estaba observando a través de la cámara de la computadora: *A fin de cuentas, solo puedo depender de mí.*

La supervivencia es una motivación potente, más confiable que el dinero, o la empatía, o el amor.

Cobra forma una hipótesis.

Es posible que el talante de tus reuniones con mi marido fuera radicalmente distinto a lo que describiste.

Quizás Thomas te desea.

Tú conoces la verdad acerca de tu rol en este experimento.

¿Por qué habrías de contaminar los resultados?

Entendías que se te iba a pedir mucho más si continuabas en mi estudio de moral. Quizás pienses que es demasiado.

Es evidente que quieres ser liberada de este enredo. ¿Pensaste que la mejor manera de escapar sería creando una narrativa falsa, una narrativa que ofreciera la solución que tú piensas que yo deseo? ¿Una narrativa que te liberaría de cualquier participación futura?

Podrías estar felicitándote ahora mismo por haber logrado tanto —regalos, dinero, hasta unas vacaciones de lujo en Florida para tu familia— antes de idear astutamente una manera de seguir adelante con tu vida.

Puedes estar tan enfocada en tus propios intereses que estás ignorando el desastre que dejas a tu paso.

¿Cómo te atreves, Jessica?

Hace veinte años, mi hermana menor, Daniella, enfrentó una tentación moral. Más recientemente, Katherine April Voss, también. Estas dos jóvenes tomaron malas decisiones.

Sus muertes pueden atribuirse a los resultados directos de esos fallos éticos.

Te traje para que sirvieras como prueba de moral para mi esposo, Jessica.

Pero quizás fuiste tú quien no pasó la prueba.

CAPÍTULO
SESENTA

Sábado, 23 de diciembre

SIEMPRE VUELVO A ESTA pregunta. El instinto me dice que tengo que desenmarañarla hasta lograr exponer el secreto que esconde: ¿por qué fabricó Thomas una aventura con Lauren, la dueña de la *boutique*, si está tan ansioso por esconder la aventura real que tuvo con April?

No puedo dejar esto atrás, a pesar de que tengo mi expediente. La Dra. Shields no me va a dejar ir hasta que haya terminado conmigo. Lo único que puedo hacer para protegerme es averiguar qué sucedió con April para impedir que me suceda a mí.

Lauren me dijo que llamara a la policía si Thomas me atemorizaba. Pero ¿qué puedo decir?

Perseguí a un hombre casado. Hasta me acosté con él. Ah, y su esposa me contrató; ella estaba al tanto. Y, de paso, me parece que uno de ellos, si no ambos, podrían tener que ver con el suicidio de esta otra muchacha.

Suena absurdo; pensarían que estoy loca.

Así que, en lugar de llamar a la policía, hago otras llamadas.

Primero marco el número del celular de Thomas. Le espeté sin preámbulo: —¿Por qué estás fingiendo que te acostaste con Lauren cuando lo único que hiciste fue comprar ropa en su tienda?

Lo oigo inspirar con fuerza.

—¿Sabes qué, Jess? Yo tengo los apuntes que hizo Lydia sobre April, y tú tienes los que hizo sobre ti. Así que estamos a mano. Yo no tengo que contestar tus preguntas. Buena suerte.

Luego cuelga.

De inmediato llamo otra vez.

—En realidad, solo tienes las primeras trece páginas del expediente de April. Nunca te envié las últimas cinco. Así que tienes que contestarme. Pero en persona.

Tengo que poder leer su expresión facial también.

La línea está tan silenciosa que creo que me ha colgado de nuevo.

Entonces añade: —Estoy en mi oficina. Ven a verme dentro de una hora.

Después de que me da la dirección, cuelgo y comienzo a caminar de un lado a otro mientras pienso. Su tono era imposible de descifrar. No se oía enfurecido; ni siquiera se sentía una emoción fuerte en la voz. Pero quizás es uno de esos tipos que es más peligroso cuando parece más sereno, como el silencio antes de un trueno.

Una oficina parece un lugar bastante seguro. Si Thomas quisiera hacerme daño, ¿no buscaría otro lugar, un lugar que no estuviese relacionado con él? Pero es domingo, y no sé si el edificio va a estar vacío.

Lauren dijo que pensaba que Thomas parecía un hombre amable. Esa fue mi impresión, también, en el museo y la noche en que nos juntamos. Pero no puedo deshacerme del recuerdo de lo que sucedió la última vez que estuve sola en una oficina con un hombre que parecía amable.

Así que hago una segunda llamada, esta vez a Noah, y le pido que nos encontremos delante del edificio de Thomas dentro de noventa minutos.

—¿Todo bien? —me pregunta.

—No estoy segura —respondo francamente—. Tengo una cita con alguien a quien no conozco bien y me sentiría mejor si estás allí cuando termine para que me acompañes.

—¿Quién es?

—Es el Dr. Cooper. Es un asunto de trabajo. Te lo explicaré todo cuando nos veamos, ¿está bien?

Noah parece un poco ambivalente, pero acepta. Pienso en todas las cosas que he hecho —darle un nombre falso, decirle varias veces que he tenido días estresantes o extraños, expresar dudas sobre si debo confiar en otros— y me prometo que de verdad le voy a decir lo más posible. No solo porque se lo merece, sino porque me sentiré más segura si alguien más sabe lo que está pasando.

Tal como me temía, el vestíbulo está vacío cuando me acerco a la oficina de Thomas a la 1:30 p. m.

Encuentro la *Suite* 114 al final del pasillo. Hay una placa junto a la entrada donde aparece su nombre completo, Thomas Cooper, y el de algunos otros terapeutas.

Levanto la mano, pero, antes de tocar, la puerta se abre.

Por instinto, doy un paso atrás.

Se me había olvidado lo grande que es. Su cuerpo ocupa la mayor parte de la entrada, bloqueando la poca luz de sol que entra por la ventana que tiene detrás.

—Por aquí —dice Thomas, y se echa a un lado, señalando con la cabeza hacia su oficina privada.

Espero a que él entre primero; no lo quiero detrás de mí. Pero él no se mueve.

Después de algunos segundos, él parece comprender mi inquietud y se da la vuelta abruptamente y cruza la sala de espera.

Tan pronto entro a su oficina, cierra la puerta.

El espacio parece encogerse, como si me acorralara. El cuerpo se me crispa de pánico. Si Thomas es realmente peligroso, nadie me puede ayudar. Hay tres puertas entre el mundo exterior y yo.

Estoy atrapada, como me sucedió con Gene.

He fantaseado tantas veces acerca de lo que haría si pudiese revivir aquella noche en el silencioso teatro, después de que todos se habían ido: me he mortificado por haberme quedado inmóvil, mientras Gene se excitaba con mi vulnerabilidad y temor.

Ahora estoy en una situación inquietantemente similar.

Y de nuevo estoy paralizada.

Pero Thomas meramente da la vuelta a su escritorio y se sienta en su butaca de cuero.

Parece sorprendido de que yo me quede de pie.

—Toma asiento —dice, señalando la silla que tiene enfrente. Me dejo caer en ella, tratando de controlar mi respiración.

—Mi novio está esperando afuera —digo con voz ahogada.

Thomas arquea una ceja. —Bien —dice, tan desconcertado que me doy cuenta de que no está planificando hacerme daño alguno.

El terror sigue disminuyendo según voy observando la apariencia de Thomas: parece exhausto. Viste una camisa de franela por fuera del pantalón, y no se ha afeitado. Cuando se quita los lentes para frotarse los ojos, me doy cuenta de que los tiene enrojecidos, como se ven los míos cuando no he dormido suficiente.

Se vuelve a poner los lentes y junta la punta de los dedos. Sus palabras siguientes me sorprenden.

—Mira, yo no te puedo obligar a confiar en mí —dice—. Pero te juro que estoy tratando de protegerte de Lydia. Ya estás metida en un gran lío.

Desvío la mirada para observar la habitación, tratando de encontrar pistas sobre quién es Thomas. He estado en la oficina de la Dra. Shields y en su casa, y ambos lugares reflejan su elegancia fría y distante.

La oficina de Thomas es muy distinta. Bajo mis pies hay una alfombra suave, y el estante de madera rebosa de libros de todas las formas y tamaños. Sobre el escritorio tiene un tarro de cristal lleno de bombones de azúcar y mantequilla envueltos en papel amarillo. A su lado, uno de esos tazones de café con una cita escrita alrededor. Miro fijamente las dos palabras que quedan al centro de la cita: *love you*.

Me surge una pregunta. —¿Tú amas a tu esposa?

Él inclina la cabeza. —Pensaba que sí. Quería amarla. Traté de... —La voz se entrecorta—. Pero no pude.

Le creo; a mí también me embrujó la Dra. Shields cuando la conocí.

En el bolsillo, siento el teléfono vibrar. No le hago caso, pero me imagino a la Dra. Shields, con su teléfono delgado junto al oído, esperando a que conteste. Las arruguitas de su rostro exquisito, ese rostro que parece esculpido de mármol blanco, se hacen más profundas.

—La gente se divorcia constantemente. ¿Por qué simplemente no lo hiciste?

Entonces recuerdo lo que me había dicho: *No puedes sencillamente dejar a alguien como ella.*

—Lo intenté. Pero para ella, nuestro matrimonio era perfecto, y se rehusó a ver que había problemas —dice Thomas—. Así que, tienes razón, me inventé el *affair* con la mujer de la *boutique*, Lauren. La escogí casi al azar. Parecía creíble, alguien con quien me gustaría acostarme. Deliberadamente le envié a Lydia el mensaje de texto y fingí que iba dirigido a Lauren.

—¿Le enviaste a tu esposa un mensaje falso? —Qué desesperado debe de haber estado, pienso.

Thomas se mira las manos. —Pensé que de seguro Lydia me dejaba si la engañaba con otra mujer. Parecía una salida fácil. Ella escribió un libro titulado, *La moral en el matrimonio*. Nunca pensé que insistiría en tratar de salvar nuestra relación.

Todavía no ha contestado la pregunta básica: ¿por qué no admitió que había tenido una aventura con April?

Así que le pregunto.

Toma el tazón y bebe un sorbo; los dedos tapan la mayor parte de la cita. Quizás está tratando de ganar tiempo.

Entonces lo deja sobre el escritorio. Pero las palabras que me quedan delante son distintas porque cambió la posición del tazón cuando lo movió: *take is equal*.

Como un rompecabezas que se completa, la cita completa aparece en mi mente: *And in the end, the love you take is equal to the love you make*.

Yo tenía razón: Thomas debe haberle cantado ese verso de Los Beatles a April la noche que estuvieron juntos. Así fue como descubrió la canción que escuchó con su mamá.

—April era tan joven —dice Thomas finalmente—. Pensé que sería difícil para Lydia enterarse de que había escogido a una chica de veintitrés años. —Parece más triste que cuando entré; juro que aguantaba las ganas de llorar—. Al principio, no sabía lo mal que estaba April. Pensé que ambos queríamos liarnos una noche y ya...

Me mira como diciendo: *Como hicimos tú y yo*.

Siento que me voy enrojeciendo. En el bolsillo, el celular vibra otra vez. Por alguna razón, siento que ahora es más insistente.

—¿Cómo se convirtió April en la Participante 5? —pregunto, tratando de no hacerle caso a la vibración que siento en la pierna. Me noto la piel erizada, como si la vibración del celular corriese por todo mi cuerpo. Como si tratara de consumirme.

Miro a mi izquierda, a la puerta cerrada de la oficina de Thomas. Veo que no puso el pestillo. Tampoco recuerdo que haya puesto el pestillo en la puerta principal de la *suite* después de dejarme entrar.

Ya no siento a Thomas como una amenaza. Pero siento el peligro al acecho, como cuando uno ve el humo de un fuego que se acerca.

—April se encariñó mucho conmigo, por alguna razón —continúa diciendo Thomas—. Me llamó y me envío muchos mensajes de texto. Traté de que la desilusión no fuera demasiado fuerte... Ella supo desde el comienzo que yo estaba casado. Un par de semanas después, todo terminó tan abruptamente como había comenzado. Pensé que lo había superado, que había conocido a otra persona.

Se da un pellizco en la frente con el pulgar y el índice, como si tuviera dolor de cabeza.

Apresúrate, pienso para mis adentros. No puedo identificar por qué, pero mi instinto me dice que salga de esta oficina rápidamente.

Thomas toma otro sorbo del tazón antes de continuar. —Entonces Lydia vino a casa y me contó sobre esta nueva participante de su investigación, una joven que había tenido una reacción traumática al estudio. Hablamos de que el estudio debía haber desencadenado algo, quizás un recuerdo reprimido. *Fui yo* quien alentó a Lydia a hablar con ella en persona, para ayudarla. No sabía que se trataba de April. Lydia siempre la llamó su Participante 5. —Thomas suelta una risotada que parece encapsular todos los sentimientos complicados y enredados que lo embargan—. No me percaté de que April y la Participante 5 eran la misma persona hasta que un investigador privado se comunicó con Lydia acerca de su expediente.

Apenas puedo respirar. No lo quiero interrumpir; estoy ansiosa por oír qué más sabe. Pero también soy muy consciente del celular contra mi pierna. Estoy esperando que la vibración comience de nuevo.

—He tenido un poco de tiempo para encajar las piezas —dice Thomas por fin—. Y supongo que April descubrió quién era mi esposa y se apuntó para el estudio porque era un vínculo conmigo. O quizás pensó que Lydia era su competidora y quería saber más sobre ella.

De pronto, miro hacia la derecha, hacia la ventana. ¿Qué fue lo que me llamó la atención? Quizás un ruido sordo o un movimiento en la acera o en la calle. Las persianas están entornadas, así que solo veo pedacitos de lo que hay afuera. No sé si Noah está ahí.

Cualquiera que sea el peligro que siento, no parece emanar de Thomas. Creo su historia: no estuvo en contacto con April durante las semanas previas a su muerte.

No es solo una fe ciega o mis instintos quienes me dicen esto, sin embargo. Ya he leído el expediente de April como seis veces. Y obtuve una pieza clave de información acerca de la relación entre la Dra. Shields y April: conozco parte de lo que pasó entre ellas la noche en que April murió.

La Dra. Shields escribió sobre eso en una letra cursiva que parece más angular que su letra elegante de siempre. Su encuentro final está documentado en una página del expediente justo antes del obituario de April, el que encontré en línea. Y lo capté todo en fotos que están en el celular de mi bolsillo, que se siente inusualmente tibio en este momento. El celular que pienso que va a vibrar de nuevo en cualquier momento.

Me decepcionaste mucho, Katherine April Voss, escribió la Dra. Shields. *Pensé que te conocía. Se te trató con calidez y esmero, y se te dio tanto: atención intensa a tu bienestar mental, regalos cuidadosamente seleccionados, hasta encuentros como el de esta noche, cuando viniste a mi casa y tomaste vino en un taburete de la cocina, con el brillo de la pulsera de oro que me había quitado del brazo y que te había regalado en tu muñeca.*

Se te dio acceso.

Entonces hiciste la revelación que destruyó todo, que te colocó en una luz completamente distinta: Cometí un error. Me acosté con un hombre casado, un hombre que conocí en un bar. Solo sucedió una vez.

Tus ojos enormes se llenaron de lágrimas. Te temblaba el labio inferior. Como si merecieras empatía por esta transgresión.

Buscabas la absolución, pero no se te concedió. ¿Cómo podía hacerlo? Hay una barricada que separa a los individuos morales de los inmorales. Estas reglas están muy claras. Se te dijo que habías cruzado esa barrera, y que no serías recibida en esta casa otra vez.

Habías revelado tu verdadero y defectuoso ser. No eras la joven ingenua que decías ser inicialmente.

La conversación continuó. Al concluir, se te dio un abrazo de despedida.

Veinte minutos más tarde, todo rastro tuyo había desaparecido. Tu copa de vino había sido lavada y secada, y colocada en su lugar en el armario. Los restos de Brie y uvas fueron echados a la basura. El taburete que ocupaste fue colocado de nuevo en su lugar.

Es como si nunca hubieses estado aquí. Como si ya no existieras.

No leí siquiera por encima las palabras escritas por la Dra. Shields la primera vez que las vi. Estaba demasiado preocupada por salir de la casa antes de que ella regresara. Pero más tarde, en la seguridad de mi apartamento, las leí una y otra vez.

Los apuntes de la Dra. Shields no indican que ella sepa que el hombre casado con quien April confesó haberse acostado era Thomas. Parece creer que April ingresó a su estudio sin motivos ulteriores, cuando para mí es obvio que April estaba obsesionada con Thomas, suficientemente obsesionada para encontrar la manera de entrar al proyecto de investigación de la Dra. Shields. Entonces parece que se encariñó con la Dra. Shields. April era una muchacha perdida, parecía estar buscando a alguien o algo de qué agarrarse.

Parece extraño que April revelara a la Dra. Shields que había tenido una aventura con un hombre casado que no nombró; que haya estado al borde de hacer una revelación explosiva. Pero lo entiendo un poco, dada la atracción magnética de la Dra. Shields.

Quizás April estuviese buscando absolución, de la misma forma en que yo la busqué cuando le conté a la Dra. Shields mis secretos. Quizás April también pensó que, si la mujer que pasaba su carrera estudiando las decisiones morales la perdonaba, entonces April no tenía tantos defectos después de todo.

—Te enviaré por mensaje de texto las páginas que faltan —le digo a Thomas—. Pero ¿me contestarías una pregunta más?

Él dice que sí con un gesto de la cabeza.

Pienso en la noche en que lo observé debajo del toldo del restaurante. —Te vi con la Dra. Shields una noche. Parecías estar tan enamorado. ¿Por qué actuaste así?

—Por el expediente de April —me responde—. Quería entrar en la casa para verlo. Si April hubiera dicho algo que la relacionara conmigo, me preocupaba que Lydia se diera cuenta y que eso la empujara al abismo. Pero nunca lo encontré, hasta que lo vi en su escritorio.

—Ahí no hay nada que te relacione con April —afirmo.

—Gracias —susurra.

Pero me doy cuenta de que es posible que eso no sea cierto. Hay un solo detallito, que flota más allá de mi consciencia. Es como un globo de helio pegado a un plafón alto. No lo puedo alcanzar, no importa cuánto trate. Tiene algo que ver con April; es una imagen, o un recuerdo, o un detalle.

Miro hacia la ventana otra vez y saco el celular del bolsillo. Volveré a casa y estudiaré su expediente de nuevo cuando salga de aquí, pienso para mí. Ahora necesito salir de aquí.

Miro el celular para buscar las últimas cinco fotos del expediente de April. Entonces me doy cuenta de que las llamadas perdidas son de BeautyBuzz. Son cuatro, entre ellas, dos mensajes de voz.

¿Se me olvidó una cita de trabajo?, me pregunto. Pero estoy segura de que no tengo compromisos de trabajo hasta las 5:00 p. m.

¿Por qué la compañía estaría tan empeñada en conseguirme?

Rápidamente marco las fotos que faltaban y se las envío a Thomas. —Ahora lo tienes todo —digo al levantarme. Ya está inclinado sobre su teléfono, estudiándolas.

Escucho el mensaje de BeautyBuzz. Mis ojos regresan a la ventana. Creo que puedo ver las sombras de gente que pasa, pero no estoy segura.

El mensaje de voz no es del coordinador del programa, como había pensado. Es de la dueña de la compañía, una mujer con quien no he hablado nunca.

—Jessica, por favor, llámame enseguida.

Su voz se oye entrecortada. Enfadada.

Escucho el segundo mensaje.

—Jessica, estás despedida, efectivo de inmediato. Tienes que contestar este mensaje lo antes posible. Hemos sabido que violaste la cláusula de no competencia que firmaste cuando entraste a nuestra compañía. Tenemos los nombres de dos mujeres a quienes ofreciste servicios como trabajadora independiente usando el nombre de BeautyBuzz. Nuestros abogados presentarán una orden de cese y desista si sigues haciéndolo.

Miro a Thomas.

—Consiguió que me despidieran —susurro.

La Dra. Shields debe haber llamado a BeautyBuzz y les debe haber contado sobre Reyna y Tifani.

Pienso en el pago del alquiler, que se vence en una semana, en las cuentas de Antonia, en mi padre sin empleo. Me imagino la cara dulce y confiada de Becky cuando se entere de que la única casa que ha conocido está a punto de desaparecer.

Me siento nuevamente acorralada.

¿Conseguirá la Dra. Shields que me demanden si no hago lo que ella quiere?

Pienso sobre lo que escribió en sus apuntes sobre mí: *Me perteneces.*

La garganta se me cierra y los ojos me queman. Tengo un grito atrapado en la garganta.

—¿Qué sucedió? —pregunta Thomas, levantándose del escritorio. Pero no le puedo contestar. Salgo corriendo por la puerta de la oficina, paso por la sala de espera vacía y sigo a toda velocidad por el pasillo. Tengo que llamar a la dueña de BeautyBuzz y tratar de explicar. Tengo que hablar con mis padres y asegurarme de que todavía están a salvo. ¿Podrá la Dra. Shields hacerles daño? Quizás no esté planificando pagarles el viaje después de todo, podría haber encontrado mi número de tarjeta de crédito y haberla usado para dar un depósito.

Si siquiera *toca* a Becky, creo que la mato, pienso frenética.

Estoy llorando y dando bocanadas cuando abro la puerta principal y salgo corriendo del edificio. El aire frío de invierno me da una bofetada en la cara.

Doy vueltas en la acera, buscando a Noah. Dentro del bolsillo, el celular empieza a vibrar otra vez. Quisiera sacarlo y tirarlo contra la acera.

No veo a Noah en ninguna parte. Las lágrimas bajan con más fuerza. Estaba empezando a pensar que podía depender de él.

Pero ahora me doy cuenta de que no puedo.

Estoy por darme la vuelta cuando atisbo un abrigo azul marino a una cuadra de distancia. El corazón se me quiere salir del pecho. Es él. Reconozco la parte de atrás de su cabeza, su forma de caminar.

Comienzo a correr, serpenteando entre la gente.

—¡Noah! —grito.

No se da la vuelta, así que sigo corriendo. Estoy jadeando y se me hace difícil aspirar suficiente oxígeno, pero me obligo a correr más rápido.

—¡Noah! —vuelvo a gritar cuando estoy más cerca. Quiero dejarme caer entre sus brazos fuertes y contarle todo. Me ayudará; sé que lo hará.

Él se da la vuelta. La expresión de su cara me detiene tan abruptamente como si hubiese tropezado con una pared de ladrillos.

—Estaba empezando a enamorarme de ti —dice, masticando cada palabra—. Pero ahora sé quién eres en realidad.

Doy un paso hacia él, pero él levanta una mano. Su boca forma una línea dura. Sus ojos castaños, también.

—¡No! —dice—. No quiero volverte a ver.

—¿Qué? —exclamo.

Pero él se da la vuelta y sigue caminando, alejándose cada vez más de mí.

CAPÍTULO
SESENTA Y UNO

Domingo, 23 de diciembre

MI RETIRADA PREMATURA A la cama permitió que me levantara muy temprano esta mañana.

Va a ser un día ajetreado.

Al encender el teléfono, aparece un nuevo mensaje de texto de Thomas. A las 11:06 p. m. de anoche, informó que su paciente estaba estable en Bellevue y se excusó de nuevo por haberse ido temprano.

Se envió una respuesta a las 8:02 a. m.: Entiendo. ¿Qué planes tienes para hoy?

Escribió que estaba de camino a su partido de *squash* y a desayunar en Ted's Diner. Esta tarde me pondré al día con el papeleo, escribió. ¿Quieres ir al cine esta noche?

La respuesta que recibió: Perfecto.

Sus actividades matutinas son las que describió: sale del gimnasio, come en la cafetería y se dirige a su oficina.

Todo cambia exactamente a la 1:34 p. m. Es la hora a la que te vi caminando por la acera con una bolsa de compra en la mano.

Y desapareces en la oficina de Thomas.

Oh, Jessica. Has cometido un grave error.

¿Tienen las víctimas el derecho a impartir justicia por mano propia?

En tu segunda sesión en la computadora, te sentaste en el salón de clases de la Universidad de Nueva York y contestaste esta pregunta en la afirmativa, Jessica. Apenas titubeaste. No jugaste con tus anillos ni miraste al techo mientras pensabas; rápidamente llevaste los dedos al teclado y escribiste tu respuesta.

¿Cómo te sientes con respecto a esta pregunta ahora?

Finalmente hay evidencia concreta de tu impresionante traición.

¿Qué haces ahí dentro con mi marido, Jessica?

Si estás o no metida en una aventura física es casi inmaterial en estos momentos. Ustedes dos están confabulando a mis espaldas. La traición que has mostrado de manera constante debió haber sido una advertencia.

A estas alturas has creado tantos grados de decepción, tantas capas de engaño, que estás enredada en un subterfugio escabroso del cual no hay vuelta atrás.

—¿Señora, está usted bien?

Un transeúnte ofrece una servilleta de papel. Se lo mira con confusión.

—Parece que se cortó el labio —dice.

Luego de un instante, la servilleta es retirada. El sabor metálico de la sangre permanece en la boca. Luego, se aplicará hielo para bajar la hinchazón. Pero por ahora, se busca el protector labial en la bolsa de maquillaje.

Es una réplica exacta del protector labial que dejaste en mi casa la semana pasada, el que da a los labios un tono rosado seductor.

El tubito tiene el logotipo de BeautyBuzz. Es manufacturado por tu empleador, Jessica.

El teléfono de la compañía es muy fácil de obtener.

Mientras conspiras con mi marido, hago una llamada.

Cuando uno habla con autoridad, la gente escucha. La recepcionista que contesta transfiere mi llamada a la gerente, quien a su vez promete comunicarse con la dueña de la compañía para trasmitir la información de inmediato.

Aparentemente, BeautyBuzz se toma muy en serio la cláusula de no competencia.

Sigues mencionando el deseo de salir de la ciudad para las fiestas.

No irás a ninguna parte, Jessica.

Pero parece que podrás disfrutar de unos días libres después de todo.

¿Debe ser el castigo siempre proporcional a la ofensa?

La pérdida del empleo no es castigo suficiente.

Pero uno más apropiado se presenta poco después, mientras continúas instalada en la oficina de mi marido.

Un joven vestido con un abrigo azul marino de zíper rojo se acerca y se detiene en la esquina junto al edificio de Thomas. Mira a su alrededor, como si estuviera esperando a alguien.

De inmediato parece familiar; es el que te abrazó tan cariñosamente la otra noche. El que me escondiste.

Mientras llevas a cabo tu cita secreta con mi marido, una conversación espontánea y paralela sucede en la acera frente a la oficina de Thomas.

¿No estarías de acuerdo en que parece justo?

—Soy la Dra. Lydia Shields —se lo saluda.

Resulta crucial que mi tono y expresión facial parezcan sombríos. Profesionales. Un tanto apesadumbrados de que haya llegado a esto. —¿Está usted aquí para la intervención con Jessica Farris?

Jessica, tu amante parece muy sorprendido al principio. —¿Qué? —exclama.

Una vez que él confirma que ha venido a este lugar a encontrarse contigo, se establecen las credenciales. Se entrega una tarjeta de presentación. Aun así, es necesario convencerlo.

Se le explica que los otros participantes ya se han ido y que el Dr. Thomas Cooper, tu terapeuta, todavía está en su oficina tratando de razonar contigo.

—Su paranoia y ansiedad por lo general responden al tratamiento —se le dice—. Lamentablemente, su conducta destructiva está tan generalizada y es tan persistente que la confidencialidad usual del paciente debe comprometerse a fin de proteger a las personas que podrían salir perjudicadas.

Tres ejemplos detallados de tu naturaleza deshonesta resultan necesarios para que él siquiera comience a considerar que la mujer que estoy describiendo eres tú, lo que es prueba de lo enamorado que está de ti.

Tu comportamiento reciente es descrito: tu despido del empleo debido a violaciones éticas; tu peligrosa visita al apartamento de un traficante de drogas; el sexo casual descontrolado, muchas veces con hombres casados y usando una imagen pública distinta.

Noah se crispa ante tu última fechoría, así que eso dicta la dirección que debe tomar el resto de la conversación.

Noah está herido.

Llegó el momento de dar el golpe mortal.

La evidencia concreta es más persuasiva que los testimonios anecdóticos, que podrían descartarse como herejías.

El mensaje de texto que enviaste a principios de mes es localizado en mi celular y mostrado a Noah.

Dra. Shields, coqueteé con él, pero dijo que estaba felizmente casado. Subió a su habitación y yo estoy en el vestíbulo del hotel.

—¿Por qué le enviaría ella ese mensaje a usted? —pregunta Noah.

Parece estupefacto. Está pasando por la etapa de negación. La próxima será la ira.

—Me especializo en compulsiones, incluidas las de naturaleza sexual —se le explica—. He estado trabajando con el Dr. Cooper sobre este aspecto de la personalidad de Jessica.

Noah todavía se balancea en el filo de la incredulidad. Así que se busca otro mensaje y se muestra. Lo enviaste hace solo dos noches, antes de salir a ver a Thomas en el Deco Bar. La misma noche que te encontraste con Noah en Peachtree Grill.

Voy a salir dentro de unos minutos a encontrarme con T. ¿Debo ofrecerme a pagarle un trago, ya que fui yo quien lo invitó a salir?

El día de la trasmisión del mensaje de texto está claramente visible: el viernes. El pulgar tapa el resto del intercambio de mensajes al mostrar el celular a Noah, que ahora se pone pálido.

—Pero yo la vi esa noche —dice—. *Nosotros* teníamos una cita.

Ahora se finge sorpresa. —Ah, ¿fuiste tú a quien ella vio en el Peachtree Grill? Me contó sobre eso también. En realidad, se sentía un poco culpable de haber visto a otro hombre justo antes de salir contigo.

Su ira se manifiesta rápidamente, Jessica.

—Es una joven muy autodestructiva —se le dice a Noah, cuyo rostro se transforma—. Y, lamentablemente, su personalidad narcisista, aunque encantadora al principio, la hace tristemente irredimible.

Noah se va, moviendo de lado a lado la cabeza.

No pasan dos minutos que sales del edificio y corres detrás de él. Cuando te repudia, te quedas en la acera, mirando con desolación cómo se aleja.

Todavía tienes la bolsa de compra en la mano.

Ahora se puede ver el logotipo de los ojos cerrados. Es extraordinariamente familiar.

Ah, Jessica, qué diligente eres. Así que tú también fuiste a Blink.

Debes pensar que eres tan ingeniosa. Quizás hasta te enteraste de la verdad acerca de Lauren, no la historia que Thomas se inventó.

¿Te sorprendió saber que mi esposo nunca tuvo una aventura con Lauren? No creerás que la persona que mejor conoce a Thomas, su amorosa esposa de siete años, aceptó esa patética mentira, ¿verdad?

Su aventura con la dueña de la *boutique* se identificó como invención apenas una semana después de que el mensaje de texto llegara «accidentalmente» a mi teléfono: cuando se buscó a Lauren y se le pidió ayuda para seleccionar los atuendos para el viaje de fin de semana, sugirió varias piezas, entre ellas los vestidos sueltos que había conseguido en un viaje de compras reciente a Indonesia.

Reveló que acababa de pasar una semana en Bali y otra en Yakarta, y que había regresado a Estados Unidos solo tres días antes de mi vista a su *boutique*.

Es imposible que mi esposo haya tenido planes de verla en la fecha en que texteó, *Te veo esta noche, Preciosa,* y en la noche en que alegó que había comenzado la aventura, cuando dijo que ella se había sentado frente a él en el bar de un hotel.

Sin embargo, nunca se expuso su mentira. Era necesario que se mantuviera así.

Thomas tenía una razón excelente para tratar de camuflar su noche de sexo casual con April inventando la historia de otro flirteo.

Y, desde luego, su esposa tenía una razón todavía mejor para esconder que conocía tanto la aventura inventada como la verdadera con April.

¿Te sorprendería saber que he conocido la verdad sobre mi esposo y la Participante 5 desde un principio?

Jessica, puede que pienses que has averiguado todo. Pero si algo debes haber aprendido desde que te convertiste en la Participante 52, es que debes suspender tus suposiciones.

Es una pena que estés tan desconsolada. Pero tú misma tienes la culpa.

Ahora mismo te sientes completamente sola.

Pero no te preocupes. Vas a tener mi compañía pronto.

CAPÍTULO
SESENTA Y DOS

Domingo, 23 de diciembre

¿Has hablado con tu familia recientemente, Jessica? ¿Están disfrutando de sus vacaciones en la Florida?

Contemplo un rato el mensaje de texto; las preguntas me abrasan.

La Dra. Shields me quitó mi empleo. Me quitó a mi novio. ¿Qué le ha hecho a mis padres y a Becky?

Estoy en la cama, con las rodillas pegadas al pecho y con Leo a mi lado. Después de que Noah me abandonó en la esquina, traté de llamarlo y de enviarle mensajes, pero no respondió. Entonces hice lo único que se me ocurrió que podía hacer: vine a casa y lloré a todo pulmón. Cuando recibo el mensaje de la Dra. Shields, ya el llanto ha dado paso a sollozos silenciosos.

De golpe, quedo sentada en la cama al recordar que nunca contesté la llamada de mi madre anoche cuando andaba en puntas de pie por casa de la Dra. Shields. Y no dejó mensaje.

Marco el número de mi madre de inmediato, tratando de no caer en pánico. Responde el mensaje grabado.

—Mamá, llama enseguida, por favor. —Después trato el celular de mi papá. Sucede lo mismo.

Empiezo a hiperventilar.

La Dra. Shields ni siquiera me dijo el nombre del hotel. Mi mamá me llamó enseguida después de llegar y me contó de la habitación frente al mar y la piscina de agua salada, pero no me especificó dónde se estaban quedando y yo estaba tan fuera de quicio con todo lo que me estaba sucediendo que nunca pregunté.

¿Cómo pude haber sido tan negligente?

Vuelvo a llamar a mis padres, uno a la vez.

Entonces agarro el abrigo, meto los pies en las botas y salgo corriendo por la puerta. Bajo las escaleras y empujo a una vecina que lleva una bolsa de comestibles. Me mira sorprendida. Sé que debo tener la máscara corrida y el pelo hecho un desastre, pero ya no me importa cómo me vea la Dra. Shields.

Corro por la calle, haciendo señas para llamar un taxi. Uno se detiene y me siento atrás. —Apresúrese, por favor —le digo al darle la dirección de la casa de la Dra. Shields.

Quince minutos más tarde, al llegar allí, todavía no tengo un plan. Solo doy golpes en la puerta hasta que la mano me duele.

La Dra. Shields abre y me mira sin sorpresa, como si me hubiese estado esperando.

—¿Qué hizo con ellos? —rujo.

—¿Perdón? —responde la Dra. Shields.

Está impecable, como de costumbre, con su pantalón negro y suéter gris. Quisiera agarrarla por los hombros y sacudirla.

—¡Sé que hizo algo! ¡No consigo a mis padres!

Ella da un paso atrás. —Jessica, respira profundo y cálmate. No podemos tener una conversación así.

Su tono es de regaño; como si tratara con una niña irracional.

No voy a conseguir nada gritándole. La única forma en que me dará respuestas es si piensa que es ella quien está en control.

Así que dejo a un lado la ira y el temor.

—¿Puedo entrar para que hablemos, por favor?

Abre la puerta y entro detrás de ella.

Se oye música clásica y su casa están tan inmaculada como siempre. Hay petunias frescas sobre la mesa del recibidor, debajo del panel del sistema de alarma.

Evito mirarlo al pasar.

La Dra. Shields me lleva a la cocina y señala un taburete.

Cuando me siento en él, veo un platón en la encimera de granito con un ramo de uvas y un pedazo de queso cremoso, como si hubiese estado esperando visita. Al lado, una copa de cristal con un líquido de color dorado.

Es todo tan correcto y preciso y demencial.

—¿Dónde está mi familia? —pregunto, esforzándome por mantener la voz serena.

En vez de contestar de inmediato, la Dra. Shields camina sin prisa hasta un armario y saca otra copa de cristal. Por primera vez, no me pregunta si quiero. En su lugar, va al refrigerador, saca una botella de Chardonnay, y llena la copa.

La deja frente a mí como si fuésemos dos amigas que se van a contar secretos.

Quiero gritar, pero sé que, si trato de apresurarla, demostrará que es ella quien domina haciéndome esperar todavía más.

—Tu familia está en la Florida divirtiéndose, Jessica —afirma por fin—. ¿Por qué habrías de pensar que no?

—¡Porque usted me envió ese mensaje de texto!

La Dra. Shields arquea una ceja. —Solo pregunté cómo iban sus vacaciones —dice—. No hay nada inapropiado en eso, ¿no?

Suena sincera, pero sé que es teatro.

—Quiero llamar al hotel —le digo. La voz se me quiebra.

—Por supuesto —dice—. ¿No tienes el número?

—Usted nunca me lo dio —respondo.

Ella frunce el ceño. —El nombre del hotel nunca ha sido un secreto, Jessica. Tu familia lleva allí tres días.

—Por favor —le ruego—. Solo déjeme hablar con ellos.

Sin decir palabra, la Dra. Shields se levanta y busca su teléfono. —Tengo la confirmación del hotel aquí —dice, buscando entre sus mensajes. Parece tomarse demasiado tiempo. Entonces lee el número en voz alta.

Lo marco de inmediato.

—Felices fiestas, Winstead Resort y Spa, habla Tina —contesta una mujer con voz cantarina.

—Necesito comunicarme con la familia Farris —digo con urgencia en la voz.

—Desde luego, ahora la conecto. ¿Cuál es el número de la habitación?

—No sé —murmullo.

—Un momento, por favor.

Miro fijamente a la Dra. Shields, quien me mira con sus ojos azules como el hielo, mientras en el celular oigo música navideña: *Santa Claus is coming to town.*

Entonces la Dra. Shields me acerca más la copa de vino.

No puedo beber. Lucho en contra de una viva impresión de *déjà vu*. Estuve aquí hace unos días, confesando que sé que Thomas es su esposo, pero no es eso lo que provoca la inquietante sensación que me recorre el cuerpo.

La música termina abruptamente.

—No hay huéspedes registrados con ese apellido —dice la operadora del hotel.

El cuerpo se me afloja.

La visión me falla y me vienen arcadas.

—¿No están ahí?

La Dra. Shields toma su copa y bebe un sorbo, y su gesto de despreocupación dispara mi ira otra vez.

—¿Dónde está mi familia? —pregunto de nuevo, mirándola fijamente. Empujo hacia atrás el taburete y casi lo tumbo al levantarme.

Ella coloca la copa en la encimera.

—Oh —dice Shields—. Quizás la reservación esté a mi nombre.

—Shields —digo al teléfono—. Busque ese apellido, por favor.

Solo se siente silencio en la línea.

Siento el pulso latiéndome entre las orejas.

—Ah —dice la operadora—. Aquí está. La comunico ahora.

Mi madre contesta al segundo timbrazo, con una voz tan familiar y segura que casi me echo a llorar otra vez.

—¡Mamá! ¿Estás bien?

—¡Santo cielo, hija, la estamos pasando súper bien! —me dice—. Acabamos de regresar de la playa. Becky pudo tocar los delfines, aquí tienen todo un programa. ¡Tu padre tomó tantas fotos!

Están a salvo. Ella no les hizo nada. Por lo menos, todavía no.

—¿Estás segura de que están bien?

—¡Desde luego! ¿Por qué no habríamos de estarlo? Pero te extrañamos. ¡Qué jefa tan extraordinaria tienes, que hizo esto por nosotros! Debes ser muy especial para ella.

Estoy tan desorientada que apenas logro terminar la llamada y colgar, no sin antes prometer volver a llamar mañana. No puedo reconciliar la cháchara feliz de mi madre con la terrible preocupación que mi mente había fabricado.

Suelto el teléfono.

La Dra. Shields se sonríe.

—¿Ves? —dice con calma—. Están perfectamente bien. Mejor que bien.

Extiendo las manos sobre la encimera de granito frío y me inclino hacia delante, tratando de concentrarme. La Dra. Shields quiere que piense que el problema soy yo, que soy inestable. Pero no es una invención mía que perdí el trabajo ni que perdí a Noah. Esos son hechos indiscutibles; todavía tengo los mensajes de voz de BeautyBuzz en el celular. Y Noah no me ha contestado. Estoy segura de que no es coincidencia que ambas cosas sucedieran mientras yo estaba en la oficina de Thomas. No puedo probarlo, pero la Dra. Shields sabe que estuve con él. Quizás hasta descubrió que me acosté con él; Thomas se lo pudo haber dicho para salvarse.

Me está castigando. Siento su mano en la espalda y me doy vuelta abruptamente.

—¡No me toque! Usted consiguió que me despidieran. ¡Le dijo a BeautyBuzz que yo estaba trabajando por mi cuenta cuando fui a donde Reyna y Tifani!

—Tranquilízate, Jessica —ordena la Dra. Shields.

Ella regresa a su taburete y cruza una de sus larguísimas piernas sobre la otra. Sé lo que se supone que debo hacer, el papel que ella quiere que yo desempeñe, así que me siento en el taburete junto a ella.

—No me dijiste que perdiste el empleo —me dice. A un observador, parecería que está genuinamente preocupada: tiene el ceño fruncido y su tono es amable.

—Sí, alguien me delató por violar la cláusula de no competencia —le digo en tono de acusación.

—Hmmm... —La Dra. Shields se lleva el índice a los labios y entonces me doy cuenta de que el labio inferior se ve un poco hinchado, como si se lo hubiese lastimado hace poco—. ¿No me dijiste que el novio drogadicto sospechaba de ti? ¿Será posible que te haya delatado él?

Me ofrece una sonrisa amplia. Tiene una respuesta para todo.

Pero sé que lo hizo ella. Quizás no les dio los nombres de

Reyna y de Tifani, pero pudo haber hecho una llamada anónima fingiendo ser una clienta a la que yo había atendido. Me la imagino diciendo, en esa voz falsa de preocupación, *Oh, Jessica parece una chica tan buena, espero no meterla en problemas.*

Pero luego recuerdo las preguntas insistentes de Ricky antes de yo poner los cosméticos gratis en la mano a Tifani y salir huyendo. Estoy segura de que los tubitos tenían el logotipo de BeautyBuzz; todos los brillos labiales lo tienen. Sería fácil encontrar a mi empleador.

—Jessica, lamento mucho que hayas perdido el empleo —afirma la Dra. Shields—. Sin embargo, no fue por causa mía.

Me froto las sienes: todo parecía tan claro hace solo unos minutos. Pero ahora no sé qué creer.

—Espero que no te moleste que te lo diga, pero no te ves bien —comenta la Dra. Shields, empujando el platón hacia mí—. ¿Has comido?

Caigo en cuenta de que no. Cuando vi a Noah el viernes en la noche en Peachtree Grill, él trató de tentarme con pollo frito y panecillos, pero solo pude comer unos bocados. Creo que no he tomado más que café y una o dos barritas de proteínas desde entonces.

—¿Y qué de Noah? —digo, casi a mí misma. La voz se me quiebra cuando pronuncio su nombre.

Él se alegró de escucharme este mañana, aunque haya pensado que lo que le pedí era extraño. Recuerdo cuando levantó la mano a modo de barrera, para impedir que me acercara.

—¿Quién?

—El tipo con quien yo estaba saliendo —respondo—. ¿Cómo lo encontró?

La Dra. Shields corta un pedazo de queso y lo coloca en una galleta antes de pasármela. Lo miro y lo rechazo con un gesto de la cabeza.

—Ni siquiera me habías dicho que estabas saliendo con alguien

—dice—. ¿Cómo podría yo conversar con alguien que yo ni sabía que existía?

Ella deja que el silencio se prolongue, como para subrayar su punto.

—Tengo que decirte, Jessica, que estoy empezando a resentir tus acusaciones —me dice—. Completaste tus tareas, y te pagué por ellas. Me aseguraste que Thomas es fiel. ¿Por qué interferiría en tu vida ahora?

¿Será posible? Sostengo la cabeza con las manos y trato de repasar los últimos dos o tres días, pero todo está revuelto. Quizás sea Thomas quien me ha estado mintiendo. Quizás mis instintos se equivocaron. Han fallado otras veces; confié en Gene French cuando no debí haberlo hecho. Quizás ahora esté haciendo lo contrario.

—Pobrecita, ¿has dormido?

Levanto la cabeza. Siento los ojos arenosos y pesados. Ella sabe que no, igual que sabía que no he estado comiendo; no hacía falta que preguntara.

—Vuelvo enseguida —dice. Se baja del taburete y desaparece. Sus pasos son tan silenciosos que no puedo adivinar en qué lugar de la casa se encuentra.

Estoy completamente exhausta, pero es el tipo de cansancio que sé que no me permitirá dormir bien esta noche. Siento el cerebro pesado y aturdido, pero siento el cuerpo inquieto.

Cuando la Dra. Shields regresa, trae algo en la mano, pero no sé qué es. Va a la cocina y abre una gaveta. Oigo un traqueteo leve y me percato de que está transfiriendo una pastillita ovalada de un frasco a una bolsita Ziploc.

Sella la bolsa y camina hacia mí.

—Sin duda, tengo la culpa de que estés en este estado —dice en voz baja—. Es evidente que te empujé demasiado con nuestras intensas conversaciones, y luego con los experimentos.

No debí haberte metido en mi vida personal. Eso no fue profesional.

Sus palabras me arropan como una de sus estolas de cachemira: suaves, reconfortantes y cálidas.

—Eres muy fuerte, Jessica, pero has estado bajo una presión tremenda. El despido de tu padre, el estrés postraumático que has estado sintiendo desde aquella noche con el director teatral, tus preocupaciones financieras... Y, desde luego, la culpa por tu hermana. Debe ser agotador.

Me pone la bolsa en la mano. —Las fiestas pueden ser una época desoladora. Esto te ayudará a dormir esta noche. No debería darte una pastilla sin una receta, pero considéralo un último regalo.

Miro la pastilla y, sin pensarlo, digo «gracias».

Es como si ella escribiera el guion y yo solo recitara los parlamentos.

La Dra. Shields toma mi copa de vino, casi llena, y echa el contenido en el fregadero. Luego echa el queso y las uvas en la basura, a pesar de que el platón está casi lleno.

La copa vacía. La corteza del queso.

La miro fijamente y un rayo de energía me recorre el cuerpo.

No me está mirando. Está completamente concentrada en recogerlo todo, pero si me hubiese visto la cara habría sabido que algo andaba muy mal.

Los apuntes que escribió en el expediente de April me pasan por la mente: *Todo rastro tuyo había desaparecido... Tu copa fue lavada... El Brie y las uvas fueron echados en la basura... Es como si nunca hubieses estado aquí.*

Miro la bolsa Ziploc con la pastillita que tengo en la mano.

Un temor helado me inunda el cuerpo.

¿Qué le hiciste a ella? pienso.

Tengo que salir de aquí ahora, antes de que se percate de que sé.

—¿Jessica?

La Dra. Shields me está mirando directamente. Espero que piense que la emoción que revela mi cara es desesperanza.

Habla en voz baja y suave. —Solo quiero que sepas que no es humillante admitir que necesitas un poco de ayuda. Todos necesitamos un escape a veces.

Asiento y la voz me falla cuando hablo. —Será bueno poder descansar al fin.

Meto la pastilla en mi bolso. Entonces me bajo del taburete y agarro el abrigo, obligándome a moverme despacio para no revelar el pánico que siento. Parece que la Dra. Shields no me va a acompañar a la puerta; se queda en la cocina, lavando con una esponja el prístino granito. Así que me doy vuelta y camino hacia el recibidor.

Con cada paso, siento que se me eriza la piel de la espalda. Finalmente llego a la puerta y la abro, y la cierro suavemente al salir.

Tan pronto llego a casa, saco la bolsa plástica y miro con detenimiento la pastillita ovalada. Se puede leer fácilmente un código en la pastilla, así que lo busco en un sitio web de identificación de medicamentos. Es Vicodin, el mismo que la señora Voss me dijo que le había provocado la muerte a April aquella noche en el parque.

Tengo una idea bastante clara de quién le dio las pastillas a April, y por qué.

La Dra. Shields debe saber que Thomas se acostó con April, de otro modo ella no hubiese puesto las pastillas en las manos a la chica. Lo que necesito averiguar es cómo logró que April se las tomara.

Tengo que volver al jardín botánico y encontrar el banco que está cerca de la fuente. El lugar que April escogió para morir debe tener algún significado.

¿Sabe la Dra. Shields que Thomas se inventó la aventura con Lauren, la de la *boutique*? Si yo averigüé esto, entonces la Dra. Shields, con su extremada atención al detalle, lo debe haber averiguado.

¿Cuánto tardará en descubrir mi encuentro no autorizado con Thomas y todas las mentiras que le he dicho?

Y cuando se entere de que me acosté con su marido, ¿qué me hará a mí?

CAPÍTULO
SESENTA Y TRES

Lunes, 24 de diciembre

¿HAS CONCILIADO EL SUEÑO profundo que necesitas tan desesperadamente, Jessica?

No habrá interrupciones. Estás completamente sola.

Ya no tienes un trabajo que te distraiga. Y Lizzie no está. Quizás tenías la intención de pasar Nochebuena con Noah, pero él se ha ido a Westchester con su familia.

Y con respecto a la tuya, no es posible comunicarse con ellos. Esta mañana el *concierge* del hotel los llamó y sorprendió con una salida de todo el día en velero. Es tan difícil conseguir recepción del celular cuando se está navegando.

Hasta tu nuevo amigo, Thomas, estará ocupado.

Pero quienes están rodeados de familiares y actividades festivas pueden sentirse aislados también.

Da inicio la escena: Nochebuena en la finca de la familia Shields en Litchfield, Connecticut, a noventa minutos de la ciudad de Nueva York.

En el gran salón, un fuego arde en la chimenea. El belén de figuritas de Limoges decora la repisa de la chimenea. Este año, la decoradora de la madre ha escogido luces blancas y piñas de pino perfectas para decorar el árbol.

Se ve todo tan hermoso, ¿no es cierto?

El padre ha descorchado una botella de Dom Perignon. Se pasa una bandeja de salmón ahumado con caviar sobre *crostinis*.

Las medias están bajo el árbol. A pesar de que hay solo cuatro personas en la habitación, hay cinco medias.

La media adicional es de Danielle, como todos los años. La costumbre es donar a una organización caritativa en su nombre y colocar el sobre que contiene el cheque de regalo dentro de la media. Por lo general, la beneficiaria es Madres en Contra de Conductores en Estados de Ebriedad, aunque Paseo Seguro y Estudiantes en Contra de Decisiones Destructivas también han sido seleccionadas en el pasado.

La próxima semana será el vigésimo aniversario de la muerte de Danielle, así que el donativo es especialmente generoso.

Ella hubiera cumplido treinta y seis años.

Murió a menos de una milla de esta sala.

Según va bajando el nivel de la segunda copa de champán de la madre, sus cuentos sobre la hija menor, la favorita, se hacen más hiperbólicos.

Es otra tradición navideña.

Ella concluye el relato incoherente sobre el verano en que Danielle fue consejera en el campamento diurno del *country club*.

—Tenía tanta habilidad para tratar con niños —la madre recuerda vanamente—. Habría sido una madre maravillosa.

La madre ha olvidado convenientemente que Danielle aceptó el trabajo de mala gana por insistencia del padre, y la contrataron solo porque el padre jugaba al golf con el director del club.

Por lo general, a la madre se le da ese gusto. Pero hoy, resulta imposible no refutarla: —Ah, no estoy segura de cuánto le gustaban en realidad esos niños a Danielle. ¿No se ausentó por enfermedad tantas veces que casi la despidieron?

Aunque se busca un tono afectuoso, las palabras provocan que la madre se ponga tensa.

—Ella *amaba* a esos niños —responde la madre. Las mejillas se le enrojecen.

—¿Más champán, Cynthia? —ofrece Thomas. Es un intento de romper la tensión que repentinamente ha llenado la habitación.

A la madre se le permite ganar este punto al tener la última palabra, a pesar de que está equivocada.

Esto es lo que la madre se rehúsa a aceptar: Danielle era completamente egoísta. Ella se apropiaba de las cosas: un suéter de cachemira favorito que luego se estiró, porque Danielle usaba un tamaño más grande; una monografía calificada A+ de la clase de Inglés de tercer año, que estaba almacenada en una computadora que compartíamos y que fue presentada de nuevo con su nombre el otoño siguiente...

Y un novio que había jurado ser fiel a la hermana mayor.

Danielle nunca sufrió las consecuencias de esas dos primeras transgresiones o tantas anteriores; el padre estaba absorto en el trabajo y la madre, predeciblemente, la excusó.

Quizás si hubiese tenido que hacerse responsable por sus actos, hoy estaría viva.

Thomas ha atravesado el salón para volver a llenar la copa de la madre.

—¿Cómo es posible que se vea más joven cada año, Cynthia? —pregunta, dándole una palmadita en el brazo.

Por lo general, los intentos de Thomas de mantener la paz se sienten amorosos. Esta noche, son percibidos como otra traición.

—Necesito un vaso de agua. —Lo que se necesita en realidad es una excusa para salir del salón. La cocina se siente como un refugio.

Durante los últimos veinte años, los artículos de esta cocina han cambiado: el nuevo refrigerador contiene un dispensador de agua fría; el piso de madera ha sido reemplazado por losa italiana; la vajilla guardada en los armarios de puerta de cristal ahora es blanca con detalles azules.

Pero la puerta lateral es exactamente la misma.

El cerrojo requiere una llave para abrirlo desde afuera. Desde dentro de la cocina, dar vuelta al pomo ovalado la cierra o la abre, dependiendo de en qué dirección se gire.

Nunca has oído esta historia, Jessica.

Nadie la ha oído. Ni siquiera Thomas.

Pero tienes que haber sabido que eras especial para mí. Que estamos inexorablemente vinculadas. Es una de las razones por las que tu forma de actuar ha sido tan hiriente.

Si *tú* te hubieses comportado, podríamos haber tenido una relación muy distinta.

Porque, a pesar de todas nuestras diferencias superficiales —socioeconómicas, de educación, de edad— los puntos de pivote más importantes de nuestras vidas son siniestramente parecidos. Es como si estuviésemos destinadas a juntarnos. Como si nuestras historias fuesen reflejo una de la otra.

Tú dejaste encerrada a tu hermana menor, Becky, aquel trágico día de agosto.

Yo dejé encerrada fuera a mi hermana menor, Denielle, aquella trágica noche de diciembre.

Danielle se escabullía con frecuencia para ir a encontrarse con chicos. Su truco favorito era dejar el cerrojo de la puerta de la cocina abierto para poder entrar de nuevo a la casa sin que la vieran.

Su subterfugio no era asunto mío. Hasta que se metió con mi novio.

Danielle codiciaba mis cosas. Ryan no fue una excepción.

Los chicos se enamoraban de Danielle todo el tiempo; era bonita, era vivaz, y sus límites sexuales, casi inexistentes.

Pero Ryan era distinto. Él era tierno y apreciaba la conversación y las noches tranquilas. Fue el primero para mí de muchas maneras.

Me rompió el corazón dos veces. Inicialmente, cuando me dejó. Luego, una semana más tarde, cuando empezó a salir con mi hermana.

Es extraordinario que las decisiones más simples puedan crear un efecto mariposa; que una acción aparentemente sin importancia pueda causar un maremoto.

Un vaso de agua común y corriente, como el que se está llenando en esta cocina ahora, es lo que dio inicio a todo aquella noche de diciembre hace casi veinte años exactos.

Danielle había salido con Ryan sin que nuestros padres lo supieran. Había dejado el cerrojo abierto para ocultar su regreso tarde.

Danielle nunca sufría consecuencias. Hacía tiempo que se las merecía.

Una vuelta rápida y espontánea a la cerradura significaba que se vería obligada a tocar el timbre y despertar a mis padres. A mi padre le daría una apoplejía; siempre había tenido mal genio.

No fue posible dormir esa noche por lo deliciosa de la anticipación.

Desde una ventana del segundo piso, a la 1:15 a. m., se observó que las luces del Jeep de Ryan se apagaban a mitad del largo camino de entrada a la casa. Se vio a Danielle correr por el césped en dirección a la puerta de la cocina.

Me estremecí de la emoción: ¿cómo se sentiría cuando el cerrojo no abriera?

Seguramente se escucharía el timbre pronto. En su lugar, un

minuto más tarde, Danielle regresó al auto de Ryan.

Entonces el Jeep retrocedió por el camino de entrada, con Danielle en el asiento del pasajero.

¿Cómo saldría Danielle de esta? Quizás aparecería en la mañana con alguna excusa ridícula, como un episodio de sonambulismo, por ejemplo. Ni siquiera mi madre ignoraría el engaño de Danielle en esta ocasión.

Sin saber que su hija menor había colocado almohadas debajo del edredón para disimular su ausencia, mis padres siguieron durmiendo.

Hasta que un oficial de policía apareció en la puerta unas horas más tarde.

Ryan había estado bebiendo, algo que nunca hacía cuando estábamos juntos. Su Jeep se estrelló contra un árbol en el fondo del largo camino de entrada a casa. Ambos murieron en el accidente; ella, instantáneamente, él en el hospital debido a traumatismo interno masivo.

Danielle había tomado tantas decisiones equivocadas que crearon las circunstancias del accidente: robarme a mi novio; tomar vodka cinco años antes de tener la edad legal para hacerlo; salir a escondidas de la casa; no reconocer su transgresión tocando el timbre y enfrentando a nuestros padres.

El resultado final de que el cerrojo de la puerta de la cocina estuviese cerrado no fue previsto.

Pero fue meramente uno de una serie de factores que llevaron a su muerte. Si hubiese cambiado cualquiera de sus decisiones, podría estar en el salón ahora mismo, quizás con los nietos que nuestra madre desea con tantas ansias.

Al igual que tus padres, Jessica, los míos solo conocen una parte de la historia.

¿Si hubieses sabido cuán fuertemente nos unen estas dos tragedias, me habrías mentido acerca de Thomas?

Todavía hay preguntas sobre tu relación con mi marido. Pero se contestarán mañana.

A tus padres se les ha dicho que vas a pasar la Navidad conmigo, y que deben divertirse y no preocuparse si no hablan contigo.

Después de todo, estaremos muy ocupadas con nuestros propios planes.

CAPÍTULO
SESENTA Y CUATRO

Lunes, 24 de diciembre

No me fijé en la plaquita plateada del banco cuando me encontré con Thomas aquí hace menos de una semana; estaba demasiado oscuro.

Pero ahora, con el sol de media tarde, veo el brillo de la placa conmemorativa.

Tiene grabados su nombre completo y las fechas de nacimiento y muerte en una letra elegante y, debajo, una línea. En la mente, oigo la voz cristalina de la Dra. Shields leyendo la inscripción: *Katherine April Voss, quien se dio por vencida muy pronto.*

La Dra. Shields instaló esta placa. Lo sé.

Tiene su estilo: sutil; elegante; amenazadora. Este lugar tranquilo en medio del jardín botánico se compone de círculos concéntricos con la fuente en el medio. Alrededor de la fuente hay media docena de bancos de madera. Y, alrededor de los bancos, un sendero de peatones.

De pie, abrazándome a mí misma, miro fijamente el banco donde April murió.

Desde que salí de la casa de la Dra. Shields anoche, he estudiado mi expediente y el de April una y otra vez. Recuerdo la línea que Shields escribió sobre mí: *Este proceso te puede liberar. Entrégate a él,* con una letra que se parece un poco al mensaje inscrito en la placa.

Tirito, a pesar de que durante el día estos jardines helados no dan tanto miedo. Me he cruzado con varias personas que andan paseando, y el aire frío trae consigo las voces de niños que juegan cerca. En la distancia, una mujer mayor con sombrero verde brillante empuja un carrito de compra. Se dirige hacia mí, pero se mueve lentamente.

Aun así, me siento nerviosa y totalmente sola.

Estaba tan segura de que encontraría algunas respuestas en los apuntes de la Dra. Shields.

Pero la pieza que falta en el rompecabezas, la que estoy segura de haber visto en el expediente de April pero que no puedo precisar, se me escapa.

La mujer mayor ya está más cerca; sus pasos lentos la han traído hasta el área de los bancos.

Me froto los ojos y cedo a la tentación de sentarme. Pero no en el de April. Me siento en el banco contiguo.

Estoy más cansada que nunca en mi vida.

Solo dormí algunas horas anoche, pero el descanso fue interrumpido por pesadillas: Ricky atacándome; Becky cayendo en una piscina en Florida y ahogándose; Noah alejándose de mí.

Tomar la pastillita de la Dra. Shields nunca fue una opción. Ya no voy a aceptar más sus regalos.

Me doy un masaje en la sien, tratando de aliviar los latidos que siento en la cabeza.

La mujer del sombrero verde se sienta a un banco por medio del mío. El banco de April. Rebusca en su carrito y saca un paquete de pan en un envoltorio de lunares en colores vivos. Comienza a romper una rebanada en pedacitos y a tirarlos al suelo. Instantáneamente, como si hubiesen estado esperándola, descienden doce o trece pájaros.

Desvío la mirada de las aves que revolotean alrededor de la comida.

Si la clave no está en los apuntes, quizás pueda encontrarla si vuelvo sobre los pasos de April. Inmediatamente antes de venir al jardín botánico, April se sentó en un taburete de la cocina y conversó con la Dra. Shields, igual que hice yo anoche.

Visualizo otros lugares donde nuestros caminos pueden haberse cruzado: April y yo nos sentamos ante el teclado en el salón de clases de la Universidad de Nueva York y permitimos que la Dra. Shields investigara nuestros pensamientos más íntimos. Probablemente nos sentamos en la misma mesa.

Las dos fuimos invitadas a la oficina de la Dra. Shields, donde nos sentamos en el sofá y permitimos que extrajeran nuestros secretos.

Y, desde luego, April y yo conocimos a Thomas en un bar y sentimos su mirada caldeada antes de traerlo a casa.

La mujer mayor sigue tirándoles pan a los pájaros. —Palomas torcaces —dice—. Se aparean de por vida, sabes.

Debe estar hablándome a mí, porque no hay nadie más en los alrededores.

Hago un gesto de asentimiento con la cabeza.

—¿Quieres alimentarlas? —me pregunta, caminando hasta mi banco y ofreciéndome un pedazo de pan.

—Desde luego —digo distraídamente, y tomo el pan y lo rompo en pedacitos.

Otros lugares en donde April y yo hemos estado: su dormitorio en el apartamento de sus padres, el del osito de peluche que todavía descansa sobre el edredón. Y en su cuenta de Instagram había una foto que reconocí del escaparate de Insomnia Cookies, cerca de la Avenida Amsterdam. He entrado allí yo también, a comprar un *snickerdoodle* o galletitas de chocolate y menta.

Obviamente, ambas visitamos este jardín.

Ni siquiera habría sabido de la existencia de April si Thomas no me hubiese invitado aquí para alertarme sobre su esposa.

Thomas.

Frunzo el ceño, pensando en cuánto colapsó —mi empleo, mi relación con Noah— mientras estuve sentada frente al escritorio de Thomas y él hablaba sobre el *affair* que se inventó con la mujer de la *boutique*.

La oficina de Thomas es un lugar donde he estado y que April nunca frecuentó; Thomas dijo que solo vio a April aquella noche cuando terminaron en su apartamento. Aunque, si en realidad estaba obsesionada con él, pudo haber buscado la dirección de su trabajo.

Tiro el último pedazo de pan.

Hay algo que me bulle en la mente. Algo que tiene que ver con la oficina de Thomas.

Una paloma torcaz revolotea a mi lado e interrumpe mis pensamientos. El pajarito aterriza en el banco de April, junto a la señora mayor, y se posa sobre la placa plateada.

La miro insistentemente.

La adrenalina me inunda el cuerpo y el agotamiento desaparece.

El nombre de April en la cursiva elegante. Las fechas de nacimiento y muerte. La paloma. He visto todo eso antes.

Me inclino hacia delante y siento que la respiración se me acelera.

Caigo en cuenta de dónde fue: en programa de su funeral, el que me dio la señora Voss.

Casi puedo sentir los dedos cerrándose alrededor de lo que he estado tratando de encontrar. El pulso me da tirones.

Me quedo muy quieta mientras reconsidero un hecho que siempre me ha parecido extraño: Thomas se inventó una aventura con una mujer sin importancia para esconder su encuentro con April. También estaba ansioso por obtener el expediente de April, tan ansioso como para encontrar la forma de que yo me colara en casa de la Dra. Shields mientras él la distraía.

Pero la clave que ha estado bailando al filo de mi conciencia nunca estuvo en el expediente.

Meto la mano en mi bolso y saco el programa que la señora Voss me dio, el que tiene el nombre de April y el dibujo de la paloma.

Lo abro lentamente, alisando el papel.

Hay una diferencia crucial entre el programa y la escena que se desarrolla en el banco a solo unos pasos de donde estoy sentada.

Es como cuando fui enviada al bar en el hotel Sussex y hablé con dos hombres: el detalle que los distinguía, el anillo de matrimonio, era lo realmente importante.

La cita de la placa del banco es distinta a la cita del programa del funeral.

La leo en el programa otra vez, aunque me sé de memoria el verso de la canción de Los Beatles:

And in the end, the love you take is equal to the love you make.

Si Thomas hubiese cantado esas palabras la noche que él y April se conocieron, ella no le habría preguntado a su madre el origen del verso. Ella habría sabido que se trataba de la letra de una canción.

Pero si solo hubiese visto la cita del tazón de café, como la vi yo, podría haberse despertado su curiosidad.

Cierro los ojos y trato de recordar la disposición exacta de la oficina de Thomas. Había varias sillas. Pero no importa la silla que escogiera el visitante, habría podido ver claramente su escritorio.

April *estuvo* en la oficina de Thomas, que está a unas pocas cuadras de Insomnia Cookies.

Pero no fue allí a acosarlo. Solo hay otra razón posible que lo explique, y que también conteste la pregunta de por qué Thomas se esforzó tanto por encubrir su aventura de una noche. Por qué todavía le aterra que alguien lo averigüe.

La señora Voss me dijo que April había estado en tratamiento intermitentemente.

April no conoció a Thomas en un bar. April conoció a Thomas cuando fue a verlo como paciente, para terapia.

CAPÍTULO
SESENTA Y CINCO

Lunes, 24 de diciembre

En el viaje de noventa minutos de regreso a Manhattan, finjo dormir para no tener que conversar con Thomas.

Quizás él lo agradezca: en vez de encender el radio, conduce en silencio, con la mirada fija adelante. Las manos agarran el volante. La postura rígida de Thomas tampoco es la usual. Durante los viajes largos en auto, por lo general él canta con la música y marca el ritmo con golpecitos en el muslo.

Cuando se detiene frente al *townhouse*, finjo mi despertar: pestañeo, bostezo.

No hay discusión alguna sobre dónde va a dormir esta noche. Por acuerdo mutuo no verbal, Thomas se quedará en su apartamento de alquiler.

Se intercambian despedidas breves y un beso mecánico.

El zumbido del motor de su auto se va atenuando según se aleja.

Y entonces solo se escucha un silencio desolador en la casa.

El cerrojo nuevo requiere que se use una llave para abrirlo desde afuera.

Pero desde adentro, dar vuelta al pomo ovalado es lo único que hace falta para cerrar.

Hace un año, la Nochebuena transcurrió de manera muy distinta: después de regresar de Litchfield, Thomas encendió el fuego en la chimenea e insistió en que cada uno abriera un regalo. Al escoger el paquete perfecto para darme, parecía un niño de ojos brillantes.

La envoltura era muy elaborada pero caótica, con demasiados lazos y cinta adhesiva.

Sus regalos siempre eran muy sentidos.

Este era una primera edición de mi obra favorita de Edith Wharton.

Hace tres noches, después de informarme que Thomas había rechazado tu coqueteo en el Deco Bar, las esperanzas se intensificaron; parecía que este dulce ritual podría continuar. Una foto original de Los Beatles tomada por Ron Galella fue comprada, enmarcada y cuidadosamente envuelta en varias capas de papel de seda para regalar a Thomas.

Ahora se encuentra al lado de la flor blanca de pascua en la sala.

Las fiestas son la época más dolorosa para estar solo. Una esposa observa el regalo plano y rectangular que no se abrirá esta noche después de todo.

Una madre mira fijamente la media que porta el nombre de Danielle que nunca será abierta por su hija.

Y otra madre experimenta su primera Navidad sin su única hija, la hija que se quitó la vida hace seis meses.

El remordimiento se siente más fuerte en el silencio.

Lo único que hace falta son algunos golpes de los dedos en

el teclado de la computadora. Luego, se le envía un mensaje de texto a la señora Voss:

En memoria de April, un donativo ha sido enviado a la Fundación Americana para la Prevención del Suicidio. Pensando en usted. Cordialmente, Dra. Shields.

El regalo no tiene la intención de aplacar a la señora Voss, que está ansiosa por ver el expediente de Katherine April Voss. La donación es meramente un gesto espontáneo.

La madre no es la única que anhela saber la historia de las últimas horas de April: un investigador ha solicitado formalmente mis expedientes y ha amenazado con la posibilidad de una orden judicial. Thomas también mostró una curiosidad excesiva en torno al expediente de April cuando se le informó que la familia Voss había contratado un detective privado.

Debido a que la ausencia de apuntes sobre nuestro último encuentro parecería sospechosa, se creó una versión truncada de lo sucedido esa noche. Los apuntes decían la verdad; esto era crucial, dada la posibilidad remota de que April pueda haber llamado o texteado a una amiga justo antes de su muerte, pero el recuento de nuestra interacción era mucho más sutil y menos detallado:

Me decepcionaste mucho, Katherine April Voss. Se te dio acceso... Entonces hiciste la revelación que destruyó todo, que te colocó en una luz completamente distinta: Cometí un error. Me acosté con un hombre casado... *Se te dijo que no serías recibida en esta casa otra vez... La conversación continuó. Al concluir, se te dio un abrazo de despedida...*

Los apuntes sustitutos fueron creados inmediatamente después del funeral de la Participante 5.

Es comprensible que su madre los desee.

Pero nadie podrá ver la crónica verdadera de lo que sucedió esa noche.

Al igual que April, esos apuntes ya no existen.

Un fósforo encendido devoró esas páginas de mi libreta de apuntes. Las llamas consumieron ávidamente la tinta azul de mis palabras.

Antes de que se convirtieran en cenizas, esto era lo que contenían:

PARTICIPANTE 5 / 8 de junio, 7:36 p. m.

April toca a la puerta de la casa seis minutos después de la hora acordada.

Esto no es inusual; ella tiene un sentido relajado de la puntualidad.

En la cocina se le ofrece Chablis, uvas y un pedazo de Brie.

April se acomoda en un taburete, deseosa de hablar sobre su inminente entrevista en una firma pequeña de relaciones públicas. Me da una copia impresa de su currículum y solicita consejo sobre cómo explicar los altibajos de su historial de empleo.

Después de varios minutos de conversación alentadora, mi pulsera de oro, la que April ha admirado en repetidas ocasiones, se le coloca en la muñeca. —Para que sientas confianza —se le dice—. Consérvala.

El talante de la noche cambia abruptamente.

April desvía la mirada. Mira fijamente su falda.

Al principio, parece que la ha vencido la emoción.

Pero la voz le falla: —Pienso que este empleo me va a dar la oportunidad de empezar de nuevo.

—Te mereces esa oportunidad —se le dice. Se vuelve a llenar su copa de vino.

Ella desliza la pulsera por el antebrazo. —Usted es tan buena conmigo. —Pero su tono no contiene gratitud; está infundido de otra cosa.

Algo que no se puede identificar de inmediato.

Antes de discernirlo, April deja caer el rostro entre sus manos y comienza a sollozar.

—Lo siento —dice entre lágrimas—. Es ese hombre del que le hablé...

Obviamente se refiere al hombre mayor que se llevó a su casa al salir de un bar hace semanas y con quien se obsesionó. La fijación enfermiza de April ha sido controlada mediante horas de terapia informal; su retroceso es decepcionante.

Mi impaciencia tiene que ser disimulada: —Pensé que habías terminado con eso.

—Así es —dice April, con el rostro lleno de lágrimas todavía.

Debe haber algún detalle sin resolver que no le permite superarlo; es momento de descubrir qué es. —Vamos a volver al principio y lograr que te sobrepongas a este hombre de una vez por todas. Entraste a un bar y lo viste allí sentado, ¿no? ¿Qué sucedió después?

El pie de April comienza a dar vueltas como si fuera una hélice. —Lo que pasa es que... Yo no le conté todo —comienza titubeando. Toma un gran sorbo de vino—. En realidad, lo conocí cuando fui a su oficina para una consulta. Es terapeuta. Pero no volví a verlo para terapia, fue solo una sesión.

Esto es sumamente chocante.

Un terapeuta que se acuesta con una paciente, no importa cuán brevemente atendiera a April, debe perder su licencia. Claramente, este hombre carente de moral se aprovechó de una joven emocionalmente frágil que acudió a él en busca de ayuda.

April mira mis manos, que se han cerrado en puños. —En parte fue culpa mía —dice rápidamente—. Yo lo acosé.

—No fue culpa tuya —se le dice enfáticamente, tocándole el brazo.

Necesitará más ayuda para recuperarse de la opinión de que ella tiene la culpa. Existía un desequilibrio de poder; ella fue explotada sexualmente. Pero por ahora se le permite continuar con el relato que le causa tanto pesar.

—Y no me lo encontré en un bar, como le dije —admite—.

Me enamoré de él después de esa sesión inicial. Así que... lo seguí una noche cuando salió de su oficina.

El resto de la descripción de su encuentro con el terapeuta concuerda con lo que había dicho originalmente: lo vio solo, sentado en una mesa para dos en el bar de un hotel; se le acercó. Acabaron en la cama de su apartamento. Ella lo llamó y le envió mensajes de texto al día siguiente, pero no le respondió por veinticuatro horas. Cuando al fin lo hizo, era evidente que ya no tenía interés. Ella insistió con más llamadas, mensajes de texto e invitaciones a verse. Él fue cortés pero no flaqueó.

April narra su historia intermitentemente, con pausas entre las oraciones, como si estuviese escogiendo cada palabra con mucho cuidado.

—Es una persona abominable —se le dice a April—. No importa quién haya iniciado todo. Se aprovechó de ti y violó tu confianza. Lo que hizo es casi criminal.

April mueve de lado a lado la cabeza. —No —susurra—. Yo también metí la pata.

Se le dificulta sacar las palabras de la boca. —Por favor, no se enoje. Nunca admití esto. Estaba demasiado avergonzada. Pero... está casado.

Una aspiración profunda acompaña esa revelación terrible: *Es una mentirosa.*

Lo primero que hizo April, incluso antes de que nos conociéramos en persona, fue prometer ser honesta. Firmó un acuerdo a esos efectos cuando se convirtió en la Participante 5.

—Debiste haberme revelado esto mucho antes, April.

El consejo que April recibió estaba predicado en la suposición de que el hombre que la había rechazado después de ella llevarlo a su cama era soltero. Tantas horas, perdidas. Si hubiese sido más comunicativa acerca del origen de su relación, y de su estado conyugal, la situación se habría manejado de manera muy distinta.

April no es la víctima, como se pensaba hace solo unos momentos. Ella también tiene culpa.

—No le mentí, solo dejé fuera esa parte —manifiesta. Increíblemente, April parece estar a la defensiva. Está evadiendo responsabilidad por sus actos.

Hay migajas debajo del taburete de April; tiene que haberse dado cuenta de que cayeron al piso cuando mordió la galleta. Pero las dejó para que otro limpiara su desastre.

Coloco el dedo debajo de la barbilla de April y presiono levemente para que levante la cabeza y se restablezca el contacto visual.

—Eso fue una omisión grave —se le dice—. Estoy profundamente decepcionada.

—Lo siento, lo siento —suelta abruptamente. Comienza a llorar otra vez y se limpia la nariz con la manga—. Hace tanto tiempo que quería decírselo... No me imaginé cuánto me agradaría usted.

Un escalofrío de alarma me sacude el cuerpo.

Sus palabras no son lógicas.

Lo que habría de sentir por mí no debió haber dictado lo que reveló sobre el hombre con quien se acostó. No debería existir conexión alguna.

El apodo que me dio Thomas hace años, el halcón, ahora cobra importancia.

Puedes tomar un comentario aparentemente de pasada que hace un paciente y relacionarlo con la razón por la cual vinieron a terapia, aunque no se den cuenta ni ellos mismos, dijo en una ocasión, con admiración en la voz. *Como si tuvieras rayos X en los ojos. Ves a través de la gente.*

Un halcón advierte la más mínima ondulación en un campo; es la señal de que llegó el momento de lanzarse en picada.

Las palabras discordantes de April son una leve onda en un paisaje verde.

Se la considera con más atención. ¿Qué esconde?

Si se atemoriza, se va a callar. Hay que hacerle sentir la ilusión de que está segura.

Ahora mi tono es amable; mi afirmación deliberadamente se hace eco la suya: —No me imaginé cuánto me agradarías tú, tampoco.

Se vuelve a llenar su copa de vino. —Lamento haber sonado severa. Esta información me tomó de sorpresa. Ahora, cuéntame más sobre él.

—Él era realmente amable y guapo —comienza. Alza los hombros al aspirar—. Tenía el pelo rojo...

Surge la primera pista: está mintiendo acerca de su apariencia.

Una idea errónea, que se perpetúa en las películas y programas de televisión, es que los individuos cuando mienten exhiben ciertos tics: miran hacia arriba y a la izquierda cuando inventan una historia. Cuando hablan, evaden el contacto visual o lo exageran. Se comen las uñas o se cubren la boca, como síntoma subconsciente de su desasosiego. Pero estas señales no son universales.

Las señales reveladoras, en el caso de April, son más sutiles. Comienzan con un cambio en la respiración. Los hombros se alzan visiblemente, una señal de que está haciendo aspiraciones más profundas, y su voz se torna un poco menos firme. Esto se debe al cambio en su ritmo cardíaco y flujo sanguíneo; literalmente le falta el aire debido a estos cambios fisiológicos. Ha mostrado estas señales antes: primero, cuando trató de hacer como que los viajes frecuentes de su padre y su ausencia, en términos generales, no era dolorosa, y de nuevo cuando sostuvo que ya no le molestaba haber sido rechazada por las chicas más populares de la escuela, aunque el ostracismo la traumatizó tanto que trató de suicidarse con pastillas en su tercer año de secundaria.

Pero, en esas ocasiones, se estaba mintiendo a sí misma.

Mentirme a mí es muy distinto.

Y eso es lo que hace ahora.

¿Por qué habría de inventar detalles sobre la apariencia del hombre si ha admitido tantas otras verdades difíciles?

April sigue describiendo al hombre, y dice que es de estatura promedio y delgado. Se la alienta asintiendo con la cabeza y tocándola brevemente en la muñeca, lo que tiene el doble propósito de confirmar que tiene el pulso elevado, otra señal de engaño.

—Le pedí que se quedara esa noche, pero no podía, dijo que tenía que regresar a casa con su esposa —sigue narrando April. Entonces suspira y se limpia las lágrimas con una servilleta.

Una terrible sospecha comienza a tomar forma. El hombre era terapeuta. Estaba casado. April parece tener que confesar esto porque le ha estado pesando mucho.

Pero está tratando de esconderme la identidad del hombre camuflando su apariencia.

¿De quién se trata?

Entonces April hace un gesto con la mano, como si lo que estaba por decir no fuera más que una frase simple, hecha de pasada: —Justo antes de irse, me abrazó y me dijo que no debía enamorarme de él. Me dijo que yo merecía algo mejor y que algún día encontraría a la persona que sería mi verdadera luz.

Cinco segundos pueden cambiar una vida.

Pueden sellarse votos matrimoniales con un beso. Puede comprobarse un número de la lotería y resultar ganador. Se puede chocar con un árbol en un Jeep.

Una esposa puede descubrir que su marido ha sido infiel con una joven trastornada.

Eres mi verdadera luz.

Es la inscripción de mi anillo de matrimonio y del de Thomas. La escogimos juntos.

Hace cinco segundos, esas palabras nos pertenecían solo a nosotros. Saber que siempre estaban pegadas a mi dedo anular me proporcionaba una gran satisfacción. Ahora siento que me queman la piel, como si pudieran derretir el oro blanco del anillo.

April y Thomas se acostaron: *él* es el misterioso terapeuta casado.

Parecería que una revelación tan devastadora debería crear algún sonido. Pero la casa está en silencio.

April toma otro sorbo de vino. Parece más calmada desde su confesión parcial, una confesión para tratar de aliviar la culpa y también para que sirva de disculpa secreta por acostarse con mi marido.

Pero no solo se acostó con él. Se obsesionó con Thomas.

¿Es por esto por lo que ingresó en mi estudio? ¿Para averiguar más sobre la esposa de Thomas?

Una conmoción profunda puede ocasionar que una persona se sienta como anestesiada. Eso es lo que sucede ahora.

April continúa chachareando, sin darse cuenta de que todo ha cambiado.

Ella sabía desde el momento en que nos conocimos que se había acostado con mi marido.

Ahora lo sabemos ambas.

April y Thomas me traicionaron vilmente.

Pero ahora mismo solo es posible ocuparse de uno de los dos.

Quizás April piense que esta noche puede salir caminando de la casa y seguir su vida, dejándome otro lío a mí, uno que simplemente no se puede barrer.

Los labios de mi esposo estuvieron en los de ella. Sus manos recorrieron su cuerpo.

No.

—Vamos a dar un paseo —se le dice a April—. Hay un lugar especial que te quiero mostrar. —Después de una pausa, se toma una decisión—: Termina tu copa de vino. Tengo que ir un momento arriba a buscar algo.

Llegamos a la fuente del jardín botánico del West Village quince minutos después, y nos sentamos una junto a la otra en un banco. Es un lugar tranquilo, perfecto para conversar. Y eso es todo lo que ocurre: una conversación sincera.

Mis últimas palabras a April: —Debes irte antes de que se ponga muy oscuro.

Todavía estaba viva; no ingirió ni una sola pastilla en presencia mía. Debe haberlo hecho después de que me fui, durante el lapso de dos horas antes de que una pareja que había salido a dar un paseo a la luz de la luna descubriera su cuerpo.

CAPÍTULO
SESENTA Y SEIS

Martes, 25 de diciembre

TODOS LE TEMEMOS A la Dra. Shields: Ben, Thomas y yo. Estoy segura de que April también le temía.

Pero hay solo una persona que parece sacar de quicio a la Dra. Shields: Lee Carey, el investigador privado. El investigador del que me habló la señora Voss. El que le envió una carta certificada a la Dra. Shields en la que pedía el expediente de April.

He decidido decirle todo. Quizás si la Dra. Shields resulta embrollada en la investigación de Carey, dejará de tratar de destruir mi vida. A pesar de lo mal que andan mis cosas ahora mismo, sé que se pueden poner peor si no encuentro una salida.

Busco la fotografía que tomé de la carta certificada del señor Carey cuando me metí a escondidas en la casa de la Dra. Shields y localizo su información de contacto.

Me obligo a esperar hasta las 9:00 a. m. para llamar porque es Navidad.

Su teléfono da timbre cuatro veces, y luego se oye el mensaje del contestador. Siento mi cuerpo flaquear, a pesar de que había previsto la posibilidad de que no contestara.

—Habla Jessica Farris —digo—. Tengo información acerca de Katherine April Voss que creo que usted debe conocer.

Titubeo. —Es urgente —añado, y dejo mi número de teléfono.

Entonces abro la computadora y comienzo a buscar un pasaje a la Florida para reunirme con mi familia. No solo estoy ansiosa por verlos, sino que quiero estar fuera de la ciudad cuando la Dra. Shields y Thomas se enteren de que le he dicho al investigador que April fue paciente de Thomas y también participó de la investigación de la Dra. Shields. Y sobre el Vicodin que probablemente le pusieron en las manos, igual que a mí.

El primer vuelo que puedo encontrar para Naples es mañana a la 6:00 a. m.

Lo reservo de inmediato, a pesar de que cuesta más de mil dólares.

El correo de confirmación que me envía Delta me ofrece algún alivio. Me llevaré a Leo en su transportín, y ropa suficiente para irme a Allentown en lugar de regresar a Nueva York si es que esa resulta ser la ruta más segura.

Ni siquiera les diré a mis padres que los voy a ver en el hotel. No me puedo arriesgar a que la Dra. Shields se entere.

Cuando me sienta cómoda con regresar a Nueva York, recrearé mi vida, como he hecho antes. El dinero que me ha pagado la Dra. Shields me sacará de apuros por un tiempo. Y sé que puedo encontrar otro empleo; he estado trabajando desde que era adolescente.

No obstante, Noah no va a ser tan fácil de reemplazar.

No contesta mis mensajes de texto ni mis llamadas, así que tengo que encontrar otra manera de llegar a él. Pienso por un minuto, y entonces saco mi libreta de apuntes.

Nuestra relación comenzó con una mentira, porque le di un nombre falso.

Ahora tengo que ser completamente honesta con él.

No sé cómo la Dra. Shields llegó a él ni qué le dijo. Así que comienzo en el momento en que agarré el celular de Taylor en su apartamento, y termino con el momento en que caigo en cuenta, en el jardín botánico, de que April fue paciente de Thomas.

Escribo hasta de cuando me acosté con Thomas. *Sé que tú y yo solo habíamos salido dos veces y no estábamos en una relación exclusiva... pero me arrepiento, no solo por quién resultó ser Thomas, sino por lo que has llegado a significar para mí.*

Mi carta termina siendo de seis páginas.

La meto en un sobre y luego me pongo el abrigo y agarro la correa de Leo.

Caminando por el pasillo, me doy cuenta de lo silencioso que está. La mayoría de los apartamentos de alquiler aquí son mono-ambientes o apartamentos de un dormitorio; no es un edificio que atraiga a familias. La mayoría de mis vecinos probablemente estén visitando a sus parientes durante las fiestas.

Me detengo cuando llego a la puerta de entrada porque me siento desorientada.

Algo no anda bien.

Las calles están completamente silenciosas. La cacofonía de ruidos se ha detenido. Es como si todo Nueva York estuviese suspendido durante un entreacto, esperando a que suba el telón y empiece el acto siguiente.

No puedo ser la única persona que queda en la ciudad. Pero así me siento.

Vengo de regreso del apartamento de Noah, donde dejé la carta con el portero, cuando suena mi celular.

Podría ser cualquiera. No tengo timbres distintos para diferenciar a mis contactos.

Pero sé quién es incluso antes de mirar la pantalla.

Rechazar.

El nombre de la Dra. Shields desaparece de la pantalla de mi celular.

¿Qué podría querer ella el día de Navidad?

Diez minutos más tarde, cuando casi he llegado a mi apartamento, vuelve a sonar.

Mi plan para el resto del día es quedarme en mi casa, con la puerta cerrada con pestillo, y hacer la maleta para el viaje. Pediré un Uber temprano mañana y me dirigiré directamente al aeropuerto.

No voy a contestar sus llamadas.

Estoy preparada para marcar *Rechazar* de nuevo. Pero esta vez, cuando miro la pantalla, veo un número desconocido.

El investigador privado, pienso.

—Hola, habla Jessica Farris —digo con entusiasmo.

En la pausa casi imperceptible que sigue, el corazón me da un vuelco.

—Feliz Navidad, Jessica.

Miro instintivamente a mi alrededor, pero no veo un alma.

Estoy a una cuadra de casa. Podría agarrar a Leo y correr, pienso. Podría llegar.

—La cena es a las seis de la tarde —dice la Dra. Shields—. ¿Quieres que te envíe un auto?

—¿*Qué?* —respondo.

La cabeza me da vueltas, tratando de entenderla. Debe haber usado un celular desechable, quizás el que me facilitó para que llamara a Reyna y a Tifani. Por eso no reconocí el número.

—Recuerda que le dije a tus padres que tú y yo celebraríamos la Navidad juntas —continúa.

—¡No voy a ir! —grito—. ¡Ni esta noche, ni nunca más!

Estoy por colgar cuando dice en su voz cristalina, —Pero tengo un regalo para ti, Jessica.

La forma en que lo dice me deja fría. He escuchado este tono con anterioridad. Es una señal de que está en uno de sus momentos más peligrosos.

—No lo quiero —declaro. La garganta se me cierra. Casi he llegado al edificio.

Pero la puerta de seguridad está abierta.

¿Me acordé de cerrarla bien cuando salí? El silencio repentino de la ciudad me distrajo; pude haberme olvidado.

¿Estaré más segura adentro o aquí en la calle?

—Mmm, qué pena —dice la Dra. Shields. Está disfrutando con esto; es como un gato jugando con un ratón herido—. Supongo que, si no aceptas mi regalo, tendré que dárselo a la policía.

—¿De qué habla? —susurro.

—De la grabación digital —responde—. De la noche que entraste a mi casa.

Sus palabras son como puñetazos.

Thomas debe haberme traicionado. Es el único que sabía que me metí allí.

—Acabo de percatarme de que mi collar de diamantes no aparece —dice la Dra. Shields—. Por suerte, se me ocurrió revisar la cámara de seguridad que instalé hace poco. Sé de la necesidad apremiante que tienes de dinero, Jessica, pero nunca pensé que recurrirías a algo así.

No tomé nada, pero si entrega esa grabación, me arrestarán. Nadie creerá que Thomas, su esposo, me dio la llave. La Dra. Shields podría decir que yo la vi ingresando el código de la alarma cuando estuve allí. Tendrá la tapadera perfecta.

No puedo pagar a un abogado y, ¿de qué me serviría? Ella me va a superar a cada paso.

Estaba equivocada; las cosas se podrían poner peores para mí. Mucho peores.

Sé lo que tengo que decir para calmarla.

Cierro los ojos. —¿Qué quiere que haga? —pregunto con voz ronca.

—Solo ven a cenar a las seis —responde—. No tienes que traer nada. Nos vemos entonces.

Me doy vuelta y miro fijamente las calles vacías.

Estoy hiperventilando.

Si me arrestan, no solo se destruirá mi vida, sino la de mi familia también.

Una ráfaga de viento hace que la puerta de seguridad se abra unos cuantos centímetros. Me echo hacia atrás por instinto.

La Dra. Shields no está aquí, me digo. Ella sabe que me voy a presentar en su casa para la cena.

Aun así, agarro a Leo e irrumpo en el recibidor y luego subo las escaleras corriendo.

Saco las llaves mucho antes de llegar a mi piso. Puedo ver que no hay nadie en el pasillo, pero no dejo de correr hasta que llego a mi apartamento.

Una vez adentro, examino cade rincón antes de poner a Leo en el suelo.

Entonces caigo en la cama, sin aliento.

Es un poco más tarde de las once. Tengo siete horas para resolver cómo salvarme.

Pero tengo que reconocer que es posible que no lo pueda hacer.

Cierro los ojos y me imagino las caras de mis padres y de Becky, evocando recuerdos que he acumulado a lo largo de los años: veo a mi madre entrar corriendo a la oficina de la enfermera de la escuela elemental, con el traje azul que llevaba a su empleo de secretaria, porque la enfermera había llamado para decir que yo tenía fiebre.

Veo a mi padre de pie en el patio trasero, enseñándome a tirar un balón con una perfecta espiral. Veo a Becky haciéndome cosquillas en los pies, acostadas en extremos opuestos del sofá.

Me aferro a estas imágenes de las únicas personas a las que amo hasta que comienzo a respirar más lentamente. En ese momento, ya sé lo que tengo que hacer.

Me levanto y busco el celular. Mi familia llamó más temprano y dejó un mensaje de felicitación por la Navidad. No pude contestar; sabía que se darían cuenta de la tensión de mi voz.

Pero ahora no puedo posponer más la revelación de lo que he mantenido escondido durante quince años. Quizás no tenga otra oportunidad de decirles a mis padres lo que ellos tienen derecho a saber.

Marco el número de mi madre con dedos temblorosos.

Responde de inmediato: —¡Cariño! ¡Feliz Navidad!

Tengo la garganta tan tensa que se me hace difícil hablar. No hay una manera fácil de hacer esto; tengo que tirarme de cabeza.

—¿Podrías decirle a Papá que venga al teléfono él también? Pero Becky, no. Necesito hablar con ustedes dos solamente.

Tengo el celular agarrado con tanta fuerza que los dedos me duelen.

—Espera un momento, hija, que él está aquí mismo. —Sé, por el tono de voz de mi madre, que se da cuenta de que algo anda muy mal.

Cuando me imaginaba esta conversación, nunca podía pasar de la primera oración: *Tengo que decirles la verdad sobre lo que le sucedió a Becky.*

Ahora oigo la voz profunda y cascajosa de mi padre: —¿Jessie? Mamá y yo estamos aquí. —Y ni siquiera me sale esa oración.

Tengo la garganta tensa, como en las pesadillas en que no puedes hacer ni un solo sonido. Me siento tan mareada que pienso que me voy a desmayar.

—Jess, ¿qué sucede?

El temor en la voz de mi madre finalmente logra liberar mis palabras.

—Yo no estaba allí cuando Becky se cayó. La dejé sola en la casa —digo con dificultad—. La encerré en el dormitorio.

Silencio absoluto.

Me siento como si me despedazaran; como si el secreto me hubiese mantenido pegada todos estos años y ahora me hiciera añicos.

Me pregunto si están recordando, como yo, el momento cuando cargaron el cuerpo flácido de Becky en la camilla de la ambulancia.

—Lo siento —digo entre sollozos que me estremecen—. Yo no debía...

—Jessie —dice mi padre con firmeza—. No. Fue culpa *mía*.

Doy un respingo por la sorpresa. Sus palabras no tienen sentido; no debe haber entendido bien lo que dije.

Pero él continúa: —La tela metálica de esa ventana llevaba meses rota. Tenía la intención de cambiarla. Si lo hubiese hecho, Becky no habría podido abrirla.

Me desplomo en la cama, mareada. Todo está patas arriba.

¿Mi padre se echó la culpa también?

—¡Pero se suponía que yo debía cuidarla! —grito—. ¡Ustedes confiaron en mí!

—Oh, Jess —dice mi madre con la voz quebrada—. Era demasiado dejarte sola con Becky todo el verano. Debí haber buscado otra solución.

Me esperaba su ira, o algo peor. Nunca imaginé que mis padres cargaban con tanto dolor y culpa como yo.

Mi madre continúa: —Querida, no fue una única cosa lo que ocasionó que Becky se hiciera daño. No fue culpa de nadie. Solo fue un terrible accidente.

Me siento bañada por sus amorosas palabras. Deseo más que nada estar ahí para meterme entre los dos, como hacía cuando era niña, para que me arroparan con un abrazo. Me siento más cerca de mis padres de lo que me he sentido en años.

Y, sin embargo, hay un vacío dentro de mí en el lugar donde solía guardar mi secreto.

Puede que haya encontrado a mi familia justo a tiempo para perderla de nuevo.

—Debí haberlo dicho antes —afirmo. Tengo las mejillas húmedas, pero las lágrimas ya vienen más despacio.

—Ojalá lo hubieses hecho, Jessie —dice mi padre.

Entonces escucho el ruido sordo del gruñido de Leo. Está mirando fijamente la puerta.

Me pongo de pie instantáneamente, con todos los sentidos en alerta. Aún después de escuchar las voces conocidas de la pareja que vive al fondo del pasillo, mi postura se mantiene rígida.

Mi madre todavía está hablando sobre la necesidad de perdonarnos. Puedo imaginarme a mi papá asintiendo y masajeándole la espalda. Hay tantas otras cosas que decirles. Y a pesar de lo ansiosa que estoy de hacerlo, no puedo seguir en el teléfono ni un segundo más. La Dra. Shields me espera pronto y todavía no sé cómo me voy a proteger.

Termino la llamada después de decirles otra vez que los quiero.

—Den a Becky un abrazote de mi parte. Prometo que los llamaré más adelante. —Dudo antes de terminar la llamada, esperando que sea cierto.

Después de colgar, quiero acurrucarme bajo el edredón y absorber todo lo que acaba de suceder. Una gran parte de mi vida se ha edificado en torno a una falacia; mis propias suposiciones me aprisionaron.

Pero no puedo detenerme en eso ahora.

En vez, cuelo una taza de café cargado y comienzo a caminar de lado a lado, obligándome a concentrarme. Quizás deba salir de la ciudad esta noche. Debe haber algún lugar de alquiler de autos que esté abierto en Navidad; podría salir para Florida en auto.

O podría quedarme y tratar de luchar contra la Dra. Shields.

Esas son las únicas dos opciones que veo.

Trato de pensar como la Dra. Shields: lógica y metódicamente.

Paso uno: tengo que ver la grabación porque, ¿cómo sé que existe? Y si existe, no me parece que se me pueda identificar. Usé ropa oscura y no prendí ninguna luz en la casa.

Aun así, puede que no sea seguro ir al *townhouse*. No tengo idea de qué se trae entre manos.

Paso dos: necesito tomar medidas de seguridad. Me doy cuenta de que, en realidad, ya he tomado algunas. Noah estará enterado de toda la historia cuando lea mi carta. Y llamé al investigador; si me encuentro acorralada, le puedo mostrar a la Dra. Shields su número en mi celular para probarlo. No me la imagino violenta, pero quiero estar preparada por las dudas.

Pero, lo que es más importante: por fin estoy al tanto de algunos de los secretos de la Dra. Shields.

¿Será eso suficiente?

CAPÍTULO
SESENTA Y SIETE

Martes, 25 de diciembre

Llegas justo a tiempo, Jessica.

Sin embargo, se te hace esperar noventa segundos después de tocar el timbre de la casa.

Cuando se abre la puerta, tu apariencia es una sorpresa, y no es grata.

A estas alturas debías estar trastabillando, al borde de un colapso nervioso.

En cambio, al entrar a la casa te ves más segura y atractiva que nunca.

Vistes de negro: el abrigo abierto revela un vestido de cuello alto que marca tus curvas, y llevas botas de cuero altas hasta la rodilla. Te hacen ver unos cinco centímetros más alta, así que estamos a la misma altura.

Tú también te fijas en mi apariencia; un vestido blanco de lana y diamantes en las orejas y el cuello.

¿Te fijaste en el simbolismo? Los colores que escogimos son el yin y el yang. Representan comienzos —entre ellos, bautizos y bodas— y finales, como los funerales. El blanco y el negro son contrincantes en el ajedrez. Muy apropiado, dado lo que va a suceder en breve.

En lugar de esperar a mi señal antes de proceder, te inclinas hacia delante y me besas en la mejilla. —Gracias por invitarme, Lydia —dices—. Te he traído un regalito.

Qué sorpresa. Evidentemente estás tramando algo. Tutearme y usar mi nombre de pila es un intento transparente de establecer una posición de poder.

Si estás tratando de desorientarme, va a hacer falta mucho más que esto.

Los labios forman una sonrisa, pero te tiemblan un poco. No eres tan dura como quieres hacer ver.

Es casi decepcionante lo fácil que es esquivar tus golpes. —Entra.

Te quitas el abrigo y me lo entregas. Como que esperas que yo te sirva.

Todavía tienes en las manos el paquete plateado atado con un lazo rojo.

No está claro qué está sucediendo, pero habrá que ponerte en tu sitio rápidamente.

—Vamos a la biblioteca —se te dice—. Allí hay bebidas y entremeses.

—¡Por supuesto! —dices—. Podrás abrir mi regalo ahí.

Alguien que no te conozca bien no se daría cuenta de tu fanfarronada.

Se te permite que pases adelante. Esto te dará la ilusión de control y hará que lo que vendrá después sea mucho más satisfactorio.

Al entrar en la biblioteca, dejas escapar un grito ahogado.

No eres la única que da sorpresas hoy, Jessica.

Te quedas ahí, pestañeando, como si no pudieses creer lo que ves.

El hombre que está sentado en el sofá te mira fijamente en silencio, aturdido.

¿En verdad esperabas que celebrara la Navidad sin mi esposo, el que tú dices que es cien por ciento devoto a mí?

—¿Por qué está *ella* aquí? —suelta Thomas finalmente. Se levanta y mueve la cabeza de ti a mí.

—Querido, ¿no te mencioné que Jessica, que participa en el estudio, nos acompañaría? La pobre no tenía con quién pasar la Navidad. Su familia la dejó sola durante las fiestas.

Detrás de los lentes, los ojos de él parecen platos.

—Thomas, tú sabes que yo me encariño con estas jóvenes.

Él se estremece. —¡Pero dijiste que te estaba hostigando!

Te recuperas de la conmoción con una rapidez admirable, mucho más rápido que Thomas. Pero ahora se nota que estás erizada, Jessica.

—¿Dije eso? Espera, ¿es esta la chica que dijiste que te estaba siguiendo *a ti*?

Thomas se pone pálido. Es hora de redirigir esta conversación.

—Debe haber algún malentendido. ¿Nos sentamos?

El sofá de dos plazas y dos sillas de espaldar recto forman un semicírculo. La mesa de centro está paralela al sofá.

Dónde decidas sentarte será informativo, Jessica, igual que el primer día que entraste a mi oficina.

Pero no te mueves; te quedas en la entrada de la habitación, como si fueras a salir corriendo hacia la puerta de entrada en cualquier momento. Sacas un poco el mentón y dices, —No te creo.

—¿Perdón?

—No hay una grabación mía en la casa.

Puedes ser tan predecible, Jessica.

Se atraviesa la habitación y se abre la computadora plateada que descansa sobre el piano. Al tocar un botón, se inicia la grabación.

La cámara, que fue comprada y escondida en el recibidor cuando se instaló el cerrojo nuevo, te captó entrando a la casa y agachándote para quitarte los zapatos. Las imágenes tienen sombras, pero tu pelo característico se reconoce de inmediato.

La computadora es cerrada abruptamente.

—¿Estás satisfecha?

Lanzas una mirada acusadora a Thomas, que mueve la cabeza casi imperceptiblemente.

Titubeas un momento, sin duda haciendo cálculos mentales antes de aceptar que no tienes alternativa y entonces se desploman tus hombros. Das la vuelta a la mesa de centro y escoges la butaca más apartada de mi marido. Colocas el regalo en el piso junto a tus pies.

Muchas razones podrían explicar el asiento que seleccionaste. Una es que, si alguna vez consideraste a Thomas un aliado, ya no es así.

Thomas ya tiene un escocés en la mesa delante de él y la botella de borgoña blanco descansa en una hielera. Se saca la botella y se sirven dos copas.

El vino es agradable y refrescante, y la copa de cristal pesado se siente gratificante en la mano.

—¿Qué quieres de mí? —Esta pregunta podría formularse de muchas maneras, desde de manera beligerante hasta sumisa. Tu tono es de pura resignación.

Tu lenguaje corporal es ahora de protección; tienes los brazos cruzados en la falda.

—Quiero saber la verdad —se te dice—. ¿Cuál es la naturaleza verdadera de tu relación con mi marido?

Tus ojos vuelan a la computadora nuevamente. —Tú lo sabes todo. Él te engañó y tú me usaste como señuelo para ver si lo hacía de nuevo.

Thomas te mira con furia. Si tú y Thomas fuesen una pareja

en busca de terapia matrimonial en mi oficina de la calle Sesenta y Dos, la meta sería establecer armonía. Se desalentarían las acusaciones; se apaciguarían las confrontaciones con pericia.

Aquí se busca lo opuesto. Es necesario que estén divididos para contrarrestar cualquier confabulación.

El fuego chisporrotea en la chimenea. Thomas y tú se crispan con el sonido repentino.

—¿Mini *quiche*? Se te ofrece el platón de entremeses, pero lo rechazas sin tan siquiera mirarlo.

—¿Thomas? —Él se inclina hacia delante y se mete uno en la boca con tanta rapidez que el gesto parece automático. Se le pasa una servilleta.

Él toma un sorbo grande de escocés. Tú te abstienes de tomar nada; quizás porque quieres estar alerta.

Ahora que ya se ha establecido el tono inicial, es hora de que en verdad comience la velada.

Y, tal como el estudio que nos juntó, la velada comienza con una pregunta sobre moral.

—Retrocedamos un poco. Les tengo una pregunta a ambos.

Levantas abruptamente la cabeza, y Thomas también. Ambos están en estado de alerta máxima, recelosos por lo que podría suceder.

—Imagínense que son el guardia de seguridad que está en el vestíbulo de un edificio de oficinas pequeño. Una mujer que ustedes reconocen porque su marido tiene alquilada una oficina allí les pide que le llamen un taxi porque no se siente bien. ¿Abandonarían su puesto, en violación de sus deberes, para ayudarla?

Pareces completamente desconcertada, Jessica. Y así debe ser; ¿qué podría tener que ver esto contigo? Pero la frente de Thomas comienza a arrugarse casi imperceptiblemente.

—Supongo que sí —dices finalmente.

—¿Y tú? —se le pregunta a Thomas.

—Supongo... que yo también me iría a ayudarla —dice.

—¡Qué interesante! Eso fue exactamente lo que hizo el guardia de seguridad de *tu* edificio.

Él se inclina más contra el descansabrazo. Y se aleja de mí.

Se seca las palmas en los pantalones y sigue mi mirada hasta el pedazo de papel que está parcialmente oculto bajo la computadora.

Dos días después de la muerte de April, este papel en particular fue arrancado del registro de visitantes del vestíbulo de la oficina de Thomas, el registro que mantiene el guardia de seguridad.

Esto se hizo sin conocimiento de Thomas, desde luego.

La reputación profesional de Thomas quedaría destruida si se llegara a conocer que se había acostado con un joven que había acudido a él en busca de consejería psicológica. Podría perder su licencia.

Era de esperar que, después de la aventura de Thomas con April, él suprimiera pruebas que revelaran el origen de su conexión. Todos los registros electrónicos, como la cita en su calendario y los apuntes de su sesión, serían borrados.

Pero ocuparse del más ínfimo detalle no es una de las fortalezas de Thomas.

Está tan acostumbrado a pasar por la estación del guardia de seguridad, que podría haber olvidado que todos los visitantes tienen que firmar antes de poder ingresar al edificio. El nombre completo de April y la hora de su visita estarían anotados en el grueso registro forrado en cuero.

Se precisaría a grandes rasgos el período de la consulta de April. Ella conoció a Thomas poco antes de ingresar a mi estudio.

La hoja donde aparece su firma en letras claras y redondas fue arrancada y colocada en mi bolso mucho antes de que el guardia consiguiera detener un taxi, pero, después de todo, a la 5:30 p. m. de un lluvioso día de semana siempre va a ser difícil conseguir uno.

Ahora se le pasa a Thomas ese pedazo de papel, que había estado debajo de la computadora.

—Aquí está la página del registro de visitantes el día que Katherine April Voss te vio en la consulta —se le dice a Thomas—. Unas pocas semanas antes de que te acostaras con ella en su apartamento.

Lo mira insistentemente durante un largo rato. Es como si no pudiese procesar lo que ve.

Entonces se inclina hacia delante dando arcadas.

Thomas no suele manejar bien el estrés.

Sus ojos buscan los míos. —Oh, Dios mío, Lydia, no, no es lo que piensas.

—Sé exactamente lo que es, Thomas.

En el momento en que Thomas alza la mano temblorosa para agarrar su vaso de escocés, se arroja el guante.

—Tengo algo que cada uno de ustedes necesita desesperadamente —se les dice a Thomas y a ti. —La grabación digital y el registro de visitantes. Si esos artículos cayeran en manos de las autoridades, pues, resultarían difíciles de explicar. Pero no tiene por qué suceder eso. Ambos pueden tener lo que desean. Solo tienen que decirme la verdad. ¿Comenzamos?

CAPÍTULO
SESENTA Y OCHO

Martes, 25 de diciembre

TAN PRONTO VEO A Thomas en la biblioteca de la Dra. Shields me doy cuenta de que mi plan no funcionará.

Otra vez, ella está un paso más adelante.

Después de que llamó, pensé en ir a la policía, pero me preocupaba que lo información que yo podía dar no fuese suficiente. Ella probablemente se inventaría un cuento persuasivo de que yo soy una chica enferma que le robó sus prendas; encontraría la manera de darle vuelta a las cosas para que fuese *yo* la arrestada. Así que, en las horas antes de responder a su concovatoria, encontré una tienda de electrónica que estaba abierta en Navidad y compré un reloj pulsera negro que grabaría las conversaciones.

—¿Regalo de última hora? —preguntó el vendedor.

—Más o menos —respondí mientras salía a las apuradas por la puerta. Le traía un obsequio a la Dra. Shields, pero no era ese. El regalo que le preparaba era mucho más personal e importante.

El reloj tenía el propósito de grabar sus palabras cuando abriera su regalo. Tengo que agradecer a la Dra. Shields la idea: fue ella quien ilustró la estrategia de tener un testigo secreto de una conversación cuando me mandó a visitar a Reyna y a Tifani.

Imaginé que ella miraba fijamente su regalo, aturdida, en el momento en que yo la atacaba con la segunda parte de mi combinación uno-dos: *Sé que le dio a April el Vicodin que le produjo la muerte.*

Ella se pondría peligrosamente iracunda. Pero no podría tocarme, porque también le diría que había programado mensajes de correo electrónico e dirigidos a Thomas, a la señora Voss, a Ben Quick —y al investigador privado— con las pruebas que he reunido, entre ellas la foto de la pastilla que me dio la Dra. Shields. *Escribí que estaba de camino a verla. Los mensajes fueron programados para salir automáticamente esta noche a menos que yo vuelva a casa y los borre,* pensaba decir. *Pero si no entrega eso que me perjudica, entonces yo no entregaré lo que yo tengo que la perjudica a usted.*

Esa última parte sería una mentira, porque todavía tenía la intención de encontrar la manera de delatar a la Dra. Shields. Pero si pudiese llevarla a confesar en la grabación algo que la incriminara, por lo menos tendría pruebas para contrarrestar la historia que ella se inventara, no importa cuál fuera.

Ahora, sentada en la biblioteca mirando a Thomas limpiarse los labios con una servilleta, me doy cuenta de que tengo que idear una estrategia nueva, y tengo que hacerlo rápidamente.

No puedo creer que la Dra. Shields le haya dicho a Thomas que ella sabe que él se acostó con April y también que April era paciente de él.

De repente, Thomas parece un hombre completamente distinto del tipo confiado, decidido, que se sacó el abrigo y cubrió a la anciana que fue atropellada por un taxi frente al museo.

Mi mente divaga, tratando de replantearme todo lo que creía saber. Yo tenía razón; April acudió a Thomas en busca de terapia. Pero la Dra. Shields no se da cuenta de que yo estoy al tanto de esto, o de que ya sabía que Thomas se acostó con April. Es un secreto explosivo, un secreto que podría costarles todo. ¿Por qué entonces soltó esa información delante de mí tan despreocupadamente?

Todas las movidas de la Dra. Shields son premeditadas. Así que no fue un error. Fue deliberado.

El estómago se me agarrota al darme cuenta de que ella debe estar segura de que no voy a decirle nada a nadie.

Un secreto está seguro si solo lo conoce una persona.

¿Qué va a hacer ella para asegurarse de que yo no lo revele?

La mente vuela a una imagen de April, desplomada en el banco del parque.

Me encojo en la silla cuando el cuerpo entero me empieza a temblar. Tengo la boca tan seca que no puedo tragar.

La Dra. Shields se recoge un bucle y me fijo en que la vena de la sien le late, una sombra azulverdosa en una pieza de mármol que por lo demás es perfecta.

La refinada bandeja de entremeses, el chisporroteo del fuego, la elegante biblioteca con tomos forrados en cuero en los estantes... ¿cómo es posible que alguna vez pensara que en un entorno tan envidiable no podían suceder cosas malas?

Enfócate, me ordeno.

La Dra. Shields no es una persona físicamente violenta, me digo otra vez. Su arma más eficaz es su mente. La emplea sin piedad. Si sucumbo al pánico, voy a perder.

Me obligo a mirarla mientras Thomas dice con dificultad —Lydia, lo siento. Yo no debí...

Ella lo interrumpe: —Yo también lo lamento, Thomas.

Entonces me percato de la desconexión entre sus palabras y su tono.

No suena furiosa ni sarcástica, como lo haría una esposa en un momento así.

En su lugar, la voz está llena de compasión. Es como si creyera que ella y Thomas están juntos en contra de la aventura adúltera; como si fuesen ambos partes inocentes.

Mirando de uno a otro, caigo en cuenta de por qué la Dra. Shields sencillamente no deja a Thomas: no puede.

Porque está perdidamente enamorada de él.

Pero no le dio las pastillas a April solo porque estaba celosa y furiosa. También lo hizo para proteger a Thomas, para que April nunca revelase que había sido su paciente. Le dije a la Dra. Shields que podía reconocer a una persona enamorada. Y me doy cuenta de que es cierto: lo veo en su rostro siempre que mira o habla sobre su marido. Incluso ahora.

Pero su amor por Thomas es tan perverso como ella: es devorador, tóxico y peligroso.

La Dra. Shields vuelve a colocar la página del registro de visitantes debajo de la computadora. Luego se sienta en la silla frente a la mía. —¿Comenzamos?

Parece completamente serena, como un profesor delante de un público, dictando una conferencia.

Extiende las manos. —Ahora, preguntaré de nuevo, esta vez a ambos: ¿tiene alguno de ustedes algo que confesar sobre la verdadera naturaleza de su relación?

Thomas comienza a decir algo, pero la Dra. Shields lo interrumpe de inmediato: —Espera. Piensa muy bien antes de responder. Para que no influya uno sobre el otro, voy a hablar con cada uno en privado. Tienen dos minutos para decidir cómo van a contestar. Mira su reloj y yo alzo la manga para mirar el mío.

—El tiempo empieza ahora —dice la Dra. Shields.

Miro a Thomas, tratando de leer lo que va a decir, pero tiene los ojos herméticamente cerrados. Se ven tan horrible que me pregunto si se va a descomponer de nuevo.

Yo también tengo náuseas, pero la mente va a toda velocidad pasando por todas las posibles situaciones y repercusiones.

Ambos podríamos confesar la verdad: nos acostamos.

Ambos podríamos mentir: podríamos atenernos a nuestro guion.

Yo podría mentir y Thomas, decir la verdad: él podría traicionarme para obtener el registro de visitantes. Thomas podría mentir y yo, decir la verdad: podría echarle la culpa a él, decir que él me acosó. Si hago esto, la Dra. Shields dice que me dará la grabación digital. ¿Pero, acabaría ahí?

No, pienso. No hay salida.

La Dra. Shields toma un sorbo de vino, observándome por encima del borde de la copa.

El dilema del prisionero, pienso. Es lo que ella está recreando. Leí sobre eso en un artículo que alguien posteó en Facebook. Es una táctica común, mediante la cual los sospechosos son colocados en aislamiento y se les dan incentivos para ver si alguno delata a otro.

La Dra. Shields pone su copa sobre la mesa y el cristal tintinea suavemente al tocar el posavasos.

No puede quedar mucho tiempo.

En la mente, chocan las imágenes: la Dra. Shields sola en el restaurante francés en una mesa para dos. La veo acariciando la cresta del halcón, y siento el abrazo tibio de la cachemira sobre los hombros cuando lloraba en su oficina. Una línea de sus apuntes, escrita en su letra elegante y precisa: *podrías convertirte en una pionera en el campo de la investigación psicológica.*

Esta noche traté de usar las lecciones que me dio para atraparla. Me ganó la partida desde antes de empezar.

Pero ahora caigo en cuenta de que no ha terminado, porque finalmente encontré su punto débil: Thomas.

Mi respiración es agitada; un sonido sibilante me llena la cabeza.

Necesito pensar varios pasos más adelante, como hace ella. Sé que no importa cómo contestemos, la Dra. Shields nunca va a delatarlo él; tiene que encontrar la forma de culparme a mí. Como lo hizo probablemente con April para justificar darle el Vicodin.

Yo era quien estaba bajo el escrutinio de la Dra. Shields desde que empecé a participar en su investigación, pero yo la he estado escrutando a ella también. Sé mucho más sobre ella de lo que me daba cuenta; todo, desde la manera en que camina por la calle hasta lo que tiene en su refrigerador y, más importante todavía, cómo opera su mente.

¿Será suficiente?

—Se acabó el tiempo —anuncia la Dra. Shields—. Thomas, ¿me acompañas al comedor?

Los veo desaparecer, y mi mente vuela por todas las variables de nuevo desde la perspectiva de Thomas. Pienso en lo que está en juego para él: la prensa sensacionalista se precipitaría a publicar una historia sobre un terapeuta guapo y su aventura con una joven acaudalada y enferma que se suicidó. Probablemente perdería su licencia, y la familia Voss podría demandarlo.

Sé bastante acerca de Thomas, también. Pienso en nuestros encuentros: el museo, los bares, mi apartamento, el jardín botánico. Y el último, en su oficina.

De repente, estoy completamente segura de cómo va a contestar.

La Dra. Shields vuelve a la habitación menos de un minuto después, sola. No puedo leer en su expresión lo que pudo haber sucedido; parecería que lleva una máscara.

Se sienta en el extremo del sofá más cercano a mi butaca. Extiende la mano y me toca la pierna desnuda, la parte que queda descubierta entre las botas y el ruedo del vestido. Me obligo a permanecer quieta, a pesar de que quisiera alejarme.

—Jessica, ¿tienes algo que confesar sobre la verdadera naturaleza de tu relación con mi marido?

La miro a los ojos. —Usted tiene razón. Antes no fui del todo honesta. Nos acostamos. —Me preocupaba que se me quebrara la voz, pero no; sueno segura—. Sucedió antes de que yo supiera que era su marido.

Algo cambia en su expresión. El azul claro del iris se oscurece. Pero permanece perfectamente quieta por un instante. Entonces asiente con un gesto de la cabeza, como si esto confirmara algo que ya sabe. Se levanta y se alisa el vestido antes de dirigirse al comedor.

—Thomas, ¿nos acompañas?

Él entra despacio a la habitación. —¿Podrías contarle a Jessica lo que me acabas de decir? —le pide.

Entrelazo las manos en la falda y trato de sonreír, pero tengo la mandíbula demasiado apretada. Todavía siento sus dedos fríos en la pierna.

Thomas me mira. En sus ojos solo veo derrota.

—Le dije que entre nosotros no sucedió nada —dice Thomas, con la voz amortiguada.

Mintió.

Adiviné correctamente.

No lo hizo para protegerse él; lo hizo para protegerme a mí. Está renunciando a la oportunidad de obtener el registro de visitantes.

La Dra. Shields está obsesionada con la moral, con decir la verdad. Pero Thomas entiende los matices de las decisiones éticas; mintió porque pensó que me salvaría, aunque fuera a expensas de él. A pesar de sus fallas, fundamentalmente, es bueno. Quizás sea una de las razones por las que ella lo ama tan profundamente.

Siento la ira de la Dra. Shields; es como una fuerza pujante en el salón que me oprime y me roba el aliento.

Se hace un silencio pesado durante un instante, y luego Shields dice: —Jessica, ¿podrías repetir lo que me dijiste?

—Dije que nos acostamos.

Thomas se estremece.

—Pues, claramente uno de ustedes miente —dice la Dra. Shields, cruzándose los brazos delante del pecho—. Y parece bastante evidente que eres tú, Thomas, pues Jessica no gana nada con hacer una confesión falsa.

Asiento con la cabeza, porque ella tiene razón.

Lo que haga próximamente revelará si el riesgo que me tomé valió la pena.

La Dra. Shields camina hasta el piano y toca la computadora. —Jessica, con gusto te daré la grabación. Lo único que tienes que hacer es devolverme lo que me quitaste. —Su mirada salta hasta Thomas y yo entiendo lo que ella quiere decir. No está hablando de un collar.

Está recreando lo que sucedió con Gene French en su propia forma perversa; está usando mis secretos para infligir el mayor daño posible.

—No puedo —afirmo—. No me llevé ninguna prenda y usted lo sabe.

—Jessica, me decepcionas —me responde.

Thomas da otro paso hacia dentro del salón. Más cerca de mí.

—Lydia, deja ir a la pobre muchacha. Te dijo la verdad; mentí yo. Ahora esto queda entre nosotros dos.

La Dra. Shields niega con la cabeza. —Ese collar es irremplazable.

—Lydia, estoy seguro de que ella no lo tomó —dice Thomas.

A eso fue que aposté cuando dije la verdad. Necesito que él vea que, a pesar de haber seguido sus reglas, ella va a buscar una excusa para destruirme.

Ella me sonríe amablemente. —Voy a esperar hasta mañana en la mañana antes de alertar a las autoridades, porque es Navidad —hace una pausa—. Así tendrás tiempo también de hablar con tus padres. Después de todo, una vez que conozcan la verdad sobre Becky, entenderán por qué necesitabas dinero tan desesperadamente. Debido a tu culpa.

Esto fue exactamente lo que le hizo a April, pienso, dejando caer la cabeza entre las manos y sintiendo mis hombros estremecerse. Ella persuadió a April de que le contara sus secretos y los usó como puñales en su contra. Hizo que April se sintiera totalmente desesperanzada, como si hubiese peridido todo lo que ella amaba. Como si no valiera la pena la vida. Y entonces le dio las pastillas.

La Dra. Shields cree que me ha quitado todo a mí también: el empleo; a Noah; mi libertad; mi familia.

Quiere que esté sola esta noche porque quiere que siga el camino de April.

Espero un poco más.

Luego, levanto la cabeza.

Nada ha cambiado en el salón. La Dra. Shields está de pie junto al piano, Thomas está detrás de la butaca que está frente a mí y la bandeja de entremeses descansa sobre la mesa.

Miro a la Dra. Shields.

—Pues bien —digo, asegurándome de que la voz suene sumisa—. Pero antes de irme, ¿puedo hacerle una pregunta?

Ella asiente con la cabeza. —¿Es ético que un psiquiatra suministre Vicodin a un paciente sin que medie una receta?

La Dra. Shields se sonríe. Sé que está pensando en la pastilla que me dio a mí.

—Si un amigo está pasando por una situación difícil, no es inusual ofrecerle una sola dosis —dice—. Claro, nunca lo condonaría oficialmente.

Me echo hacia atrás y cruzo las piernas. Thomas me mira de manera inquisitiva, preguntándose, probablemente, por qué de pronto perezco tan serena.

—Sí, pero, usted le dio a la Participante 5 más de una dosis —suelto, mirándola fijamente a los ojos—. A April usted le dio suficiente para matarla.

Thomas aspira bruscamente. Se acerca un paso más a mí; todavía trata de protegerme.

La Dra. Shields está inmóvil; ni siquiera parece respirar. Pero siento su cerebro maquinando, componiendo una nueva narrativa que contrarreste mi acusación.

Finalmente, cruza el salón y se sienta frente a mí.

—Jessica, no tengo idea de qué hablas —dice—. ¿Crees que le di a April una receta de Vicodin?

—Usted es psiquiatra; usted puede recetar medicamentos —refuto.

—Cierto, pero habría un registro de esa receta —dice, abriendo las manos—. Y no lo hay.

—Puedo preguntarle a la señora Voss —digo.

—Adelante —responde la Dra. Shields.

—Sé que usted le dio las pastillas —sostengo. Pero estoy perdiendo terreno; está rebatiendo todo lo que le lanzo.

Thomas alza el brazo y se toca el hombro izquierdo. El gesto parece ser un reflejo.

—¿Cómo podría darle Vicodin a alguien, si nunca lo he tomado yo? —pregunta la Dra. Shields en un tono razonable, el mismo que usó para tratar de convencerme de que no había hablado con Noah ni me había hecho perder el empleo.

Mi reloj lo está grabando todo, pero la Dra. Shields no se ha incriminado. Peor, he desatado su ira. Lo veo en el destello de sus ojos achinados; lo oigo en su tono acerado.

Estoy perdiendo.

—Nunca lo has tomado —dice Thomas. Habla en un tono extraño.

Ambas nos volteamos a mirarlo. Sigue con la mano sobre el

hombro izquierdo, el que tiene la cicatriz de la cirugía. —Pero yo sí.

La sonrisita desaparece del rostro de la Dra. Shields.

—Thomas —murmura la Dra. Shields.

—No necesité más que unas pocas —dice él lentamente—. Pero no deseché el resto del envase. April estuvo en esta casa la noche que murió, Lydia. Me dijiste que vino a verte y que estaba descompuesta. ¿Le diste mis pastillas?

Empieza a levantarse, como si fuera a subir al botiquín para corroborar.

—Espera — dice la Dra. Shields.

Se queda completamente inmóvil por un instante y luego el rostro se le desmorona. —¡Lo hice por ti! —exclama.

Thomas se tambalea y luego se desploma en el sofá. —¿La mataste? ¿Porque me acosté con ella?

—Thomas, no hice nada malo. April tomó su propia decisión de tomarse las pastillas. ¿Es asesinato si solo se provee el arma?

Ambos se vuelven a mirarme. Por primera vez, la Dra. Shields no tiene respuesta.

—Pero hiciste más que eso —continúo—. ¿Qué le dijiste a April para empujarla al borde del abismo? Tienes que haber sabido que había tenido tendencias suicidas en la secundaria.

—¿Qué le dijiste? —me hace eco Thomas, con la voz ronca.

—¡Le dije que mi marido había tenido una aventura y que se arrepentía! —Las palabras salen a borbotones—. Le dije que él había dicho que ella no era nada, que había sido el error más grande de su vida y que haría cualquier cosa por deshacerlo.

Thomas mueve de lado a lado la cabeza, aturdido.

—¿No te das cuenta? —suplica la Dra. Shields—. ¡Era una muchacha tan tonta! ¡Le habría contado a alguien sobre ti!

—Sabías lo frágil que era —dice Thomas—. ¿Cómo pudiste hacerlo?

El rostro de la Dra. Shields se endurece. —Era prescindible. Ni siquiera su propio padre quería estar cerca de ella. —La Dra. Shields le tiende la mano a Thomas, pero él retira la suya bruscamente—. Podemos decir que April tomó esas pastillas de nuestro botiquín; que no sabíamos nada.

—No creo que la policía lo vea de esa manera —digo.

La Dra. Shields ni siquiera me mira; está mirando a Thomas de manera suplicante.

—Las autoridades no le creerán a Jessica. Ella forzó su entrada aquí, te acosó, estaba obsesionada conmigo —dice—. ¿Sabes que la acusaron de robar anteriormente? Un respetado director la despidió por eso. Se acuesta con cualquiera y le miente a su familia. Jessica es una joven muy trastornada. Tengo todas las respuestas al cuestionario como evidencia.

Thomas se quita los lentes y se masajea el puente de la nariz.

Al hablar, su voz retumba por el salón. —No.

Thomas por fin tiene el valor de enfrentar a la Dra. Shields directamente. Ya no trata de escapar de ella con mensajes falsos e historias fabricadas.

—Si contamos la misma historia, estaremos bien —dice ella con desesperación—. Somos dos profesionales respetados en contra de una chica inestable.

Él la mira durante un rato largo.

—Thomas, te amo tanto —susurra ella—. ¡Por favor!

Tiene los ojos llenos de lágrimas.

Él mueve de lado a lado la cabeza y se pone de pie. —Jess, voy a asegurarme de que llegues segura a tu casa —dice.— Lydia, regresaré mañana por la mañana. Entonces llamaremos juntos a la policía. Si sacas a relucir la grabación, les diré que yo le di la llave a Jess para que ella me recogiera algo.

Me pongo de pie y dejo el regalo junto a la butaca en el preciso instante en que la Dra. Shields cae al suelo.

Está tirada en la alfombra, mirando a Thomas, con la tela blanca de su vestido enredada entre las piernas. Por las mejillas le caen lágrimas negras por la máscara.

—Adiós, Lydia —digo.

Y me doy vuelta y salgo del salón.

CAPÍTULO
SESENTA Y NUEVE

Martes, 25 de diciembre

De todas las pérdidas incurridas esta noche, la única que importa es Thomas.

Tu tarea era ponerlo a prueba para que regresara a mí. En su lugar, te lo llevaste para siempre.

Ahora ya todo está perdido.

Excepto el regalo que dejaste.

Es del tamaño de un libro, pero demasiado delgado y liviano. El envoltorio plateado es como un espejo de carnaval, que distorsiona mi reflejo antes de devolvérmelo.

De un solo tirón se deshace el lazo. El papel cae y revela una caja blanca plana.

Dentro hay una foto enmarcada. Aunque el dolor parece haber crecido al máximo, todavía puede alcanzar otro pico. Ver esta foto me empuja hacia ese pico.

Thomas duerme boca abajo, con un edredón enrollado alrededor del torso desnudo. Pero el entorno no es conocido; no está en la cama que compartimos.

¿Era la tuya, Jessica? ¿O la de April? ¿O la de otra mujer?

Ya no importa.

Durante nuestro matrimonio, cuando el insomnio se apoderaba de mí, su presencia siempre me daba tranquilidad. Su tibieza sólida y exhalaciones regulares eran un bálsamo para la agitación incesante de mi mente. Él no sabe las veces que le susurré «Te amo» cuando dormía plácidamente.

Una última pregunta: *¿Si realmente amas a alguien, ¿sacrificarías tu vida por la de ellos?*

La respuesta es sencilla.

Un último apunte se anota en el bloc de hojas: una confesión completa, detallada y precisa. Todas las preguntas que la señora Voss tenía serán contestadas. La relación de Thomas con April se deja fuera del recuento. Quizás sea suficiente para salvarlo.

Las hojas del bloc se dejan sobre la mesa del recibidor, donde serán encontradas con facilidad.

A pocas cuadras hay una farmacia que está abierta veinticuatro horas al día. Hasta en Navidad.

El recetario de Thomas se saca de la gaveta superior de su cómoda; siempre tenía un recetario en casa en caso de una emergencia de un paciente fuera de horas de oficina.

Ya está completamente oscuro afuera; el cielo infinito carece de estrellas.

Sin Thomas, no habrá luz mañana.

Me hago una receta de treinta pastillas de Vicodin, más que suficientes.

EPÍLOGO

Viernes, 30 de marzo

PARECERÍA QUE LA JOVEN que me devuelve la mirada en el reflejo del vidrio debería verse distinta.

Pero mi pelo rizo, la chaqueta de cuero negra y el maletín de maquillaje no han cambiado en los últimos meses.

La Dra. Shields probablemente diría que no se puede juzgar el estado interno de una persona por sus atributos externos, y sé que tiene razón.

El cambio verdadero no siempre es visible, ni siquiera cuando le pasa a uno.

Cambio el maletín de maquillaje a la mano izquierda, a pesar de que el brazo no me duele como antes, cuando trabajaba para BeautyBuzz. Ahora que me han contratado como maquilladora para una pequeña obra de teatro independiente, solo tengo que cargarlo al teatro, que está en la Cuarenta y Tres Oeste. Lizzie fue quien me consiguió la entrevista; ella es la ayudante del diseñador de vestuario.

No es una producción de Gene French. Su carrera terminó.

Nunca me vi obligada a tomar la decisión moral de decirle a su esposa que él era un depredador. Katrina y otras dos mujeres acudieron a los medios con sus propias historias de abuso. Su caída fue rápida; ya no se permite que un comportamiento como el suyo pase sin repercusiones.

Creo que, hasta cierto punto, sabía por qué Katrina me buscaba, pero yo no estaba lista para enfrentar a Gene en aquel momento. No tengo mucho que agradecerle a la Dra. Shields, pero por lo menos gracias a ella nunca seré presa de nadie otra vez.

Me acerco más al cristal y pego la frente a la vidriera fría para mirar adentro. Desayuno Todo el Día está lleno de gente, y casi todas las mesas cerradas y los taburetes de la barra están ocupados, a pesar de que es casi la medianoche. Resultó que Noah tenía razón; mucha gente quiere tostadas francesas y hueves benedictinos después de salir un viernes por la noche.

No lo veo, pero me lo imagino en la cocina, midiendo extracto de almendra en un bol, con una toalla de cocina colgando de la cintura.

Cierro los ojos en silencio, le deseo suerte y luego sigo caminando. Me llamó el día después de Navidad, cuando me encontraba en Florida con mi familia. Yo no me había enterado todavía del suicidio de la Dra. Shields; Thomas no me dio la noticia hasta más tarde esa noche.

Hablamos casi dos horas. Noah confirmó que la Dra. Shields le había hablado frente a la oficina de Thomas. También contesté todas sus preguntas. A pesar de que Noah me creyó, supe desde antes de colgar que no sabría más de él. ¿Quién lo puede culpar? No es solo que me acosté con Thomas, es que ha sucedido demasiado para que podamos volver a comenzar desde cero.

Aun así, me sorprendo pensando en Noah más de lo que me esperaba.

Tipos como él no aparecen muy a menudo, pero quizás tenga suerte de nuevo algún día.

Mientras tanto, estoy fabricando mi propia suerte.

Miro la hora en el teléfono. Son las 11:58 p. m. del último viernes del mes, lo que significa que el pago ya debe haber sido registrado en mi cuenta.

El dinero es sumamente importante para ti. Parece ser un puntal de tu código ético, escribió la Dra. Shields acerca de mí durante mi primera sesión en la computadora. *Cuando el dinero y la moral se cruzan, los resultados pueden iluminar verdades intrigantes sobre el carácter humano.*

Era fácil para la Dra. Shields formar juicios y suposiciones sobre mi relación con el dinero. Ella tenía más que suficiente; vivía en una casa valorada en millones, vestía ropa cara de diseñador y se crio en una finca en Litchfield. En su biblioteca hay un retrato de ella montada en un caballo; tomaba vinos caros y describía a su padre como alguien «influyente», que significa acaudalado.

El ejercicio académico que realizaba estaba completamente desconectado de la realidad de una existencia que se vive de quincena en quincena, cuando la cuenta de un veterinario o un alza inesperada en la renta puede causar un efecto de dominó que amenace con derrumbar la vida que has construido.

La gente rompe su compás moral motivada por una variedad de razones primigenias: odio, amor, envidia, pasión, escribió la Dra. Shields en sus apuntes. *Y dinero.*

Se ha cancelado su estudio. No habrá más experimentos. El expediente de la Participante 52 está completo.

Pero todavía me siento conectada a la Dra. Shields.

Ella parecía omnisciente, como si pudiese verme por dentro. Parecía saber las cosas antes de que se las dijera y me sonsacaba pensamientos y sentimientos que yo no sabía que tenía. Quizás por eso sigo tratando de imaginar cómo registraría mi último encuentro con Thomas, el que se dio varias semanas después de su sobredosis fatal.

A veces, por las noches, con los ojos cerrados y Leo acurrucado a mi lado, casi puedo ver su elegante letra cursiva formando oraciones en su bloc de hojas mientras su voz cristalina me inunda la cabeza, fluyendo a la par con los arcos y círculos de sus palabras.

Si hubiese vivido para registrar esa reunión, esto es lo que me imagino que dirían sus apuntes:

Miercoles, 17 de enero

Llamas a Thomas a las 4:55 p. m.

—¿Podemos vernos y darnos un trago? —preguntas.

Él consiente rápidamente. Quizás esté deseoso de hablar sobre todo lo que sucedió con la única otra persona que conoce la verdadera historia.

Llega a O'Malley's Pub en jeans y chaqueta y ordena un escocés. Tú ya estás sentada en una mesita de madera con una Sam Adams delante.

—¿Cómo te va? —preguntas cuando él se acomoda en su silla.

Él exhala y sacude la cabeza. Parece que ha perdido peso, y los lentes no esconden las ojeras bajo sus ojos.

—No sé, Jess. Todavía se me hace difícil creer todo lo que pasó.

Fue él quien llamó a la policía cuando encontró la confesión en el recibidor.

—Sí, a mí también me pasa —dices. Tomas un trago de cerveza y dejas que el silencio se prolongue—. Desde que perdí mi empleo, tengo mucho tiempo para pensar.

Thomas frunce el ceño. Quizás esté recordando cuando, sentada en su oficina, susurraste, Ella hizo que me despidieran.

—Lamento eso de verdad —dice por fin.

Buscas un documento rosa pálido en la cartera y lo colocas sobre la mesa, cubriéndolo con la palma de la mano mientras lo alisas.

Sus ojos van a parar al documento. No lo ha visto antes, no hay razón para que lo viera.

—No me preocupa mucho conseguir empleo —dices—. Lo voy a

encontrar. *El asunto es que la Dra. Shields prometió ayudar a mi padre a conseguir uno. Mi familia tiene muchos gastos médicos.*

Alisas el papel de nuevo, y bajas la mano de manera tal que se hace visible la paloma que hay en la parte superior.

Thomas lo mira una vez más y juega con la pajita de su escocés.

Parece que se está dando cuenta de que no se trata de un encuentro social.

—¿Hay algo que pueda hacer para ayudar? —*pregunta.*

—Agradecería cualquier sugerencia que puedas tener —*respondes, moviendo la mano hacia abajo un par de centímetros más. Ahora se puede ver el nombre Katherine April Voss, escrito en una letra bonita.*

Thomas se crispa y se echa hacia atrás en la silla.

Levanta la vista para mirarte y luego toma un gran sorbo de su trago

Tu mano se mueve otra vez. Ahora se puede leer la cita: And in the end, the love you take is equal to the love you make.

—April le preguntó a su mamá sobre este verso poco antes de morir —*dices, y esperas a que lo asimile—. Supongo que lo habría visto en alguna parte. Quizás es el tipo de cosa que leería en un tazón de café.*

Ahora palidece. —Pensé que podíamos confiar el uno en el otro, Jess —*susurra—. ¿No es así?*

Te encoges de hombros. —Un amigo me dijo una vez que si tienes que preguntar si deberías confiar en alguien, ya sabes la respuesta.

—Y eso, ¿qué significa? —*pregunta con voz recelosa.*

—Solo quiero lo que se me debe —*dices—. Después de todo lo que pasé.*

Él termina su escocés, haciendo ruido con el hielo.

—¿Qué te parece si te ayudo a pagar la renta hasta que puedas hacerlo por ti misma? —*Te mira esperanzado.*

Sonríes y sacudes un poco la cabeza.

—Agradezco el ofrecimiento, pero pensaba en algo un poco más sustancial. Estoy segura de que la Dra. Shields estaría de acuerdo en que me lo merezco.

Le das vuelta al programa del funeral. Hay un signo de dólar y una cifra en la parte de atrás.

Thomas suelta un aullido: —¿Estás bromeando?

Thomas es, desde luego, el único beneficiario de la herencia de su esposa, lo que incluye la casa de millones de dólares. Tiene empleo, tiene su licencia y su reputación está intacta. Sería sorprendente que tú, con tu naturaleza inquisitiva y diligente, no hubieses confirmado esto. Y crees que es un bajo precio que pagar por el bienestar de tu familia.

—Aceptaría recibirlo en plazos mensuales —dices, empujando el programa hacia él.

Thomas se hunde en la silla. Ya concedió la derrota.

Te inclinas hacia delante hasta que sus rostros están a tan solo unos centímetros de distancia. —Después de todo, la confianza se puede comprar.

Te vas casi de inmediato; sales por la puerta hacia la acera y en pocos instantes, la multitud te arropa, una chica anónima más de la ciudad.

Quizás te sientas segura con tu decisión.

O quizás te acose una pregunta insistente:

¿Valió la pena, Jessica?

AGRADECIMIENTOS

De Greer y Sarah:

Nuestro agradecimiento va, antes que nada, a Jen Enderlin (también conocida como «Santa Jenderlin»), nuestra brillante, generosa y magnífica editora en St. Martin's Press. Su visión, entusiasmo y apoyo a esta novela y sus autoras nos hace sentir agradecidas todos los días.

Katie Bassel, nuestra publicista, trabaja incansablemente por nuestros libros, y lo hace con buen humor y buena disposición.

Aparte de estas dos increíbles mujeres, un equipo de ensueño cuida nuestras novelas a lo largo del proceso de publicación con esmero, energía y creatividad infinitos. Tenemos mucha suerte de tenerlos trabajando en nuestros libros. Gracias a Rachel Diebel, Marta Fleming, Olga Grlic, Tracey Guest, Jordan Hanley, Brant Janeway (un reconocimiento especial para ti por haber sugerido el título del libro), Kim Ludlam, Erica Martirano, Kerry Nordling, Gisela Ramos, Sally Richardson, Lisa Senz, Michael Storrings, Dori Weintraub y Laura Wilson.

Gracias también a nuestra extremadamente generosa y servicial agente, Victoria Sanders, así como a su maravilloso equipo: Bernadette Baker-Baughman, Jessica Spivey y Diane Dickensheid en Victoria Sanders and Associates.

A Benee Knauer: tu estímulo, paciencia y gran conocimiento de la narrativa nos ayudó de nuevo a encontrar el camino correcto cuando comenzamos a escribir esta novela.

Nuestro agradecimiento a todos los editores extranjeros que han difundido nuestra obra por el mundo, entre ellos Wayne Brookes en Pan Macmillan UK, cuyos mensajes siempre nos hacen reír y sentirnos como si fuésemos supermodelos en lugar de escritoras.

Nuestro profundo aprecio a Shari Smiley y Ellen Goldsmith-Vein del Gotham Group por su pasión para llevar nuestras novelas a la pantalla. Y a Holly Bario de Amblin Entertainment y Carolyn Newman de eOne Entertainment por haber hecho tan emocionantes nuestras experiencias en Hollywood.

Y, por último, pero no por eso menos importantes, nuestros lectores: nos encanta conectarnos con ustedes, así que búsquennos en Facebook, Twitter e Instagram. Y para suscribirse a nuestra *newsletter*, visiten nuestros sitios web: www.greerhendricks.com y www.sarahpekkanen.com. Nos encantaría estar en contacto con ustedes.

De Greer:
Para alguien que pasa sus días escribiendo, no debería resultar casi imposible poner en palabras lo importante que Sarah Pekkanen se ha tornado para mí. Coautora, socia de negocios, amiga querida, animadora, consejera: la lista podría continuar indefinidamente. En verdad te has convertido en la hermana que nunca tuve. Gracias por todo.

Estoy profundamente agradecida a mis amigos de la industria editorial y también a los que están fuera de ella (ustedes saben quiénes son), en especial mis primeras lectoras, Marla Goodman, Vicki Foley y Alison Stong. Y a mis compañeras de *jogging*, Karen Gordon y Gillian Blake, que lo oyen todo mientras llevamos cuenta de las millas.

Todo mi aprecio va a este equipo especial: Katharina Anger, Melissa Goldstein, Danny Thompson y Ellen Katz Westrich.

Un agradecimiento extra especial a mi familia: los Hendricks, Alloccas y Kessels, en particular los que hicieron comentarios a las primeras versiones: Julie y Robert (el mejor hermano del mundo).

Elaine y Mark Kessel, también conocidos como Mami y Papi, este libro es para ustedes. Gracias por fomentar mi amor por la lectura, la escritura y la psicología, y por decirme siempre que yo me lo merezco.

Rocky y Cooper, gracias por acompañarme (aunque a veces, demasiado).

Paige, me has enseñado tanto acerca de la valentía y la consciencia de uno mismo. Me maravillas e inspiras todos los días.

Alex, la alegría que me das no tiene límites. Tienes un corazón enorme y nadie me hace reír más que tú.

Y, por último, John, quien no solo me escuchó elucubrando ideas durante almuerzos beodos y largas salidas a pasear el perro, sino que también me ofreció unos comentarios fabulosos. Tú lo haces todo posible y haces que todo tenga sentido. Veinte años y seguimos contando...

De Sarah:

No me puedo imaginar este viaje editorial con otra persona que no sea Greer Hendricks. Tu apoyo constante y cabal es una piedra angular de mi vida. Tus graciosos mensajes de texto siempre me hacen reír. Tu inteligencia emocional y tu empuje para que cada página que escribimos sea la mejor posible, me inspiran. G, ¡juntas somos mejores!

Gracias a Kathy Nolan por su ayuda creativa en mi sitio web; al Street Team y a mis lectores y amigos de Facebook por su apoyo; y a los libreros, bibliotecarios y blogueros que han ayudado a que nuestras novelas lleguen a manos de los lectores.

Siempre me siento agradecida a Sharon Sellers por ayudarme a despejar la cabeza en el gimnasio y al fantástico equipo del Gaithersburg Book Festival (con un reconocimiento especial a Jud Ashman). Mi agradecimiento también a Glenn Reynolds por ser un espléndido padre.

Bella, una de los grandes perros, me acompañó pacientemente mientras escribía.

Mi amor siempre para mis padres, John y Lynn Pekkanen. Papá, me enseñaste a escribir y, mamá, me enseñaste a soñar en grande. Ustedes son lo máximo. Y al resto del tremendo y gracioso equipo Pekkanen: Robert, Saadia, Sophia, Ben, Tammi y el pequeño Billy. Gracias por siempre estar ahí.

Roger Aarons vivió todas las etapas de este libro conmigo, desde leer el primer borrador (detectando hasta la más minúscula errata), hasta cocinarme como hizo Noah con Jess, y ser el mejor acompañante en eventos editoriales que una chica pueda desear. Roger, agradezco tanto que hayas llegado a mi vida para compartir este capítulo.

Y a mis tres extraordinarios hijos: Jackson, Will y Dylan. Me llenan de amor y orgullo cada día.